PRENDRE GLORIA

DU MÊME AUTEUR

Un petit jouet mécanique, L'Écailler, 2012 ; Pocket, 2015
Je tue les enfants français dans les jardins, L'Écailler, 2011 ; Pocket, 2014
Prendre Lily, Fleuve Éditions, 2015 ; Pocket, 2016

MARIE NEUSER

PRENDRE GLORIA

Prendre femme

fleuvenoir

Ce roman est librement, quoique étroitement, inspiré de faits réels. Néanmoins, les personnages sont issus de la fantaisie de l'auteur.

Ouvrage publié avec l'accord
de l'Agence littéraire Pierre Astier

ISBN : 978-2-265-11452-4

« *Io so. Ma non ho le prove.* »[1]

Pier Paolo Pasolini

1. Je sais tout. Mais je n'ai aucune preuve.

1993

Ça dansait devant lui, au rythme des oscillations de l'autobus.

Parfois le mouvement de la tête l'emportait et le faisait ondoyer dans le soleil. C'était profondément noir dans l'ombre, mais quand la lumière le frappait ça prenait des reflets acajou, comme la robe d'un animal des montagnes.

Ça ruisselait en doux serpentins vivants.

Il s'en était approché le plus possible, tapi dans la foule. De là où il était, il ne pouvait pas en humer le parfum mais il l'imaginait : une gamme melliflue, une note de sous-bois, une dominante de quelque chose de vaguement capiteux comme de la mousse d'automne.

Il se sentit durcir.

Il ferma les yeux quelques secondes, savoura le vertige et les mille picotements du désir qui montait en lui.

Il ouvrit les yeux et inspecta les voyageurs. Beaucoup d'entre eux avaient le nez plongé dans un journal ou regardaient défiler les rues. À cette heure-ci l'autobus était principalement occupé par des étudiants et des personnes entre deux âges encombrées de sacs à provisions. La situation ne présentait aucun danger potentiel.

Devant lui ça continuait à se trémousser en ondes moirées. Il porta la main à sa poche et tâta le métal froid de la paire de ciseaux. Il fallait qu'il se décide maintenant avant le prochain arrêt, et avant que ça n'explose tout en bas.

La fille bavardait. Ce serait facile.

Il fit encore un pas pour que la chevelure soit à portée de main. Doucement, sans que la moindre brusquerie n'éveille les soupçons, il leva ses deux mains à hauteur d'épaules, l'une armée des ciseaux, l'autre prompte à saisir l'épaisseur d'une mèche. Il avait appris depuis le temps à mesurer ses gestes de façon à ce qu'aucune tension dans les cheveux n'incite la fille à se retourner ou à y porter une main instinctive. Il écarta les doigts pour entrouvrir les lames.

Ça se trancha net, juste sur la nuque.

L'autobus ouvrit ses portes.

La fille sursauta, secoua la tête et lui fit brusquement face. Elle avait les yeux pleins d'interrogations.

Il demeura ainsi quelques secondes, serrant la longue boucle dans l'écrin de sa paume. La chaleur humide avait envahi son caleçon, il haletait doucement.

Puis il descendit du bus, précipitamment mais pas trop. Ce qui venait d'avoir lieu dans son entrejambe gênait sa marche.

SUR LA TERRE DES DISPARUS

Nicolae, 2010

Moi ça m'a marqué. Je veux dire que je m'y attendais tellement pas. En plus c'était pas la première fois qu'on allait dans l'église, en haut. On nous avait déjà appelés pour les fuites même pas un mois avant et ce jour-là vous voyez c'était bizarre parce qu'il y avait l'Évêque. Avec mes collègues on avait rigolé de voir l'Évêque se déplacer pour aller regarder des fuites dans le toit, on se disait entre nous Tu vois pas qu'on s'amène l'Évêque avec nous à chaque fois qu'on va chez les gens pour nettoyer des gouttières, mais après on rigolait moins parce que ça avait l'air du sérieux cette fuite, si même l'Évêque venait s'en occuper. En fait l'Évêque était là pour constater qu'il y avait dans la façade des infiltrations qui menaçaient le bâtiment dont il est responsable, alors il a tout regardé avec nous, il a pris des notes, il avait l'air nerveux, mais nous avec les collègues on s'est dit que ça le gonflait peut-être d'être là avec nous les Roumains, les ouvriers, pour regarder des fissures, avec tout le boulot qu'on a quand on est Évêque.

Ce jour-là on est allés sur le toit pour inspecter les tuiles, et sur la petite terrasse qui fait communiquer l'église avec le centre Hoffman, on en a repéré quelques-unes cassées à proximité du mur principal de la façade et on a pris des notes pour le devis, toujours sous les yeux de l'Évêque qui s'impatientait, mais on s'est pas occupés des combles cette fois-ci, il n'y avait aucune raison d'aller s'occuper de l'intérieur.

Nous, on est des ouvriers roumains, on est en Italie que depuis très peu de temps alors l'histoire de la petite qui a disparu on en avait vaguement entendu parler mais juste comme ça, sans les détails. En Roumanie il y en a tellement des petites qui disparaissent que pour nous presque c'est habituel, on y fait même plus attention. On le sait que la plupart du temps on les retrouve sur le trottoir en Italie ou en France, parce que quand tu as 17 ans dans un petit village de Roumanie tu penses à toutes les solutions possibles pour avoir de quoi manger, et les petites souvent elles se disent qu'il vaut mieux aller faire le trottoir à Paris ou à Milan que de rester avec de la boue jusqu'aux genoux dans la campagne ou que de crever la faim à Bucarest. Mais pas toutes. Il y en a qui se font enlever pour de vrai, et souvent elles se retrouvent pareil, sur les trottoirs. Alors voilà nous on y pensait même pas à la petite qui avait disparu, et la Miséricorde on la regardait pas comme les gens d'ici, comme si elle était une espèce de bombe prête à exploser ou une maison hantée, on voyait juste que c'était un super chantier et qu'on allait bien gagner de l'argent, surtout que nous on est de bons ouvriers, on travaille très bien et ça tout le monde le sait, c'est pour ça qu'ils nous avaient appelés nous.

Alors on a fait la première inspection avec l'Évêque et on a noté tout ce qu'il y avait à faire, et le chantier a été programmé pour avril, c'était urgent mais pas trop parce qu'à ce moment-là les infiltrations n'étaient pas trop menaçantes, ça ne risquait pas d'abîmer l'intérieur de l'église avec ses belles décorations ses tableaux et tout.

Et puis il y a eu la grosse pluie du mois de mars et on a été appelés en urgence par le curé de la Miséricorde, Don Michel, parce que cette fois ça coulait à l'intérieur, dans les étages. Alors on est revenus pour voir ce qu'on pouvait faire pour limiter les dégâts, on est remontés sur la terrasse et c'est là que j'ai remarqué la porte qui donnait dans les combles. Je me suis dit que la fuite venait de là, c'était sûr, si ça passait à travers les tuiles il devait y avoir une sacrée cascade là-dedans, alors j'ai poussé la porte. Il faisait noir mais j'avais la lampe de mon portable et je me suis avancé dans les combles, j'ai avancé avancé, j'ai failli me péter la gueule à cause de toutes les merdes qui traînaient là-dedans, un matelas et des gravats, et je suis allé jusqu'au fond.

Au début j'ai pas très bien compris ce que je voyais, j'ai même cru que c'était une marionnette, enfin je sais pas très bien comment ça s'appelle les espèces de statues en bois, ou en plâtre, parfois avec de l'or dessus, qu'ils sortent pour les processions, moi j'y connais pas grand-chose je suis roumain, parfois ce sont des squelettes qu'ils habillent et qu'ils promènent, enfin je sais pas trop mais c'est la première chose qui m'est venue dans la tête, parce qu'évidemment je m'attendais à tout, à des rats même, mais pas à un mort. Je veux dire, que chaque matin quand je me lève et que je prends mes outils pour partir au chantier, je me dis pas que je vais tomber sur le cadavre d'une gamine qu'on recherche depuis dix-sept ans. Des cadavres ça m'est arrivé d'en trouver dans les gouttières, les canalisations, mais c'étaient des cadavres de rats, de souris, d'oiseaux, de chats à la rigueur, mais là, quand j'ai compris ce que je voyais, j'ai eu comme le corps qui s'est mis sur off, tout coincé je pouvais plus bouger, même ma langue elle est restée collée dans ma bouche et je pouvais pas appeler, c'est marrant vous voyez moi j'ai l'habitude de travailler avec des machines et je me suis senti comme une machine en panne. Devant moi dans la lueur de ma loupiote il y avait des os, et des parties encore avec de la chair racornie, et d'autres morceaux enfilés dans des restes de vêtements, et puis le crâne surtout, avec sa calotte de peau et de cheveux, vous savez ce qui m'a le plus donné envie de vomir, ou de pleurer, ce sont ces cheveux posés à côté du crâne comme un vieux balai à franges, j'ai tout de suite compris que c'était la fille. C'est venu d'un coup, vous comprenez. Je me suis dit tout de suite avec le peu de mon cerveau qui fonctionnait encore que c'était la fille disparue. C'est là que je suis parti en courant comme quelqu'un qui a le démon au cul, là la machine elle s'était remise en route. Je suis sorti par la porte en manquant me massacrer sur les petites marches et j'ai crié tout ce que j'ai pu aux copains qui étaient sur le toit. J'ai crié Putain les mecs, j'ai trouvé la fille, parce que moi le nom je l'avais pas retenu, j'ai crié J'ai trouvé la fille de l'église. Les gars n'ont pas compris immédiatement ce que je gueulais, faut dire que c'était pas très clair cette histoire de fille de l'église, c'est rien qu'à ma tête qu'ils ont compris que c'était très grave et très terrifiant. Ils sont venus voir, il y avait le chef de chantier aussi, il est devenu d'une drôle de couleur et il a murmuré : on a retrouvé Gloria Prats. Puis il nous a dit Ne touchez à rien les gars, ne vous approchez pas, on appelle le curé et la police.

Et c'est depuis ce jour que je ne dors plus.

Elena, 2010

Évidemment que je l'ai bien connue. J'ai très bien connu Gloria Prats, mais tout le monde sait cela, puisque tout le monde sait que c'est moi qui l'ai conduite sur le lieu de sa disparition.

Quand je parle de disparition, je veux dire avalement. Elle a été engloutie peu avant midi, un 12 septembre, dans le ventre d'un lieu sacré, et nous avions 16 ans.

Je ne vous mens pas, là. Oui bien sûr par le passé ça m'est arrivé de mentir, parce que j'avais 16 ans et que j'avais peur, je me suis même retrouvée à la barre d'un tribunal accusée d'avoir menti par omission et parce que le fait d'avoir été une des dernières personnes à voir Gloria, son accompagnatrice vers le lieu qui l'a mangée, avait fait de moi une coupable potentielle, une pièce jetée aux chiens dans un rouage présumé de complicités.

On a pensé que j'aurais pu la faire disparaître. Moi. On m'a prêté la brillance d'une diabolique. À moi. On a cru renifler du sang sur ces mains-ci. Oui oui, ces mains-ci. Regardez-les mes mains, si symboliques de celle que je suis, courtaudes, fragiles, transparentes. Quelqu'un a pensé que ces petites choses-là avaient pu un jour avoir la puissance, l'inhumaine faculté de rayer quelqu'un de la surface du monde.

Ce n'était rien de plus qu'une copine, Gloria, que sans le savoir, sans le vouloir, j'ai livrée au néant. Ne soyez jamais une des dernières personnes à graviter autour d'une amie désintégrée, c'est le massacre assuré de votre vie sociale. Surtout quand on en sort la tête basse, ses mensonges de petite fille exposés à la vindicte, douteuse à jamais. Comment dit-on déjà ? Pas de fumée sans feu ? Déjà avant l'affaire Gloria Prats je n'étais pas une personne au charisme resplendissant, mais depuis, pour ne rien gâcher, je suis comme marquée du sceau de l'infamie. J'ai perdu toute clarté.

Voile indélébile, comme un volet coincé.

Pour essayer de me faire oublier après ça j'ai quitté la ville. Tout le monde a quitté la ville. Aujourd'hui j'enseigne les mathématiques loin de P. et de ses journalistes, ce qui m'a concédé une dizaine d'années de tranquillité. Mais dernièrement, des images de moi lors de mon procès pour faux témoignage sont revenues sur les écrans en ramenant l'enfer sur ma tête comme un gros nuage orageux. Je crois que des parents d'élèves m'ont reconnue, parce que beaucoup ont demandé que leurs enfants aillent dans une autre classe. Pourtant depuis les faits j'ai pris soin de changer d'apparence, troquant mes lunettes contre des lentilles et sacrifiant mes cheveux. En prenant le nom de ma mère, en m'efforçant de vieillir. Mais on m'a reconnue, peut-être à ce visage peu banal que j'ai, cette face en galoche, grand nez et bouche inexistante, qui me pourrissait tellement l'existence à une époque où toutes ces choses ont de l'importance, les formes des visages, les pulpes des lèvres et les fulgurances sous les cils. J'étais moche. Je le suis à peine moins aujourd'hui.

C'est justement parce que j'étais moche que ce jour-là j'avais accepté d'accompagner Gloria à la Miséricorde. Je ne dis pas exactement qu'il lui est arrivé ce qui lui est arrivé à cause de ma laideur, mais on se rend compte parfois que des éléments d'une vie qui a priori ne semblent absolument pas reliés par la logique se connectent au contraire pour former, loin de notre volonté et à plus forte raison de notre conscience, une chaîne d'événements d'une absolue clarté. Ce n'est pas une découverte exceptionnelle que j'énonce là, je sais, mais pour moi elle est révolutionnaire et fondatrice, je vis avec depuis ce 12 septembre d'il y a presque dix-huit ans, je n'ai pas cessé un instant de penser à Gloria, à sa disparition, au tourbillon de conséquences qui s'est déchaîné dès lors. Ma vie s'est fondue avec celle de Gloria, c'est comme si moi aussi j'avais été avalée par la Miséricorde. J'ai pensé et pensé et j'ai fini par faire le lien : si j'avais été plus jolie, à 16 ans, je me serais débrouillée toute seule pour approcher Massimo.

Massimo – comment dit la chanson déjà ? *L'inaccessible étoile.* Massimo le meilleur ami de Damiano Solivo, aussi beau que Damiano était repoussant. Repoussant à mon avis, le plus humble qui soit bien sûr, étant moi-même ratée de la tête aux pieds. Damiano gras et lourd comme un ours mal dessiné, et près de lui toujours ce prince, ce médaillon : Massimo rendu plus beau encore sur fond de Damiano, avec ses boucles noires de vase grec, ses yeux d'orage, son cou brun et puissant orné d'or. Il en faisait tourner des têtes Massimo, il y avait tant de filles à P. qui rêvaient ne serait-ce que d'un regard appuyé de Massimo, d'une promenade en Vespa sur le Corso collées contre le dos de Massimo, et moi je rêvais de cela plus que les autres peut-être parce que je savais que c'était de l'ordre de l'impossible. Les autres filles avaient n'importe quel beau garçon dans leur ligne de mire, elles se promenaient les soirs d'été bras dessus bras dessous comme des brochettes de viande délicate, cuite à point, du haut en bas du Corso et puis retour, avec des rires de dindes à croquer, et les beaux garçons ne manquaient jamais de les regarder avec gourmandise et de se joindre à elles pourquoi pas, et parfois même elles n'étaient pas des merveilles mais elles savaient comment en avoir l'air, tout apprêtées et consentantes, ruisselantes de leurs rires et de cette faculté qu'ont certaines personnes à sembler si intéressantes, si disponibles, si utiles, utilité d'une croupe bien galbée dans le pantalon qu'il faut, d'une poitrine mûre sous le T-shirt qu'il faut, de la crinière artificiellement négligée. Le regard de Massimo pour elles n'était qu'un regard parmi tant d'autres. Et si elles ne parvenaient pas à l'attraper, eh bien elles en harponnaient un autre, celui de Marco ou Roberto ou Flavio ou Mirko, sur la Vespa desquels on les voyait passer, victorieuses, un peu plus tard. Mais pour moi, moi Elena, petite et maigrichonne et fade et terne comme un bouton de porte oxydé, moi qui n'avais aucune brochette ardente à laquelle m'agréger, moi qui n'avais jamais compris ces histoires de bon pantalon ou de bon T-shirt, moi qui ne savais pas rire en cascade ni sembler tellement utile, le regard de Massimo était un rêve ivre, un de ces désirs délirants qu'on garde en soi parce qu'ils nous couvriraient de ridicule s'ils filtraient, comme une shampooineuse acnéique qui rêverait, depuis sa sordide bourgade de Basilicate, d'être un jour fougueusement embrassée par Brad Pitt.

Le lien avec Gloria, me direz-vous ? Eh bien, Gloria plaisait à Damiano. Enfin, toutes les filles plaisaient à Damiano. Damiano l'ours mal dessiné, qui comme mort de faim ne savait plus où lancer ses filets et passait son temps à tenter sa chance avec toute créature dotée d'un corps plus ou moins en forme de guitare. Il essayait avec les adolescentes, il essayait avec les mères de famille, des plus averties aux plus naïves, des plus ravissantes aux plus ingrates. Tout le monde ici à P. avait eu au moins une fois l'occasion d'observer Damiano à l'œuvre, dans les lieux animés du centre-ville comme dans les endroits plus confidentiels, les clubs du centre social, les sorties évangéliques, les salles de classe ou de bibliothèques. Il envahissait et insistait, mais d'une manière bien à lui cependant, sans bruits ni paroles en l'air, sans le flux de mots infantiles et charmeurs dont tous les garçons usent et abusent pour se rendre hypnotiques. Lourd et monolithique, encombrant comme un meuble mou, Damiano se plantait dans le sillage des filles et les dévorait des yeux. Quand il leur parlait, c'était de trop près et trop bas. Il faisait des propositions. Je n'ai jamais vraiment su lesquelles, mais on lisait alors sur la fille un embarras glacial accompagné d'une perplexité qui ne laissait aucune place à l'amusement, puis poliment elle se glissait hors de cette sphère impalpable qui s'apprêtait à l'englober, et Damiano rentrait bredouille, araignée au ventre vide.

Donc, Gloria entre autres plaisait à Damiano. Il avait tenté à plusieurs reprises de l'engluer elle aussi, et comme les autres elle s'était carapatée avec un air perplexe, mais étrangement elle n'avait pas complètement fui.

Je me suis longtemps demandé pourquoi j'avais eu cette impression que Gloria ne fuyait pas tout à fait. Elle s'est dématérialisée si vite par la suite qu'il m'a manqué le temps pour la saisir dans son ensemble. Mais une chose était sûre : Gloria n'était pas autant écœurée par Damiano que les autres filles de P. Gloria ne sentait pas, n'a jamais senti, la lourde émanation d'invite érotique qui parfumait Damiano. Les autres filles oui, les initiées, les malignes, sentaient parfaitement couler sur leurs épaules ce fluide nauséabond, elles comprenaient, elles se braquaient. Mais Gloria malgré ses 16 ans avait cette innocence de petite fille ; et elle ne voyait en Damiano qu'un large plantigrade qui essayait d'une façon bien pataude d'élargir son cercle d'amies. La connaissant comme je la connaissais, je pense même pouvoir dire qu'elle avait pitié de lui. D'ailleurs elle disait toujours, en parlant de lui, hochant la tête d'un air compatissant : *ce pauvre Damiano*, comme on parlerait d'un gamin autiste perdu dans un jardin d'enfants.

Je ne sais pas si cela faisait de Gloria un être très pur ou une cruche patentée.

Enfin, quand je dis qu'elle parlait toujours de Damiano j'exagère un peu. Elle en parlait comme tout le monde en parlait, au moins une fois par semaine, parce qu'il avait fait des siennes. P. est une petite ville, vous savez. Comme nous tous Gloria était amenée à parler de Damiano, et toujours c'est vrai avec ce hochement de tête apitoyé. Et maintenant que je me sens la force d'évoquer ces choses-là, je peux bien avouer que c'est moi qui peut-être en ai parlé le plus. Parce qu'entre-temps j'avais forgé la chaîne à l'intérieur de moi, j'avais assemblé les maillons qui me conduiraient à Massimo.

Tout ça parce que j'étais moche, vous voyez, on y revient toujours. Toute seule, je n'aurais eu aucune chance avec Massimo. Mais si je parvenais à ficeler Damiano et Gloria ensemble, même simplement avec les fils de la pure camaraderie, alors là tous les possibles s'ouvraient à moi. Oh, vous savez, rien que des petits possibles sans envergure, il ne fallait quand même pas que je pète plus haut que mon cul, un sourire m'aurait suffi, un salut, une promenade ensemble, une pizza attablée face à lui, juste un petit possible minable si Gloria et Damiano devenaient amis.

Tu parles d'une diabolique.

Voilà pourquoi, quand Gloria m'a dit le 12 septembre 1993 que Damiano voulait la rencontrer dans l'église de la Miséricorde après la messe, parce qu'il voulait lui offrir un petit cadeau de félicitations pour sa réussite aux examens, je n'ai absolument pas essayé de l'en dissuader, bien au contraire, c'était avec grand plaisir que je l'accompagnais. Être présente, pour avoir la certitude que les choses avançaient dans le sens de mes désirs et peut-être pour l'empêcher de changer d'avis au dernier moment.

Et c'est à partir de là que la machine s'est emballée. Parce que le rendez-vous s'est transformé en un mystère si épais que presque vingt ans plus tard il reste des zones d'ombre par centaines. Parce que nos petites cachotteries de vierges effarouchées sont devenues aux yeux d'un pays entier des trahisons tragiques méritant châtiment. Parce qu'une fois qu'on a tiré par amusement sur un bout de laine qui pendouille c'est tout le pull qui vient avec, inéluctablement, sans espoir de retricotage.

Elle m'avait dit : « J'ai rendez-vous avec Damiano à 11 h 30 dans l'église, pour qu'il me donne son fameux cadeau. Je prends le cadeau, je discute un peu pour être polie et je te rejoins dix minutes plus tard devant les cabines téléphoniques. Mais en cas de complications, viens me chercher, OK ? Si à 11 h 40 je ne suis pas aux cabines, viens devant l'église. »

En cas de complications… Ce sont exactement ses mots et à ce moment-là ils étaient restés comme des mots en l'air, expression consacrée dans toute son imprécision, ni plus ni moins que l'idée d'un retard imprévu. J'avais répété bêtement : « Bien, en cas de complications à midi moins le quart, midi moins dix sur le parvis », sans bien sûr mesurer la dimension que ça prendrait un peu plus tard. Il m'a fallu y penser pendant dix-huit ans pour que ces *complications* prennent un visage concret en forme de film d'épouvante.

Il a fallu que je me le reproche et qu'on me le reproche tellement au procès. Pourquoi Gloria avait-elle pressenti de possibles complications et pourquoi y était-elle allée quand même ? Si une jeune fille se rend à un rendez-vous avec l'esprit si peu tranquille qu'il est besoin d'annoncer de possibles complications, n'est-ce pas une façon de se jeter dans la gueule du loup ? Voilà qui n'avait pas échappé au Ministère Public, la Pm Alice Toscanini, qui m'a écrasée sous une rafale de questions hachées, aboyées, avec pour résultat de me faire apparaître hésitante, perdue, noyée sous les contradictions. C'est ainsi que j'ai endossé le rôle du chaperon de théâtre menant l'agneau à son boucher. Parce que j'ai été incapable d'éclaircir le concept de *complications*, mot qui en outre venait de Gloria et non de moi.

Oui c'est vrai, nous en avions parlé sur le chemin. On en avait même ri bêtement, comme deux dindes en liberté, les mains en paravent devant nos ricanements. Et s'il me fait une déclaration d'amour ? Depuis le temps qu'il me fait du plat… Nooon… Essayer de m'embrasser, tu crois ? En plein milieu d'une église, il n'oserait pas… Et moi je lui dis quoi, s'il me fait des propositions ? Je ne peux quand même pas lui dire que je ne veux pas de lui parce qu'il est trop moche et un peu flippant sur les bords ! Malheur, je vais faire quoi, moi, s'il insiste… ?

Les voici, les fameuses complications imaginées dans nos petites têtes de linottes, vers 11 heures ce dimanche-là sur le chemin de la Miséricorde. Voilà pourquoi, *en cas de complications* qui se seraient révélées par une entrevue durant un peu plus longtemps que prévu, je devais venir arracher Gloria des griffes de l'ours. C'est ce que la Pm n'a pas voulu essayer d'entendre, au procès. Et c'est là-dessus, sur ce *en cas de complications*, qu'elle a désespérément tenté de me coincer. Alors je vous laisse imaginer si j'avais fait allusion à mon entremise entre Gloria et Damiano pour me rapprocher de Massimo… ça aurait été une mise à mort supplémentaire, ajoutant l'humiliation à l'intimidation, aux jambes faibles et au cœur cognant trop fort, à la honte de mes mensonges, à la terreur de me retrouver enfermée au cas où personne n'aurait cru à mon innocence. Non, au procès je me suis contentée de répondre le plus précisément possible aux faits concrets qu'on me demandait d'éclaircir, des considérations sur les lieux et les horaires, midi moins vingt aux cabines téléphoniques mais midi moins le quart/moins dix à l'église en cas de complications, mal à l'aise, persuadée que sous les caméras ma laideur était encore plus éclatante. Il y en a qui s'en souviennent toujours de ce moineau pâlichon aux épaules contractées, aux yeux imprécis derrière de trop grosses lunettes, à la voix tellement imperceptible que tout ce qui sortait de cette bouche avait l'apparence d'un fieffé mensonge. Personne n'a oublié ce moment-là, tant il est passé et repassé en boucle dans les émissions populaires, la voix de la Pm assénant, hors champ, « Écoutez, mademoiselle, vous avez employé un terme médical, si je ne m'abuse, *en cas de complications*, c'est bien cela ? Eh bien, que veut dire ce *en cas de complications* ? En général, *en cas de complications* s'utilise quand on établit un diagnostic, quand on indique une date de guérison possible sauf *en cas de complications*, lesquelles dans ce cas-là sont prévisibles… Quelle était la complication prévisible pour Gloria ? », et, dans la lumière crue, cette créature apeurée, engoncée dans un tricot vert, les cheveux ramenés en un chignon d'ancêtre, qui balbutiait, comme devant les remontrances de sa maîtresse, « Si ça prenait plus de temps avec Damiano… si elle s'attardait à parler un peu plus longtemps… », et l'autre, la voix enrubannée d'un pouvoir destructeur, aboyant : « Et ça, c'était une complication ? Bien, maintenant nous allons reparler des accords avec Gloria. Quels étaient les accords avec Gloria ? » et le moineau toussotait avant de répondre : « C'était... dans dix minutes aux cabines téléphoniques, mais en cas de complications dans un quart d'heure à côté de la Miséricorde... » « Et ceci, hennissait de nouveau la Pm invisible, ceci aurait eu lieu à quelle heure ? Quelle heure était-il quand vous êtes retournée à la Miséricorde un quart d'heure plus tard ? » Il faut le voir alors le moineau, dansant d'une fesse sur l'autre, hésitant à trouver le micro tant son corps est raidi, bredouillant lamentablement : « Autour de midi moins quelque chose... parce que moi, vers midi moins le quart en cas de complications... vers midi, midi moins le quart, moins dix, plus ou moins... », jusqu'au moment où l'autre coupait, triomphante d'avoir abattu le petit oiseau : « Vous êtes en train de vous contredire ! Mot pour mot ! Voulez-vous bien expliquer ce que vous avez fait entre 11 h 30 et midi trente ce jour-là ? » Fin de la bobine. Le voile du soupçon indélébile venait de tomber sur moi.

J'avais à peine plus de 17 ans. Je comparaissais pour faux témoignage. Faux témoignage, bon sang. Alors que d'autres, en toute impunité, avaient brouillé intentionnellement les pistes, jurant face aux enquêteurs qu'ils avaient vu Gloria ce jour-là, l'après-midi, bien après son rendez-vous avec Damiano, qui devant chez elle, qui dans une voiture avec des Albanais, alors qu'on le sait aujourd'hui, Gloria n'était jamais ressortie de l'église. Eh bien eux, ceux à la parole facile et à la vue bien perçante semble-t-il, ceux qui par désir de notoriété peut-être ou par simple confusion due à l'excès de zèle, niet, nib, un petit coup sur les doigts et rentre chez toi. Tandis que pour moi, parce que je n'avais pas osé dire tout de suite à la famille de Gloria qu'elle avait eu ce rendez-vous avec Damiano, un procès pour faux témoignage passible de deux ans de prison. Normal, je me dis en revoyant ces images :

trop moche pour être honnête. La gueule même du bouc émissaire. Et au bout du compte, plus d'un an avec sursis et une amende exorbitante. C'est cher payé pour quelqu'un qui n'a rien fait.

Aujourd'hui, maigre consolation, on sait qui a menti et qui non. Certains continuent à me soupçonner d'avoir livré Gloria au croque-mitaine ? Peu importe. Je m'en souviens, moi, de nos ricanements derrière nos mains sur le chemin de la Miséricorde, et de mon espoir que bientôt Massimo graviterait dans mes parages. Mais au moins, on sait que ce n'est pas moi qui l'ai fait disparaître. Mon petit drame personnel, celui qui me blesse encore, c'est ce dont je viens de parler, le procès et ses images, le film du moineau déplumé. Je ne suis pas un être de lumière. J'ai vu et je vois encore un être à la ridicule insignifiance qui s'est planté sur toute la ligne, quelqu'un qui avait déjà, et pour longtemps, la griffe de l'éternel échec gravé sur le visage. À ce moment-là j'avais perdu bien trop de choses pour me tenir encore le dos droit : perdu l'illusion d'un monde sans tragédie, perdu une amie sur le parvis d'une église comme on se rend compte, brusquement, qu'on a perdu son portefeuille, perdu la dilution de ma laideur dans un anonymat protecteur, perdu Massimo. Massimo avait vite retiré ses billes. Il avait tourné le dos à Damiano comme tout le monde, à la ville, à tout ce malheur et cette boue en cascade qui nous avait tous souillés. Lâche peut-être. Ou bien inspiré.

Lâches, nous l'avons tous été. De la plus petite couardise à la plus grave. Les vérités ont été enfouies et les langues, quand elles se sont déliées, l'ont fait à tort et à travers. Et moi j'ai été la première à mentir. Non, je me trompe : c'est Gloria qui a commencé. Au moment même où elle se mettait d'accord avec moi pour que le rendez-vous avec Damiano reste secret, tout s'est engouffré dans la direction de la dissimulation. Je ne suis pas en train d'accuser Gloria, d'insinuer qu'elle a été punie pour ses fautes, je mets juste au défi quiconque prétendrait qu'à 16 ans on n'a pas tous quelque chose à cacher. Gloria ne voulait pas que ça se sache, même si pour elle il n'y avait de quoi fouetter un chat. On voulait lui offrir un petit cadeau dans une église entre deux messes, rien de plus. Ce qui la gênait, c'était que Damiano Solivo voulait lui faire ce cadeau. L'ours mal dessiné, le meuble mou, le transpirant Damiano Solivo. Damiano Solivo à la bouche épaisse et toujours humide. Elle ne voulait pas qu'on croie... Gloria se fichait pas mal des garçons mais l'idée qu'on l'imagine flirtant avec Damiano Solivo lui aurait été insupportable. Et puis il y avait ses parents. Ça ne faisait aucun doute, si ses parents avaient su qu'elle devait rencontrer Damiano, ils lui auraient formellement interdit de s'y rendre. Pas parce qu'il était un garçon, non, les Prats n'étaient pas de ce genre-là, mais là aussi, parce que c'était Damiano Solivo.

C'est pour cela qu'on a dit qu'on allait à la messe. Pour ne pas souffler mot de Damiano et pour se concéder une petite demi-heure, à peine plus, de liberté. Jusque-là, pas de grande trahison, mais des petites cachotteries de lycéennes. Souffler un peu ; parcourir le Corso bras dessus bras dessous comme les jolies filles, prendre une glace peut-être pour accompagner le mouvement de pendule de la promenade, sécher la messe. Comme tout le monde, en fait. Je sais que les gens ont copieusement commenté cet état de fait, je lis les blogs. Je sais que quelques merdes humaines ont osé en conclure que si Gloria n'avait pas menti elle n'aurait pas disparu. Je l'ai pensé ; mais jamais je n'aurais osé l'exprimer, par respect pour elle. On a même osé écrire que sa famille pour Gloria était un carcan dont elle rêvait de se libérer, de là l'obligation de mentir pour respirer. Tout ça pour appuyer la thèse de la disparition volontaire. Diaboliser les Prats, c'était justifier les conclusions de fugue et excuser le fait que l'enquête ait été à ce point bâclée. Et continuer à voir en moi la complice d'une évasion. Ce qui arrangeait bien tout le monde.

Mais ceux qui connaissaient Gloria le savaient bien : la seule chose qui avait une réelle importance à ses yeux, c'était le foyer, entre Mamma Giuseppina, Babbo Mauro, et ses deux frères, Aldo et Giuliano. Deux piliers, ses deux frères. Les deux armoires à glace contre lesquelles elle appuyait sa vie. Vous comprenez maintenant pourquoi tous ceux qui la connaissaient ont hurlé à l'incurie quand on a avancé, imposé plutôt, la thèse de la disparition volontaire ? Une fille comme Gloria ne partait pas d'elle-même comme une adolescente insatisfaite. Une fille comme Gloria avait l'immense chance d'avoir trouvé le bonheur sans même le chercher, parce qu'elle avait poussé dedans comme une herbe grasse, parce qu'elle n'avait absolument aucune raison d'aller le chercher ailleurs. Il n'y avait que Gloria pour décliner des propositions de cinéma ou de pizzeria parce qu'elle avait envie d'être en famille ce soir-là, parce qu'elle avait prévu de faire quelque chose avec ses frères ou parce qu'elle devait accompagner sa mère quelque part. Et à Paola qui un jour, un peu irritée par ses perpétuelles déclinaisons, lui avait dit : « Mais ils ne te lâchent jamais la bride, dans ta famille ? », Gloria, outrée, avait répliqué que c'était un choix et non une contrainte.

D'autres ont même pensé qu'elle aurait pu s'enfuir avec un garçon comme une Juliette du grand Sud. Si je n'avais pas été si dévastée, ça m'aurait fait éclater de rire. Il faut que je vous resitue la chose, pour que vous compreniez mieux.

Nous voici de nouveau en septembre 1993. Un dimanche proche de la rentrée des classes, presque un jour d'automne, et pourtant comme à l'accoutumée flotte encore dans les rues de P. le souffle insouciant des vacances d'été. Les amis se retrouvent après les villégiatures à la mer avec des flirts en bandoulière. Nous, plus sages et moins jolies, nos cartons étaient vides. Nous, je parle de Gloria et moi. Gloria non plus n'était pas à proprement parler une beauté, mais elle attirait davantage le regard que moi. Autant j'étais du type coupante, terne et renfermée, autant Gloria avait un je-ne-sais-quoi qui inspirait immédiatement la sympathie. C'est parce qu'elle riait tout le temps. Sa rondeur lui conférait cette allure de gamine gourmande et enjouée, une aura de poulette bien nourrie. Contrairement à moi qui me rongeais depuis longtemps de désirs d'amour, elle avait l'humilité et le bon sens de ne pas s'intéresser au monde des garçons. Elle ne plaisait pas, mais elle vivait la banalité de son apparence avec une totale indifférence, comme une petite fille incontaminée. Elle ne tremblait pas de dépit, comme moi, devant les belles plantes dignes des magazines. Elle respirait l'enfance et s'en nourrissait, pendant que moi je végétais.

Le vrai point commun que nous avions elle et moi, c'était nos lunettes. Deux binoclardes sur la touche des amourettes, moi frustrée, elle rayonnante, toujours. Pourquoi est-ce que je vous raconte cela ? Ah oui, la fugue présumée avec un garçon. Eh bien voilà. Tout ça pour vous dire qu'il n'y en avait aucun aux alentours du cœur de Gloria, et qu'il n'y a qu'avec un effort surhumain de l'imagination qu'on aurait pu concevoir un de ces romans farfelus où une lycéenne boulotte, binoclarde, sage comme une image sainte et hystériquement attachée aux siens se dégotte un Roméo qui l'emporterait dans sa Cinquecento comme sur un cheval fou.

Non, autour de Gloria il n'y avait que Damiano.

« Dans dix minutes aux cabines téléphoniques », me dit Gloria. « Mais en cas de complications, cinq minutes plus tard à l'église. » Je la regarde entrer dans l'église, je fais un tour, je retourne aux cabines, il est midi moins un quart, je ne la vois pas, alors je m'achemine vers la Miséricorde. Je croise Paolo Canò, je lui dis que je dois retrouver Gloria mais que je ne la trouve pas. Tu ne l'aurais pas vue, par hasard ? Non. J'attends quelques minutes sur le parvis, je ne la vois toujours pas sortir, alors je fais le tour du bâtiment pour rejoindre l'autre porte, celle qui donne sur la courette au portail entrouvert, face à la fontaine. Souvent nous nous étions attendues là, elle et moi. Je me dis on ne sait jamais, c'est peut-être ça qu'elle voulait dire avec son « à l'église », j'attends un peu, elle n'est toujours pas là. Alors je retourne sur le parvis, mais c'est la fin de la messe et la foule sort de l'église en un flot compact, je la cherche dans la foule et je ne vois rien. On m'a demandé pourquoi je n'étais pas entrée dans l'église à ce moment-là, et je dois avouer que je n'en sais rien. Je n'en voyais pas l'intérêt à cet instant précis. La Miséricorde alors n'était qu'un accessoire dans notre histoire. La seule chose à laquelle j'ai pensé, c'était que Gloria n'avait pas respecté nos accords à la lettre et qu'elle était peut-être rentrée directement chez elle. Est-ce que j'avais eu quelques secondes de retard, aux cabines ou sur le parvis, la poussant à se faire la même réflexion que moi et à reprendre le chemin de la maison en comptant m'y retrouver ? Puisque son frère Aldo devait nous emmener toutes les deux manger une pizza à la campagne ce midi-là, je me suis dit qu'elle était certainement allée le rejoindre. J'arrive chez les Prats, je sonne, et dans l'interphone je demande à Aldo « Est-ce que Gloria est là ? » Stupéfait, il me dit : « Mais elle n'est pas censée être avec toi ? Vous n'étiez pas ensemble ? », et moi à ce moment-là je n'ose pas parler de Damiano parce que je ne veux pas que Gloria se fasse taper sur les doigts, je réponds : « Si, si, nous étions ensemble à la messe mais à la sortie je l'ai perdue dans la foule, alors... »

Et là, il faut que je précise quelque chose. Pour répondre aux accusations qui ont été proférées contre moi et qui m'ont valu un procès, une condamnation avec sursis et une amende : je n'ai pas omis de parler de Damiano pour dissimuler quoi que ce soit dans un but scélérat. J'ai juste cru bon de ne pas enfoncer le clou parce qu'à ce moment-là, ce 12 septembre 1993 à midi et des poussières, je ne pouvais absolument pas concevoir qu'une jeune fille entre dans une église, lieu public le plus fréquenté ce jour-là et à cette heure-là, dans une petite ville de province où tout le monde se connaît, et ne plus jamais en ressortir. Mettez-vous à ma place ne serait-ce qu'un instant. Vous regardez entrer une amie dans une église un dimanche à 11 h 30, penseriez-vous une seconde, en ne la voyant pas réapparaître dans la foule, qu'elle aurait pu se dématérialiser ? Est-ce que ça fait partie de la logique du monde ? Pour moi, il était évident qu'on allait la retrouver, quelques minutes ou quelques heures plus tard, parce que c'était une adolescente et pas une enfant de 4 ans, parce qu'elle avait eu un coup de blues ou l'envie de s'évader un peu, et fin de l'histoire. Juste une histoire de quiproquo, de rendez-vous manqué. Pas un film d'épouvante. Voilà pourquoi je n'ai pas dit la vérité tout de suite.

C'est la réaction d'Aldo qui m'a fait sortir de ma léthargie. Il fallait voir comme il a bondi, comme il a fait irruption dans la rue pour se précipiter en direction de la Miséricorde, arpentant le Corso à la vitesse d'un taureau. Aldo avait pressenti. Il est revenu vers moi, m'a reposé la question, j'ai recommencé à omettre Damiano. Puis il s'est fâché. Personne ne peut rester de glace quand Aldo se fâche. Il m'a bousculée. Je m'en souviens encore, Aldo qui me secouait par les épaules au point que mes lunettes glissaient sur mon nez et que ma tignasse échappait aux barrettes. C'est là que j'ai compris qu'on avait basculé dans une autre dimension. Et que j'ai tout raconté.

Gloria Prats faisait désormais partie des disparues, en embarquant tout le monde dans son sillage de désolation. Mais le plus extraordinaire, c'est qu'on a retrouvé son corps dix-sept ans après sa disparition. Exactement où elle avait disparu, exactement où on l'avait cherchée. Dans un lieu où, pendant dix-sept ans, n'avaient jamais cessé des va-et-vient intempestifs. Comme ça, revenu, là, comme un champignon récalcitrant après la saison, un beau jour. On a poussé une porte et elle était là. Pas même des os blanchis, mais un corps juste putréfié, chair toujours, vêtue comme au jour où elle s'était évanouie, dix-sept ans plus tôt. Elle était là, sous notre nez. Ou plutôt non, pas sous notre nez mais juste au-dessus de nos têtes. Sous un toit. Un sous-toit. Les combles, baisodrome notoire, de l'église de la Très Sainte Miséricorde.

17 mars 2010

Quand le téléphone avait sonné ce matin-là et qu'elle avait appris de la bouche du commissaire Brandi qu'on venait de découvrir un corps dans les combles de la Trinité et qu'il y avait de fortes chances pour qu'il s'agisse de celui de Gloria, le cri qu'elle avait laissé échapper n'avait pas été celui d'une bête blessée, mais d'une chasseresse victorieuse.

Elle attendait ce moment depuis dix-sept ans.

Depuis dix-sept ans, elle priait chaque jour la Madone des Grâces pour qu'on lui rende enfin les restes de Gloria.

Depuis la première minute elle savait qu'il ne s'agirait que de restes. Quand une fille comme Gloria disparaît, on ne la retrouve jamais sur ses deux pieds. Surtout dix-sept ans plus tard.

Dès le début Mamma Giuseppina avait hurlé contre tous les vents qu'on lui rapporte ce corps. Ce qu'elle voulait, c'était une tombe, un lieu où aller déposer une fleur et quelques prières.

La Madone des Grâces ne l'avait jamais entendue. Elle n'avait pas été la seule.

Après le cri qu'elle poussa, elle aurait pu s'effondrer. Mais il en fallait bien plus pour abattre Mamma

Giuseppina après ces dix-sept années suspendues, pour faire taire sa colère. Alors elle se mit à tempêter, frappant du plat de la main sur la table pour ponctuer les phrases qui jaillirent en flux intarissable, au point que, à l'autre bout du fil, le commissaire Brandi se sentit écrasé par la colère d'une déesse bafouée.

— Dans l'église, dans l'église, évidemment qu'elle était dans l'église, et tout le monde le savait depuis le début, ceux qui se taisent, ceux qui se protègent les uns les autres, et à présent nous l'aurons la justice, justice et vérité commissaire, pour Gloria la justice et la vérité, et maintenant ils doivent tous trembler dans leurs bottes, tous ces gens sans cœur qui n'ont jamais su respecter la douleur d'une famille, les magistrats et les curés commissaire, tous ceux qui ont menti et fait dévier l'enquête avec leurs mensonges et leurs silences, mais croyez-moi, commissaire, c'en est fini du silence à présent, et la vérité va éclater, elle va éclater et elle va en faire tomber des têtes... Dix-sept ans à le répéter commissaire qu'elle était là ma Gloria, et tous ces gens qui m'ont jetée dehors comme une malpropre quand je réclamais d'autres recherches et d'autres fouilles, dix-sept ans à écouter ces mensonges, à supporter ces conclusions de disparition volontaire, à supporter même cette horreur, le portrait vieilli de Gloria pendant que l'assassin continuait à vivre libre en toute impunité, mais lui est vivant et libre, monsieur, alors que nous notre vie s'est arrêtée avec celle de Gloria... Justice et vérité, justice et vérité pour Gloria et fin de tous ces mensonges !

L'imprécation avait fait accourir Aldo. Il venait de comprendre. Et quelque chose, cette chose qui pesait depuis si longtemps entre son estomac et ses intestins, ce calcul géant au milieu de ses viscères, eh bien cette chose sembla se liquéfier et se résorber quand il reçut sa mère, essoufflée, au creux de ses bras.

Enfin la Madone des Grâces leur avait fait un signe.

Mamma Giuseppina n'exagérait pas quand elle disait que depuis le premier jour elle savait que Gloria n'avait jamais quitté la Miséricorde. Et même si elle avait entendu certaines personnes lui répliquer que ce n'était qu'une vue de l'esprit, une de ces idées fixes insufflées par le mythique sixième sens maternel, elle n'en avait jamais démordu. Quelque chose l'appelait depuis le ventre de la Miséricorde. Elle passait devant l'église et elle l'entendait bourdonner, battre comme un cœur. Ce n'était pas la voix de Gloria qu'elle entendait, mais celle de la bâtisse, à présent vivante et organique. Elle avait souvent eu l'impression, en la regardant fixement comme un félin regarde une proie, que les murs se mettaient à se distordre, à se dilater tel un organe qui fait son office. Et ça, c'était le fantôme de Gloria.

Quand elle regardait la Miséricorde, elle se sentait proche de Gloria comme s'il ne suffisait que de quelques pas supplémentaires pour pouvoir la prendre dans ses bras. Et en même temps, elle voyait étinceler les yeux rouges de ce démon de pierre. Alors elle avait pris la décision de ne plus y pénétrer. Parce qu'à chaque fois qu'elle avait essayé, elle les avait bien sentis. Le Diable qui s'amusait, les spectres qui faisaient sarabande et la Miséricorde qui palpitait, lieu d'outrage, de mensonge et d'effroi.

Alors non, ce n'était pas une vue de l'esprit. Mamma Giuseppina savait intimement, viscéralement, que Gloria était là et n'en avait jamais bougé.

Le pays tout entier connaissait Mamma Giuseppina. D'ailleurs personne ne disait « Giuseppina Prats » ou « Mme Prats », elle était Mamma Giuseppina pour une nation entière. Elle était devenue l'icône des mères en deuil, des combattantes pour la justice et la vérité ; si familier, son visage, qu'il aurait pu remplacer celui des madones. Non pas Madone à l'Enfant, mais Madone de Pietà étreignant le vide car elle n'avait aucun corps à bercer.

Tout le monde connaissait ses colères retentissantes quand on l'invitait à s'exprimer sur les plateaux de télévision. Le son et le débit de sa voix étaient une chanson que chaque Italien connaissait par cœur depuis de longues années. Et il semblait étrange à tout un chacun qu'un bouillonnement d'une telle violence puisse être contenu dans le corps si frêle de ce petit bout de femme. Pas seulement madone, Mamma Giuseppina ; mais aussi Minerve armée et combattante, lançant imprécations et anathèmes sur la tête de tous ceux qui étaient alors désignés comme les coupables, directement ou par procuration, de l'invisibilité de Gloria : hommes d'église confits dans leur hypocrisie, depuis le simple curé de paroisse jusqu'aux évêques tartufes, policiers incompétents, magistrats corruptibles et corrompus, faux témoins courant après un quart d'heure de notoriété, gens du peuple muselés par l'omertà, et lui surtout, celui qu'elle voulait voir traîné devant les juges pieds et poings liés, celui qui n'avait jamais été inquiété alors que les faits criaient à sa culpabilité : Damiano Solivo.

Mamma Giuseppina désignait Damiano, et toute l'Italie avec elle.

12 septembre 1993

Le 12 septembre 1993 est une date qui, en marquant au fer rouge les habitants de P., demeure fatalement indélébile dans les mémoires. Chacun a gardé au fond de lui le souvenir de ce qu'il était en train de faire, et à quel endroit, le jour de la disparition de Gloria Prats. Pour beaucoup, pour ceux qui dans ce laps de temps tragique faisaient partie des promeneurs du Corso Garibaldi et de ses environs, pour ceux qui s'étaient rendus aux messes du matin au sein de la Miséricorde, c'est un sentiment de culpabilité qui a dominé. Pourquoi n'avaient-ils rien vu ? Pourquoi diable n'avaient-ils pas fait attention aux frôlements d'autrui, aux visages qu'ils avaient croisés, photographiant profondément dans leur rétine une physionomie, les traits de certaines figures, grâce auxquelles ils auraient pu être d'une aide précieuse pour les enquêteurs ? Pourquoi avaient-ils eu l'envie subite de bifurquer vers un pâtissier, un marchand de tabac, une jolie femme, au lieu de rester là comme prévu, sur le parvis de la Miséricorde, où ils auraient pu apercevoir et reconnaître les protagonistes de l'histoire ?

Certains se souviennent d'une silhouette athlétique sillonnant les rues du centre historique d'un pas de fantassin, traînant à ses trousses une rouquine menue à la mine terrifiée. Ils se rappellent avoir été bousculés, saisis en découvrant l'expression déterminée de ce solide jeune homme qui hélait à la cantonade : « Est-ce que tu as vu Gloria ? On ne la trouve plus. Gloria a disparu ».

Certains donc assistèrent à cela : Aldo Prats conduisant Elena par la peau des fesses à la Miséricorde, pour se faire désigner et expliquer les derniers déplacements de sa sœur. Chemin faisant, il arrêtait tous ceux dont les visages ne lui étaient pas inconnus parce qu'il les avait vus graviter autour de Gloria. Il ne se contentait pas d'arrêter : il fondait sur sa proie qui automatiquement avait un mouvement de recul. Car un Aldo Prats qui vous fonçait dessus, puissant et hagard, pouvait vous flanquer un coup au cœur. Il demandait inlassablement, Est-ce que vous avez vu Gloria ? Je cherche Gloria. Gloria a disparu, et dès la réponse négative et navrée de l'interlocuteur il repartait à grands pas.

Elena trottinait dans son sillage, les jambes faibles.

La Miséricorde. Il fallait fouiller la Miséricorde. Aldo avait cette idée fixe. Il ne parvenait pas à déterminer si c'était une idée folle ou bien la chose la plus évidente à faire. Aldo ne pouvait pas penser correctement. Depuis deux heures, il y avait un grand vide sous sa vie. Comme un brouillard compact dans lequel il enfonçait ses pieds.

Il venait de passer un long moment à faire les cent pas sous le domicile familial, guettant la silhouette de sa sœur. Première pensée déracinée : un retard, un retour, une supplique, un pardon. Un désespoir à consoler. Une vilaine chose à confesser. Alors il avait attendu, sursautant dès qu'une forme lointaine portant jean, sandales et haut clair apparaissait au coin de la rue. Mais non, aucune de ces formes n'était Gloria. Alors le cœur d'Aldo, un instant suspendu, atterrissait de nouveau dans un nuage de poussière.

Et puis il avait empoigné Elena et l'avait forcée à retourner à la Miséricorde avec lui. Il était très en colère contre Elena, pas simplement parce qu'elle avait été complice du rendez-vous secret entre Damiano et Gloria, mais parce qu'elle avait été tellement réticente à cracher le morceau. Et maintenant le temps passait, pressait, engloutissait.

Il tirait Elena par son pull autour de la Miséricorde. Où l'as-tu vue la dernière fois, où t'es-tu tenue pendant qu'elle entrait, où devais-tu la reprendre, où as-tu attendu quand elle ne s'est pas présentée, refais, remontre-moi. Elena, la tête rentrée dans les épaules, répondait, désignait et s'embrouillait un peu.

L'église était fermée. Il n'y aurait pas d'autre messe avant 6 heures. Mais Aldo s'employa à tambouriner à la porte de service tant et si bien qu'une jeune femme perplexe se décida à lui ouvrir. Il s'attendait à trouver Don Pepe ; c'est pourquoi, découvrant un jeune visage féminin, il fut pris de court et aboya :

— Et vous êtes qui, vous ? Où est Don Pepe ?

— Je suis la sœur du curé remplaçant. Don Pepe est parti prendre les eaux à Montecatini, juste après la dernière messe du matin. Mon frère le remplace pendant trois semaines. Mon frère, Don Viscardo.

Aldo jura. Puis il se reprit, comprenant l'inquiétude de la jeune femme qui se retrouvait face à un inconnu athlétique et exalté. Et il s'expliqua. La jeune femme resta un moment interdite, sûrement parce qu'elle n'arrivait pas à concevoir que qui que ce soit puisse entrer dans une église et s'y volatiliser, mais dès qu'elle entendit nommer Damiano Solivo il sembla à Aldo qu'elle blêmissait légèrement avant de s'écarter avec empressement et de le laisser entrer.

— Eh bien écoutez, je vous accompagne. On va faire le tour si vous voulez.

Pendant ce temps Giuliano était allé sonner chez les Solivo. Quand il s'annonça à travers l'interphone, on lui demanda de ne pas bouger. Je descends, fit la voix de Damiano.

Quelques minutes plus tard, la serrure de la porte cochère fit entendre son déverrouillage et Damiano apparut en compagnie de sa sœur. Bon sang, se dit Giuliano en découvrant le spectacle, on dirait le clown Patate et Monsieur Loyal. Damiano suait à grosses gouttes ; il tremblait. Très agité, il ne cessait de se frotter le visage du revers de ses grandes mains molles. À ses côtés, Carla Solivo, très détendue, un tantinet hautaine, souriait à pleines dents.

— Il paraît que vous cherchez Gloria… bredouilla Damiano. Mon Dieu c'est terrible, je suis bouleversé… Écoute, j'ai appris qu'elle avait disparu, pourtant ce matin je l'ai vue et elle allait très bien, elle était comme d'habitude, tranquille, mon Dieu tu as une idée du pourquoi elle est partie ?

— Mais personne n'a dit qu'elle était partie. À mon sens Gloria n'est partie nulle part. Je viens juste te demander comment s'est passé votre rendez-vous et à quel moment elle t'a quitté.

— Ben, sans problème. À la Miséricorde, comme prévu, juste après la messe de 11 heures. Je lui ai donné le petit cadeau que j'avais pour elle, on a un peu parlé, et puis elle est repartie assez vite en me disant qu'elle devait manger avec vous à la campagne.

— Elle est sortie à quelle heure ? Tu l'as raccompagnée dehors ?

— Midi, par là. Et elle est ressortie seule. Je l'ai regardée sortir et moi je suis resté un peu à prier.

— Et elle t'a semblé normale ? Vraiment normale ?

— Oui, comme d'habitude, enjouée, sereine. Bon, elle m'a dit qu'elle était un peu embêtée ces derniers temps parce qu'il y avait un garçon, là, l'Albanais, qui la collait un peu, qui était un peu trop insistant, mais…

rien d'autre... Écoute, Giuliano, là on est à table, je ne m'attarde pas. Je suis vraiment très inquiet moi aussi, tu me tiens au courant, hein, si vous la retrouvez...

— Ouais ouais, compte sur moi.

Et la porte lui fut claquée au nez.

Gloria avait disparu depuis trois heures.

Aldo, en ressortant bredouille de la Miséricorde, se sentit comme un mendiant aux mains vides. Il avait espéré trouver un petit quelque chose, sans savoir très bien quoi. Et puis, ça ressemblait à quoi, les traces du passage de quelqu'un dans un lieu public ? Une babiole oubliée, le sillage d'un parfum, une bouteille jetée à la mer ? Il n'avait pas su quoi chercher. Il n'avait rien trouvé. Il avait tourné autour de l'autel, ouvert les confessionnaux, soulevé les tentures. À chaque fois qu'il avait contourné ou rabattu quelque chose, il avait prié pour y trouver Gloria recroquevillée, cachée, coucou c'est moi, j'avais besoin de m'isoler un peu pour réfléchir, pour évacuer un chagrin. Mais il n'y avait là que le vide et l'odeur âcre d'une église fermée, propre, irréprochable.

— Vous savez, lui avait dit la jeune femme face à son grand désarroi, si quelqu'un était resté enfermé là après la fermeture, on s'en serait rendu compte. Don Pepe a dû tout vérifier avant de partir, ranger ses affaires, tout préparer pour que mon frère prenne la relève.

Mais Aldo était têtu.

— Les étages, avait-il dit brusquement. On accède aux étages par la sacristie, non ? Aux locaux du centre Hoffman...

— Oui mais, monsieur, le centre est fermé le dimanche, et puis la porte qui donne dans la sacristie est verrouillée, c'est Don Pepe qui a les clés. Il ne les donne jamais à personne. Même pas à son remplaçant, il n'y a aucune raison...

Mais Aldo n'avait pas voulu s'avouer vaincu. Il bouscula presque la jeune femme pour se précipiter dans la sacristie qui sentait l'encaustique et le ménage à peine achevé. La porte donnant sur les étages, effectivement, était solidement fermée. Alors il tambourina et appela. Il se rendit compte que c'était absurde mais il le fit quand même, espérant qu'elle soit là, bloquée dans l'escalier Dieu sait comment et Dieu sait pourquoi, mais une fois de plus il n'obtint rien d'autre que l'écho de ses poings.

Et à présent il était de nouveau dans la rue, frôlé par les promeneurs, dépossédé de tout.

Après avoir quitté le domicile des Solivo, Giuliano s'était employé à tenir compagnie à sa mère qui, les mains croisées sur les genoux et le regard enflammé d'inquiétude, attendait près du téléphone. Il passa un long moment à lui dire des choses auxquelles il ne croyait pas du tout. Elle fit semblant de les croire. Elle s'était peut-être disputée avec une amie, et consumait sa rage quelque part, inconsciente du souci que se faisaient les siens ? Elle avait peut-être besoin d'un petit moment à elle seule, rebelle pour une fois, elle qui avait toujours été si sage ? Ou bien tout simplement était-elle dans une situation qui l'empêchait de téléphoner, un bus pris dans des embouteillages ? un ascenseur bloqué ? On a appelé l'hôpital, on sait qu'elle n'y est pas. Giuliano, pour sa mère, inventait des fables à la fin heureuse.

Puis Mamma Giuseppina dit : « Quelqu'un nous l'a prise. »

Gloria, depuis quatre heures, peuplait la terre des disparus.

Giuliano, soudain électrisé par une image qui venait de traverser ce qui lui restait d'idées claires, abandonna là sa mère pour se précipiter de nouveau dans la rue.

Retourner vite chez les Solivo, le plus rapidement possible. Il fallait qu'il s'assure de quelque chose.

De nouveau la voix de Damiano dans l'interphone. « Tu l'as retrouvée ? » demanda-t-il d'un ton enjoué en reconnaissant Giuliano.

— Non, mais j'ai un truc à te demander. Tu peux descendre ?

Damiano descendit donc, seul cette fois-ci. Mais contrairement à son apparition précédente, il semblait totalement rasséréné, pimpant, et d'une amabilité qui frôlait le mielleux. Giuliano ne s'était pas trompé. Damiano avait le dos de la main gauche recouvert d'un large pansement tout frais, un pansement d'infirmier – gaze stérile et sparadrap. C'est ça qui s'était imprimé dans la rétine de Giuliano à sa première visite mais qui ne l'avait pas fait réagir dans l'instant.

— Tu t'es blessé ?

Damiano resta un instant saisi par l'agressivité de Giuliano. Puis il tendit sa main en avant pour bien l'exhiber dans la lumière.

— Eh oui, tu vois, quand tu es venu tout à l'heure je rentrais à peine des urgences. Je me suis cassé la gueule dans le chantier des escalators en début d'après-midi. Faut être con, non ? J'ai dévalé toutes les marches en béton. Et quand je suis arrivé en bas, j'ai envoyé la main pour me retenir et un bout de tôle pointu m'a transpercé là, entre le pouce et l'index. Tu peux pas savoir comme ça pissait le sang… J'ai flippé, alors je suis allé à l'hôpital, je pensais qu'il me fallait des points. Mais finalement non, j'ai eu de la chance. Tu voulais me demander autre chose ?

— Tu es bien sûr que Gloria t'a quitté vers midi ? Tu ne te trompes pas d'heure ?

— Écoute, je te l'ai dit, je l'ai regardée sortir et je suis resté un peu plus longtemps dans l'église. Et je peux te garantir qu'il était midi parce que j'ai entendu sonner les cloches et que la deuxième messe s'apprêtait à commencer.

Funambule, Aldo se dirigeait vers la maison. Il rentrait seul. Et c'est cela qu'il allait devoir annoncer à sa mère. La ville était restée muette. Les quelques amis de Gloria qu'il avait pu intercepter dans les rues, ignorants. Il n'y avait plus d'autre alternative à présent que d'aller signaler la disparition de Gloria à la police. Il allait de ce pas en convaincre ses parents, sachant que ce serait une lutte. S'en remettre aux autorités, c'était abandonner l'espoir du contretemps ou du quiproquo. C'était l'obligation de concevoir que Gloria s'était aventurée dans une autre dimension.

Arrivé devant le cinéma il reconnut le petit groupe de gens qui bavardait sur le trottoir. Il y avait là Carla Solivo, son fiancé, et Federico Sparone, le jeune voisin. Aldo s'en approcha ; des gens qui connaissaient bien la silhouette de Gloria pouvaient toujours lui donner des informations utiles.

— Ciao Aldo ! dit Federico. Alors, des nouvelles ?

— Je l'ai prévenu que Gloria avait disparu, expliqua Carla Solivo. C'est tellement fou !

— J'ai peut-être de bonnes nouvelles pour vous, annonça Federico. J'étais justement en train d'en parler avec eux… Carla m'a dit qu'on avait perdu sa trace à midi, mais moi je l'ai rencontrée bien après.

Aldo sentit la foudre le paralyser.

— C'est pas vrai… Quand, où ?

— Juste sous notre immeuble, à 13 h 30. Devant l'opticien. Je rentrais et je l'ai croisée. Je l'ai saluée mais elle ne m'a pas répondu, va savoir pourquoi.

— Mais tu es bien sûr que c'était elle ?

— Aldo, je l'ai regardée en face ! Gloria je la connais depuis cinq ans, depuis qu'on a emménagé dans votre immeuble, je ne pouvais pas me tromper.

— Tu es sûr de l'horaire ? 13 h 30 ?

— Sûr, sûr. Ma mère m'avait demandé de rentrer à 13 h 30 et j'avais fait très attention de ne pas être en retard.

Dans la poitrine d'Aldo, ce fut comme si un vase en cristal se brisait en mille morceaux.

— Federico, j'y étais moi aussi à 13 h 30 devant chez nous. Devant l'opticien, sans bouger, de 13 heures à 14 heures. Et je n'ai vu ni toi, ni Gloria. Federico, ne me raconte pas de conneries. C'est trop grave pour jouer, là. Tu n'étais pas là, elle n'était pas là. Pourquoi tu dis ça ? Réfléchis mieux si c'est vrai que tu l'as vue dans l'après-midi. Tu dois te tromper d'heure ou de lieu.

Le sourire triomphant imprimé sur le visage de Federico Sparone s'évanouit aussitôt. Il bredouilla quelque chose à propos de certitudes et de souvenirs puis, se sentant écrasé par une colère imminente d'Aldo, il prit un air navré et secoua une tête impuissante.

— Écoute, je suis pratiquement sûr de moi, mais j'ai peut-être confondu... Je vais mieux y réfléchir, je passe te voir tout à l'heure.

— Tu as plutôt intérêt, gronda Aldo. Et tu devrais même passer directement au commissariat si quelque chose te revient. Parce que là, on ne va plus attendre, on va signaler sa disparition. Et on va parler de ton frère, ajouta-t-il pour Carla Solivo. On est bien obligés. Tu peux même le prévenir.

— Mais bien sûr, je comprends, répliqua Carla. Mais n'exagère quand même pas trop avec lui. Ton frère est déjà passé deux fois à la maison aujourd'hui, il ne faudrait pas que ça devienne du harcèlement. Surtout que, si j'ai bien compris, Damiano ne serait plus la dernière personne à avoir vu Gloria.

— C'est ce qu'on verra, fit Aldo avant de les quitter.

Giuliano ne parvenait pas à se faire une raison. L'état changeant de Damiano. La blessure. L'idée saugrenue d'aller traîner dans un chantier. Il ne cessait de songer à la fébrilité transpirante de Damiano à leur première entrevue. Si vraiment il était si bouleversé par la disparition de Gloria, pourquoi à peine une heure plus tard était-il si serein, si calme, à la limite de l'indifférence ? Giuliano avait déjà son idée et il n'en démordrait pas. Il connaissait Damiano depuis longtemps et avait toujours remarqué son comportement sur le fil du rasoir, exalté par moments, puis brutalement taciturne, à la limite de l'autisme. Il avait toujours entendu parler des relations troubles que ce garçon entretenait avec les filles, de ces regards poisseux qui n'inspiraient en elles qu'inquiétude et dégoût. Damiano et lui avaient été dans la même classe au début du lycée, ils avaient même tissé quelques liens : pas vraiment d'amitié, parce que pour rien au monde Giuliano ne se serait confié à un type comme Damiano. Mais de camaraderie, d'acceptation mutuelle dans le même groupe. Damiano, Gianluca, Massimo, Giuliano : ils allaient voir les matchs ensemble et se retrouvaient pour manger une pizza, s'entraidaient pour leurs devoirs. Il y a quelques mois, juste avant l'été, Damiano était même venu chez eux, pour aider les deux frères à s'initier à la manipulation d'un ordinateur récemment acheté. Gloria était là ce jour-là. Damiano avait fait le con, comme d'habitude. Il lui avait demandé si elle voulait se fiancer avec lui. Il lui avait dit qu'elle était la femme de sa vie. Et la petite avait ri, un peu pour être polie, un peu parce qu'elle trouvait ça drôle. La bonne blague. Gloria avait tellement conscience qu'elle n'avait rien d'une femme fatale qu'elle avait considéré la lourdeur de ce rentre-dedans comme une amicale plaisanterie, comme on rirait des compliments d'un gentil tonton en visite. Et Giuliano se disait à présent, en contemplant la maison vide : et si c'était moi qui avais fait entrer le loup dans la bergerie ? Puis il se reprenait : non, Damiano n'aurait pas eu besoin de moi pour approcher Gloria. Ils fréquentaient tous deux le centre Hoffman. Gloria y faisait de l'aide aux devoirs pour les petits, Damiano du ping-pong, de l'informatique et qui sait quoi d'autre.

Il considéra un instant le petit mot laissé par Aldo sur le guéridon de l'entrée. « On est au commissariat pour signaler la disparition. Rejoins-nous. »

Il sortit précipitamment. Car avant, parce que pour lui les choses décidément ne collaient toujours pas, il reprit pour la troisième fois le chemin de chez Damiano Solivo.

12 septembre 1993, 18 heures.

L'officier Brandi s'ennuyait ferme au commissariat de P., dans le bureau qu'il partageait avec les agents Francesco Siri, Guglielmo Montacchi et Franco Spada. Cela n'avait rien d'étonnant parce que c'était dimanche. Après le coup de feu du samedi soir, émaillé de bagarres, de cuites mortelles et d'accidents de voitures, le dimanche ressemblait à une de ces journées paradisiaques où seuls l'harmonie familiale, la grasse matinée et l'appel de Dieu aiguillaient les hommes. Bientôt, quand l'automne rafraîchirait les choses et les gens, la petite ville retomberait dans une torpeur fraternelle. On passerait bientôt des rixes et des agressions aux simples histoires de cambriolage, d'arnaques et de recel. Brandi avait fait ses premières armes à Naples ; au regard de cette expérience, il pouvait se permettre d'apprécier le calme bon enfant qui régnait à P. et se réjouissait souvent de ne plus avoir à patrouiller avec la peur vissée au ventre.

Montacchi était descendu au bar d'en face pour rapporter un plateau de tasses de café et les quatre jeunes gens sirotaient, l'œil perdu dans le vague ou sur des dossiers en cours. De temps en temps ils échangeaient des plaisanteries relatives à certaines affaires décrites dans leur paperasse, si stupides ou si tragiques qu'elles ne pouvaient que provoquer la dérision. Ils venaient de piquer un fou rire sur cette histoire de squelette déterré dans un jardin : un très vieux squelette. Le problème avec ce squelette, c'est qu'il était composé des ossements de cinq personnes différentes.

Dans ce désœuvrement flottant, ils ne s'attendaient absolument pas à voir surgir dans leur bureau, sur les coups de 18 heures, escortés d'un commissaire Scampia plutôt irrité par le dérangement, un grand jeune homme hébété d'inquiétude et sa petite maman tremblante et dévastée.

— Les garçons, dit Scampia, on a une disparition sur le dos.

Et en prononçant le mot « disparition », il gratifia son escouade d'un clin d'œil appuyé.

Dix minutes plus tard, les quatre policiers avaient eux aussi envie de plaisanter, et ils se mordaient l'intérieur des joues pour ne pas se mettre à rire. Le quintuple squelette leur avait mis l'âme en joie. Mais la perdition d'une mère n'est pas chose risible.

— Si je comprends bien... dit Spada en relisant le rapport qu'il venait de taper d'un doigt paresseux. Vous me dites que votre fille est entrée dans l'église de la Très Sainte Miséricorde à 11 h 30 aujourd'hui et qu'elle n'en est pas ressortie.

Les estomacs tressautèrent.

— C'est exact, monsieur.

Dans la voix de la dame, déjà, pointait une colère qu'elle essayait de contenir sous une posture raide et digne, les pieds croisés sous la chaise comme ceux d'une écolière mais dont les pointes battaient follement le sol, et les mains agrippées au sac à main avaient les jointures blanchies.

— Mais ça, continua l'agent, c'est ce que dit son amie, cette demoiselle De Sanctis Elena. Vous, vous n'avez pas été témoins directs du fait que vous dénoncez…

C'est le fils qui prit la parole, manifestement irrité par tout ce bavardage qui s'éternisait et qui, par conséquent, retardait les recherches.

— Oui, c'est ce que dit Elena, et c'est Elena qui est venue nous avertir qu'elle ne trouvait plus Gloria à la sortie de l'église, mais il y a autre chose comme vous avez pu le comprendre, il y a que Gloria avait ce rendez-vous avec ce garçon, Damiano Solivo, et c'est après ce rendez-vous qu'on ne l'a plus revue.

— Elle sera sortie de l'église avec lui, peut-être ? Par une autre porte… Il y a une autre porte derrière l'église, celle qui donne sur la petite place de la fontaine…

— Monsieur, s'il vous plaît, essayez de comprendre… Je crois que le problème à l'heure qu'il est n'est pas de déterminer par quelle porte elle est peut-être sortie, mais que nous la cherchons en vain depuis presque six heures alors que nous devions nous retrouver, qu'elle n'est nulle part et qu'elle avait rendez-vous avec ce Damiano Solivo, qui est la dernière personne à l'avoir vue.

L'agent sentait bien que le ton commençait à monter chez le jeune homme large et puissant comme un judoka. Il dut déployer des trésors de diplomatie pour oser avancer, la tête presque basse, le mot soigneusement choisi, ce qui lui trottait dans l'esprit depuis le début de l'entretien :

— Et ce Damiano Solivo… Est-ce qu'on ne pourrait pas se permettre d'imaginer, juste quelques secondes, hein, comme ça… qu'elle se serait enfuie avec lui ?

Il s'attendait à un coup de gueule du fils, pas de la mère. Soudain, cette femme menue, au visage creusé et pur comme seul le peuple sait en façonner, cette petite souris si sagement assise sembla entrer en éruption. Pourtant elle ne leva pas la voix ni ne se lança dans une de ces imprécations dont les bureaux de police judiciaire ont l'habitude. Simplement, on sentit comme un grondement qui se répercuta dans la petite cage thoracique, quelque chose qui la fit gonfler et se déployer ; les mains crispées autour du sac se dénouèrent et un doigt se pointa sur l'agent Franco Spada.

— Mais quelle honte... quelle honte... Dire une chose pareille sur ma fille, monsieur, quel manque de respect envers ma fille, envers la mère que je suis monsieur, dire que ma fille pourrait s'être enfuie avec un homme mais vous devriez avoir honte monsieur, ma fille est honnête, elle est innocente, et nous sommes une famille honnête nous monsieur, une famille comme il faut. Et je vous les dis moi les choses monsieur, sauf le respect que je vous dois, mais s'il est en train d'arriver malheur à ma fille pendant que nous sommes là à écouter vos cochonneries c'est avec le Bon Dieu que vous aurez à régler des comptes. Monsieur.

Franco Spada resta pantois. L'espace d'un éclair, son cerveau fut envahi par les souvenirs d'un petit garçon pétrifié de honte devant les remontrances de sa maîtresse d'école, Sœur Margherita. Il regarda Giuseppina Prats dans les yeux et y découvrit deux puits sombres et immobiles, d'une dureté incommensurable, mais illuminés par les flammèches de la terreur.

Il ne parvint même pas à se sentir outragé. Dieu le regardait et le jugeait dès à présent.

Achille Brandi sentit qu'il se devait de voler à son secours

— Ce que mon collègue veut dire, madame, c'est qu'on ne peut pas totalement écarter l'hypothèse de la fugue. Il y en a tellement... Tenez, rien que cet été nous avons eu dix signalements de jeunes gens entre 15 et 18 ans qui se sont fait des petites vacances loin de la famille, quelques heures, quelques jours, puis on les a retrouvés ou alors ils sont rentrés bien sagement à la maison quand ils se sont rendu compte que le monde n'était pas la partie de plaisir à laquelle ils s'attendaient… Et parmi toutes ces escapades, il y avait des histoires d'amour… C'est pour ça que nous ne pouvons pas négliger cette possibilité… Vous comprenez… Nous ne doutons pas que votre fille, votre sœur, soit une personne exemplaire…

— Si vous voulez bien m'écouter une seconde… fit le grand jeune homme qui, malgré une voix altérée, n'avait perdu ni de sa prestance ni de son calme. Gloria est viscéralement attachée à nous, elle n'a pas de soupirant sauf ce Damiano qui la harcèle depuis un bon moment. Elle nous a caché ce rendez-vous et il a fallu tirer les vers du nez à sa copine pour l'apprendre. Mais Gloria n'avait aucunement, mais alors aucunement, l'intention de fuir, que ce soit seule ou avec quelqu'un. Gloria tenait tellement à ce pique-nique à la campagne avec ses frères et son amie qu'elle nous avait tannés pendant des jours pour qu'on l'organise. Ce matin elle en bondissait de joie comme une gamine. Il est absolument inconcevable qu'elle y ait renoncé comme ça, sur un coup de tête, et surtout sans nous avertir. Gloria est du genre à nous téléphoner dès qu'elle a deux minutes de retard. Ne mettez pas en doute notre intime conviction, monsieur, s'il vous plaît… Nous l'avons cherchée partout, partout… Moi je suis allé à la Miséricorde cet après-midi, la sœur du curé me l'a ouverte tout spécialement pour que j'y jette un coup d'œil. Pendant ce temps mon frère est allé chez les Solivo pour parler à Damiano… On a téléphoné à tous les amis… S'il vous plaît, écoutez notre intuition… Quelqu'un a fait du mal à Gloria. Je vous en prie…

Brandi avait écouté le garçon avec beaucoup d'attention. Un vrai orateur, ce type. Un homme simple, la tête sur les épaules, pas du genre à péter les plombs pour une broutille, s'exprimant avec une clarté et une élégance presque contre-nature pour son âge. Et il se laissa convaincre. Il s'apprêtait à le dire quand soudain la porte s'ouvrit de nouveau à toute volée sur un autre personnage accompagné par Scampia.

— Si vous voulez bien prendre la déposition du troisième membre de la famille Prats ! aboya-t-il.

Le nouvel arrivé se précipita tout d'abord auprès de son frère et de sa mère. Il hochait la tête d'une façon accablée qui traduisait un « Non, rien » désespéré. C'est Brandi qui en déduisit que c'était l'autre frère. Le même que le premier, mais en fragile.

— Vous déposez vous aussi ? demanda Spada.

— J'ai des éléments qui pourraient vous intéresser.

Spada soupira et s'installa de nouveau devant son clavier. L'œil de Dieu, à travers celui de la mère qui dardait sur lui un regard fou, ne s'était toujours pas détourné.

À la fin de la déposition des deux frères, l'ironie malicieuse qui avait caractérisé les paroles des quatre policiers s'était définitivement évanouie.

— On va se faire confirmer cette histoire de passage aux urgences, promit Spada. Siri, tu donnes un coup de fil ?

L'agent opina et s'exécuta.

— Donc, reprit Brandi en se tournant vers Giuliano. Vous êtes retourné une troisième fois chez les Solivo ? On peut dire que vous avez de la suite dans les idées.

— Son comportement m'avait tellement étonné que je voulais qu'il me reconfirme ce qui s'était passé pendant et après le rendez-vous.

— Et ?

— Eh bien je suis arrivé trop tard. Ses parents m'ont appris qu'il venait juste de partir pour Naples, il a un examen d'entrée à la faculté dentaire demain matin. Alors comme je voulais à tout prix lui parler j'ai demandé qu'ils me communiquent un numéro où je pouvais le joindre, mais ils ont catégoriquement refusé. Le père m'a dit que c'était pour Damiano un examen capital, qu'il préparait depuis des mois, et gare à moi si je me permettais de le tourmenter dans un moment pareil.

— Vous avez une idée de son retour ?

— Demain après-midi.

— Bien. J'envoie Montacchi leur demander officiellement ce numéro.

Siri le coupa à ce moment-là.

— On a confirmation. Solivo s'est bien présenté aux urgences à 13 h 40 pour faire soigner une plaie à la main gauche.

Soudain Guglielmo Montacchi, qui n'avait pas dit un mot depuis l'arrivée des Prats, fit un grand geste pour attirer ses collègues autour de l'ordinateur sur lequel il n'avait pas cessé de pianoter.

Damiano Solivo était dans leurs fichiers. Coups et blessures sur un camarade de jeu quand il avait 14 ans. Plaintes pour harcèlements téléphoniques. Et, cerise sur le gâteau, diverses mains courantes à son encontre pour avoir coupé les cheveux de filles dans les transports en commun.

— Montacchi, tu vas chez les Solivo pour le numéro. Nous, on file à l'église. La nuit risque d'être longue.

La lumière de l'aube creusa leurs paupières. Siri et Spada avaient eu raison d'informer leurs épouses respectives qu'ils ne rentreraient pas cette nuit-là. Brandi piaffait. Il avait hâte de retourner au commissariat pour commencer à rédiger toutes les notes informatives destinées au magistrat : il fallait des perquisitions, et vite. Il aurait voulu qu'elles commencent sur l'instant, chez ce Solivo qui avait intérêt à s'expliquer. Scampia râlait, pour la forme, comme à son habitude : après les premiers doutes de l'après-midi, lui aussi avait commencé à songer que ce n'était pas une disparition volontaire et que quelqu'un avait sûrement fait du mal à la petite. Vingt-quatre heures, se disait-il. En cas de disparition de mineur, on a vingt-quatre heures. Ensuite, les chances de le retrouver vivant s'amenuisent comme peau de chagrin. D'indélébile chagrin. De dévastation définitive.

Montacchi les avait rejoints après son passage chez les Solivo. Rien à faire, avait-il annoncé. Ils ont refusé obstinément de communiquer le contact de Damiano, sous prétexte que Gloria a été vue par un témoin bien après le rendez-vous. Sans ordre du magistrat, on ne peut rien faire.

Ils avaient battu la campagne ; passé la ville au peigne fin. Siri avait accompagné les Prats chez eux et longuement fouillé la chambre de Gloria dans l'espoir d'y découvrir des secrets enfouis, tout ça sous l'œil désincarné de la mère. C'est le mot qu'il avait trouvé : désincarné. Cette femme n'avait plus de corps. Elle n'était que douleur palpable comme une rafale de vent d'est qui emmêlait les cheveux de quiconque était en sa présence. Pauvre femme, avait-il songé. Voir la chair de sa chair s'évanouir dans le néant. Alors il avait fouillé infatigablement. Il avait conscience lui aussi qu'à présent cette inspection de la chambre de l'adolescente était en quelque sorte une façon de repousser une dernière fois la probabilité d'un crime. Si au moins il avait trouvé un nom, une preuve si infime qu'elle soit que Gloria avait levé le pied avec quelqu'un, ne serait-ce que l'allusion à une destination, il y aurait eu une pointe d'espoir. Mais il ne trouva rien. Gloria était d'une sagesse à pleurer. C'en était même inquiétant. Il se souvenait que lui, à 16 ans, frémissait de quelque chose. Les filles, le rock, le foot. Les désirs de voyage. Les tatouages et l'envie d'aller faire la fête à Barcelone. Un peu trop d'alcool. Les motos. Et le sacro-saint conflit des générations qui faisait naître entre lui et ses parents des disputes retentissantes et des bouderies à n'en plus finir. Gloria, elle, avait tapissé les murs de sa chambre de photos de ses frères, de Papa et Maman, de chats dans des paniers enrubannés et de copines de classe souriant joue contre joue. Il y avait aussi Jean-Paul II et Padre Pio. Pas beaucoup de livres, à part les incontournables des programmes scolaires. Pas même un roman à l'eau de rose qui aurait encouragé une jeune âme naïve. Pas une revue féminine qui aurait laissé entrevoir un goût pour les futilités. Parmi les cahiers scolaires il en dénicha un qui contenait quelques poèmes maladroits : tous à base de couleurs d'automne et de bruit de la mer. Il n'y avait aucun rêve d'amour là-dedans. Siri pensa qu'il touchait quelque chose du doigt quand il brisa le cadenas de ce qui ressemblait à un journal intime. Il le feuilleta rapidement : bon sang, la vie de cette fille était d'une platitude à mourir. Ce qu'elle racontait au jour le jour, avec cependant de longs sauts dans le temps, était uniquement basé sur des petits dépits d'école, des soirées douillettes en compagnie de sa famille, des nouvelles chaussures aperçues dans une vitrine ou des coquineries subies de la part des enfants qu'elle gardait certains soirs pour se faire un peu d'argent de poche. La mère avait raison : cette fille-là méritait son auréole.

Et tout en fouillant il n'espérait qu'une chose : que son talkie-walkie se mette à grésiller pour apprendre qu'on l'avait retrouvée, et qu'on l'avait retrouvée vivante, même violée et prostrée quelque part ça aurait été bien, mais il savait en son for intérieur que c'était fichu.

Ils se retrouvèrent au commissariat sur les coups de 8 heures, bredouilles et embarrassés. Scampia tempêtait : il ordonna la convocation de tout le monde, les parents de Damiano, Elena, les amis de Gloria et de Damiano. Spada suggéra : on fait revenir le curé de sa cure thermale ? et il reçut en réponse un œil scandalisé. Quoi ? insista-t-il. Parce qu'il est en communication directe avec le Bon Dieu on ne l'interroge pas ? On envoie les collègues de Florence, dit Scampia, qui iront lui poser quelques questions. Non mais vous l'avez vu Don Pepe, au seuil de la retraite, perclus de rhumatismes, vous imaginez vraiment qu'il aurait pu faire disparaître une fille vigoureuse entre deux messes ? Spada se rendit : ça avait l'air sensé.

— Allez dormir un peu, ordonna le commissaire. On se revoit cet après-midi. Je mets la relève sur le coup.

Les gars rentrèrent donc chez eux, mais aucun ne put fermer l'œil. La Miséricorde les avait engloutis eux aussi.

1985.

Elle avait répondu à son sourire parce qu'elle le connaissait bien. Il était dans son collège, et tout le monde s'accordait pour dire que c'était un brave garçon. Un peu étrange parfois, mais qui ne l'était pas, finalement... Dans sa classe il y avait Dario qui se coupait la chair des avant-bras dès qu'il avait le blues, et Valentina qui collectionnait des languettes de cannettes. Alors oui, celui-ci était un peu bizarre mais sérieux, d'une famille comme il faut.

Elle s'ennuyait tellement qu'un ami n'aurait pas été de trop. Ces vacances étaient interminables. En plus on lui avait fourgué ce petit cousin de 10 ans, quelle poisse, il ne s'intéressait qu'au foot et elle ne savait pas du tout quoi faire avec ça.

Alors quand ce grand adolescent timide leur avait souri et proposé de se joindre à eux, elle avait estimé que c'était plutôt une bonne idée.

Il leur avait dit : je vais vous montrer ma cachette. Les yeux du petit cousin s'étaient illuminés soudain. Une cachette, c'était vraiment ce qu'il fallait pour occuper l'ennui.

Il leur montra le chemin à travers les ruelles qui contournaient le Musée d'Archéologie. Là, en face du parc du musée, la nature en liberté reprenait ses droits. Il y avait cette étendue herbeuse, un peu bosquet un peu terrain vague, où peu de gens s'aventuraient à la tombée du soir parce qu'on y avait repéré des drogués. Mais de jour, il n'y avait aucun danger. Ce n'était cependant pas l'idée du danger qui aurait fait reculer la petite fille, un petit frisson n'était pas négligeable en ces temps de désœuvrement. Et puis à 12 ans, on n'a peur de rien.

— C'est dans le petit bois ? demanda-t-elle.

— Oui, répondit le garçon, mais comme c'est un endroit secret personne ne doit connaître le chemin.

Il sortit des foulards de sa poche, et les tendit aux deux enfants.

— Vous allez vous bander les yeux et je vais vous guider.

— On est vraiment obligés de faire ça ? hésita la gamine.

— Obligés obligés. Sinon, je ne vous y emmène pas.

Le petit, lui, semblait vraiment apprécier cette aura de mystère qui lui rappelait des histoires d'espions et de superhéros. Il noua avec empressement le tissu autour de ses yeux. Elle, elle n'aimait pas trop. L'obscurité l'angoissait, et l'idée d'avancer en aveugle sur les petits chemins avait fait retomber son enthousiasme.

— Mais qu'est-ce qu'il y a là-bas ?

— Une petite maison. Avec un petit salon. On pourra même y prendre le goûter, il y a des biscuits.

Résignée et malgré tout un peu piquée par la curiosité, elle se banda les yeux à son tour en prenant soin de laisser un imperceptible interstice à la hauteur de sa paupière inférieure, juste assez pour laisser filtrer un rai de lumière et entrevoir les accidents du chemin. Elle sentit qu'il lui prenait la main, qu'il faisait de même avec le petit et ils commencèrent à avancer.

L'enfant voulait tout savoir. C'est une cabane rien que pour toi ? Oui, rien que pour moi. C'est moi qui ai les clés. Et qu'est-ce que tu as mis dedans ? Des petits trésors. Tu y vas souvent ? Tous les soirs après l'école. Mon père travaille à côté et je l'attends.

Ils traversèrent ainsi le bosquet en trébuchant parfois. À un moment il les arrêta et elle entendit qu'il déverrouillait un cadenas. Une porte s'ouvrit avec un gémissement métallique et un souffle d'air vicié les entoura. Ça sentait la rouille et l'humidité, la moisissure aussi. Il faisait froid.

— Maintenant, dit le garçon, on va dire que je suis Géronimo et que vous êtes mes prisonniers. C'est vous les cow-boys, d'accord ?

Le petit poussa un cri de joie. Moi je suis Buffalo Bill, et Alberta c'est Calamity Jane, ok ?

— Ok. Donnez-moi vos mains. On va dire que vous êtes ligotés dans mon teepee.

— Ouais ! brailla l'enfant. Et après on arrive à se détacher avec nos coutelas et on s'échappe et tu nous rattrapes !

Elle aimait ça de moins en moins, mais elle obtempéra. Pour une fois que le petit était content de faire un jeu, elle n'allait pas gâcher ce plaisir. Elle tendit ses bras en arrière et sentit qu'on lui liait les poignets avec une cordelette. Elle sut que le petit subissait le même sort en l'entendant criailler que ça le chatouillait et se plaindre que c'était trop serré. Elle, ça allait. Une extrémité du lien qui lui entourait les poignets semblait avoir glissé du nœud qui s'apprêtait à se défaire. Mais elle continua à faire semblant, pour éviter une perte de temps inutile et en finir le plus vite possible.

Il les poussa à l'intérieur. Elle heurta la surface souple de ce qui semblait être un fauteuil. Il les fit asseoir en leur appuyant sur les épaules d'un geste brusque.

— Prends garde, Géronimo, les Visages Pâles sont plus forts que toi ! chantonna le petit.

— On peut enlever nos bandeaux maintenant ? demande Alberta.

— Pas tout de suite. La surprise n'est pas encore prête.

Elle sentit qu'il s'écartait et ouvrait un tiroir. Elle entendit des cliquetis et des objets métalliques qui s'entrechoquaient. On aurait dit qu'il installait des couverts. C'était de plus en plus mystérieux. Elle tendit la tête en arrière le plus possible, pour entrevoir ce qu'il était en train de faire à travers le petit espace sous le bandeau. Il avait un couteau à la main.

— Qu'est-ce que tu fais ?

— Je prépare le repas pour mes prisonniers.

Un ange noir à l'intérieur d'elle lui soufflait qu'il allait leur faire du mal. Son jumeau blanc le contredisait, arguant que ce n'était qu'un jeu de garçons et que les jeux de garçons sont toujours un peu brutaux mais inoffensifs. Elle eut cependant le réflexe de tortiller ses mains dans son dos pour les libérer tout à fait, sans que l'adolescent ne s'en aperçoive.

Le petit continuait à bavarder pour élaborer la suite du jeu. Au ton de sa voix, elle comprit que lui non plus n'était pas rassuré, et qu'il parlait pour se donner de la contenance. Le garçon était de nouveau près d'eux.

Et soudain elle entendit le petit hurler. Il n'y avait pas d'amusement dans ce cri, c'était de la douleur et de la terreur pures. Alors elle arracha son bandeau et bondit sur ses pieds. Et elle les vit dans la pénombre.

Il était derrière le gamin et lui maintenait la tête en arrière d'une main. De l'autre main, il pressait le couteau contre la gorge de son otage. Le sang coulait. Les pieds du petit battaient l'air vainement.

Elle avait encore un peu de courage. Elle se jeta sur eux, poussa le garçon en arrière de toutes ses forces. Elle se sentit perdue. Elle ne savait pas se battre ; et même si tel avait été le cas, face à ce grand adolescent elle n'aurait pas fait le poids. Mais les choses prirent soudain une tournure inattendue. Il tourna les talons et sortit précipitamment de la cahute. Le silence retomba. On n'entendait plus que les gémissements de l'enfant.

Elle l'enlaça, le débarrassa de ses liens et de son bandeau, puis examina son cou. L'entaille était profonde, mais le sang coulait lentement, sans jaillir ; il pleurait, comme l'enfant. Elle se souvenait que quand quelqu'un était égorgé à mort, parce qu'elle avait vu tant de fois sa grand-mère de la campagne tuer le cochon, ça giclait dans tous les sens en feu d'artifice. Elle le fit se lever sur des jambes tremblantes et l'accompagna à la porte. Elle poussa mais la porte ne s'ouvrit pas.

— Damiano ! appela-t-elle. Damiano mais qu'est-ce qui te prend ! Aide-nous, laisse-nous sortir ! Damiano, fais pas le con !

Elle savait qu'il était là, juste derrière la porte. Elle l'entendait piétiner dans les feuilles mortes. Et puis elle entendit autre chose. Des sanglots. Il pleurait derrière la porte.

— Allez, dit-elle plus doucement. Laisse-nous sortir.

De nouveau le cadenas cliqueta et la porte s'ouvrit. Elle saisit son petit cousin par la main et bouscula Damiano en jaillissant à l'air libre. Et elle courut, elle courut le plus vite qu'elle pouvait, traînant à sa suite le gamin terrifié, fonçant vers là où elle savait qu'ils seraient en sécurité. Il fallait s'éloigner de l'ogre tant qu'il était encore temps.

17 mars 2010

Cristina Sant'Elia, emballée dans sa combinaison stérile, avait envie de pleurer. Était-ce parce qu'après dix ans de métier elle ne s'était toujours pas habituée à ce genre de choses, ou bien parce qu'elle avait elle-même une fille adolescente, peu importe. Armée de ses écouvillons et de ses tubes qu'elle étiquetait scrupuleusement, elle luttait depuis de longues heures contre les larmes. Ne pas craquer, surtout. Garder une froide tête de professionnelle irréprochable, et ne pas laisser les émotions s'installer entre ses gants de latex et les pauvres restes de la gamine.

Une tension proche du bouleversement était palpable au sein de toute l'équipe. Gianni Parente, par exemple, était un enfant du pays et avait fréquenté le lycée avec Gloria ; et aujourd'hui, lui aussi chaussé, coiffé et ganté de matière plastique, il ne cessait de repenser à la jeune fille rieuse qu'il saluait chaque matin de classe, et dont la mystérieuse disparition le hantait depuis dix-sept ans. Il avait toujours été présent lors des manifestations en hommage à Gloria, il s'était engagé dans les associations créées par les proches pour que Gloria ne soit jamais oubliée et pour inciter les langues réfractaires à se délier. Il avait participé, par exemple, à la création de l'immense portrait de Gloria, agrémenté de l'inscription JE SAIS TOUT, qui trônait depuis des années au cœur des rues marchandes. Alors aujourd'hui Gianni Parente aussi hoquetait sous son masque. Quant aux autres, ils retenaient leur souffle ; car ils sentaient bien qu'ils étaient en train de vivre là un moment historique. Oui, historique, ils n'avaient pas peur du mot. Il y a des mystères tragiques qui secouent des pays entiers tout aussi brutalement que des bouleversements politiques.

Tous, sans exception, avaient suivi depuis le début les stagnations et les rebondissements de l'affaire à travers l'émission « Où es-tu ? ». Il y en avait eu, à « Où es-tu ? », des coups de gueule, des appels à témoigner encore et toujours et à briser la loi du silence, des incitations scandalisées, adressées aux autorités, à retrouver la raison et à poursuivre enfin les vrais responsables.

Car pour l'opinion publique, embarquée avec passion par les enquêteurs de l'émission qui visiblement faisaient mieux leur boulot que ceux de la Nation, on avait sciemment laissé filer l'assassin.

L'assassin. Le pays entier avait compris dès le départ que Gloria n'était pas simplement une disparue, mais bel et bien la victime d'un meurtre. Et l'indignation grondait quand des messieurs en uniforme ou des avocats exaltés osaient avancer l'hypothèse de la continuation d'une vie, d'après des témoignages vaseux, en Albanie, à Naples ou à Milan.

Alors que, si chacun avait bien fait son travail, l'assassin aurait été coincé en trois jours. Il aurait peut-être été trop tard pour Gloria, mais au moins justice aurait été faite.

Ces choses-là tournoyaient dans la tête des techniciens qui s'affairaient dans la soupente. On avait braqué des projecteurs pour pallier le peu de lumière filtrant par les interstices des tuiles. Quelques minutes auparavant, tout le monde avait retenu son souffle en voyant scintiller, sous la lumière violette, les fluorescences du luminol. Il y avait du sang ici, pas énormément, mais assez pour suggérer que c'était bien là la scène de crime. On ne l'avait pas « montée » ; on l'avait juste déplacée de quelques mètres. Elle était bien restée là, où elle était tombée dix-sept ans auparavant.

Cristina Sant'Elia, penchée sur le cadavre en même temps que le médecin légiste, récupérait les indices biologiques pendant que Gianni Parente photographiait l'un après l'autre tous les éléments qu'on lui désignait silencieusement et qu'on numérotait à l'aide de petits panneaux métalliques arborant des chiffres. Tout se déroulait en silence ; les gorges étaient nouées et les esprits plus concentrés certainement que sur d'autres affaires. Il s'agissait de Gloria Prats.

On finit de sceller et de marquer les effets personnels glanés près du corps. Une larme s'échappa malgré tout sur la joue de Cristina au moment où on rangea dans une mallette les lunettes, la chaîne de cou, les boucles d'oreille, les sandalettes en cuir racorni ; parce que si le cadavre était la représentation la plus crue de la mort, toutes ces petites choses racontaient la fin de la vie. Ces petites choses d'être humain, myopie et coquetterie, bimbeloterie choisie, aimée, mouvante autour des gestes d'une enfant. Cristina avec le temps s'était habituée à soutenir la vue d'un cadavre mais elle était toujours envahie d'une émotion intense devant des effets personnels. Elle chassa cette larme et poursuivit sans broncher.

C'est le médecin légiste qui brisa le silence le premier. Son dictaphone crépita en se mettant en route.

Premières observations sur le corps présumé de Gloria Prats, 17 mars à 12 h 30. Lieu du crime probable au vu des éclaboussures de sang révélées par le luminol : les combles de la Très-Sainte-Miséricorde de P. Le corps est allongé sur le dos, le bras gauche écarté du corps et le droit replié sur le thorax. État de décomposition avancée, cependant on observe une momification partielle du cadavre. La position peu naturelle du corps laisse présumer qu'il a été déplacé sur la scène de crime.

Présence sur le corps et autour du corps de débris de tuiles. La cage thoracique présente des signes de fractures dues à un écrasement probable sous un poids très important.

Présence, dans les talons des chaussures de la victime, de fragments de matériaux similaires à ceux qui composent le sol de la scène de crime. Il est à supposer que la victime s'est rendue sur les lieux en marchant, ce qui devra être précisé après analyse de ces fragments. Ceci confirme de nouveau la présomption de passage à l'acte sur les lieux mêmes.

Au vu des premières observations il n'y a pas eu viol ; cependant les vêtements présentent des signes d'altération. Le jean a été lacéré et déboutonné, le pull-over présente également des déchirures, dont on devra déterminer si elles ont été infligées ante ou post mortem.

L'état des cervicales ne présente pas à première vue de signes de strangulation. Les entailles nettes présentes sur la dépouille et sur les vêtements laissent supposer l'usage d'une arme blanche. Bordel de Dieu…

L'exclamation sidéra les membres de l'équipe dont les gestes de fourmis méticuleuses se suspendirent soudain. Huit visages se tournèrent vers le médecin qui, quant à lui, avait les yeux fixés sur le plafond. Il s'était renfermé dans un silence perplexe et chacun, le cœur battant, attendit qu'il reprenne.

— Bordel de Dieu, répéta-t-il. Quelqu'un a fait un trou dans le plafond.

Le lundi soir, immuablement, des millions d'Italiens font en sorte qu'à 21 heures les tâches ménagères, les devoirs pour le lendemain, les dernières mains à mettre aux obligations journalières soient achevées. Les enfants couchés, la vaisselle faite, les volets fermés. Les foyers s'assombrissent et dans une pénombre recueillie seule la lueur dansante des téléviseurs se reflète sur les visages. On se blottit en grappes sur les canapés. Parfois on décapsule une bière, les cigarettes sont à portée de main, les solitaires sortent les travaux d'aiguilles et dans certains salons le feu crépite. On ne raterait « Où es-tu ? » pour rien au monde. C'est le frisson de la semaine.

Chaque lundi, sur le plateau d'« Où es-tu ? », une charismatique journaliste, Raffaella Taddè, passe en revue tous les nouveaux disparus.

C'est qu'il y en a, des disparus. Une bonne dizaine par semaine. Sans distinction d'âge ou de sexe. Il y a ceux qui, brutalement horrifiés par la vie qu'ils ont menée jusqu'à présent, décident de ne plus rentrer chez eux. Ceux-là, on ne les plaint pas ; on se contente de compatir à la douleur des épouses, des mères et des fils. Il y a les adolescentes qui s'évanouissent dans le néant et qu'on retrouve au bout de quelques heures ou de quelques jours, en compagnie d'un amoureux ou d'une copine délurée, et à qui on filerait bien des baffes. Il y a, de plus en plus souvent, tant de vieillards désorientés qui ne retrouvent plus leur domicile ou qui partent pour la cueillette des champignons en pleine nuit ; dans le meilleur des cas ils referont surface d'eux-mêmes, retrouvés errants dans des gares ou des forêts, dans le meilleur des cas bien sûr, car parfois on les découvrira morts de froid ou d'épuisement au creux d'un fossé. Il y a l'armée de ceux « qui traversent une période de profond désarroi », tous ces désespérés parce qu'ils ont perdu leur emploi ou leur amour et qui, au terme d'une longue dépression, décident de s'éloigner de leur monde ou de celui des vivants.

Alors les gens appellent. « J'ai vu cette personne, oui je l'ai vue, pas plus tard que tout à l'heure, à tel endroit. » « J'ai cette personne avec moi, elle a l'air désorientée, les secours arrivent. » Dans les salons on soupire de soulagement, quand les histoires se terminent avec le sourire grâce à l'ancestrale solidarité des Italiens.

Mais parfois, la semaine suivante, on relance un appel pour les mêmes personnes, toujours portées disparues. Et ces disparus deviennent, semaine après semaine, comme de nouveaux membres de la famille, des visages bien ancrés qu'on brûle de recroiser un jour. Fondus dans le brouillard, mais mémoire collective.

Et puis il y a les mystères insondables. Les disparitions qu'on finit par ne plus considérer comme telles, mais qui laissent présager le pire. Et sur ce point, tout le monde s'accorde pour dire qu'« Où es-tu ? » fait un travail formidable. À la tête d'une armada de journalistes effrontés, la Taddè déniche les vipères sous les pierres, montre du doigt l'absurdité de certains témoignages, démasque les menteurs, fustige l'incompétence des enquêteurs, lance de nouvelles pistes auxquelles personne n'avait jamais songé et, contrairement aux autorités policières souvent, refuse que des dossiers soient clos en ne cessant d'en parler et de solliciter d'éventuels nouveaux témoins. « Où es-tu ? », c'est à la fois la voix du peuple qui réclame la vérité et la justice, la rébellion contre la mollesse judiciaire, l'avocat du diable et le fouille-merde le plus jouissif du paysage audiovisuel.

Nous sommes en 1993.

L'émission n'existe que depuis cinq ans et un visage a pénétré toutes les maisons. C'est celui de Martina Carrese, jeune citoyenne vaticane de 15 ans qu'on recherche activement depuis de longues années. On soupçonne que la tristement fameuse Bande de la Magliana en personne, celle-là même qui a ensanglanté Rome jusqu'à récemment, qui a eu un rôle dans certaines tragédies nationales comme l'exécution d'Aldo Moro et l'attentat de la gare de Bologne, est impliquée dans cet enlèvement. Car c'est certain, Martina a été enlevée et sûrement éliminée. Elle n'est pas la seule. Il y a tant de femmes qui disparaissent dans ce pays. Tant de mères de famille. Et tout le monde comprend bien qu'une mère ne s'amuse pas à disparaître ainsi, abandonnant ses enfants. On sait d'avance qu'on la retrouvera enterrée au fond d'un bois, et que parfois on arrêtera le mari.

Ce lundi de novembre, avant même qu'on ne revienne sur l'affaire Martina Carrese, ou sur la volatilisation d'une dizaine de citoyens, Raffaella Taddè ouvre l'émission sur le portrait d'une adolescente rondelette aux yeux rieurs. C'est Gloria Prats.

Chez les gens, c'est la consternation. Une adolescente disparue depuis deux mois, c'est déjà un drame. Mais disparue dans une église, pour beaucoup lieu de tous les miracles et de toutes les bienveillances, ça touche au scandale. Gloria Prats vient de rejoindre Martina Carrese dans la mémoire collective.

13 septembre 1993

L'église de la Très Sainte Miséricorde et ses dépendances, au petit matin, firent l'objet de toute l'attention des forces de police appelées à perquisitionner. On poussa même le zèle jusqu'à parcourir la crypte, la courette qui accueille l'entrée du centre Hoffman et la sortie secondaire de l'église, ainsi que l'intérieur des confessionnaux, du presbytère, de la sacristie. Rien.

Rien, c'est-à-dire pas de Gloria bien sûr, mais également rien qui n'aurait pu attester de son passage ou d'une violence qui lui aurait été faite dans les lieux. C'est la raison pour laquelle on commença à songer, au sein du commissariat, que s'il était arrivé malheur à Gloria Prats ce n'était certainement pas dans l'église. Ailleurs peut-être, mais pas là.

Cependant, dans l'esprit de Scampia et de ses hommes, l'ombre d'une personne inquiétante planait au-dessus de tout ce mystère. Et cette personne, justement, rentrait de Naples l'après-midi même par le bus de 15 heures.

Pendant que les gars de la Judiciaire fouillaient la Miséricorde de fond en comble sous l'œil d'un certain Don Calogero Viscardo, qui assurait le remplacement du curé officiel, Don Pepe, parti prendre les eaux, Scampia et Brandi s'étaient rendus chez les Solivo. C'est le père qui les accueillit, avec une sèche amabilité d'homme bien élevé. Il était, dit-il, extrêmement irrité par ce harcèlement de la famille Prats qui durait depuis la veille. D'abord Giuliano qui venait les déranger trois fois, ensuite une première visite d'homme en uniforme, et à présent les gradés. C'est que, expliqua calmement Scampia, votre fils est quand même la dernière personne à avoir vu une jeune fille disparue. On est souvent le premier ou le dernier à avoir fait quelque chose, répliqua le père, ce n'est pas pour autant qu'on est responsable. Et permettez-moi de vous rappeler qu'un voisin des Prats a déclaré avoir croisé la petite bien après que mon fils l'a quittée. Il ne l'a peut-être pas déclaré devant vous, mais à Aldo Prats. Ma fille en a été témoin. Comme tout le monde ici à P., vous savez que nous sommes des gens bien, une famille comme il faut. Brandi serra les dents et préféra ne pas lui répondre que depuis le début de sa carrière, il en avait collé derrière les barreaux des gens bien et comme il faut, des camorristes en col blanc qui rendaient encore plus blanc l'argent de la drogue, de bons bourgeois dans les jolies maisons desquels on torturait les épouses jusqu'à ce que mort s'en suive, de formidables enseignants à la pédagogie irréprochable et au goût prononcé pour les petites culottes de leurs élèves de 12 ans. Des gens bien, il avait appris à s'en méfier comme des autres. Mais il ne dit rien. Il voulait éviter de braquer cet homme dès le début.

— Est-ce que vous étiez au courant du rendez-vous qu'avait votre fils avec Gloria Prats hier matin ?

— Bien sûr que non. Mon fils a plus de 20 ans et il y a bien longtemps qu'il n'a plus de comptes à me rendre sur son emploi du temps ou les gens qu'il fréquente.

— Ce qui est bien dommage car c'est justement une question d'emploi du temps qui nous amène, monsieur. Giuliano Prats nous a affirmé être passé chez vous une première fois à 15 heures, puis à 15 h 45. Damiano était présent. Juste avant, à 13 h 40, nous avons la preuve que votre fils se trouvait aux urgences de l'hôpital et qu'il y est resté environ une demi-heure, accompagné de sa sœur et du fiancé de celle-ci. Nous, ce qui nous embête un peu, c'est que personne ne peut nous dire ce qu'a fait Damiano entre 11 h 30, où il a rencontré Gloria à l'intérieur de la Miséricorde, et le moment où on l'a retrouvé aux urgences. Un trou de deux heures dans une affaire de disparition et quand on est le dernier témoin, c'est délicat.

— Mais Damiano l'a dit à Giuliano Prats hier après-midi. Après le rendez-vous avec la jeune fille, il a erré un peu dans la ville dans l'espoir d'y croiser des amis et s'est rendu dans le chantier où il a eu son accident. Quand il a vu tout ce sang, il a paniqué. Eh oui messieurs, mon fils est comme ça, c'est une petite nature. Donc il a enveloppé sa main dans son gilet et il a couru vers la maison. Ma fille était là avec son ami et ils l'ont accompagné à l'hôpital. À ce moment-là, il était environ 13 h 30. Je dois dire que j'étais quelque peu fâché de ce contretemps car nous avions préparé un repas en l'honneur de l'anniversaire de ma femme. On aurait dû se mettre à table à 13 h 30 mais cet accident ridicule a tout retardé. Après son passage à l'hôpital, il était à la maison à 14 h 15, 14 h 30. Il s'est changé et nous nous sommes mis à table. Puis il est allé prendre son bus à 17 heures.

— Vous me dites qu'il s'est changé ? sursauta Brandi. Pour quelle raison ?

— À cause de sa chute, il était plein de boue. Et le sang de sa blessure avait taché son pantalon et son gilet.

— Ses vêtements étaient tachés de sang ? Seriez-vous disposé à nous les livrer ?

— Sans aucun problème, dit Solivo. Mais je vous avertis tout de suite : ils ont été lavés.

À ce moment-là, il n'y avait pas que les autorités de la police qui se donnaient du mal. Aldo et Giuliano, de leur côté, continuaient activement les recherches. Ils avaient ameuté la totalité des amis de Gloria, dans l'espoir que l'un d'entre eux sache quelque chose. Des camarades de lycée s'étaient joints à eux pour poser des affiches. En ce 13 septembre 1993, toutes les rues commerçantes de la ville de P. se retrouvèrent pavoisées de grands portraits de Gloria accompagnés de sa signalétique et de numéros de téléphone. En fin d'après-midi, à part ceux qui n'étaient pas sortis de chez eux, nul ne pouvait ignorer à P. la disparition de l'adolescente.

Les corps d'Aldo et de Giuliano étaient en mouvement, dans cet infatigable acharnement, parce que leur esprit s'était changé en pierre. Et parfois, quand un souffle de vie retraversait ces cerveaux pétrifiés, c'était dans l'hébétude de l'insupportable. Non, pas nous, songeaient-ils alors. Ce n'est pas nous qui vivons cela. Cela, c'est pour les autres, pour les premières pages des journaux à sensation, ces torchons où les unes noires dégoulinent d'accroches racoleuses. Cela n'est pas pour nous. Cette incommensurable douleur de l'épouvante, de l'attente, du « plus jamais » qui d'heure en heure prend racine, c'est insoutenable.

Les deux frères, en pleine perdition, étaient déjà ravagés par un deuil attendu.

La Judiciaire de Florence avait interrogé Don Pepe, qui était tombé des nues en apprenant que quelqu'un s'était volatilisé pratiquement sous son nez, la veille. Il confirma qu'après avoir célébré les deux messes matinales, celle de 11 heures et celle de midi, il avait comme prévu fermé l'église, en laissant la responsabilité à son adjoint, et s'était mis en route pour le Nord. Quant à ce qui avait bien pu se passer le matin, non, il n'avait rien vu ni entendu de particulier. Entre les deux messes, c'est-à-dire entre 11 h 30 et midi, il était allé sur la place attenante à l'église pour boire le café avec les jeunes, comme chaque dimanche. La Miséricorde pendant ce laps de temps restait ouverte, bien entendu. Les gens avaient l'habitude de venir prier entre les deux offices, il est donc vrai qu'on pouvait entrer et sortir en toute liberté. S'il connaissait Gloria Prats et Damiano Solivo ? Oui, de vue, bien sûr, comme il connaissait tous les jeunes qui fréquentaient cette paroisse ou le centre Hoffman. Mais non, aucun souvenir de les avoir vus la veille. Ni l'un, ni l'autre.

On laisserait donc Don Pepe tranquille pour l'instant. Il pouvait rester prendre les eaux en toute quiétude, pour soulager ses douleurs articulaires.

À 15 heures précises, Spada et Siri plantaient dans leur véhicule devant le terminus de l'autobus en provenance de Naples. Ils l'attendaient au tournant, dans tous les sens du terme, et leur impatience électrisait l'habitacle. Chaque détail leur soufflait qu'ils tenaient le bon bout avec ce Damiano, cette sombre merde, ce fils à papa à l'esprit dérangé qui se permettait depuis des années de tourmenter des filles en toute impunité.

Siri et Spada regardaient la route en silence. Ils avaient hâte de voir apparaître l'autocar et d'avoir enfin des réponses.

— Il y a un truc qui me décoiffe, dit Siri soudain.

Réflexion qui fit sourire Spada, parce que Siri depuis son admission, sûrement dans le but de se donner un air plus adulte et plus voyou, se tondait comme un légionnaire.

— Le gars, il dit que la vue du sang lui fait tourner de l'œil. Au point qu'il fonce aux urgences pour une coupure de rien du tout. Et il va passer un examen pour faire une école de dentiste. Si tu aimes pas le sang, quand tu es dentiste, tu es servi.

— Exactement ce que je me suis dit moi aussi, répondit Spada. Je crois qu'on est tous d'accord là-dessus. Son truc de la chute et de la coupure, c'était du pipeau. Il s'est fabriqué un alibi en allant faire sa comédie à l'hôpital. Tu sais ce que je crois ? Que s'il s'est blessé, c'est en agressant la petite. Moi, les coïncidences, j'y crois de moins en moins.

Ils se crispèrent soudain en apercevant l'autobus au bout de la rue. Ils jetèrent un dernier coup d'œil à la photo de Damiano épinglée au tableau de bord et s'extirpèrent de la voiture, la main prête à empoigner leur carte de police et leur arme au cas où.

Mais au terminus de la ligne Naples-P., seules quelques vieilles personnes, quelques mères de famille et quelques étudiants ne ressemblant en rien à Damiano Solivo mirent pied à terre.

C'est en rentrant au commissariat, furieux et frustrés, humiliés de s'être fait prendre ainsi pour des imbéciles, que Siri et Spada ouvrirent des yeux comme des soucoupes. Dans le couloir, Vittorio Solivo faisait les cent pas. Et dans le bureau de Scampia, Damiano Solivo était là, accompagné de l'avocat de son père, Matteo Incrociato.

Pitié, avaient-ils songé. Pas Incrociato. Incrociato, ce trublion retentissant qui aimait à croire qu'il était un incontournable ténor du barreau, orateur de pacotille dont les effets de manche désarticulés et les ridicules envolées lyriques faisaient lever au ciel les yeux des plus patients des juges.

Ils eurent immédiatement la réponse à la question qui leur brûlait les lèvres : Vittorio Solivo avait ordonné à son fils de descendre du bus un arrêt avant le terminus, pour ne pas risquer une interpellation infamante. La mère était allée le cueillir pour l'accompagner immédiatement à la police, où il déposait docilement à présent, assurant ainsi toute sa bonne foi et son innocence dans cette sale histoire.

Dans le bureau voisin, Brandi et Montacchi entendaient d'autres proches de Gloria et prendraient bientôt la déposition des parents Solivo.

On pouvait enfin dévisager ce garçon. Il semblait nerveux et transpirait abondamment. Le dos rond sur sa chaise, la tête soutenue par une main charnue, il semblait terriblement embarrassé d'être là. Scampia avait tout de suite remarqué cette gestuelle de l'abattement, à deux doigts du tic. Il se tirait sur la lèvre inférieure, une lèvre luisante et pleine, se frottait sans cesse le visage et les yeux en faisant remonter ses lunettes sur le front. Il soupirait beaucoup, chargeant ainsi chacun de ses gestes et de ses mots du poids de la lassitude.

— Alors, dit Scampia, vous vous êtes retrouvés, Gloria et vous, sur le parvis de la Miséricorde à 11 h 35. Et ensuite ?

— Ensuite elle m'a demandé d'entrer avec elle dans l'église.

— Donc vous dites que si vous êtes entrés dans l'église c'était sur sa demande…

— En effet. Elle voulait parler dans la nef, mais il y avait des gens qui priaient – je ne saurais dire combien exactement, mais ils étaient nombreux – et alors, par respect envers ces gens, je lui ai proposé qu'on se mette derrière l'autel.

— Derrière l'autel pour quoi faire ?

— Ben, pour parler. On était là pour ça, pour parler.

— Et donc ?

— Eh bien on a parlé.

— Vous avez parlé de quoi, si je peux me permettre ?

— Je voulais parler avec elle de Celia, une de ses amies. Une de ses amies qui me plaît beaucoup, alors j'avais envie de savoir si j'avais mes chances avec elle, si par hasard elle avait parlé de moi avec Gloria.

— Ah. Moi je croyais avoir compris que c'était Gloria qui vous plaisait, et que c'était pour cela que vous aviez insisté pour obtenir ce rendez-vous.

— Oui, enfin... C'est vrai que Gloria me plaisait, mais elle m'avait repoussé sous prétexte qu'elle en aimait un autre. Nous étions quand même restés amis. Ça m'avait fait de la peine mais bon, par respect pour elle, je n'avais pas insisté.

— Vous m'avez l'air très attaché au respect pour autrui, jeune homme. Alors donc, faute de Gloria, on se rabat sur... comment déjà ? Celia.

— Ces persiflages sont-ils vraiment nécessaires ? tonna Incrociato.

— Excusez-moi Maître, mais j'essaie de comprendre. Alors, cette Mlle Celia...

— Eh bien Gloria m'a dit qu'il n'y avait pas d'espoir non plus avec Celia, car elle aussi en aimait un autre.

— Pas de chance, mon vieux.

Spada ne quittait pas le garçon des yeux. Il essayait d'appréhender le personnage en laissant de côté sa première impression, très mauvaise. Damiano Solivo donnait l'image d'un garçon de bonne famille, très propre sur lui. De bonne famille, il l'était : le père était reconnu comme un notable, un intellectuel brillant, dans toute la ville. Non seulement il avait fondé, quelques décennies auparavant, le Musée d'Archéologie, mais en plus on le savait peintre, sculpteur et critique d'art. La mère, enseignante, avait une réputation de personne intelligente et cultivée, quoique très effacée. C'était une famille pieuse. Mais quelque chose gênait Spada. Ce côté trop propre, justement, trop bon chrétien. Chemise fermée jusqu'au dernier bouton.

Lunettes hors d'âge. Chaussures vieillottes trop bien cirées. On aurait dit qu'on venait tout juste de le sortir de la naphtaline. On savait qu'il était nul à l'école et qu'il avait des passe-temps d'insecte. C'était un collectionneur ; il passait le plus clair de ses journées sur son ordinateur. Et quand il sortait, il importunait les filles. Spada, la veille, s'était penché sur cette histoire de coups de téléphone anonymes dont Damiano avait inondé ses voisines d'en face, trois étudiantes en colocation. D'après le rapport, il les appelait à toutes les heures du jour et de la nuit pour faire entendre des soupirs, sur la musique de *Profondo Rosso* et, très étrangement, la chanson des Doors, « Gloria ». Gloria. La version live. Celle où Morrison décrit explicitement des préliminaires assez chauds. Cette histoire datait d'il y avait quelques mois seulement. Damiano avait écopé d'une amende, que Papa avait payée en serrant les dents.

Gloria. Des harcèlements. Un penchant à tourmenter les demoiselles. On pouvait aisément se convaincre que cela en faisait un coupable idéal.

Et puis ce physique. Spada fronça le nez. Ce gosse a quelque chose de répugnant. Bien au-delà de son aspect propret. Cette grosse bouche molle et humide. Ces petits yeux perdus derrière les lunettes. Cette peau luisante, qu'il ne cesse d'essuyer avec la paume de sa main. Et ces tics, se tripoter sans cesse le visage et pousser des soupirs à fendre l'âme. Il était aisément compréhensible que les filles le fuyaient comme la peste. Un insecte gras et moite. Dont on ne peut se défaire. Une mouche à merde.

— Monsieur Solivo, continua Scampia. Revenons-en à cette histoire de cadeau. Vous aviez un cadeau pour Gloria ?

— Oui, un petit cadeau… Pour la féliciter de son extraordinaire résultat en grec, 19/20. J'étais très admiratif, alors je lui avais acheté… un petit quelque chose… un… petit carnet en papier florentin.

— Et vous le lui avez donné à ce moment-là.

— Oui. C'était surtout pour ça que je lui avais demandé de venir.

— Eh bien poursuivons. Vous avez parlé et vous l'avez congratulée derrière l'autel, puis…

— Puis elle est repartie rapidement parce qu'elle devait rejoindre sa famille pour un repas à la campagne. Il était environ midi moins dix. Moi je me suis levé, j'ai écarté les rideaux avec les mains – mais pas complètement écarté, hein, juste pour arriver à y voir un peu – et je l'ai suivie du regard jusqu'à la sortie qui donne d'un côté sur le Corso et de l'autre côté sur la via Dante. Ensuite je suis resté là jusqu'à midi parce que je voulais prier un peu – et je peux dire midi parce que j'ai entendu les cloches, oui, je me souviens avoir entendu les cloches. Et c'est à ce moment-là que je suis parti.

— Bien. C'est là que ça devient intéressant, jeune homme. Parce que moi, j'ai un problème avec votre emploi du temps. Après ce rendez-vous avec Gloria Prats, nous n'avons aucun témoignage sur ce que vous avez fait. Vous avez affirmé à Giuliano Prats que vous vous êtes promené sans but au fil des rues…

— Oui, je cherchais des amis.

— Et vous avez prétendu n'avoir croisé personne. Pourtant, à midi un dimanche de vacances ensoleillé, aux alentours de la Miséricorde, c'est une véritable autoroute. Et vous n'avez pas rencontré la moindre de vos connaissances…

— Moi non, mais peut-être qu'on m'a aperçu, sans venir me saluer toutefois. Vous n'avez quand même pas interrogé tout P. entre hier et aujourd'hui, si ?

L'insolence fit sursauter tout le monde, Incrociato compris.

— De toute façon, continua le garçon, j'avais pris les petites rues.

— Ah. Alors vous espériez tomber sur vos amis dans les petites rues. Admettons.

Tout le monde nota que de nouvelles ondes de transpiration commençaient à imbiber le visage et la chemise de Damiano Solivo.

— Oui enfin non, j'avais parcouru le Corso, et puis comme je n'avais rencontré personne je suis allé me perdre dans les ruelles. J'avais besoin de digérer ce que Gloria m'avait dit, qu'il n'y avait pas d'espoir avec Celia.

— Et vous vous êtes, selon vos dires, rendu au chantier.

— Oui, je suis passé à côté et j'ai été pris de curiosité. J'y étais déjà allé avec Celia, et j'avais envie de voir si les travaux avaient avancé.

— Avec Celia ? Celia Celia ?

— Oui, avec elle.

— Pour faire quoi ?

— Pour parler, fit Damiano avec un petit mouvement d'humeur, comme s'il était obligé de répéter une évidence.

— Ah, j'ai compris. Votre truc, c'est d'aller parler avec les demoiselles dans des petits coins tranquilles, derrière des autels, dans des chantiers…

Incrociato fit claquer sa langue.

— Objection, dit-il.

— Maître, nous ne sommes pas un tribunal. Vous êtes là pour assister votre client, pas pour me dicter ce que j'ai le droit de dire ou pas. Je pense que c'est bien clair.

Scampia commençait à transpirer lui aussi. Il bouillait. L'absolue antipathie qu'il éprouvait envers ces personnes prenait peu à peu le dessus.

— Allez, on va parler du chantier. Il était quelle heure quand vous y êtes entré ? Allez allez, on va faire abstraction du fait que c'est un chantier interdit au public. Il était quelle heure ?

— Oh, il devait être plus ou moins... midi et demi... une heure moins le quart...

— Et ce fameux accident, alors...

— J'étais en haut des marches et j'ai commencé à descendre. Et arrivé à peu près au milieu de l'escalier, après, disons, une vingtaine de marches, je me suis embronché.

— Embronché dans quoi ?

— Dans rien de particulier. Peut-être que j'ai heurté quelque chose, ou que je me suis emmêlé les pieds, tout ce que je sais c'est que mon pied gauche s'est embronché, que j'ai envoyé le pied droit mais que j'ai basculé en avant, et en un clin d'œil j'ai dévalé toutes les marches jusqu'en bas.

— Dévalé comment ? Debout ? Vous avez roulé ?

— J'ai roulé, j'ai roulé. Sur cinq ou six marches, maximum. Je me suis retrouvé en bas, et vous voyez, mes lunettes ont valsé mais heureusement, comme ce sont des lunettes de qualité, elles ne se sont pas cassées.

Il joignit le geste à la parole et enleva ses lunettes pour les exhiber devant le nez du commissaire.

— Très bien, très bien, bravo les lunettes. Mais pour en revenir à ce qui nous intéresse vraiment, parlez-nous de votre blessure.

— Eh bien j'ai envoyé la main gauche comme ça, pour me réceptionner, voyez, et là, il y avait un morceau de tôle, un morceau effilé, et il m'a transpercé là, ici vous voyez, entre le pouce et l'index...

Il tendit la main pour que Scampia puisse bien voir la coupure en question. C'était une plaie fraîche, encore boursouflée, fermée déjà par une croûte brune. Longue, soit, mais à première vue peu profonde. Pas que quoi en faire un plat, songea Scampia.

— Ça saignait beaucoup... et moi je panique à la vue du sang... ça m'impressionne... Quand je vois du sang je me sens mal... Alors j'ai eu peur, et puis j'avais mal, donc je suis vite remonté et je suis rentré à la maison le plus vite possible. Je n'ai même pas eu besoin de monter chez moi, parce que devant la porte il y avait ma sœur qui parlait avec son copain, je leur ai demandé de l'aide et ils m'ont accompagné à l'hôpital en voiture.

— OK, ça se tient. Votre passage aux urgences a été noté à 13 h 40. Ensuite, d'après les témoignages de vos proches et de Giuliano Prats, vous n'avez pas bougé de chez vous jusqu'à votre départ pour Naples.

— Exactement.

— Siri, faites signer la déposition à ce jeune homme.

L'imprimante crépita et Solivo, après s'être relu, apposa sa signature. Il fit mine de se lever, imité par Incrociato, quand Scampia l'arrêta dans son élan.

— Pas si vite. Je n'en ai pas fini. L'officier Siri va retourner avec vous au chantier. Spada, vous en êtes. Il y a deux ou trois choses dont je voudrais m'assurer.

Spada fit claquer sa langue de contentement. Lui aussi trouvait que cette histoire de chantier ne collait pas.

Il n'était pas loin de 18 h 30 quand Siri, Spada, Incrociato et Damiano Solivo s'extirpèrent du chantier. Le jeune homme s'était appliqué, avec force détails, à reconstituer la dynamique de sa chute. Les deux policiers l'avaient écouté poliment. Ils avaient observé avec beaucoup d'attention le ballet lourdaud que faisait Damiano pour faire bien comprendre la façon dont son pied avait failli et dont il avait dévalé les marches. Le garçon avait désigné le lieu précis de sa chute et poussé le zèle jusqu'à décrire la trajectoire de ses lunettes, pendant qu'Incrociato, satisfait, couvait son protégé du regard. Mais rien n'avait évolué dans l'esprit des deux policiers. Ou plutôt si, quelque chose s'était mis à cheminer avec certitude : que cette histoire d'accident ne tenait absolument pas debout. Parce que d'une part, on ne voyait sur le sol pas le moindre morceau de tôle ni de quelque autre matériau ayant pu couper qui que ce soit. Seulement de la boue et des parpaings disséminés par terre. Si ferraille il y avait, elle était située bien loin du lieu de la chute. Ensuite, de la manière dont Solivo décrivait sa dégringolade, il était évident que son corps n'aurait pas souffert uniquement d'une simple petite coupure à la main. Il aurait eu des contusions, des écorchures, pourquoi pas des traumatismes musculaires ou osseux. Mais les deux policiers n'avaient rien laissé filtrer de ces interrogations ; ils voulaient que Solivo se retrouve de lui-même confronté à ses contradictions.

Scampia, pendant ce temps, était dans son bureau et tapait frénétiquement, d'un doigt unique mais exalté, la note informative qu'il comptait envoyer de toute urgence au magistrat chargé de l'enquête. Il y passerait la nuit s'il le fallait, pourvu que le lendemain le gros fils à papa soit sous les verrous et se décide à cracher le morceau.

Il venait de relire toutes les auditions du jour, et à présent un portrait précis de Damiano Solivo se dégageait dans son esprit.

Audition du médecin des urgences de l'hôpital San Giuseppe, le docteur Natale Fiorello, 13 septembre 1993, 12 h 15.

Effectivement, à 13 h 40, comme l'indique le registre des admissions, ce jeune homme s'est présenté à nous en raison d'une plaie à la main. Il s'agissait d'une coupure nette et peu profonde située entre le pouce et l'index de la main gauche, sans la moindre gravité et ne nécessitant pas de sutures. Il est vrai que j'ai trouvé étrange qu'on se présente au service des urgences pour une plaie si superficielle, et j'ai immédiatement remarqué l'extrême agitation du patient. Il m'a dit qu'il paniquait à la vue du sang, ce qui m'a étonné car une très faible quantité de sang s'échappait de la blessure.

J'ai nettoyé la plaie et posé un pansement. Le patient m'a dit s'être blessé avec un morceau de tôle en tombant dans un chantier. Je lui ai demandé s'il se plaignait d'autres traumatismes ou d'éventuelles abrasions, il a répondu que non.

Audition de Federica Gilardi, camarade de classe de Gloria Prats, 13 septembre 1993, 12 h 30.

Depuis quelques mois Gloria se plaignait de l'insistance de Damiano Solivo à son encontre. Non seulement il ne lui plaisait pas, mais elle était peu rassurée car il la harcelait continuellement. Par téléphone, par lettre, en l'attendant devant son immeuble ou devant le lycée. Ça la rendait très nerveuse. De plus il était de notoriété publique que Solivo importunait beaucoup d'autres jeunes filles de P.

Audition de Sabrina Falchi, connaissance de Damiano Solivo, 13 septembre 1993, 12 h 45.

Il y a quelques années, Damiano Solivo avait jeté son dévolu sur moi. J'ai alors traversé une période assez difficile. Il me harcelait au téléphone et se montrait particulièrement collant. Nous fréquentions ensemble le centre Hoffman et j'ai fini par ne plus m'y rendre à cause du comportement embarrassant de ce garçon. Il essayait de me toucher et à diverses reprises m'avait proposé de me retirer dans un coin tranquille avec lui. Il disait qu'il voulait parler ou qu'il avait un petit cadeau pour moi, mais son regard et ses gestes étaient tellement équivoques que je ne me suis jamais laissé convaincre. Une fois, je l'ai entendu dire à un autre garçon « Moi, il ne faut pas me chauffer, parce qu'alors je suis capable de n'importe quoi », et c'est alors que j'ai décidé de ne plus retourner au centre Hoffman. Parce que mon sentiment était passé du simple embarras à la franche inquiétude.

Audition de Massimo Malatesta, 13 septembre 1993, 13 h 20.

Je fréquente Damiano Solivo depuis des années et même si c'est un bon copain j'ai toujours été gêné par son comportement trouble, en ce qui concerne son rapport avec les filles. J'évitais le plus possible de lui présenter mes amies, et les quelques fois où je n'ai pas pu faire autrement il s'est conduit avec elles d'une façon très déplacée, leur faisant des propositions osées et des demandes perpétuelles de le suivre dans des endroits isolés.

Scampia n'avait plus le moindre doute à présent : galvanisé par ses certitudes, il tapait.

D'après les informations recueillies immédiatement après les faits, nous avons appris par les amis de PRATS Gloria que SOLIVO Damiano nourrissait à son encontre des attentions et qu'il la courtisait avec une insupportable insistance. Mlle PRATS ne partageait pas les attentions que ce jeune homme lui prêtait, c'est pourquoi elle avait toujours cherché à le traiter avec distance. SOLIVO Damiano, bien que repoussé dans ses propositions d'instaurer une relation sentimentale, avait insisté pour la énième fois dans le but d'obtenir un rendez-vous, en trouvant un motif banal : la féliciter pour sa récente réussite scolaire.

Il est apparu également que par le passé SOLIVO Damiano, âgé seulement de 14 ans, s'était rendu coupable d'actes de violence à l'aide d'un canif sur la personne d'un camarade de jeu. Ci-joint la documentation contenant les actes en rapport avec cette affaire.

De plus, d'après les divers témoignages recueillis, il est apparu que SOLIVO Damiano fait preuve d'une personnalité psychiquement dérangée. Ces témoignages confirment que le jeune homme se livrerait à des comportements absurdes en certaines circonstances et serait capable d'actes irrationnels particulièrement à l'encontre des filles, avec lesquelles il semble avoir des difficultés relationnelles.

Ces rapports troubles se révèlent dans les insistances frôlant la persécution envers celles qu'il aimerait séduire.

Autre détail rapporté par ses amis : le jeune homme détiendrait dans son ordinateur personnel une série de données concernant les jeunes filles qu'il courtise.

À la lumière des faits ainsi exposés et des éléments recueillis, il est probable que la mineure disparue PRATS Gloria puisse avoir fait l'objet d'une séquestration destinée à une agression sexuelle de la part de SOLIVO Damiano, ce qui motive, selon l'avis de ce bureau, l'accomplissement de certains actes de police judiciaire urgents tels que la mise sur écoute des conversations téléphoniques entrantes et sortantes depuis la ligne numéro 1674/83622 utilisée par SOLIVO Vittorio, père de Damiano, installée au domicile de ce dernier au n° 64, avenue Lucania, et, de façon urgente, la perquisition du domicile de ce dernier.

Tout en concluant son courrier de quelques formules de politesse très laconiques, Scampia tremblait presque de satisfaction. On ne pouvait pas résister à de tels arguments. Si la Pm recevait ça dans l'heure, les perquisitions seraient faites avant la nuit, Solivo dormirait sûrement sous les verrous en garde à vue et craquerait avant l'aube.

Scampia en était certain. L'affaire Prats prendrait fin demain. On trouverait le corps sur les indications du meurtrier, dans le meilleur des cas on retrouverait la gamine vivante et séquestrée quelque part, et tout le monde saluerait l'efficacité de la PJ de P. dans cette triste affaire.

Il était loin de se douter que l'affaire lui survivrait.

Au fond de sa poche, ça formait comme un nid moelleux et il y plongeait les doigts avec avidité. C'était bon ; un peu de salive perlait aux coins de ses lèvres.

Il se hâtait vers la maison.

L'affaire n'avait pas été aisée mais il fallait bien prendre des risques de temps en temps si on voulait une pièce de choix. Celle-ci était vraiment exceptionnelle. Elle lui rappelait le tableau. Il n'avait jamais eu dans son album quelque chose d'aussi beau, d'une couleur aussi rare, d'une telle qualité. Il avait été attiré comme dans un vortex, à peine était-elle passée devant lui, fluide, mouvante, épaisse, d'une teinte d'or vieilli, caressant éhontément une taille fine que la marche faisait onduler. Il s'était laissé frôler, avait ralenti le pas puis tourné les talons pour s'insérer dans son sillage. Il avait zippé sa parka pour dissimuler la bosse dans son pantalon.

Il avait marché derrière elle en humant l'air qu'elle déplaçait. Les cheveux avaient dû être lavés le matin même, ils dégageaient un parfum de mandarine et de baume lacté. On en aurait mangé. Il se disait que si tout se passait comme prévu, dans quelques minutes il pourrait même en suçoter un bout pour en goûter toute la saveur.

La jeune femme s'arrêtait de temps en temps pour contempler des vitrines. Il était obligé alors de mesurer son allure pour ne pas se faire remarquer. Il était inquiet ;

si elle demeurait ainsi au cœur de l'affluence, il serait très difficile de passer à l'acte. Si au moins elle montait dans un bus... Dans un bus c'était tellement plus facile, on pouvait descendre en un clin d'œil et abandonner la victime sidérée et enfermée. La rue était un autre terrain. Il l'avait déjà fait mais il avait risqué gros.

Pour celle-là, il aurait donné sa peau.

Elle était entrée dans une boulangerie pour en ressortir aussitôt les bras chargés de sachets en papier. C'était bien, les bras chargés : ça encombrait les mouvements. C'est la raison pour laquelle il choisissait le plus souvent des étudiantes qui serraient contre leur buste des piles de pochettes et de livres. Quand il frappait, elles n'avaient pas le réflexe de tout précipiter par terre pour libérer leurs mains. Les cabas à provisions, surtout bilatéraux, ce n'était pas mal non plus. Mais hélas, les dames ainsi harnachées en général accusaient un certain âge et par conséquent portaient les cheveux courts. Et une bouclette artificielle de cinq centimètres ne présentait aucun intérêt.

Il fallait que ça soit jeune, sain, naturel et infini.

Soudain elle avait bifurqué dans une petite rue. Quelle aubaine ! Loin de la foule, à l'abri sous les arcades étroites, il pourrait agir. Il se rapprocha. Elle ne se doutait de rien, la ruelle n'était pas déserte mais les quelques petits vieux qui s'y promenaient ne présentaient aucun obstacle.

C'est alors qu'il avait bondi.

À présent il était enfermé dans la forteresse de sa chambre et il s'était laissé tomber sur son lit, l'écume aux lèvres. Son trésor était devant ses yeux. Il y avait de l'or là-dedans, tellement d'or. Le parfum d'agrumes était enivrant. Il la lissa au creux de ses doigts, la caressa longuement, mon Dieu c'était de la soie, du duvet, une aile d'oiseau. Il s'allongea sur le ventre et enfouit son visage dans cette douce étole. Il banda encore. Il la mit dans sa bouche et téta un moment, mais il cessa rapidement de peur que ses fluides à lui ne contaminent cette merveille.

Comme sur le tableau. La couleur, la longueur, la texture, lisse comme un pan de velours. Les pointes nettes, fraîchement taillées. Alléluia.

Il jouit encore. Avant d'aller se laver, il prit soin de nouer à l'extrémité de la mèche un ruban d'un rose suave, d'aller chercher son album, de l'ouvrir à une page vierge, d'y inscrire la date et d'y épingler son nouveau trophée, pièce maîtresse de sa collection.

Vittorio

Voici un an que Gloria Prats a disparu et les enquêteurs qui tâtonnent dans le noir, sous la pression émotionnelle de manifestations populaires, n'ont rien trouvé de mieux que de s'en prendre au monstre le plus plausible, Damiano Solivo, mon fils, qui depuis un mois est en prison dans l'isolement le plus total, accusé de faux témoignages, souillé par le soupçon d'avoir quelque chose à cacher concernant la mystérieuse disparition de cette pauvre fille.

Quand cette histoire a commencé, quand Damiano pour la première fois a été interrogé par la police, je me suis juré en mon for intérieur que s'il avait fait une erreur, il était juste qu'il paye. Car si je suis père, eh bien je n'en suis pas moins homme d'honnêteté et de justice, et tout le monde me connaît pour cela. Et puis j'ai longtemps parlé à mon fils ; et après ces entretiens, son innocence m'est apparue aussi évidente que je m'appelle Vittorio Solivo. Rien ne me fera changer d'avis, jamais. Damiano est totalement étranger à cette terrible histoire. Je ne dis pas qu'il n'a pas quelques défauts comme tout le monde, quelques petits travers dus à la jeunesse, mais je ne saurais jamais mettre en doute l'intégrité du cœur, de l'âme, de Damiano.

Je suis un homme de valeurs et ce sont ces valeurs que j'ai partagées avec mes enfants.

Mon fils ne sait pas mentir. Il n'y a que ceux qui ne le connaissent pas qui peuvent être tentés d'interpréter négativement ses comportements. Sa timidité maladive en a poussé certains à le voir comme un antisocial. Son attitude maladroite envers les jeunes filles n'est autre que le signe du profond respect qu'il leur accorde, et s'il a pu en choquer certaines de par ses petits débordements, il me semble évident que ce n'était qu'un processus pour se donner meilleure contenance ou sous la mauvaise influence de quelque camarade. Je ne saurais assez le répéter : Damiano est un garçon gentil, tout ce qu'il y a de normal. C'est un bon camarade, un bon chrétien et un fils exemplaire. Je ne nie pas qu'il ait pu faire par le passé quelques bêtises insufflées par la fougue de l'adolescence, et il a payé pour cela, par exemple quand il s'est amusé à téléphoner anonymement à des demoiselles pour jouer à leur faire peur. Mais qui n'a pas eu à 20 ans cette idée saugrenue ? Il n'a jamais été très ami avec l'école, j'en conviens, mais pour autant il n'a jamais baissé les bras et a tout mis en œuvre pour s'assurer un avenir décent, digne de son père. Doit-on le condamner pour cela ?

Vous voulez sûrement parler des mèches de cheveux. Il est vrai que cela a occasionné bon nombre de désagréments à des jeunes filles, et que ce sont des sottises qui, dans le contexte actuel, peuvent sembler immensément douteuses, mais sachez ceci : Damiano a agi à la suite d'un pari idiot organisé avec des camarades, dans le but de se sentir intégré dans un groupe, et non pas, comme cela a pu se dire, à cause d'un quelconque désordre mental. Il était très jeune et il y a pris goût. Je l'ai moi-même sanctionné pour avoir fait pareille chose et, que je sache, il n'a pas réitéré. Si vous saviez combien il a regretté ce déplorable événement ! Il ne pouvait pas penser à mal, notre Damiano. Il ignorait que c'était un crime, si c'en est un. Sa contrition était bouleversante.

Jamais au grand jamais il n'aurait voulu blesser une jeune fille. Avec les femmes, c'est un pur. Il n'y en a pas une qui lui convienne, car nous devons l'admettre, Damiano fait preuve d'une grande rigidité caractérielle, d'une morale un peu trop obsessionnelle. Il ne les trouve jamais assez sérieuses pour lui. C'est un jeune homme à l'ancienne, mon Damiano, attaché à des valeurs qui peuvent sembler vieillottes aux yeux de beaucoup, mais dont la droiture et l'honnêteté ont néanmoins fait leurs preuves depuis la nuit des temps. Je ne dis pas qu'il aurait exigé la virginité, valeur rare de nos jours dans les rangs des demoiselles, mais Damiano cherchait l'humilité, la simplicité, une femme qui aurait aimé Dieu comme lui l'aimait et qui se serait épanouie dans l'accomplissement de la famille, de la foi et du respect pour son mari. Damiano est un chevalier, croyez-moi. Une grande âme et un esprit d'une pureté exceptionnelle.

Mais hélas peu de gens le connaissent réellement et beaucoup se perdent en préjugés monstrueux ; et ce pauvre garçon en paie le prix chaque jour. On veut contre vents et marées en faire le responsable de la disparition de Gloria Prats, juste parce qu'il avait eu ce jour-là la mauvaise idée de lui donner un rendez-vous. Même pas un rendez-vous galant, juste une entrevue en toute amitié, et dans un lieu saint de surcroît, en pleine affluence. Un petit cadeau ! Il ne s'agissait que d'offrir un petit cadeau pour féliciter Gloria de sa réussite à son examen. Je ne dis pas que Damiano n'aurait pas apprécié que cette camaraderie évolue en amour profond, car cette jeune fille possédait tout ce qu'il aurait voulu chez une femme, le sérieux, la foi, l'intelligence, la discrétion. Mais au moment des faits, il n'y avait que cela : de l'admiration et de l'affection.

Je voudrais qu'on revienne sur ce jour-là, puisque c'est cela qui semble vous intéresser. Le jour de la disparition de Gloria, que Damiano a déjà raconté en détail devant toutes les autorités compétentes et même, si vous vous en souvenez bien, devant un tribunal. Il avait rendez-vous avec Gloria, ceci toute l'Italie le sait. Les jeunes gens d'aujourd'hui passent leur temps à se fixer des rendez-vous, et pas uniquement pour flirter. Quel parent me donnera tort ? On se retrouve pour parler, pour échanger des informations, des cours. On se donne rendez-vous pour s'épancher, se plaindre de l'école ou des parents, pour partager un morceau de musique ou parler d'un match, pour se griser de mobylette ou refaire le monde. Je ne vois pas en quoi, par conséquent, ce rendez-vous donné à une camarade peut sembler si louche aux yeux de l'opinion. Il y avait donc ce petit cadeau, un carnet d'écriture pour célébrer les talents intellectuels de Gloria et l'encourager à poursuivre dans le monde des lettres. Ce n'était pas le premier cadeau que Damiano offrait à une jeune fille, car sa galanterie est sans limites, il a souvent ce genre d'attentions délicieuses et délicates. Il m'a si souvent vu gâter sa mère… Et puis il y a le lieu et l'heure, ne l'oublions pas ! Le cœur d'une église, un dimanche matin à l'heure de la messe ! Un jeune homme mal intentionné ferait-il ce choix ? Tendre un guet-apens à une victime potentielle dans le lieu le plus fréquenté de la ville ? Ne soyons pas ridicules. Je sais – car en vous disant cela je ne me contente pas de penser, de songer, de supputer – je sais que Damiano dit la vérité quand il ne cesse d'affirmer sans que ses déclarations ne dévient d'un iota, et Dieu sait s'il a été forcé de le répéter, qu'il a effectivement rencontré Gloria derrière l'autel de la Miséricorde aux alentours de 11 h 30, qu'il lui a dit ce qu'il avait à lui dire et donné ce qu'il avait à lui donner, qu'il l'a regardée sortir de l'église, qu'il est resté un moment à prier, puis qu'il est sorti à son tour. Et je voudrais bien qu'on m'explique, preuves en main, comment ce bon et pataud jeune homme qu'est mon fils aurait pu s'y prendre pour, en l'espace d'un quart d'heure, faire disparaître un autre être humain dans de telles conditions.

Cet acharnement est insoutenable. C'est une erreur judiciaire motivée par la soif de vengeance, l'indignation et la sauvagerie. On veut à tout prix un coupable pour se délester du poids de la disparition d'une innocente jeune fille, mais on se trompe. Damiano n'est ni beau, ni brillant, ni charismatique. Il a fait des erreurs par le passé. C'est pour cela que la vindicte populaire l'a choisi. Je ne parle pas seulement en père, mais en homme d'honneur.

Un trou d'une heure et demie dans son emploi du temps, dites-vous ? Il n'y a pas de trou. Il n'y a que le tort de n'avoir attiré l'attention de personne lors de déambulations hasardeuses au fil des rues d'une ville. Est-ce que cela ne vous est jamais arrivé, flâner sans but, lécher les vitrines sans croiser une seule connaissance ni quiconque qui vous remarque ? Je suis sûr que oui. Je peux en témoigner moi-même. Est-ce suffisant pour vous faire traiter d'assassin ? Damiano n'a cessé de le raconter dans les moindres détails, et son récit est inébranlable : son errance, puis sa curiosité qui l'a poussé dans le chantier des escalators, et puis sa chute qui lui a valu cette vilaine entaille entre le pouce et l'index. Et je peux prouver ce qu'affirme Damiano quant à son aversion pour la vue du sang. Enfant déjà, la moindre des écorchures provoquait une crise d'hystérie. La gouttelette qui perlait sur la gencive quand il perdait une dent de lait le plongeait dans un état de perdition, comme s'il allait succomber. Ça s'est effectivement un peu calmé en grandissant et il avait choisi des études d'orthodontie pour espérer conjurer sa peur. Alors oui, je vous assure que cela n'a rien d'exagéré quand Damiano affirme que cette coupure occasionnée par un bout de métal enfoncé dans la chair de sa main a pu le bouleverser à un point tel qu'il n'a pas eu comme autre solution que celle de se rendre aux urgences.

Mon fils est un douillet, que voulez-vous que je vous dise. Il ne me ressemble absolument pas et je l'ai toujours regretté. Un mollasson, un fils à maman. J'aurais sûrement préféré qu'il mène sa vie comme j'ai mené la mienne, partant de rien et devenant, par la force de ma volonté et une lutte continuelle, ce que je suis devenu. Parce qu'il m'en a fallu, du travail, de la ténacité et des efforts surhumains, pour fonder le Musée d'Archéologie de P., mais je suis fait d'un autre bois moi, je suis de ceux qui réussissent. Alors qu'il a fallu que je mette la main à la poche pour que mon fils, ce bon à rien, termine ses années de lycée dans le privé parce que plus personne ne le voulait dans le public.

J'ai dit bon à rien ? Non non, vous avez mal entendu. Je répète que Damiano est un bon fils, un bon chrétien, un chevalier servant. Un peu trop sensible peut-être, et l'influence de sa mère y est certainement pour quelque chose. Mon fils est incapable de faire du mal à qui que ce soit.

Je disais donc : les urgences. Une fois soigné, il est rentré à la maison, s'est changé parce que ses vêtements étaient tachés de boue et de sang, nous avons mangé, puis il est allé prendre son bus pour Naples où le lendemain il devait présenter un examen. C'est pendant son absence que les choses se sont déchaînées, que les Prats ont commencé à ameuter la ville entière contre lui et à déposer des plaintes délirantes. Croyez-vous vraiment que si on avait eu la moindre preuve contre lui les autorités l'auraient laissé filer ainsi, alors qu'il aurait été si simple d'aller le cuisiner à l'université où il présentait son examen ? Non messieurs, les enquêteurs ont patiemment attendu qu'il revienne le lendemain après-midi pour lui poser quelques questions de routine. N'est-ce pas la preuve que les soupçons contre lui étaient bien faibles ?

Damiano n'était dès le départ pas un homme de ma trempe. Et à cause de toute cette histoire aujourd'hui c'est un raté. Il a raté l'examen qu'il était allé passer à Naples. Tous ses amis lui ont tourné le dos. Il purge une peine de prison pour une condamnation scandaleuse pour faux témoignage. Et pour ne rien gâcher, la presse a exhumé une vieille histoire, datant de quand il avait 14 ans, pour l'enfoncer davantage. Vous savez très bien de quoi je parle, n'est-ce pas ? Cet épisode durant lequel il blessa avec un canif un camarade de jeu, une guerre déchaînée entre cow-boys et indiens. On se sert de cette chose-là, qui aurait dû rester dans le cercle familial, pour faire de lui un monstre sanguinaire alors qu'il ne s'agissait que d'un geste malheureux dicté par la surexcitation. Pardon ? Oui bien sûr j'ai convaincu ces gens de retirer leur plainte, il était de mon devoir de père de le faire, et je ne le regrette aucunement. J'ai estimé normal qu'un homme comme moi, supérieur à beaucoup d'autres en construction morale et en classe sociale, tire la réputation de sa famille de ce mauvais pas et par la même occasion arrondisse la fin de mois de ces pauvres gens en leur versant une coquette compensation. Ce n'était pas la première fois que je le faisais et si l'occasion devait se représenter je n'hésiterai pas. Je ne vois pas ce que ça a de douteux : c'est une façon de verser des dommages et intérêts à la partie lésée avant même que la justice ne s'en mêle et ne réclame absolument la même chose à l'issue d'un procès coûteux pour la société civile.

Maintenant, pour en revenir à la disparition de cette pauvre fille, il y a un an, je me permets de vous rappeler que des témoins ont affirmé l'avoir croisée l'après-midi, sur ses deux pieds et frétillante comme une truite, en compagnie de ce petit rastaquouère, cet

Albanais dont le nom m'échappe, et je pense qu'on ferait bien de continuer à fouiller la piste albanaise au lieu de s'acharner sur un pauvre garçon. Personne n'ignore que pendant que de braves gens bien de chez nous œuvrent à diffuser la dignité, l'honnêteté du travail et des valeurs de leur patrie, nombre de métèques viennent profiter des largesses de l'État et molester nos femmes et nos filles. Et si un beau jour on retrouve la petite sur un trottoir de Tirana, vous ne pourrez pas me dire que je ne vous avais pas prévenus.

Commissariat de P.,
13 septembre 1993, 23 h 30.

À cette heure tardive, Scampia était seul dans les locaux. Après la tentative de reconstitution de la chute dans le chantier, ses hommes étaient retournés battre campagne et bitume en espérant mettre enfin la main sur la petite. Sur le *corps* de la petite : Scampia avait cessé d'y croire.

Le passage de la tribu Solivo, dans l'après-midi, avait abandonné dans son sillage une électricité que le commissaire pouvait encore entendre crépiter dans les courants d'air. Il se demandait pourquoi l'audition du grand dadais et, surtout, la présence du père, lui avaient semblé revêtir un caractère inadapté à une procédure policière. Était-ce parce que Vittorio Solivo avait eu, tout au long de l'entretien, une attitude fleurant la menace, une arrogance que Scampia connaissait bien pour l'avoir souvent décelée chez les *hommes d'honneur*, il n'aurait su le dire. Ou bien parce que le garçon avait eu une posture évoquant l'hébétude et l'intranquillité ?

Le commissaire regardait fixement la nuit. Il mâchonnait ses certitudes.

L'une d'elles, à présent bien ancrée : Gloria n'avait pas disparu de son propre chef.

Il n'avait pas à son actif pléthore de cas de disparitions. Ainsi qu'il l'avait évoqué devant les Prats, la veille, il avait parfois eu affaire à des fugues adolescentes et extrêmement brèves réglées en quelques heures. Et à chaque fois, le schéma était le même : des jeunes filles particulièrement femmes pour leur âge, déjà rompues à la vie sexuelle, levant le pied avec des amoureux plus âgés à la suite de conflits ouverts avec leurs parents. Il avait eu souvent les photos de ces gamines entre les mains : un peu provocantes, plus que maquillées, de ces filles qui ne parviennent pas à vivre en paix avec leurs 15 ans et qui en paraissent 20, volontairement ou pas, comme pour foncer tête baissée dans un monde d'adultes qu'elles ne savent pas maîtriser. Ou bien c'était autre chose : des situations de mal-être dues à une violence latente, à des relations conflictuelles profondément enracinées dans l'histoire familiale.

Il sentait tout autre chose chez Gloria. Trop de témoignages confirmant la sérénité d'une vie. Gloria, effectivement, n'avait pas le profil.

Il n'était pas spécialiste du problème mais sa fonction l'avait toujours poussé à l'analyser. Et puis, même s'il hésitait à se l'avouer, il regardait régulièrement « Où es-tu ? » et avait inconsciemment fait la somme de ce qu'il y voyait : quand ces filles grandies trop vite ou ces ados mal dans leur peau disparaissaient, c'était la fugue dans tout son classicisme. La fuite éperdue mais peu téméraire vers l'amour ou la paix. En revanche, quand il s'agissait de petites filles sages, d'étudiantes sérieuses, de mères de famille sans histoires, le dénouement était bien différent : la mort rôdait.

Il sentait la mort rôder autour de la silhouette de Gloria Prats, imprimée sur une photo posée sur son bureau. Il y sentait la mort, mais aussi le grand dadais, là, le Solivo. Solivo et la mort unis dans une même danse : ça lui semblait évident.

Aussi, quand ce jeune homme du nom de Federico Sparone, à 23 h 35 précises, se présenta devant lui pour témoigner qu'il avait vu, salué, suivi du regard Gloria Prats, la veille, à 13 h 40, devant la montée d'escaliers de la rue San Francesco, et qu'il ne pouvait pas se tromper vu qu'elle était sa voisine et que d'aucune façon il n'aurait pu la confondre avec quelqu'un d'autre, Scampia ne sut pas très bien si cet étrange déchirement qui lui saisissait les entrailles était dû à la certitude qu'à présent on ne pouvait plus rien contre Damiano Solivo – et que c'était une immense erreur – ou à l'espoir renouvelé que personne n'avait tué Gloria le matin précédent.

Il se trouvait désormais dans l'obligation légale d'en avertir immédiatement le magistrat à qui, une demi-heure plus tôt, il avait faxé sa magnifique requête d'intervention. Il avait compris que la fameuse perquisition n'aurait jamais lieu.

Ça lui laissa une amertume.

14 septembre 1993.

Adrian Leka avait reçu la nouvelle de la disparition de Gloria comme un uppercut à l'estomac. Depuis presque deux jours il restait terré chez lui, la tête entre les mains. C'était la peur qui l'abattait.

La peur bleue qu'on l'accuse.

Ça courait déjà de bouche à oreille. Damiano Solivo n'était semblait-il pour rien dans cette affaire, mais il avait donné son nom lors d'un interrogatoire. On murmurait déjà que si ce n'était pas Damiano, c'était forcément Adrian.

Adrian avait 20 ans et il était joli garçon. Il travaillait dans un restaurant, honnête et humble, juste ce qu'il fallait pour gagner sa vie, soit, mais au moins il était indépendant. Ça lui avait même permis d'acheter une voiture d'occasion.

Jeune, mignon, travailleur, indépendant et motorisé. Il aurait pu avoir du succès auprès des filles mais aux yeux des demoiselles de P. il avait une tare irrémédiable qui l'éloignait des conquêtes amoureuses : il était albanais.

Pourtant les communautés albanaises étaient implantées en Italie du Sud depuis presque un millénaire ; il y avait des villages où on parlait presque exclusivement l'albanais, où à l'intérieur des maisons, inspirée par les rites et les habitudes orthodoxes, la décoration affichait un petit côté balkanique en souvenir de la lointaine Shqipëria. Les Arbëresh s'étaient tellement assimilés à la population italienne que, si ce n'était par la consonance exotique des patronymes, personne n'aurait pu jurer que tel ou tel individu était issu de cette communauté. Ceci, bien sûr, dans la dimension anonyme de la collectivité.

Car au niveau individuel, c'était différent. Dans l'étroitesse de la bourgade, du quartier, un Albanais restait un Albanais. Des noms avec des K et des tas d'autres consonnes, une icône au mur du salon, et la discrimination était en route. Saimir, Mikaelis, Joannis, Adrian, Gjon : une musique qui contribuait à faire de vous un citoyen pas comme les autres. Méfiance, méfiance.

La frange de la population la moins cultivée, ou la plus attachée à un vieux nationalisme aux racines nauséabondes, se perdait en confusions géographiques et historiques. On avait vu, à la suite de la guerre en ex-Yougoslavie, affluer sur le sol italien de malheureux réfugiés bosniaques, serbes, kosovars, monténégrins. Des femmes en foulard accompagnées de gamins morveux tendant la main dans les métropoles. La proximité de la Roumanie, elle aussi bien ébranlée depuis la chute de Ceausescu, avait multiplié par dix l'arrivée des Roms, qu'on haïssait ouvertement. Et pour les gens, Kosovar, Rom, Albanais, c'était du pareil au même. Les démons du racisme latent gommaient toute nuance de jugement et toute clairvoyance civilisationnelle. Et une famille albanaise, qui parfois même pouvait se targuer d'être implantée en Italie depuis le Moyen-Âge et d'occuper dans la société des postes de choix au même titre que les Italiens de souche, éveillait souvent les soupçons. On y flairait immanquablement un sang douteux, un penchant génétiquement criminogène et un romanichel en sommeil.

Voilà pourquoi à P. Adrian Leka, malgré ses atouts certains, n'emballait pas le cœur des filles. Les minettes qui considéraient le pacte amoureux comme un espoir de tremplin social envisageaient d'entrer dans le lit d'un étranger seulement s'il était anglais, américain, suisse ou allemand, et certainement pas issu d'une engeance de Balkaniques abâtardis. Les filles de bourgeois se méfiaient du nom, et quoi qu'il en soit ne se seraient pas compromises avec un garçon de salle. Les moins intelligentes le voyaient comme un Rom déguisé. Seule Gloria Prats n'aurait pas craché dans la soupe. Parce qu'Adrian avait des yeux à vous faire tomber par terre, d'un vert émeraude intense bordé de longs cils noirs.

Elle ne lui avait jamais particulièrement plu. Joli comme il l'était, il songeait qu'il méritait une pin-up comme ses autres copains, mais quand il avait compris que ses origines posaient un problème il s'était dit qu'une Gloria Prats c'était mieux que rien. Alors il avait été content de la courtiser un peu et de sentir qu'elle, au moins, n'était pas réticente. Mais elle était coriace, Gloria, elle n'était pas de celles qui fléchissent au premier compliment ou à la première promenade partagée. Entre eux, il n'y avait même pas eu le début d'un flirt ; mais il avait bon espoir. Quant à Gloria, au moment de sa disparition, elle avait à peine eu le temps de sentir son cœur battre un peu plus fort quand elle pensait à Adrian.

Damiano savait certainement que quelque chose était né entre Gloria et l'Albanais, et ça l'avait peut-être rendu fou de dépit. Lui qui venait d'une si bonne famille, il se faisait coiffer au poteau par un métèque. Dès le premier interrogatoire, il avait laissé perler le nom d'Adrian Leka, parmi d'autres bulles de salive, au bord de sa bouche lippue.

Et puis les journaux locaux avaient annoncé à mots couverts qu'un témoignage providentiel venait de blanchir Damiano. Cela laissait le champ libre pour chercher un autre coupable.

Avant, à P., on disait Adrian Leka, l'Albanais. Au lendemain de la disparition de Gloria, on disait, tout court : l'Albanais. Et même, la langue fourchant parfois, on disait : le Roumain. Adrian sentit immédiatement qu'un moment difficile s'annonçait pour lui.

Voilà pourquoi, ce 14 septembre, Adrian gardait la chambre, prostré.

Il savait qu'il n'allait pas tarder à être interrogé. Et ce qui l'abattait à ce point, c'est qu'il jugeait qu'il n'avait aucun alibi valable pour la matinée de l'avant-veille. Dans son cerveau embrumé, une voix lui soufflait : ça sera tellement facile. Ça sera tellement facile, l'Albanais. Ça arrangera bien tout le monde, l'Albanais. Et au-dessus de cette vilaine voix qui faisait naître en lui une terreur intense, résonnait le rire enfantin de celle qui ne l'avait jamais vu comme l'Albanais, mais simplement comme Adrian Leka, et qui avait les yeux brillants quand elle le regardait. Adrian écoutait la petite voix et lui donnait raison. Il repensait à ce qu'il avait fait la veille et se rendait bien compte qu'il n'aurait rien pu prouver. Parce qu'entre 11 heures et 15 heures, il n'avait vu personne. Il avait traîné un peu en ville, était rentré chez lui, dans le petit studio qu'il occupait seul, puis il avait pris sa voiture un peu après midi pour se promener en rase campagne. Comment allait-il s'y prendre pour justifier tout ça ? Il n'avait fait aucun achat, donc ne pouvait compter sur aucun signalement de commerçant ou sur un ticket de caisse justifiant d'un lieu et d'un horaire. Et, exactement comme Damiano Solivo le déclarait pour lui-même, il n'avait croisé personne de sa connaissance. Pas d'alibi, pas de témoins.

Tant pis. Il s'en fabriquerait. Et advienne que pourra.

14 septembre 1993.

L'adolescente accompagnée de ses parents qui se présenta ce matin-là au commissariat de P., en déclarant qu'elle avait des informations au sujet de la disparition de Gloria Prats, semblait tellement sûre d'elle que personne ne songea un instant à mettre sa parole en doute.

Je m'appelle Ilaria Giacomini. Je ne me suis pas manifestée avant, parce que je n'avais pas entendu parler des détails sur les horaires... C'est en lisant le journal que je me suis rendu compte que mon témoignage devenait important... Je sais qu'on pense que Gloria a disparu entre 11 h 30 et 12 heures à l'intérieur de la Miséricorde, mais moi je l'ai vue bien plus tard, en compagnie d'Elena De Sanctis, à 12 h 50, et ça je peux en être sûre vu que j'allais au cinéma pour la séance de 13 heures. À 12 h 50, pas loin du cinéma. J'ai d'abord reconnu Elena. Elle était près de son scooter et avait son casque à la main. Même de loin, je l'ai bien reconnue grâce à ses cheveux. Et elle était en train de bavarder avec Gloria Prats. Elles parlaient et elles riaient sur le trottoir, à côté du scooter. Et moi je suis passée vite sur la Vespa et je n'ai pas pris la peine de les saluer parce que j'étais pressée, j'avais rendez-vous avec mon copain. Je peux donc vous affirmer sans la moindre hésitation qu'à une heure moins dix Gloria Prats était non loin de chez elle et riait comme une folle avec son amie.

La gamine relut sa déposition avant d'y apposer sa signature avec un grand sérieux. À la sortie du commissariat, elle croisa une autre fille de son âge et lui adressa un imperceptible signe de la tête. Personne ne s'en aperçut.

Ilaria se sentait un peu fébrile et excitée d'avoir subi un interrogatoire comme ceux qu'on voyait dans les séries policières. Elle se sentait importante, et ce n'était pas rien. C'était comme ça la vie, parfois. On s'encroûte dans une petite ville de province où les occasions intéressantes sont extrêmement rares, et puis soudain on devient un protagoniste de premier ordre. Elle songeait déjà à ce qu'elle mettrait pour apparaître à « Où es-tu ? », à son nom qui resterait imprimé dans les journaux au fil de l'enquête. Et puis elle était si contente d'avoir donné un coup de pouce à la justice.

Bien entendu, personne ne pouvait se douter que, une fois seule dans sa chambre, elle téléphonerait à son amie, Chiara Salluzzi, pour lui rapporter en détail chacune de ses paroles.

— Ça c'est bien passé ?

— Super. J'ai raconté que quand j'ai croisé Elena dimanche du côté de la Miséricorde, elle n'était absolument pas folle d'angoisse parce qu'elle ne trouvait plus Gloria mais au contraire tout à fait tranquille. Je l'ai bien chargée. Subtilement, mais à mort. Elle s'en rappellera, cette conne d'Elena, du jour où elle n'a pas voulu nous passer son devoir de maths.

— Génial, ma puce. Ça lui fera les pieds. Surtout après mon témoignage à moi.

Elles se saluèrent et, satisfaites, retournèrent à leurs rêveries de notoriété et de vengeance.

À partir de 1994, tous les employés du Parquet de P., depuis les secrétaires du bureau d'accueil, les personnels de maintenance, les greffiers, jusqu'aux laveurs de vitres, prirent l'habitude de voir passer régulièrement dans les couloirs une petite souris au regard déterminé. Tout le monde savait qui elle était. Beaucoup lui assuraient leur sympathie en la gratifiant d'un sourire d'encouragement ou d'un signe respectueux de la tête. On ne pouvait pas rester indifférent en croisant la maman de Gloria Prats. On compatissait. On se rendait compte qu'il était très difficile de se mettre à sa place quand soi-même on n'avait pas d'enfants, encore plus quand on en avait parce qu'alors c'était la béance qui s'ouvrait sous les pieds. Et si on souffrait avec elle, c'était également parce qu'on savait qu'on allait la voir repasser dans l'autre sens, quelques minutes plus tard, les mains tout aussi vides.

Elle restait toujours sans réponse. Mais elle revenait inlassablement, parce que toute sa vie désormais était tendue vers cette unique cible, avoir des nouvelles de l'enquête sur la disparition de sa fille. Elle y consacrait chacune de ses journées libres. Alors on regardait la petite silhouette trottiner dans un sens, puis dans l'autre, et on ne pouvait rien y faire.

Une secrétaire se souvient parfaitement de ces éclats de voix qui lui parvenaient depuis le bureau du Procureur. Car quand Mamma Giuseppina entrait dans cette pièce, le ton montait très vite. Mamma Giuseppina ne pouvait supporter l'inertie qui, face à elle, semblait dresser un mur de verre contre lequel elle brisait ses petites ailes fragiles. Alors elle hurlait : « Ça fait des mois que je vous demande d'examiner les relevés téléphoniques de ma propre maison ! Pour savoir s'il y a eu des appels juste avant ou juste après la disparition de Gloria ! Elena De Sanctis a été seule chez nous pendant que mes fils cherchaient leur sœur dans toute la ville, on ne s'est jamais demandé si par hasard elle n'aurait pas appelé quelqu'un ! Je n'ai jamais demandé qu'on relève les communications des autres ! Je demande qu'on relève celles de chez moi ! » « On ne peut pas ! », tonnait le Procureur. « Comment ça, on ne peut pas ? Et pourquoi ? » « On ne peut pas, un point c'est tout ! » « Et les effets personnels de Damiano Solivo ? Expliquez-moi pourquoi ils n'ont jamais été saisis ? » « Parce que quelqu'un a témoigné avoir vu votre fille en pleine forme bien après son rendez-vous dans la Miséricorde ! Et parce qu'il n'y a pas de corps ! Il n'y a pas de corps, madame Prats ! Écoutez, madame : votre fille s'est tout simplement enfuie de chez vous ! » « Enfuie de chez moi ? Ma fille est mineure, monsieur ! Et même si elle était partie de sa propre volonté, une mineure doit être recherchée, et vous avez l'obligation de rechercher ma fille ! » « Sortez de mon bureau ! » « Sortez de mon bureau ? Sortez de mon bureau ? Et en quel honneur, votre bureau ? Vous avez le devoir de recevoir les gens ! Je suis ici pour avoir des nouvelles de ma fille ! »

Et ce jour-là, en voyant le Procureur saisir Mamma Giuseppina par le bras pour la mettre dehors sans ménagement, tous les yeux se sont baissés sous le poids de la honte. À P., les langues commencèrent à se délier ; on racontait comment Mamma Giuseppina était traitée par les autorités. Et tous ceux qui reconnaissaient dans la famille Prats la jumelle de la leur, tribu unie de travailleurs humbles et honnêtes, commençaient à nourrir envers elle une secrète solidarité. Gloria Prats allait devenir l'Enfant du peuple.

Elle avait le fou rire. Il essayait de la convaincre de se calmer en lui appliquant la main sur la bouche entre deux baisers. Chut ! Si le curé nous entendait… Elle reprenait son sérieux quelques secondes puis recommençait à rire, mais c'était surtout parce qu'elle sentait sous ses vêtements des mains qui la poussaient précipitamment vers le haut des escaliers.

Ils s'étaient donné le mot d'un clin d'œil entendu juste après la partie de ping-pong. S'ils s'éclipsaient quelques petites minutes, personne ne s'en rendrait compte. Ils étaient tellement pressés que ça ne risquait pas de durer plus longtemps.

Ils n'étaient ensemble que depuis deux semaines. À chaque fois qu'ils le pouvaient ils essayaient de se retrouver dans des endroits tranquilles, parce que pas moyen de le faire chez l'un ou chez l'autre. Même si les meurtres sauvages du Monstre de Florence avaient pris fin depuis longtemps, les amoureux ne se risquaient plus trop à aller au fond des bois pour leurs ébats ; on choisissait alors des caves, des greniers, des toilettes de bar ou, comme pour ces deux-là et tellement d'autres de leur connaissance, les combles de l'église de la Très-Sainte-Miséricorde.

Ce n'était pas si difficile. Il suffisait de s'éclipser des locaux du centre Hoffman pendant que les animateurs avaient le dos tourné, parcourir la volée de marches et accéder à la terrasse. Là, au fond d'un boyau, on découvrait la petite porte qui ouvrait sur la vaste pièce sombre et poussiéreuse.

Contre le mur, il y avait un matelas. C'était peu ragoûtant parce qu'on savait que d'autres s'y étaient vautrés il y a peu, mais en y étalant les blousons ça pouvait faire l'affaire.

Plutôt sordide, mais mieux que rien quand on est amoureux.

Ils roulèrent sur le matelas. Elle pouffa encore sous l'empressement des baisers de son petit prince. Puis à un moment elle le repoussa d'une main ferme, le visage inquiet.

— Qu'est-ce qu'il y a ? demanda-t-il. Tu as entendu quelque chose ?

— Non, c'est l'odeur. Tu sens pas cette drôle d'odeur ?

Il fit palpiter ses narines dans l'obscurité.

— T'as raison, ça pue. Ils doivent pas souvent faire le ménage là-dedans. Ça doit être un rat crevé.

— Beurk ! fit-elle avant de l'enlacer de nouveau et de se laisser déshabiller.

Nous sommes en septembre 1993.

IO SO

20 septembre 1993.

La Pm Alice Toscanini pianotait nerveusement sur son dossier et dardait un regard impitoyable sur Elena De Sanctis. Cela ne faisait qu'une semaine qu'elle était chargée du dossier et déjà elle avait hâte d'en finir. Le matin même il avait fallu qu'elle réponde à des journalistes peu bienveillants pour justifier son refus de signer l'ordre de perquisition chez les Solivo. Sans perdre de son élégance mais cependant avec un sourire un peu crispé, elle leur avait expliqué avec force allusions aux articles du code pénal que sa réticence n'était pas due à l'indifférence, à l'incompétence ou au laxisme comme on le murmurait aujourd'hui, mais simplement parce que sa décision s'inscrivait dans le cadre de la loi. On ne pouvait pas saisir les effets de quelqu'un s'il n'y avait pas de fortes présomptions contre lui. Les on-dit et les mauvaises réputations ne peuvent en aucun cas motiver des saisies. Surtout quand les premiers soupçons sur quelqu'un, quoique légitimes, fondent comme neige au soleil parce que des témoignages ultérieurs indiquent que la victime du rapt et du crime présumés était saine, sauve et frétillante bien après l'heure du crime en question.

Elle était cependant la seule personne qui savait.

Mais elle se devait de pulvériser la rouquine.

— Il va falloir que vous m'expliquiez vos motivations en ce qui concerne vos faits et gestes du 12 septembre. Les actes, je les ai bien compris. Ce qui me gêne, c'est le pourquoi. Et en premier lieu, pourquoi vous avez monté ce bateau à vos parents respectifs, en déclarant que vous alliez à la messe alors que vous aviez l'intention de faire tout autre chose.

— Ben…

— La question que je vous pose est pourtant simple ! Qu'aviez-vous l'intention de faire avec Gloria de 11 heures à 12 h 30 ?

— Eh bien, on voulait…

— Je ne comprends pas pourquoi vous continuez à nous cacher des choses, mademoiselle De Sanctis ! Je vous rappelle que vous êtes entendue dans le cadre d'une enquête pour disparition de mineure ! Alors je répète, qu'aviez-vous réellement l'intention de faire ?

— Traîner un peu…

— Pardon ? Je n'ai pas très bien entendu. Je vous conseille de coopérer, mademoiselle, parce que je vous rappelle que vous risquez gros !

La gamine se racla la gorge et repris, la voix un peu plus forte mais la tête davantage rentrée dans les épaules.

— On voulait traîner un peu, être dans la rue parmi les gens…

— Et pour ce faire, vous avez menti à vos parents, n'est-ce pas ? Un mensonge pour les De Sanctis, un mensonge pour les Prats. Vous avez dit à vos parents que vous seriez chez Gloria toute la matinée et Gloria a dit aux siens qu'elle serait avec vous à la messe.

Elena rougit violemment. L'accent mis sur ses mensonges l'emplissait d'un sentiment de culpabilité qui lui donnait envie de fondre sur place et de disparaître à son tour aux yeux du monde. Quand le sujet revenait sur le tapis, c'était pour elle comme si elle avait éliminé Gloria de ses propres mains.

— Et je pense que vous continuez à nous mentir, mademoiselle De Sanctis. Et je ne sais pas si vous êtes consciente des conséquences extrêmement graves qui en découlent pour l'enquête et pour votre avenir. Ce que vous faites s'appelle obstruction à la justice, et ça se paye d'une peine de prison. Ah non, mademoiselle, nous allons peut-être éviter les larmes. Mouchez-vous et reprenons. Vous êtes passée chez les Prats pour prendre Gloria à 11 heures, sous le prétexte que vous deviez vous rendre à la messe ensemble.

— Oui.

— Et vous vous êtes effectivement rendues à la Miséricorde, mais dans un but tout à fait différent.

— Oui.

— Pouvez-vous me rappeler ce but ?

— Gloria avait rendez-vous à la Miséricorde avec Damiano Solivo.

— À quel endroit précis ? Devant l'église ? Derrière l'église ? À l'intérieur de l'église ?

— Je ne sais pas.

— Vous ne savez pas ? Il va bien falloir savoir quelque chose, sinon on ne s'en sortira jamais. Vous devez bien vous souvenir de ce que Gloria vous a dit ! Où devait-elle rencontrer Damiano Solivo ?

— Elle m'a juste dit : à la Miséricorde. Je ne sais pas ce qu'elle entendait par ce « à ». Ça pouvait être devant, à côté, dedans. Je n'en sais rien.

— Damiano Solivo affirme que c'est Gloria qui l'a invité à entrer dans l'église.

— C'est possible.

— Et est-ce que cela pourrait signifier que Mlle Prats désirait se retrouver dans un lieu isolé et tranquille avec M. Solivo ?

— Je ne crois pas. Gloria aurait préféré ne pas se retrouver seule avec Damiano. Et si elle lui a demandé d'entrer dans l'église, c'est peut-être parce que c'était un endroit très fréquenté, et que la présence du curé dans les lieux la rassurait. Je ne sais pas.

— Vous l'avez accompagnée jusqu'à l'église ?

— Non, on s'est quittées devant les cabines téléphoniques.

— Alors puisque nous y sommes, parlons un peu de ces cabines téléphoniques. Vous deviez vous y retrouver un quart d'heure plus tard, c'est exact ?

— Oui.

— Et vous aviez choisi précisément les cabines parce que vous deviez donner un coup de téléphone, si j'ai bien compris.

— Oui.

— À qui deviez-vous téléphoner ?

— À Massimo Malatesta.

— Et c'est justement sur ce point que cette histoire m'embête. Massimo Malatesta est justement un des meilleurs amis de Damiano Solivo, n'est-ce pas ?

— Oui.

— Et ce Massimo Malatesta nous a affirmé qu'il vous avait dit, la veille, qu'il serait toute la matinée au stade pour un match de foot. Donc, je ne comprends pas pourquoi vous prétendez avoir eu l'envie, ou le devoir, de lui téléphoner alors que vous saviez pertinemment qu'il ne serait pas chez lui.

— ...

— Eh oui, vous comprenez pourquoi ça m'embête. Êtes-vous en mesure de m'expliquer cela ? Pourquoi vous prétendez avoir téléphoné chez quelqu'un que vous saviez absent ?

— ...

— Si vous ne pouvez pas répondre, je pense que je peux le faire à votre place. Je pense que ces coups de téléphone au domicile de Massimo Malatesta vous servent d'alibi. Ils ont effectivement été confirmés par les relevés des communications, et donnent la preuve qu'effectivement, à l'heure où Gloria disparaissait, vous appeliez chez Massimo Malatesta depuis les cabines. Trois fois. Nous avons écouté le répondeur et nous avons bien la preuve que c'est vous. Et donc, logiquement, à ce moment précis vous ne pouviez pas être en train d'aider Gloria Prats à disparaître. Est-ce cela que vous espériez de ces coups de téléphone bidons ?

— ...

— Est-ce que c'était pour vous laver de tout soupçon, pendant que quelqu'un faisait disparaître Gloria et que vous étiez au courant ? Mademoiselle, si vous ne me donnez pas immédiatement une réponse, quelle qu'elle soit, je vous fais mettre en garde à vue.

La petite, déjà menue et transparente, était maintenant pareille à une goutte d'eau tremblotante s'apprêtant à se décrocher d'une feuille après la pluie. On sentait que la chute dans le vide précédant l'écrasement et la désintégration ne tarderait pas. Un filet de voix lamentable parvint enfin à s'infiltrer au travers d'une gorge nouée, et dans un étranglement elle osa :

— Je ne sais plus... J'avais oublié, moi, cette histoire de match. J'avais envie d'entendre sa voix, j'espérais pouvoir le voir quelques minutes en ville...

— Ce n'est pas l'unique bizarrerie vous concernant, mademoiselle. Nous avons également le témoignage d'une de vos amies qui affirme que quand vous vous êtes rendue chez les Prats pour annoncer que vous aviez « perdu » Gloria, contrairement aux deux frères qui étaient très agités, vous, vous étiez parfaitement sereine. Est-ce exact ?

— Moi ? Euh... peut-être. Je ne m'en souviens plus.

— Étiez-vous sereine parce que vous saviez pertinemment où se trouvait Gloria, est-ce parce que vous la couvriez dans sa fugue ?

Elena sentait l'indignation monter en vagues le long de sa moelle épinière. Elle en tremblait si fort que ses dents s'entrechoquaient. Mais écrasée par la Pm, cette grande femme à la voix si tranchante, elle ne se sentait pas le courage de l'affronter et de crier à l'acharnement infondé. Elle était comme ça, Elena. Si obéissante, si formatée au respect de l'autorité que si elle avait protesté, elle l'aurait fait avec une timidité inaudible. Alors elle se contenta de trembler et de secouer la tête avec des yeux humides.

— Pourriez-vous répondre clairement à ma question, mademoiselle ? Ce n'est quand même pas difficile d'expliquer un état d'esprit dans lequel vous vous trouviez il y a seulement quelques jours !

— Je n'ai pas le souvenir d'avoir été si sereine que ça... souffla Elena. Mais c'est vrai que quand je suis arrivée chez les Prats, je ne pensais absolument pas que Gloria avait réellement disparu... Pour moi, à ce moment-là, il s'agissait juste d'un rendez-vous manqué... d'un quiproquo qui n'aurait duré que très peu de temps... Je pensais qu'on s'était juste ratées et qu'on se retrouverait dans l'heure...

— Alors pourquoi avez-vous couru chez les Prats ?

— Pour voir si elle n'y était pas retournée sans m'attendre !

— Et alors, à ce moment-là, pourquoi avez-vous continué à taire le rendez-vous avec Damiano Solivo ?

— Pour la même raison ! Parce que je ne pensais pas qu'elle avait disparu, et comme elle m'avait demandé de ne parler de ce rendez-vous à personne... Je ne voulais pas qu'à son retour elle se fasse punir...

— Ce qui donne la preuve une fois de plus que vous êtes une menteuse pathologique, jeune fille. Je vais vous livrer mon intime conviction : je crois que vous, et vous seule, aviez tout organisé sur les ordres de Gloria Prats pour qu'elle puisse fuguer tranquillement et ne pas rentrer chez elle. Et que le rendez-vous avec Damiano Solivo tombait à point nommé. Elle se fait la belle après le rendez-vous, vous, pendant ce temps, vous couvrez vos arrières avec les appels bidons à Massimo Malatesta, puis vous allez jouer le jeu de la disparition inquiétante chez les parents, qui s'inquiètent plus que prévu. Alors, dernière carte sortie de votre manche, vous parlez de Damiano pour diriger les soupçons vers lui. Puis, après la grande comédie que vous interprétez plutôt mal, avec cette tranquillité que vous ne parvenez même pas à dissimuler, vous retrouvez Mlle Prats un peu plus tard en ville, et comme deux petites idiotes insensibles et inconscientes vous vous marrez bien de toute cette panique que vous avez provoquée !

Elena plongea dans un brouillard blanc. La goutte d'eau venait de s'écraser à terre, libérant des torrents de larmes. Elle pleura, pleura, un temps qui lui parut infini, essayant de s'éponger en vain avec les manches de son tricot, sans qu'à un seul moment Alice Toscanini ne daigne lui tendre un mouchoir en papier dont une boîte pleine pourtant trônait sur le bureau. Alice Toscanini attendit en soufflant d'impatience que le torrent tarisse. Puis, triomphante devant la dévastation de la gamine, elle étala devant elle des pages de procès-verbaux.

— Nous avons là le témoignage d'Ilaria Giacomini, affirmant vous avoir vues toutes les deux, aux alentours du cinéma Keaton, à 12 h 50. Nous avons là le témoignage de Federico Sparone affirmant avoir croisé Gloria à 13 h 40. Donc, nous avons ici des tas de signalements indiquant que non seulement Gloria Prats n'a pas disparu, non seulement ce pauvre Damiano Solivo n'a rien à voir avec cette affaire, mais en plus que vous êtes l'instigatrice de cette comédie. Vous êtes une menteuse et une très mauvaise comédienne. Inutile de vous dire que je n'en ai pas fini avec vous. Je vais vous essorer jusqu'à ce que la vérité sorte, mademoiselle. Et je vais vous poursuivre pour faux témoignages et obstruction à l'enquête. Vous pouvez disposer.

1999.

Devant l'écran de son ordinateur, Aldo était pétrifié. Mais il n'y avait pas que son esprit qui venait de s'immobiliser comme pris dans le ciment, il y avait aussi ce qui l'entourait, les rideaux aux fenêtres, les aiguilles de l'horloge, les bruits de la rue, le vent dans les arbres. Tout venait de s'arrêter. Le monde entier comme un rocher.

Le douzième mail de la journée.

Il y avait eu un message de son frère, deux expédiés par des collègues de travail, une publicité de vente par correspondance, quelques mails provenant d'amis divers qui depuis la disparition de Gloria ne manquaient jamais d'exprimer leur amitié et leur soutien, un petit mot de Raffaella Taddè, et le douzième.

Objet : *ciao.*

Il l'avait ouvert. Ouvert comme il avait l'habitude de faire, sans lire les en-têtes, faisant défiler message après message pour les parcourir souvent en diagonale.

Et puis le monde s'était arrêté.

Salut tout le monde,

C'est moi ! Je sais que c'est dur pour vous, et je suis consciente que j'aurais dû donner des nouvelles plus tôt. Je vis au Brésil maintenant, tout va bien pour moi et je n'ai pas l'intention de revenir. Vous devriez arrêter de parler de moi à la télé, ne vous en faites plus.

Gros bisous

Gloria.

Les mots palpitaient dans le bourdonnement du monde de marbre. Puis au bout de quelques minutes quelque chose d'imperceptible se remit en mouvement, et l'univers s'assouplit progressivement pour permettre de nouveau à l'air de circuler et aux sons de traverser la pièce.

Juste ce qu'il faut pour qu'Aldo emplisse ses poumons d'oxygène et se mette à hurler Espèce de salopard d'enfoiré de merde, enculé de mes deux, sale chacal !

La seconde d'après, il avait sauté sur le téléphone pour appeler Alex Giglio.

Gianluca

On était tout une bande. On s'était connus au lycée scientifique et on avait gardé des liens, même si Damiano nous avait quittés en Terminale pour aller passer son bac dans un institut privé. Il faut dire qu'en classe c'était une catastrophe et que son père était resté persuadé que son absence de réussite était due à la qualité de l'enseignement et pas à Damiano lui-même.

À 17 ans on n'est pas des flèches, bien sûr, on avait tous envie de temps en temps de déconner un peu, de ne pas rester uniquement occupés par le travail scolaire, il y avait des moments où on n'avait pas trop la tête à l'étude en arrivant au lycée le matin, mais Damiano, c'était encore autre chose. Il n'avait pas du tout la tête à ça. Jamais. Il ne pensait qu'aux filles. Ce que je veux dire, c'est que bien sûr on y pensait tous aux filles, moi le premier, j'étais un cœur d'artichaut et je tombais amoureux toutes les cinq minutes, je passais les samedis soirs à courir les belles sur le Corso, mais Damiano, c'était autre chose.

Damiano c'était autre chose en tout.

Il ne pensait, ne vivait, ne respirait que par les femmes. Quand on lui parlait, quelle que soit l'heure du jour ou l'activité en cours, il ne nous regardait jamais en face, il avait toujours l'œil vrillé sur une fille, une femme. Et puis quand on lui demandait son avis, ou de répondre à ce qu'on disait, avant même de le faire il lâchait toujours un commentaire sur la créature qu'il avait eue dans sa ligne de mire, mais de ces commentaires qui nous laissaient bouche bée souvent, parce que si la plupart du temps on était coquins, ça n'arrivait jamais à la cheville de ce que pouvait dire Damiano. Non pas qu'il fût, comment dire... pornographique dans ses propos, mais... c'était douteux, voilà, c'était toujours douteux. Nous, on faisait les commentaires habituels, sur les jolis visages, les jolies poitrines, les jolies fesses, les jolies jambes, bref, les trucs normaux des garçons normaux, mais lui, et ça nous avait tout de suite sauté aux yeux, lui il ne parlait jamais d'« elles ». Il ne parlait que de lui. Ce qu'il avait envie de faire et ce qu'il aurait fait. On comprenait que pour lui c'était la chose la plus importante au monde, cette présence féminine, mais en même temps on avait l'impression qu'elles auraient pu être des meubles, des objets sur lesquels il avait l'intention d'agir. Comment vous dire... Voilà, on aurait dit qu'il parlait de... pêche à la ligne, de chasse à l'ours, d'horlogerie, de bricolage. On n'était pas bégueules mais quand même ça nous faisait drôle à chaque fois.

Bon enfin, je raconte tout ça, mais c'est pas pour dire qu'il était monstrueux ou quelque chose comme ça, on se disait avec les copains qu'il était simplement un peu bizarre et particulièrement avec les filles parce qu'elles ne voulaient pas de lui, alors il devait avoir les crocs. Il n'était pas aidé par la nature et il ne savait pas s'y prendre, ça faisait beaucoup pour un seul homme. Il n'était pas forcément moche, mais juste... il les accumulait. Cheveux trop frisés, trop grosses lunettes, une bouche un peu trop grande avec des dents un peu trop longues, et beaucoup trop de transpiration. Voilà, il était dans le trop. C'est pour ça qu'il ne plaisait pas. Après, il faut le dire aussi, il était bien élevé, poli, sympathique, il pouvait être drôle et avoir de la repartie quand il le voulait, je veux dire quand il ne se refermait pas comme une huître et qu'il ne jouait pas à l'autiste… C'était le genre de type à porter les paquets d'une mamie ou à être volontaire pour dépanner quelqu'un, il donnait vraiment l'impression d'avoir le cœur sur la main, et ça pouvait faire illusion. Honnêtement, moi je l'aimais bien. C'était un pote. Et à ce titre je fermais les yeux sur beaucoup de choses. Parce que je pensais que c'étaient des conneries, des trucs sans importance.

Et puis il y a eu la fois où je suis allé dans sa chambre. C'était après les années de lycée, quand lui faisait des études d'orthodontie et que moi je travaillais déjà au magasin avec mon père. J'étais déjà allé chez lui quelques années plus tôt et j'avais déjà vu sa chambre, recouverte de posters de formule 1 et d'autos anciennes, de photos de footballeurs, une chambre de lycéen quoi, et cette fois-là en y entrant je me suis tout de suite rendu compte que ça avait changé. Il n'y avait plus de posters, plus rien de ces trucs de gamin. C'était tout blanc. D'abord je me suis dit que c'était normal, on vieillit, et puis d'un coup ça m'a mis mal à l'aise. Parce que ça ressemblait à une crypte. Je me souviens bien du froid qui m'avait frôlé les os. Tout d'un blanc un peu crasseux, pas un blanc choisi, pas un blanc décoratif, mais le blanc qui reste quand on a enlevé tout ce qu'il y avait dessus, avec des écailles emportées par le scotch arraché et les encadrements sombres autour des photos manquantes. Il y avait un tapis très sale, blanc lui aussi ou qui avait dû l'être, et comme uniques meubles le lit, le bureau où trônait un énorme ordinateur, et une commode. Tout était extrêmement bien rangé. Pas un vêtement abandonné sur une chaise, pas un magazine, rien de plus sur le bureau que l'ordinateur, c'était comme un décor obscur sans accessoires. Et je dis obscur parce que les volets étaient fermés malgré l'heure ensoleillée de la journée, et que la pièce était éclairée par une seule ampoule nue au plafond. Nous étions dans le noir d'une pièce blanche, capitonnée comme une cellule. Fenêtres occultées et verrou à la porte. Quand je suis entré il a fermé le verrou derrière nous. Je me souviens que ça aussi ça m'avait fait une drôle d'impression, parce que nous étions seuls. Son père était au musée, sa mère au supermarché, sa sœur à la fac. J'ai eu une petite sensation de claustrophobie, mais après tout, je me suis dit, quand on a 20 ans et qu'on vit chez ses parents, on a besoin de son intimité.

Il m'avait fait venir pour m'expliquer un truc d'informatique, me montrer une manipulation compliquée parce que mon père et moi on avait commencé à informatiser la comptabilité du magasin. Alors il m'avait fait asseoir devant la machine et lui était resté debout, car il y avait une seule chaise, et il avait commencé à pianoter par-dessus mon épaule en déblatérant, et je l'écoutais très concentré pour parvenir à tout saisir. Et puis à un moment il a ouvert un dossier qu'il était allé chercher au fin fond d'un fichier, et j'étais resté estomaqué en voyant ce que c'était.

Des listes de noms de filles, certaines qu'on connaissait et d'autres inconnues, avec toute une série de renseignements classés en tableaux. Des adresses, des numéros de téléphone, ce qui m'a d'abord fait songer que ce n'était rien qu'un répertoire informatisé, puis j'ai réalisé qu'il y avait aussi autre chose, il y avait la couleur des yeux, les signes particuliers, des numéros de je ne sais pas quoi avec des jours et des horaires, des noms de lieux toujours avec des horaires en regard, et surtout un truc qui m'a laissé pantois, une description fouillée de la chevelure de chacune. Par exemple, si ma mémoire est bonne : couleur naturelle, blond vénitien, longueur 50 cm, boucles fluides, jamais attachés, parfum citronné. Ou bien auburn artificiel, coupe au carré, longueur 20 cm, lisses, épais, parfum boisé. On aurait dit les informations d'un catalogue de vente par correspondance. Ça m'a tellement scié que sur le moment je n'ai rien dit. Je le savais moi bien sûr que Damiano coupait les cheveux, j'en avais déjà parlé avec lui et à chaque fois il avait répondu de façon très fuyante et quand j'avais insisté il était devenu plutôt agressif, au point où même un jour je lui avais dit : J'ai l'impression que c'est pas moi qui réussirai à t'en empêcher, alors au moins qu'on se mette d'accord sur un truc, pas mes copines et pas quand je suis avec toi. À quoi il n'avait ajouté aucun commentaire. De toute manière il n'aurait jamais fait ça en compagnie de quelqu'un. C'était son plaisir solitaire.

Donc, en découvrant les tableaux je suis resté muet et c'est lui qui a parlé le premier. Je pense que c'était parce qu'il avait vu la tête que je faisais. Et il a dit : Bon, c'est vrai que c'est un peu bizarre, mais ça me calme. Je lis ça et ça me fait penser à de belles choses, au plaisir que j'éprouve toujours quand je regarde et que je sens l'odeur de ces cheveux, tu sais les cheveux c'est tellement important pour moi, ça me met dans un état pas possible depuis que je suis gamin je crois.

J'étais gêné, là. Il était en train finalement de me parler de ses fantasmes, et je n'avais pas à entendre ça. C'était trop intime, et surtout c'était trop pervers. Oui c'est ça, ça m'a semblé d'une perversion terrible. Parce que c'était tout bien organisé comme ça avec ces tableaux qui n'en finissaient pas, et puis parce que je savais qu'il ne se contentait pas d'imaginer seulement, puisque ces cheveux la plupart du temps il les prenait.

Je lui ai dit : Putain il faut que tu te fasses soigner.

Il a éclaté de rire.

Viens voir, il m'a dit.

Il m'a fait me lever et il m'a conduit devant un petit renfoncement à côté d'un placard. Il avait deux sous-verres, avec encadrement en bois. Et à l'intérieur de chacun, comme dans un reliquaire, il y avait une mèche de cheveux ; une brune et une blonde. Deux mèches d'une dizaine de centimètres, sagement attachées à une extrémité par un joli ruban rose, comme faisait ma mère quand j'étais tout petit et qu'à chaque fois qu'on rafraîchissait mes boucles elle en gardait une qu'elle collait dans l'album photo, deux mèches de cheveux donc, et fier comme un pape il les a désignées d'un grand geste triomphant en me disant : Tu vois, ces deux-là, je les ai bien baisées.

2010

Le commissaire Brandi avait fermé la porte de son bureau à double tour pour que personne ne vienne le déranger. Il ne s'était même pas rendu compte que la nuit venait de tomber. Treize heures qu'il était là, sourcils froncés, stylo nerveusement transformé en baguette de batterie, à examiner les différents fascicules du dossier Prats qui s'élevaient en building multicolore sur son bureau et sur la moquette alentour.

Ce qu'il essayait de comprendre, c'était pourquoi au moment opportun, c'est-à-dire dans les heures qui avaient suivi la disparition de Gloria, l'idée d'aller perquisitionner chez Damiano Solivo et de saisir les vêtements qu'il portait à l'église avait été abandonnée.

La vraie raison.

Brandi essaya de se remémorer le plus clairement possible les détails de cet épisode. Ce fut facile. Il n'avait jamais oublié cet échec retentissant, cette sensation de ratage complet, et à chaque fois qu'il y songeait le volcan de son estomac se réveillait.

Humiliation absolue et inoubliable.

Ils s'étaient présentés en grand comité chez les Solivo : lui, Siri, Montacchi, Spada. Tous tentaient de dissimuler leur excitation sous une attitude courtoise et professionnelle. Ils voulaient les entendre encore, les Solivo au grand complet, et tant pis s'il était presque minuit. Ils les avaient cueillis en pyjamas, et avaient dû tout d'abord subir les foudres de Vittorio Solivo qui une fois de plus avait hurlé au harcèlement et promis qu'ils ne s'en tireraient pas comme ça. À l'annonce d'une perquisition dans l'appartement, il avait éclaté d'un rire féroce : même pas en rêve, pas sans ordre du magistrat.

— C'est en route, c'est en route, avait prévenu Brandi.

Damiano Solivo transpirait. La mère semblait abattue, elle regardait autour d'elle avec inquiétude comme pour s'assurer que la tenue de sa maison resterait irréprochable et continuerait à faire bon effet lors de la fouille. Je suis sûr qu'elle se demande si elle n'a pas oublié une culotte sale quelque part, avait songé Brandi. Seule Carla Solivo était sereine, et tous les policiers eurent l'impression que ce n'était pas une tranquillité feinte, mais une réelle et profonde persuasion que sa famille n'avait rien à se reprocher. Souriante et aérienne, elle avait dit au bout d'un moment : « Sans vouloir vous offenser, je crois savoir qu'un voisin des Prats a aperçu Gloria l'après-midi… »

Le temps avait passé, dans l'embarras palpable de tout le monde. Les policiers avaient tenté toutefois de ne pas perdre la face, persuadés qu'ils étaient que l'ordre du magistrat arriverait dans la minute.

Et puis la radio de Brandi s'était fait entendre.

Et la nouvelle était tombée comme une gifle collective.

Le Pm refusait de signer l'ordre de perquisition. Un témoin venait de se présenter au commissariat pour certifier qu'il avait rencontré Gloria Prats le 12 septembre 1993 à 13 h 40, devant le cinéma Keaton. Plus question d'ennuyer Damiano Solivo.

Le jeune officier que Brandi était alors avait été sidéré par une telle décision. Mais elle émanait des hautes sphères, et il était tellement convaincu à l'époque de l'incontestable compétence de ses supérieurs et du Parquet qu'il avait songé qu'il devait y avoir une excellente raison à cela, un plan aux rouages d'une cristalline intelligence. Mais le dossier qu'il avait sous les yeux à présent contenait noir sur blanc une information à laquelle il n'avait jamais eu accès.

La lettre du commissaire Scampia. Celle où il indiquait clairement Solivo comme coupable et demandait expressément toutes les perquisitions, les mises sur écoute et les saisies indispensables à l'enquête. Une grande partie avait été barrée. À la place de : « ... il est probable que la mineure disparue PRATS Gloria puisse avoir fait l'objet *d'une séquestration destinée à une agression sexuelle de la part de SOLIVO Damiano* », on avait écrit « *d'actes de violence de la part de tiers encore inconnus de nos services* ». C'était noté à la main. D'une autre main que celle de Scampia, Brandi connaissait parfaitement l'écriture de son supérieur de l'époque. La couleur et l'épaisseur de la mine du stylo qui avait tracé ces mots, en revanche, étaient identiques à ceux qui avaient signé l'acte de non-recevoir qui se trouvait agrafé à la lettre : et ce signataire, c'était le Ministère Public en personne, la Pm Alice Toscanini.

Cela faisait bien longtemps à présent qu'Alice Toscanini n'exerçait plus. L'affaire Prats avait signé son ascension et sa chute. Elle avait été projetée sur le devant de la scène pour avoir orchestré les différents procès pour faux témoignage intentés à Damiano et à Elena, et soudain précipitée dans les abîmes pour avoir été, conséquemment, considérée par l'opinion publique comme la plus mauvaise magistrate que la Terre eût jamais portée. Sans oublier le petit scandale vite étouffé, quand la presse avait exhumé les déclarations vaseuses d'un ex-détenu affirmant que l'époux de la Pm avait été maintes fois en contact avec des personnages notoirement mafieux. Aucune preuve là non plus. Mais au point où on en était dans le grand n'importe quoi, songea Brandi, dans la grande valse des preuves et des mensonges, des brouillages de pistes et des couvertures, ça ne faisait pas une grande différence.

Dès les premières interventions d'Alice Toscanini, le pays entier, « Où es-tu ? » en tête, avait remarqué à quel point elle se montrait clémente envers Damiano. Elle ne s'était pas contentée de bloquer toute perquisition, elle l'avait également officiellement écarté de l'enquête. Et quand des années plus tard on n'avait plus pu faire autrement que de le faire comparaître devant un tribunal pour tenter de déterminer s'il avait menti ou pas, elle s'était montrée envers lui d'une douceur maternelle et avait acquiescé avec bonhomie à tout ce fatras d'affirmations absurdes que Damiano déroulait à la barre.

Ou elle était vraiment particulièrement aveugle, se dit Brandi, ou elle avait reçu l'ordre de couvrir ce salopard.

Il avait en main toutes les cassettes. Des heures et des heures d'enregistrements vidéo de tous les procès, et il put s'estimer heureux que la loi autorise à filmer les procès en Italie.

Il commença par le procès De Sanctis et regarda la gamine terrifiée perdre peu à peu ses moyens et en arriver à bredouiller des lambeaux de phrases en totale contradiction les uns avec les autres. Toscanini aboyait, éructait, lançait des affirmations d'une voix coupante et sans appel. Une évidence sauta alors aux yeux de Brandi : manifestement, Toscanini voulait la peau d'Elena, employant maints effets de manches pour provoquer le bégaiement et pinaillant jusqu'à la torture sur des détails de vocabulaire. Elle voulait la faire tomber. Mais pourquoi ? Pour détourner de Damiano Solivo des soupçons bien légitimes ?

Il continua avec le procès de Damiano. Maintenant la Toscanini n'aboyait plus. Elle posait ses questions sans jamais interrompre, sans jamais contredire, sinon très poliment, le gros garçon qui cancanait. Quant à lui, tout à fait à son aise dans un rôle bien rodé où apparaissaient en même temps le fanfaron et le garçon poli, il se fichait ouvertement de la gueule du monde, dans un foisonnement de détails inutiles comme les sons de cloches qui arrivaient jusqu'à lui, quel pied il s'était accroché dans les marches du chantier avant de perdre l'équilibre, la bonne qualité de ses lunettes qui avaient résisté aux chocs et le nombre de pas qui le séparaient du coin de la rue. Un grand moment de théâtre, se dit Brandi, sauf que si moi, même dans l'intimité d'un bureau de plaintes, on m'avait pris pour un con à ce point, j'aurais trouvé une autre manière de lui clouer le bec.

Regarder cet enfoiré décrire par le menu comment il avait suivi Gloria des yeux alors qu'elle prenait congé de lui et sortait de l'église le plongea dans une colère noire.

— *Oui,* racontait-il, courbé vers le micro pendant que, derrière ses grosses lunettes, ses yeux interrogatifs ne parvenaient pas à rester en place, *oui, je lui ai proposé d'aller nous asseoir derrière l'autel, vous comprenez, parce qu'il y avait des gens… combien je ne sais plus, mais beaucoup de gens qui étaient là en train de prier, et j'ai estimé qu'il n'était pas très respectueux de rester là au milieu d'eux à parler…*

— *Donc vous êtes allés derrière l'autel…*

— *Oui, nous nous sommes assis…*

— *Pour faire quoi ?*

— *Eh bien, pour parler.*

— *Et il était quelle heure quand vous êtes entrés dans l'église ?*

— *Bof, je ne sais plus très bien, 11 h 30, 11 h 35...*

— *Et donc vous avez parlé pendant à peu près...*

— *À peu près un quart d'heure.*

— *Derrière l'autel.*

— *Oui, derrière l'autel.*

— *Et pourquoi justement derrière l'autel ?*

— *Parce que comme ça on ne gênait pas les gens qui priaient dans la nef, et on pouvait s'asseoir, je le savais parce que j'étais déjà venu.*

— *Et Gloria Prats ensuite est partie ?*

— *Elle est sortie vers midi moins dix. Elle m'a juste dit qu'elle devait aller à la campagne. Moi je me suis levé, j'ai écarté les rideaux avec les mains, mais pas complètement, hein, juste assez pour arriver à y voir un peu et je l'ai suivie du regard jusqu'à la sortie qui donne d'un côté sur le Corso Garibaldi et de l'autre sur la Via Dante. Ensuite je suis resté là jusqu'à midi – et je peux dire midi parce que j'ai entendu les cloches, je me souviens avoir entendu les cloches – et j'ai commencé à prier.*

Mot pour mot, se dit Brandi, ce qu'il avait déclaré devant nous. C'est appris par cœur. C'est foutrement appris par cœur. Il avança la bande et reprit son visionnage au moment où Damiano, toujours courbé sur le micro avec sa tête de premier de la classe, pointait un doigt médical sur le gras de sa main gauche.

— *... le bout de tôle m'a transpercé ici... voici d'ailleurs la cicatrice qui m'est restée... ça saignait... alors j'ai enveloppé ma main dans mon blouson...*

— *Vos habits, ceux que vous portiez au moment de votre accident, comment étaient-ils à la suite de cette chute ?*

— *Ils étaient plein de boue.*

— *Quand vous êtes arrivé chez vous, vous vous êtes immédiatement changé ?*

— *Oui, parce que j'estimais qu'il n'était pas normal que pour la fête de ma mère, vous comprenez, je puisse me mettre à table dans une situation un peu...*

— *Oui bien sûr, mais dites-nous, votre jean, votre gilet, étaient-ils tachés de sang ?*

— *Oui.*

Brandi éjecta la cassette et s'empressa d'en faire avaler une autre au magnétoscope, car quelque chose venait subitement de lui revenir en mémoire. Il revint furieusement en avant et en arrière, pendant d'interminables minutes, avant de retrouver ce qu'il cherchait. L'avocat de Damiano, le théâtral Incrociato, qui pérorait devant les caméras du journal télévisé.

— *Celui qui prétend qu'il y avait du sang sur les vêtements de Damiano est un fieffé menteur !!!*

Et un menteur de plus, songea-t-il avant de faire taire ce grand comédien d'un doigt rageur.

13 septembre 1993

— Alice ? Matteo.

— Ah ? Salut. Écoute… Je ne pense pas que tu devrais m'appeler. Je viens d'être chargée de l'affaire de la disparition de cette petite et je sais que tu es l'avocat du principal témoin. Vu que je dois instruire cette affaire je…

— Je fais court. Viens ce soir au croisement San Gennaro degli Spagnoli, route 52, localité Ulivi. Viens seule, à 20 heures.

— Matteo, je ne sais pas ce qui tu es en train de combiner mais…

— Quelqu'un tient à te parler de toute urgence. Tu viens seule, tu n'en touches pas un mot à quiconque.

— Mais enfin, je…

— Soyons clairs. Je ne pense pas que tu aies de choix. Tu vois ce que je veux dire ?

Long silence.

— J'y serai.

14 septembre 1993

Adrian avait bien compris qu'au rythme où se répandaient les rumeurs il ne pouvait pas donner rendez-vous à Mirko et à Alessio dans leur bar habituel. Deux jours après la disparition de Gloria, toute la ville ne parlait plus que de ça, et déjà parmi la population des clans féroces aux opinions tranchées s'étaient formés. Il y avait ceux qui penchaient pour une disparition volontaire et prenaient la chose à la dérision, un autre groupe qui accusait formellement Damiano Solivo au vu de tout ce qu'il avait à se reprocher depuis des années, et le dernier tiers, enfin, qui montrait l'Albanais du doigt. Quelques autres, plus dispersés, incriminaient Elena De Sanctis et brodaient des récits improbables de rivalité amoureuse qui aurait mal fini. Cela était peut-être dû au phénomène *Twin Peaks* : on aimait se dire que derrière chaque adolescente proprette pouvait se cacher une plante vénéneuse.

Adrian, lui, n'avait pas d'avis. Il lui semblait tout simplement impossible qu'une fille comme Gloria ait pu être victime de quoi que ce soit. Mais s'il avait eu à choisir, il aurait penché pour Damiano, sans la moindre hésitation. Il se savait innocent ; il écartait catégoriquement la thèse de la fugue. Quant à Elena, l'idée même le faisait rire. Quoi qu'il en soit, quand il se décida à sortir de chez lui au bout d'interminables heures d'hébétude, il n'eut pas envie de se risquer dans les lieux familiers du centre-ville. Il n'aurait pas pu supporter le moindre regard sur lui. Et moins encore le regard de Gloria, démultiplié sur les centaines d'affichettes qui parsemaient les rues.

Il ne téléphona pas à Mirko et Alessio, car il craignait une mise sur écoute. C'est pourquoi il se glissa hors de chez lui à la nuit tombée, encapuchonné, et se rendit discrètement chez ses deux amis, à l'ancienne, choisissant la tactique des cailloux lancés contre la fenêtre des chambres à coucher. Il fallait les prévenir : demain soir, après le dîner, à l'embranchement obscur entre deux voies périphériques.

Adrian se sentait comme une bête traquée.

Ses deux amis le rejoignirent comme prévu, inquiets à leur tour de la tournure que prenaient les événements. Mais la requête que leur fit Adrian leur donna à réfléchir un moment. Fabriquer un faux témoignage ? Bon sang, ils risquaient gros. Ils savaient, eux, en leur for intérieur, qu'Adrian n'avait rien à se reprocher, qu'il avait toujours été d'une gentillesse exceptionnelle, d'une normalité et d'une droiture absolues. Un garçon simple, gai, dénué d'obsessions, étranger aux passions, incapable de la moindre colère ni du moindre geste de violence. Imaginer qu'il aurait pu tenir un rôle dans la volatilisation de Gloria Prats était pour eux du délire. Mais Mirko et Alessio, eux, n'avaient jamais vu en Adrian l'Albanais, l'Étranger. Ils voyaient le copain, l'excellent copain, main sur le cœur et cœur sur la main, la crème de pote, et s'ils savaient qu'il était innocent c'était du plus profond de leurs pores.

Ils essayèrent de l'en dissuader. Tu n'as pas besoin de faire tout ça, Adri', tu n'as rien à te reprocher. Ne te mets pas dans la merde inutilement. C'est ça qui t'attirera des problèmes, pas le reste. La vérité va éclater bien vite, on la retrouvera, Gloria, morte ou vive, on démasquera le coupable et il n'y aura plus l'ombre d'un soupçon contre toi. Mais Adrian ne se laissa pas convaincre. Je ne vous demande pas grand-chose, les mecs. Juste d'avoir la même version que moi si jamais on m'interroge. Je dirai que je n'étais pas dans le centre de P. dimanche aux alentours de midi. Que j'étais avec vous à la campagne. Je sais pas, on invente qu'on est allés aux champignons, aux fraises des bois, faire un jogging. Avec l'auto de l'un d'entre vous. Et que vous m'avez ramené ensuite. Chez moi. À 14 heures. Vous n'avez rien fait de particulier, vous, ce jour-là ? Alors vous pouvez dire que vous étiez avec moi. S'il vous plaît.

Ils réfléchirent longtemps, pensèrent à toute la générosité dont Adrian avait toujours fait preuve depuis qu'ils le connaissaient, les verres offerts dans la pizzeria où il travaillait, les repas chez lui malgré la petitesse de ses moyens, la chaleur de ses propos, le don de l'indéfectible amitié.

Et ils dirent oui.

Raffaella Taddè avait sa tête des bons jours, c'est-à-dire des moments où elle sentait que quelque chose de décisif se préparait devant des millions de téléspectateurs. Ce lundi-là encore, comme depuis des mois, une bonne partie de l'émission était consacrée à Gloria Prats. On venait de rediffuser l'interview de Federico Sparone, celle où, un peu cabotin dans une atroce polaire bariolée, il reparcourait les lieux où il déclarait avoir croisé Gloria à 13 h 40 le 12 septembre. Il désignait un bout de trottoir, une montée d'escalier coincée entre deux immeubles. Il avait l'air très sûr de lui. Malgré tout on sentait que le foisonnement de détails qu'il donnait avait comme fonction d'occuper le vide. Ou bien, comme on le constatait avec effondrement au sein de la famille Prats, pour s'octroyer quelques minutes supplémentaires de caméra.

Quelques mois plus tôt on les avait confrontés l'un à l'autre, Federico et Aldo, devant le magistrat. Aldo avait répété pour la énième fois qu'en croisant Federico, celui-ci avait d'abord soutenu, sans véhémence toutefois, avoir vu Gloria à une heure et un endroit où elle ne pouvait pas être, puisqu'Aldo s'y trouvait précisément et pouvait jurer de l'absence de sa sœur. Et Aldo, qui ne s'en laissait pas conter, n'avait pas hésité à tonner face à la Pm « Ça ne vous semble pas étrange que le lendemain il change de version, déclare avoir vu Gloria à une autre heure et un autre endroit, pile au moment où Damiano Solivo a un alibi grâce au registre des urgences, et en plus, qu'il se décide à foncer au commissariat au milieu de la nuit ? » Mais Alice Toscanini n'avait pas semblé trouver bon de secouer un tant soit peu Federico Sparone : la version du 13 h 40 devant le cinéma lui convenait tout à fait. Et quand Aldo, dans toute sa puissance granitique, avait grondé que Damiano Solivo devait s'estimer heureux d'avoir tant d'amis haut placés tellement persuadés de son innocence, elle le menaça d'une condamnation pour outrage à magistrat.

Aujourd'hui Aldo était de nouveau sur le plateau d'« Où es-tu ? » et l'Italie entière contemplait, empathique, ce grand jeune homme massif aux larges lunettes, dont le visage d'enfant surdoué exprimait à la fois une infinie tristesse et une détermination herculéenne, dont la voix marquait les esprits tant elle était claire, calme et empreinte d'ironie. Autant Mamma Giuseppina était devenue une icône maternelle, autant Aldo Prats à présent était devenu le symbole du grand frère en lutte, celui qui, comme dans les rêves de toutes les petites filles, empoignerait les rênes de son grand cheval blanc pour vous arracher des griffes du dragon. Mais plus personne ne se faisait d'illusion ; car des mois après la volatilisation de Gloria, si quelques personnes isolées avaient encore l'espoir enfantin qu'elle soit encore vivante, la grande majorité des gens avait compris qu'elle n'était plus de ce monde. Aldo lui-même parlait déjà de sa sœur comme d'une morte. Et son plus grand combat à présent était d'être conduit à une dépouille.

La présence hebdomadaire d'Aldo à « Où es-tu ? » n'avait comme but que d'exhorter à briser l'omertà. Il restait convaincu que quelqu'un savait et se taisait. Que quelqu'un, dans la Miséricorde, avait entendu ou vu quelque chose qu'il n'osait pas dire, par peur de représailles peut-être, ou tout simplement par étourderie. Parfois un anonyme appelait le standard et prétendait, armé d'une rhétorique très étudiée tendant à faire croire qu'il se trouvait dans le secret des dieux, détenir les informations les plus occultes concernant Gloria. On l'avait vue en pleine forme, enceinte jusqu'aux dents, à Turin. On la savait entre les mains de souteneurs albanais. Victimes des Bêtes de Satan. Droguée sur les trottoirs de Bucarest. Caissière à Rome. Stripteaseuse à Paris. Errant dans la campagne sicilienne. Parfois, à leur écoute, on hochait la tête poliment et on remerciait pour ces éléments intéressants, en sachant pertinemment que tout cela était dû à un désir de protagonisme frôlant la cruauté ou la faiblesse d'esprit. D'autres fois, gorgés d'espoir, les journalistes se précipitaient sur cette nouvelle piste toute chaude. Et revenaient bredouilles : ce n'était qu'un sosie. Oui, c'est vrai, un sosie confondant. La plupart du temps, une personne ne ressemblant que très vaguement à Gloria. Une paire de lunettes. Parfois encore, c'était un canular de très mauvais goût. Et puis, combien de gens appelaient « Où es-tu ? » parce qu'une solitude se faisait trop pesante et qu'ils espéraient l'alléger par l'impression de faire partie de la grande société des hommes...

Ce jour-là, donc, devant le regard dur d'Aldo, on rediffusa l'interview de Federico Sparone. Aldo secouait la tête avec un petit sourire de mépris. Il répéta combien ce témoignage lui semblait douteux et exposa les motifs de sa conviction. Puis – et c'est la raison pour laquelle la Taddè semblait savourer les choses à l'avance – on prit l'appel d'un téléspectateur. Un appel urgent, décisif. L'homme se présenta comme un ex-carabinier. Il détenait des informations. Il avait vu Gloria, de ses yeux vu, en Albanie. Étant Italien, familier du visage de la jeune fille, et dépositaire de tout le sérieux de son uniforme, il ne racontait pas de salades et écartait catégoriquement la possibilité de s'être trompé. Gloria gambadait bel et bien à Tirana. On recoupa avec d'autres appels : oui, effectivement, il n'était pas le seul à avoir désigné la zone géographique entre Tirana et Durazzo, une dizaine d'appels en cours de vérification le confirmaient. L'Albanie. L'Albanie si proche, avec sa débandade, ses réfugiés, sa mafia, son mythe de la traite des Blanches, ses boat-people, sa criminalité issue de trop d'années de dictature et ses Musulmans si louches, et son Adrian Leka qui avait fait les yeux doux à la petite.

La piste albanaise venait de s'ouvrir. Sous les pressions du Préfet de Police, Scampia se résigna à entrer en contact avec les collègues albanais. Les journalistes qui se consacraient depuis des mois à l'affaire Prats traversèrent illico l'Adriatique. Brandi fut submergé de témoignages affirmant avoir vu Gloria, en détresse, poussée brutalement dans une voiture, le 12 septembre après-midi, par des hommes vociférant en albanais, chapeautés par Adrian Leka.

Aldo s'effondra. Il aurait bien voulu y croire, mais tout en lui vibrait d'incrédulité. Passez en Albanie autant de temps que vous voulez, torturez jusqu'à plus soif Adrian Leka, mais vous ne m'enlèverez pas de l'idée que Gloria est morte et bien morte, dans la Miséricorde, et qui plus est de la main de Damiano Solivo.

Damiano Solivo, celui dont on ne parlait même plus.

18 mars 2010

Don Paulo parfois était sommé de répéter sa phrase tant son accent brésilien gênait la compréhension.

Il était assis sur le bout des fesses devant le commissaire Brandi qui se demandait si cette tension palpable, cette agitation lisible dans les gestes et la posture du jeune prêtre étaient uniquement dues à l'inconfort de la situation.

Don Dacelos n'était que le subalterne de Don Michel, et le commissaire, peu au fait des choses religieuses, avait du mal à saisir ces notions de hiérarchie. La Miséricorde était une grande et belle église, et elle avait deux curés. Bon. Mais Don Dacelos était-il un cocuré, un curé-adjoint, un vice-curé, il n'aurait su quelle expression choisir et quelles responsabilités y rattacher.

Le fait est qu'après avoir entendu Don Michel, épouvanté et effondré, il était en train d'entendre ce jeune prêtre brésilien qui tremblait comme une feuille et bégayait tant en plus de son accent étranger qu'il était parfois difficile de le saisir dans son ensemble.

Don Dacelos était entendu sur la providentielle découverte du corps de Gloria.

Qui avait réveillé l'ulcère du commissaire Brandi et à présent lui trouait l'estomac. Quelque chose semblait ne pas coller. Aucun corps pendant dix-sept ans. Il était là quand à plusieurs reprises on avait perquisitionné la Miséricorde et ses alentours. Rien, rien de rien. Pas une tache de sang, pas un cheveu, pas un témoignage précis, pas une trace de lutte. Ni dans l'église, ni dans son voisinage immédiat, ni dans les locaux du centre Hoffman attenant, ni dans les zones désaffectées du bâtiment. Rien de rien, et certainement pas un corps. Après avoir longtemps pensé le contraire, il avait, comme toute sa brigade, fini par estimer que rien n'avait eu lieu dans la Miséricorde. Le curé de l'époque, Don Pepe, cet homme exquis, n'avait rien vu et rien entendu, alors qu'il n'avait pas quitté les lieux aux heures présumées de la disparition. C'était presque trop limpide, cette histoire-là : si la gamine avait mis les pieds dans l'église, c'était en coup de vent, entre deux messes peut-être, pour un rendez-vous galant peut-être, mais elle en était ressortie. Elle ne pouvait qu'en être ressortie : sinon, avec cette fouille pénétrante et soignée de l'époque, on aurait forcément trouvé quelque chose.

Pénétrante et soignée, la fouille. Il s'en souvient toujours. Ils s'étaient même tapé les souterrains qui puaient le champignon et la pisse de rat, les moindres recoins jusqu'aux placards à balais et à l'humus frais des quelques plates-bandes du presbytère.

Mais merde, se disait-il aujourd'hui en regardant Don Paulo Dacelos blanchir et gesticuler face à lui, les combles on n'y avait même pas songé. D'ailleurs on ignorait totalement qu'il y en avait. Et même si on avait su, on ne se serait jamais imaginé qu'on pouvait y avoir caché un corps. Tout là-haut avec les escaliers et le périple qu'il faut faire pour y accéder.

À l'époque c'était le commissaire Scampia qui était là à sa place. Même bureau, même embonpoint, mêmes aigreurs au duodénum, mêmes convictions. Lui et Scampia avaient désespérément essayé de convaincre le Procureur de la République en lui abattant cycliquement sous le nez le dossier Solivo. Ils voulaient lui démontrer qu'on n'avait pas affaire à un témoin quelconque, avec Damiano, qu'il ne s'agissait pas du tout d'un brave garçon embarqué là par l'ironie des hasards, que rien dans cette histoire ne ressemblait à un hasard. Il brandissait le dossier et, poliment, le plus hiérarchiquement correctement possible, il en feuilletait les pochettes en énumérant : a) la plainte déposée contre lui quand il avait 14 ans et retirée mystérieusement par la suite ; b) les mains courantes pour agressions capillaires ; c) son statut de dernière personne à avoir vu Gloria Prats ; d) le trou d'une heure et demie dans son emploi du temps de ce jour-là. Sans parler de tout ce qui ne figurait pas dans le dossier mais qui était de notoriété publique, ce comportement particulièrement douteux envers les filles. Mais le Procureur, d'une colère tonitruante, les renvoyait à leurs fonctions subalternes. Son discours était immuable. Si tous les gros puceaux qui ne savent pas y faire étaient des assassins, on serait dans de beaux draps. Avoir coupé quelques mèches de cheveux à des minettes, ça n'a jamais été un crime. Dernière personne à avoir vu une disparue, ça arrive à plein de gens et ce n'est pas pour autant qu'ils sont suspects, il y a *forcément* une dernière personne, ça s'appelle une coïncidence, un accident de calendrier, pas la preuve d'une culpabilité. Le trou d'une heure et demie, on le sait, il l'a dit, il s'est promené et s'est cassé la gueule dans le chantier des escalators, on a le témoignage des médecins des urgences. Et quant à ce dépôt de plainte fantôme puisque retiré par les plaignants, il n'était motivé que par la confusion d'un incident de jeux entre gamins avec une agression délibérée qui n'avait jamais pu être prouvée. Et le Procureur, avant de claquer la porte, tonitruait invariablement : et la petite a été vue à 13 h 30, merde, deux heures après son putain de rendez-vous, par un témoin fiable, devant le cinéma. Et puis il menaçait Brandi et Scampia de leur retirer l'affaire.

Brandi était en train de revivre tous ces instants lointains en écoutant Don Paulo Dacelos. Il jetait par moments un regard attristé à la une du journal trônant sur son bureau : LES RESTES DE GLORIA PRATS RETROUVÉS DANS L'ÉGLISE – *ELLE RENTRE DE SON RENDEZ-VOUS DIX-SEPT ANS PLUS TARD*. Si au moins à l'époque on avait pensé à ce satané toit…

— Alors reprenons, dit-il au prêtre en réalisant que ses pensées, et l'agitation déstructurée de son interlocuteur alliée à cet accent impossible, lui avaient fait rater quelques épisodes. Ces combles, ça vous arrivait d'y entrer. Vous m'avez même dit qu'il y a quelques années de ça on y avait fait des travaux. Et vous n'avez jamais rien remarqué ? Ni vous ni personne d'autre ? Ni Don Michel, ni les ouvriers, personne ?

Don Paulo frottait ses mains sur ses cuisses pour en éponger la moiteur.

— Non, non, jamais… D'abord parce qu'on n'avait aucunement besoin d'y monter, sauf exceptionnellement, et le peu de fois où j'y suis allé je n'ai vu que des matériaux entassés…

— À l'endroit où on a trouvé le corps, c'est bien cela ? Don Michel a parlé de palettes de tuiles, entassées sur au moins… un mètre, un mètre cinquante… Vous confirmez ?

— Oui, je confirme. Des palettes de tuiles pour remplacer celles du toit au cas où, mais il y avait aussi des planches, des rouleaux de grillage métallique…

— Qui ont été retrouvés à proximité du corps. Enfin, les planches et les rouleaux ont été retrouvés mais… les tuiles ? Le 17 mars, il n'y avait aucune palette de tuiles dans les combles. Il a bien fallu que quelqu'un les enlève. Donc, quelqu'un est monté dans les combles pendant ces dix-sept dernières années et a enlevé ces tuiles. Et vous me dites que vous n'êtes pas au courant...

— Non, je ne sais rien, je ne sais rien du tout...

— Don Michel a déclaré qu'il y avait eu des travaux dans l'église, à plusieurs reprises, depuis 1993.

— C'est exact.

— Et à aucun moment les combles n'ont été explorés ? À aucun moment ces travaux n'ont donné lieu au déplacement de ces tuiles ? Il est quand même assez évident que la personne qui les a enlevées est forcément tombée sur le corps. Y a-t-il à votre connaissance quelqu'un qui aurait eu l'ordre de retirer ces tuiles ?

— Non, je regrette.

— Vous le confirmez ?

— Je confirme.

Achille Brandi poussa un profond soupir en s'adossant à la peluche élimée de son fauteuil. Quelque chose le contrariait, mais quoi ? Les conditions particulièrement étranges de l'affaire, il avait eu le temps de s'en imprégner en dix-sept ans, ce n'était pas cela qui le faisait tiquer. C'était autre chose. Ça venait de Don Paulo. Le petit curé continuait à transpirer face à lui et Dieu sait pourquoi il ne parvenait pas à éprouver la moindre pitié à son égard. D'habitude il aimait bien les curés, il n'était pas particulièrement pratiquant même si des restes de foi provenant de l'enfance le titillaient encore, et il était comme tout le monde, il estimait que les curés étaient les piliers des communautés. En vingt ans de métier il avait vu quelques horreurs, pas énormément ceci dit parce qu'on était à P. où finalement les êtres humains n'avaient pas l'habitude de s'entre-dévorer comme dans les plus grandes villes, à P. on traitait surtout des affaires de conflits entre voisins et de tapage nocturne, mais il avait souvent remarqué que dans ces temps où tout se cassait la gueule on pouvait toujours compter sur quelque chose de solide, d'ancestral, d'immuable : les curés. Les curés avec leurs douces croisades contre l'individualisme forcené d'aujourd'hui, avec leur position candide de gestionnaires du bien et du mal, avec toutes les casquettes qu'ils endossaient avec tellement d'abnégation, tour à tour psychiatres, exorcistes, nounous, animateurs de centres pour jeunes, arbitres de matchs, compagnons de bar et médiateurs familiaux. Achille Brandi n'avait aucun problème avec les curés. Seulement avec celui-ci, Don Paulo Dacelos.

Il sentait que quelque chose ne tournait pas rond. Était-ce parce que l'agitation des premières minutes s'était transformée peu à peu en panique manifeste, ou parce que le petit homme exsudait la culpabilité alors qu'à l'époque de la disparition il n'avait encore jamais mis les pieds en Italie ? Don Paulo avait quelque chose à se reprocher, le ventre de Brandi le lui soufflait. Et il se trompait rarement, le ventre de Brandi. Certains avaient du flair, lui avait son ulcère.

— Je vous repose encore la question, parce qu'il y a quelque chose qui m'échappe. Ces combles, ils n'étaient pas fermés à clé, nous sommes bien d'accord. L'ouvrier Nicolae Mosteanu a tout simplement poussé la porte pour qu'elle s'ouvre. De plus il y avait un foutoir – pardon mon père – pas possible là-haut, on a retrouvé un matelas tout taché de saloperies sauf votre respect, et même un ticket de caisse datant d'il y a trois ans. Il ne m'en faut pas plus pour conclure que ces combles étaient aussi fréquentés qu'un hall de gare et qu'il est absolument impossible que personne n'ait rien vu ni rien su. Alors je vous le demande encore une fois : avez-vous été au courant, ne serait-ce que par ouï-dire, d'une quelconque découverte de quoi que ce soit, lors de travaux, ou d'intrusions de la part des jeunes du centre Hoffman, que vous auriez omis de signaler ? Le vol des palettes de tuiles, par exemple ?

Et il se tut, car il ne s'attendait pas à ça. Il avait pris son air sévère et un ton coupant de commissaire souffrant d'ulcère, pour asseoir son autorité et faire croire au père Dacelos qu'il en savait plus qu'il n'en savait, mais il n'imaginait pas que ça irait si loin. L'homme face à lui soudain se mit à trembler en ondes aqueuses, de haut en bas, comme un enfant frappé de fièvre. Brandi sentit que la roue venait de tourner. Sans l'avoir vraiment voulu, juste pour faire le professionnel sûr de son coup, il venait d'amener un homme au bord de la confession. Un curé au bord de la confession, se dit-il incrédule. Il est cuit. Il va parler. Il va révéler les secrets indicibles. Il va faillir à ses promesses. Il va éventer des aveux de confessionnal. C'était bien la première fois dans sa carrière que tout semblait se tartiner sans effort comme du beurre tendre. Il n'en revenait tellement pas qu'il se sentit s'amollir lui aussi et, d'un ton plus paternel, lança sa ligne.

— Allons, je crois que vous allez me dire qui a tué Gloria Prats. Je pense que vous détenez un secret qui nous serait bien utile à présent.

— Ce n'est pas ça, hoqueta le prêtre. Je ne sais rien sur l'assassin, je n'ai jamais rien su. Mais c'est que je savais que le corps était là. Je l'ai découvert il y a deux mois. Moi et les femmes de ménage. On a trouvé le corps, et on n'a rien dit.

12 septembre 1993

Il la vit apparaître au coin de la rue et cessa de danser d'un pied sur l'autre. Les cloches tintaient à toute volée et la Miséricorde se mit à vomir un flot de fidèles libérés de la première messe. Gloria avançait dans la rue avec cette démarche grave qu'il lui connaissait bien. Elle l'aperçut et esquissa un sourire. Lui remonta ses lunettes sur son nez d'un doigt nerveux et espéra pouvoir contrôler le flux et le reflux de sa sueur, au moins au niveau du visage. Il lui adressa un petit signe de la main.

Ils échangèrent un bonjour qu'il jugea, de sa part à elle, froidement cordial. Il était évident qu'elle n'était pas venue de gaîté de cœur et qu'elle se méfiait. Il sentit que cette drôle de chaleur qui irradiait dans sa poitrine et cheminait vers sa gorge comme une remontée acide était un début de colère. C'était toujours la même histoire. Il se montrait délicat et galant, très grand prince, et elles faisaient les dégoûtées. Pourtant les autres, Massimo, Gianluca, ils arrivaient comme ça avec leurs gros sabots, ils se contentaient de sourire avec leur détartrage tout frais et leur sillage d'eau de toilette bon marché, pas une attention particulière, pas un petit geste de gentleman, parfois même avec des allusions vulgaires, et en face d'eux elles étaient tout émoustillées, et il leur fallait quelques jours à peine pour que ça soit dans la poche.

Et puis pour qui elle se prenait, cette sainte-nitouche, avec ces airs de duchesse dérangée en plein sommeil ? Qui voudrait d'elle sinon lui, elle qui franchement n'avait rien pour appâter les hommes, boulotte, mal fagotée, pas maquillée, on aurait dit en la voyant faire ainsi la grimace qu'il lui en pleuvait toute la journée des hommes, et puis quoi, ce n'était pas un rendez-vous périlleux qu'il lui avait donné, juste un moment passé ensemble à bavarder à l'intérieur de l'église, entre deux messes. En public. À deux pas du curé. Et en toute amitié.

Dix fois il lui avait demandé de lui accorder ce rendez-vous, et dix fois elle avait refusé. Il avait dû se résigner à lui proposer l'église, en dernier recours. C'était un lieu tellement rassurant. Là, elle avait cédé. L'argument du cadeau avait eu du mal à prendre avec elle. Elle disait que ce n'était pas le rôle des connaissances, des copains de ses frères, de la féliciter autrement qu'oralement, on n'avait jamais vu ça. Mais finalement ça avait marché, elle avait dû se sentir flattée et certainement très curieuse. Elles viennent toutes quand on leur promet un cadeau.

— Je n'ai pas beaucoup de temps, annonça-t-elle. Un quart d'heure, tout au plus. Je m'en vais à la campagne. On entre ?

Ils pénétrèrent dans la fraîcheur odorante de la nef. Elle eut le réflexe de se signer en esquissant une légère génuflexion. Il l'imita pour lui faire plaisir. De chaque côté de l'allée des personnes isolées priaient, agenouillées, les mains jointes, le front appuyé contre leurs doigts noués.

— Où veux-tu te mettre ? demanda-t-elle dans un murmure.

— Derrière l'autel. On ne gênera personne.

Elle arrondit la bouche comme si elle était indignée. Mais elle finit par sourire. En dehors des messes, la Miséricorde était un peu la maison du peuple.

Ils se faufilèrent derrière l'autel. Elle restait un peu en retrait et regardait autour d'elle dans l'espoir sûrement de s'assurer de la présence de Don Pepe : mais il devait être dans la sacristie pour la préparation du prochain office, ou déjà au bar avec les catéchumènes.

— Tu voulais qu'on parle de quoi ? dit-elle en croisant les bras avec un petit air de défi.

Il se sentit piqué au vif. Le ton qu'elle avait employé trahissait tellement sa réticence à être là, à avoir accepté une chose à laquelle on se plie par devoir de politesse, que l'humiliation libéra un flot de transpiration dans son dos. Une vie entière à se faire repousser comme ça avec dégoût, ça devenait insupportable.

— Je ne sais pas… Raconte-moi comment tu vas en ce moment.

— Moi ? Tranquille. J'attends la rentrée. Et toi ?

— Bof.

Un silence sembla s'éterniser, le temps que les yeux de Gloria fassent le tour du paysage pour avoir quelque chose à faire. C'est lui qui le rompit le premier. Il devait se lancer. A priori, il n'avait pas fait tout ça pour rien.

— Tu as changé d'avis ? Je veux dire, pour moi ?

— Pour toi ? Ah oui, je vois ce que tu veux dire. Écoute, Damiano, honnêtement… non. Je te l'ai bien fait comprendre je crois, c'est très bien qu'on soit amis, mais c'est la seule relation que j'ai l'intention d'avoir avec toi.

— Et il n'y aura aucun moyen pour te faire changer d'avis ?

— Non, écoute, n'insiste pas… N'insiste plus. J'ai essayé d'être bien claire, je t'ai dit que… d'abord tu es trop vieux pour moi… et puis tu… franchement… disons que tu n'es pas trop le genre de garçon qui…

qui m'attire... et puis... et puis, bon... en fait, je suis amoureuse de quelqu'un. Voilà.

— C'est l'Albanais ? fit-il d'une voix brutale, à travers laquelle elle entendit presque ses dents grincer.

— Ça ne te regarde pas. Je vais être honnête, Damiano, je ne crois pas que je pourrais tomber amoureuse de toi. Tu es un garçon très sympathique, mais pour moi, tu sais, ça ne suffit pas.

Il essaya de rester poli, malgré les gorgées aigres qui lui brûlaient le gosier.

— Bien, au moins ça a le mérite d'être clair.

— Bon. Alors, tu m'as fait venir pour me donner quelque chose ?

Il vit passer un éclair devant ses yeux. Ça lui était déjà arrivé, quand il luttait contre la rage, de voir flamber quelque chose dans son champ de vision. La première fois, il avait tellement eu l'impression qu'il s'agissait d'un flash qu'il avait tourné la tête dans tous les sens pour surprendre le photographe. Il était encore enfant. C'est après qu'il avait compris qu'il était comme ça. Qu'un certain type de colère faisait crépiter des flashes devant ses yeux.

Le cadeau. Seulement le cadeau.

Il porta instinctivement la main à sa poche, pour tâter le petit paquet enrubanné qu'il y avait glissé avant de se mettre en route. Il s'apprêta à le brandir puis se ravisa. Après tout, il n'avait pas fait tout ça pour rien.

Pourquoi se le cacher plus longtemps ? Il la voulait. Il avait eu toutes celles qui lui résistaient, un échantillon du moins. Il respira fort. Depuis l'endroit où elle était assise lui parvenait un effluve crémeux. Elle s'était lavé les cheveux ce matin il aurait pu le jurer. Ils n'étaient pas d'une grande beauté, ses cheveux. Sa copine, oui, Elena. Elena avait des cheveux qui le poursuivaient au plus profond de ses rêves. Mais ceux de Gloria n'étaient rien d'autre que des baguettes marronnasses dont visiblement personne ne s'était occupé depuis sa naissance. Mais ils étaient longs. Et ils étaient une partie d'elle. Et même s'il ne pouvait pas dire qu'ils étaient sa chair et son sang, au moins étaient-ils son ADN, son empreinte génétique, ses substances. Il s'en emparerait, aujourd'hui même. Et tant pis si ça brisait cette petite relation merdique et sans espoir qu'il avait réussi à nouer avec elle. Le vide qui se brise, ça ne fait aucun bruit. Ça ne fait même pas mal.

13 septembre 1993, 20 heures

Alice Toscanini avait très bien vu ce que Matteo Incrociato avait voulu dire.

Elle avait garé sa voiture sur le bas-côté, à l'embranchement des deux petites routes campagnardes, et phares éteints dans un silence pesant elle ruminait ce maudit sale coup qui pointait son nez quelques heures seulement après sa désignation sur une affaire a priori si anodine. On vit tranquille, on fait son travail correctement, en s'arrangeant comme on peut avec les choix de certaines personnes, et soudain la pieuvre vous fond dessus.

Elle avait la gorge sèche. Tout avait commencé vingt-quatre heures plus tôt, quand on lui avait signifié qu'elle instruirait cette affaire de disparition de mineure. La petite s'était volatilisée la veille, on aurait besoin de ses autorisations pour mener des recherches et des perquisitions, a priori une routine confortable. Et quand elle avait été en contact avec le commissaire Scampia pour s'informer sur les détails de la chose, quelque chose dans sa colonne vertébrale s'était soudain contracté.

Une affaire avec un Solivo comme protagoniste ne présageait rien de bon. Elle avait eu l'impression subite que des tentacules gluants venaient de s'enrouler autour de son cou.

Elle ferma les yeux un instant pour tenter de dominer son inquiétude dans des ténèbres rassurantes.

Elle savait déjà qu'elle accepterait tout. Il y avait tellement de choses en jeu, suspendues à ses docilités comme les perles et les plumes d'un attrape-rêves apache, que ce serait folie et inconscience que de tenter de se battre. Ceux qui s'opposaient ne duraient pas longtemps. Magistrats, politiciens, entrepreneurs, policiers, quidams : on comptait les morts par dizaines et elle ne voulait pas être la prochaine sur la liste.

Elle était lucide. On naît dans certaines contrées avec des codes si évidents et si installés que dès l'enfance on apprend à composer avec. Ce n'est pas si difficile, au fond : il faut juste apprendre à fermer les yeux, la bouche et les oreilles, armée de petits chimpanzés aux mains plaquées au bon endroit. Quand c'est bien plaqué, bien obturé, on passe entre les gouttes, on s'endort sereinement une vie entière jusqu'au dernier sommeil. Quand d'aventure un des bouchons saute, l'ultime sommeil survient précocement. Et là il ne faut pas se plaindre : il fallait cimenter plus solidement. Quand une vieille bicoque s'écroule faute de consolidations, de menus travaux qui auraient permis de retarder l'irréparable, personne n'a de compassion envers le fainéant qui n'a rien vu venir. Si on veut que la maison dure, on retape. On mastique, on rebouche, on enduit, on lisse pour renier les accidents. Du cache-misère parfois, mais ça paye en espérance de vie.

Alice bricolait depuis des lustres.

Elle vit la lumière des phares illuminer le virage avant même que l'auto attendue n'entre dans son champ de vision. Matteo Incrociato était au volant. Sur le siège arrière, comme un ministre en déplacement officiel, une silhouette massive à la crinière argentée. Alice n'eut pas à réfléchir beaucoup avant de comprendre de qui il s'agissait. Un ami de longue date. Mais ce genre de reconnaissance, qui normalement devrait inspirer le soulagement, provoqua chez la magistrate aux abois un frisson de terreur. Elle ne s'était pas trompée.

Il avait souvent dîné chez elle, il avait joué au bridge avec les siens, l'appelait depuis des années par son petit nom – Lilla – conforté dans cette familiarité par ce goût qu'il partageait avec son mari à se déguiser en Chevalier et à aller faire des salamalecs obscurs à la Société. Fraternité d'initiés, tout comme des enfants aiment songer que des cachettes secrètes et des pactes de sang, effectués avec une solennité cinématographique, conféreront à leur amitié une aura ensorcelée. Alice n'avait jamais cautionné cela : mais elle admettait volontiers qu'en cas de pépin ça constituait un appui non négligeable. Et là encore elle avait appris à cimenter ses tympans et ses paupières, préférant ne pas poser de questions à Pietro sur ces appels en pleine nuit, sur ces grosses berlines stationnées devant la maison, ces départs précipités et ces retours avec la mine préoccupée. Elle était intègre dans son travail, élevait ses deux enfants dans le respect des valeurs, croyait en la justice dont elle constituait fièrement un des rouages, et refusait que ces viriles singeries ne viennent polluer tout ce qu'elle avait su construire.

Jusqu'à aujourd'hui.

20 mars 2010

La foule mouvante aux micros dressés formait une mer acérée et crépitante devant le commissariat. Au centre de la multitude, l'homme en noir travaillait comme un acteur fatigué à rendre crédible sur son visage un sourire de bienveillance mâtiné de compassion et de sincérité. Mais Monseigneur Fiero, évêque de P., n'en battait pas large. En deux jours, il avait été assailli de coups de téléphone paniqués qui l'informaient qu'à présent l'opinion publique s'apprêter à bouffer du prêtre, voire de l'évêque et pourquoi pas du pape s'il continuait à garder le silence. Alors aujourd'hui il s'y pliait, mal à l'aise dans ses petits souliers, et il se rendait bien compte que face à lui les journalistes n'auraient aucune pitié. Voilà pourquoi il s'efforçait de sourire et d'avoir l'air très calme, alors que la bousculade semblait sur le point de le renverser et de le happer.

— Monseigneur ! hurla une voix. Pouvez-vous nous dire de quelle manière vous avez été mis au courant de la découverte du corps de Gloria Prats le 17 mars ?

— Eh bien, le 17 mars, à 9 h 30, Don Dacelos m'a téléphoné. Il était paniqué. Il m'a dit « On a trouvé un cadavre dans… » et il n'arrivait pas à trouver le mot juste, le toit, la soupente, les combles… Je n'ai pas compris tout de suite de quoi il s'agissait… Nous sommes en Italie et vous savez bien qu'en Italie on ne peut pas planter un bulbe à proximité d'une église sans tomber sur un cadavre, avec toutes ces tombes, les anciennes nécropoles, les cimetières oubliés, les catacombes… Alors quand il a dit « On a trouvé un cadavre » j'ai tout d'abord pensé au tombeau d'un martyr, mais je ne voyais pas en quoi ça méritait qu'on s'alarme à ce point. C'est seulement quand il a dit « le toit, les combles » que j'ai compris que ce n'était pas une histoire qui concernait les archéologues ou les historiens mais bel et bien la police. Parce que nos cadavres, nos cadavres anciens, c'est dans le sol qu'on les trouve, jamais dans les hauteurs. Et c'est là que j'ai compris qu'il ne pouvait s'agir que de Gloria Prats.

— C'est lui qui a cité le nom de Gloria Prats ?

— Non non, lui a parlé simplement d'un cadavre, c'est moi qui ai fait le lien avec la jeune fille disparue il y a dix-sept ans. À mon sens, ça ne pouvait être qu'elle.

— Et cela vous a semblé logique ? attaqua une voix assez agressive. Vous avez immédiatement pensé qu'il était possible qu'un corps soit resté pendant dix-sept ans dans votre église sans que personne ne s'en rende compte ?

Le sourire de l'Évêque se crispa et dura, éclatant de trop de dents découvertes, un peu plus longtemps que prévu.

— Eh bien, je n'ai pas à proprement parler pensé qu'il était logique qu'un corps soit resté là pendant dix-sept ans sans que personne ne le sache, parce que je savais et sais toujours que personne n'était au courant.

Il réfléchit à ce qu'il venait d'énoncer et cela ne lui sembla pas très clair, mais ce qui était fait était fait.

— Alors pourquoi précisément Gloria Prats ?

— Voyons, précisément Gloria Prats parce que… eh bien parce qu'elle avait longtemps été cherchée dans l'église et que jusqu'à présent cette partie-là n'avait jamais été fouillée. Donc à ce moment-là je me suis dit avec soulagement « Ça y est, on l'a enfin trouvée ».

— Monseigneur, que pouvez-vous nous dire sur ce qui s'est passé au mois de janvier, quand Don Dacelos vous a parlé une première fois pour vous dire qu'avec ses femmes de ménage il avait trouvé un cadavre ?

— Chère mademoiselle, quand Don Dacelos m'a sollicité en janvier il n'a aucunement fait allusion à un cadavre. Don Dacelos m'a effectivement téléphoné, très perturbé, avec son italien un peu brésilien, pour m'apprendre qu'il avait vu dans les combles de la Miséricorde quelque chose qui lui avait fait peur. Mais je n'ai pas pris cela au sérieux. C'est mon unique tort.

— Monseigneur !, cria une autre voix, Don Dacelos a dit à la police que ce jour-là, en janvier, il avait découvert le corps de Gloria, l'avait manipulé, mais n'avait rien dit !

L'Évêque commençait à bouillir. Il se demandait comment diable les déclarations faites dans un commissariat la veille pouvaient filtrer aussi rapidement, sans laisser le temps pour trouver une parade. Bien entendu, un commissariat n'est pas un confessionnal. Et visiblement, la loi du silence qui avait si bien régné pendant tellement d'années n'était plus de mise aujourd'hui.

— Ce qu'il a bien pu affirmer dans sa déposition, je l'ignore. Lui m'a dit que ce n'était pas vrai, qu'il n'avait jamais découvert aucun corps. Et effectivement, en janvier, il m'avait juste dit qu'il avait vu quelque chose qui l'avait impressionné… qui lui avait fait peur… Et à présent il déclare qu'il n'a fait le rapprochement avec Gloria Prats qu'il y a trois jours seulement, après la découverte du corps par l'ouvrier.

— Donc, reprit le journaliste, si je comprends bien il a déclaré que précédemment il était allé là-haut, qu'il avait vu quelque chose qui l'avait impressionné mais qu'il n'avait jamais songé au fait qu'il s'agissait d'un corps ?

Jésus Marie Joseph, se dit l'Évêque. Ça devient vraiment du délire en branche. Tiens la barre, Monseigneur, tiens la barre.

— Exactement.

Sourire détendu face à un océan de mines perplexes.

— Monseigneur, avez-vous eu l'occasion, avant qu'il ne décède, de parler avec Don Pepe de la disparition de Gloria ?

— Non, jamais.

Nouveau silence déconfit. Monseigneur Fiero laissa son regard toiser épiscopalement l'assistance et attrapa au passage des rictus ironiques qui lui glacèrent le sang. L'un de ces sourires prit la parole, d'une voix incrédule.

— Vous voulez dire qu'une jeune fille disparaît dans une église pour ne plus jamais réapparaître et que le curé même de cette église n'en touche jamais le moindre mot à son évêque ?

On entendit même des rires. Monseigneur Fiero n'avait qu'une seule envie, pouvoir enfin s'extirper de cette torture pour retourner dans le silence méditatif de son bureau et, pourquoi pas, fumer un cigare pour oublier tout ça.

— Écoutez, hasarda-t-il. Je vais vous redire ce que je sais sur Don Pepe, qui n'est malheureusement plus là pour se défendre. Vous vous souvenez de la confiance aveugle qu'il accordait à tout un chacun, jusqu'à faire circuler les clés de la sacristie et permettre le libre accès à l'église depuis le centre Hoffman. D'ailleurs nous avions parfois des polémiques à ce sujet, mais je n'ai jamais réussi à faire plier ce cœur si pur. C'est tout.

— Monseigneur, où je trouve Don Dacelos à présent ?

— Il est au séminaire. Les derniers événements l'ont passablement remué et il a besoin d'un peu de repos.

— Il a été dit qu'il s'est enfermé et qu'on ne peut absolument plus le contacter depuis hier, depuis sa dernière déposition au commissariat en confrontation avec les femmes de ménage. Est-ce vrai ?

— Tout ce que je sais, c'est qu'il se repose, qu'il a dit tout ce qu'il avait à dire et qu'à présent il a besoin de se retourner de nouveau exclusivement vers notre Seigneur.

— Monseigneur, Don Dacelos est-il libre de parler ?

— J'ai du mal à saisir ce que vous insinuez, mademoiselle, mais si vous voulez insinuer par là qu'un de nos ecclésiastiques serait manipulé et menacé par quelqu'un parce qu'il détiendrait des informations, je vous prierais d'oublier immédiatement cette allégation fantaisiste. Don Dacelos est libre de ses mots et de ses gestes comme tout un chacun dans ce pays, il a dit tout ce qu'il avait à dire aux enquêteurs et il n'y a aucune raison de douter de sa bonne foi.

Il lui était un peu trop difficile à présent de conserver son sourire charmeur, tant il se sentait acculé. Il fallait en finir le plus vite possible, alors il exécuta une petite courbette empreinte d'humilité christique, leva une main qui semblait signifier « N'en jetez plus ! » et se fraya un chemin au milieu des crépitements des flashes jusqu'à l'imposante berline noire, surveillée par quatre malabars aux lunettes miroirs, qui l'attendait au bas des marches.

26 novembre 1993.

Le vice-brigadier Antonio Giganti pianote sur son volant en attendant que le bouchon se fluidifie. Sortir de P. à cette heure-ci s'apparente toujours à un cercle de l'enfer, mais il est de relâche aujourd'hui et il a envie d'aller voir la mer. Et puis il ne déteste pas être dans son auto, au chaud, rythmant du bout des doigts la musique qui emplit l'habitacle avec la perspective d'une journée de tranquillité et d'errance qui réussira peut-être à extirper de son esprit ces préoccupations qui le dévorent depuis de longues semaines.

Il a besoin d'évacuer, tout comme il voudrait bien voir s'évacuer l'embouteillage dans lequel il cahote.

Les choses sont allées beaucoup trop vite ces derniers mois. Il a encore du mal à digérer sa rupture avec Carla Solivo, mais il sait qu'il a fait le bon choix. Non, on ne peut même pas parler de choix. Le choix, il ne l'avait pas. Il est carabinier, il ne pouvait pas poursuivre une relation avec la sœur du principal suspect dans une affaire de disparition de mineure. Il y avait les questions d'éthique, mais pas seulement. Depuis le 12 septembre l'atmosphère était devenue irrespirable dans leur couple, il avait senti le lien s'émousser et s'acheminer vers une cassure irréversible.

Le 20 septembre, il avait pris les devants, annonçant à Carla qu'il mettait fin à leur histoire, non pas par manque de sentiment, mais parce qu'officiellement il n'en avait plus le droit. Ça s'était bien passé, mieux qu'il ne l'avait espéré. Elle avait accepté cette décision avec indifférence. Il avait presque été déçu de ne pas avoir droit à une grande scène qui l'aurait flatté dans son statut d'amant en fuite, à des « ne me quitte pas » ponctués de mains qui se tordent et de cheveux arrachés. Elle lui avait dit : « Tu as raison. Ça nous met tous les deux dans des situations délicates. » Point final. Toujours fidèle à elle-même, Carla. Froide, digne, élégante. Ne laissant jamais transparaître ses affects et privilégiant toujours la raison à la passion.

Le 12 septembre il avait soudainement pris conscience qu'il ne pourrait plus passer une minute de plus dans la maison Solivo. Atmosphère irrespirable entre Carla et lui, mais plus encore en présence des parents de Carla. Brutalement, cet après-midi-là, il avait éprouvé le choc d'un plafond qui s'écroulait, l'impact d'une catastrophe imminente. Des choses s'étaient passées dans la maison, entre le salon, le bureau, la cage d'escalier. Une furtive panique. Un sauve-qui-peut feutré. Lui il était là en tant que fiancé de Carla, invité à se joindre à un repas de fête, et soudain il avait senti que tout le monde aurait bien voulu qu'il dégage. Ce qu'il n'arrivait toujours pas à déterminer, c'est si cette brutale animosité avait été due à sa qualité de pièce rapportée à l'intérieur du clan, ou à sa qualité de vice-brigadier des carabiniers. L'un comme l'autre, il s'était senti éjecté. Il avait même préféré se mettre à la porte de lui-même avant que le père Solivo ne le fasse à sa place.

Ça commence à rouler. La moitié des autos bifurque vers le centre commercial et le bouchon expectore. Il va pouvoir à présent s'engager sur l'autoroute et mettre les gaz. Dehors il fait froid mais beau, sans un brin de brume, le ciel est d'un bleu propre comme s'il avait été passé au détergent et l'asphalte a la douceur d'un cul de bébé. Dans une heure il sera sur la côte, il contemplera une mer immobile et oubliera un peu Carla.

Il n'y a pas que Carla qui le turlupine. Il a surtout l'impression qu'il est sur le point de la trahir. Pourtant il ne dira que la vérité, il sait ce que coûte un parjure ou la rétention d'information. Il ne se parjurera pas, il est pétri d'un sens aigu des obligations et de la clarté judiciaire. C'est son métier. C'est le métier qu'il a choisi pour se placer du côté des justes. Il a été convoqué pour témoigner, d'ici deux jours, dans cette étrange affaire de disparition.

Son nom était apparu à deux reprises sur les premiers procès-verbaux. Tout d'abord, pour avoir accompagné Damiano Solivo aux urgences le 12 septembre. Puis, pour avoir été en compagnie de Carla Solivo, sa fiancée, et de Federico Sparone, le petit voisin, quand celui-ci avait affirmé à Aldo Prats avoir croisé Gloria l'après-midi de sa disparition. Il était donc naturel qu'on le sollicite aujourd'hui. Il n'était pas vraiment au courant des détails de l'affaire mais ce qu'il lui avait semblé comprendre, c'était que la police ne croyait pas un mot des déclarations de Damiano.

Il le dirait donc. Il dirait qu'effectivement à 13 h 30 le 12 septembre il avait vu arriver, alors qu'il se trouvait avec Carla dans la résidence des Solivo, un Damiano bouleversé à cause d'une minuscule griffure à la main, et qu'il les avait suppliés de l'accompagner à l'hôpital. Il se souvenait parfaitement de l'envie de se moquer qui l'avait saisi : à l'hôpital pour un si petit bobo ? et pourquoi pas à la morgue ? et d'ailleurs comment t'es-tu fait ça ? Damiano avait raconté avec une précision de légiste la façon dont il avait dégringolé les marches de l'escalator en construction et comment il s'était fiché un bout de tôle acéré entre le pouce et l'index. Tu ne veux pas juste qu'on te désinfecte et qu'on te mette un petit pansement ? Mais l'autre avait fait un caprice de tous des diables, il lui fallait des points sûrement, et peut-être un rappel antitétanique. Voyant que Damiano paniquait et que Carla semblait abonder dans son sens, il avait fini par se résigner à l'accompagner.

C'est ça qu'il dirait.

La route maintenant est un véritable appel au voyage. Droite et pure, bordée de champs et d'oliveraies, filant vers la côte. Il est quasiment seul sur ce beau ruban argenté. Il roule à 80 kilomètres/heure, parce qu'il n'est pas pressé et qu'il veut éprouver un glissement confortable, sans à-coups, sans danger. Il n'a jamais été casse-cou. Il aime la sécurité. C'est bien pour ça qu'il est vice-brigadier. C'est bien, être vice-brigadier à 22 ans. Il aime ce qu'il fait. Il aime la justice, la chasse aux méchants, les couleurs de son pays. Toutes ces valeurs auxquelles il croit et qui ont motivé sa séparation d'avec Carla. Ne pas fricoter avec des gens qui sont soumis à enquête. Savoir exactement de quel côté on se place.

Il sait que dans deux jours il racontera, très précisément, la suite des événements du 12 septembre. Il racontera comment juste avant le repas d'anniversaire de Luisa Solivo, le téléphone avait sonné pour Vittorio et comment celui-ci s'était farouchement enfermé dans son bureau. Puis, il n'oubliera pas d'indiquer qu'après ce coup de téléphone, Vittorio était réapparu pâle et tendu, avait déjeuné sans un mot, la tête baissée dans son assiette comme un paysan sicilien, et avait ensuite ordonné à Damiano de le suivre dans son bureau pour une longue conversation. Une conversation d'au moins une demi-heure. Le tout ponctuée par les coups de sonnette du jeune Giuliano Prats, occasionnant des montées et descentes nerveuses en direction de la porte d'entrée. Jusqu'au moment où Vittorio avait annoncé qu'il sortait pour affaires, problème impromptu au musée, et que lui, Antonio, avait décidé de s'éclipser parce qu'il ne se sentait plus le bienvenu dans ce foyer en ébullition.

Il n'avait pas eu le réflexe de relier immédiatement l'ébranlement, les cachotteries et les nervosités à l'affaire Prats. Parce que l'affaire Prats à ce moment-là n'avait pas encore éclaté. Gloria n'avait disparu que depuis deux ou trois heures et il se pouvait même que la famille ne soit pas encore, à cet instant précis, allée déclarer la disparition à la police. C'est après qu'il y avait songé, comme une évidence qui lui aurait échappé. Le soir, en rentrant à la caserne, on en parlait un peu dans les couloirs. Une petite disparue. Une fugue sans doute. Dans le pire des cas un enlèvement. C'est le lendemain seulement qu'il avait eu la révélation : car déjà le nom de Damiano Solivo avait été avancé (on se passe à demi-mot des informations entre Police et Carabiniers, même si depuis la nuit des temps ces deux corps sont hostiles l'un à l'autre comme le Milan AC et la Juventus), et parce qu'à l'occasion d'une promenade avec sa belle, le lundi, il était tombé sur Aldo Prats qui avait hurlé des avertissements à un garçon que Carla avait salué.

C'est ce qu'il raconterait dans deux jours, en plus du reste. La rencontre avec Aldo Prats et Federico Sparone. Le bafouillage de Sparone, l'énergique remise au clair de Prats. Un témoin qui ne savait plus ce qu'il avait vu, ni où ni quand, contre un proche sûr de lui qui le mettait face à ses contradictions. S'il fallait se ranger d'un côté ou de l'autre, Antonio Giganti savait où se placer. Il en savait trop pour prendre ça à la légère.

Il continue à glisser sur la belle ligne droite. Il y a le rond-point au bout de la ligne, là où déjà un camion est arrêté pour céder le passage. Il espère que le camion ne tournera pas dans la même direction que lui, ce serait vraiment trop bête d'avoir ce mastodonte devant qui gâcherait le paysage. Il ralentit.

Enfin, il voudrait bien ralentir. Il ne réalise pas tout de suite ce qui se passe. Il appuie sur le frein mais il ne sent pas la petite force d'inertie qui d'habitude fait danser le corps. Il est toujours à 80. Il appuie de nouveau, mais la pédale semble molle comme la main d'un mort. Le cul du camion se rapproche à une vitesse vertigineuse. Il ne tourne pas le volant, parce que des autos arrivent en sens inverse et que c'est la collision assurée. Il ne peut pas non plus bifurquer dans un champ et attendre que l'auto perde de la vitesse dans une côte, car la route est bordée d'un muret de béton. Il lui faut une fraction de seconde pour se rendre compte qu'il ne comprend plus rien.

Alors, d'un geste désespéré, il lâche tout et protège son visage avec ses bras.

Les témoins raconteront qu'ils n'ont entendu aucun crissement de pneus avant que cette voiture folle ne s'encastre sous l'arrière du camion.

1999

Alex Giglio venait d'avaler son énième café de la journée, et cela rajoutait quelques frissons à l'excitation de sa découverte. Il y avait mis le temps mais il avait trouvé. Sur son bureau, son ordinateur ronflait de bien-être ; il le caressa comme on caresse la tête d'un chat.

Son amitié avec Aldo Prats datait du lycée, et ce n'était pas une de ces amitiés fragiles qui s'étiolent à peine les diplômes empochés. Ils ne s'étaient jamais perdus de vue. Et cela faisait bien des années qu'Alex repensait avec trouble aux après-midi passés chez les Prats à bavarder avec son ami pendant que la petite sœur, cette adorable bouboule à lunettes, venait leur casser les pieds et les envahir de sa joyeuse curiosité. Quand elle avait disparu, six ans auparavant, il avait éprouvé le deuil immense des vrais amis. Et il n'avait jamais failli. C'est même lui qui avait soufflé à Aldo l'idée de fonder une association pour réclamer justice et vérité sur le sort de Gloria, et il en était un des membres les plus acharnés. En qualité d'informaticien hors pair, la logistique de communication et de diffusion de l'information en réseau était pour lui un jeu d'enfant. Sans parler de ses compétences techniques flirtant un tantinet avec l'illégalité qui faisaient de lui un hacker à ses heures. C'est exactement ce qu'il avait fait depuis quelques jours : se promener illicitement dans des fichiers compliqués pour retrouver l'expéditeur du message signé de la main de Gloria.

Le Brésil. Tu parles.

Et aujourd'hui, avec ce qu'il venait de découvrir, il avait conscience d'avoir cimenté une pierre d'une importance capitale dans l'exigence de vérité de toute une ville.

Il se rua sur le téléphone. Aldo décrocha à la première sonnerie ; c'est dire si Alex était attendu comme le messie.

— Aldo ? Bon, je l'ai. Tu peux oublier les tropiques. Le message provient de P.

— Bon sang, je le savais. Tu as une adresse ?

— T'emballe pas trop vite. Ouais, j'ai une adresse, mais ça ne nous désigne personne pour l'instant de façon nominative. Ça vient du cybercafé de la Via della Repubblica, le Web Center.

— J'en étais sûr. Putains de chacals ! Combien encore qui viendront nous tuer à petit feu ?

— Mais j'ai bien sûr le jour et l'heure précise. On devrait aller y faire un tour. Ça date de mardi, quelqu'un devrait se souvenir des clients. Et si on a payé avec une carte de crédit, ça nous facilitera le travail. Tu veux contacter les flics ?

— Pour que ça prenne une semaine en paperasseries diverses et en demandes d'autorisation au Parquet ? Tu plaisantes. On y va comme un seul homme.

12 septembre 1993

Il ne partirait pas les mains vides.

La solution se présenta à lui sans qu'il ait besoin d'y réfléchir beaucoup.

— En fait il n'y a pas seulement un cadeau, il y a aussi une petite réunion surprise… Je ne voulais pas te le dire tout de suite. On est venus à plein pour célébrer ta réussite.

Un instant elle eut l'air incrédule.

— À plein ?

— Oui, tu vois, comme un anniversaire surprise. C'est pour ça que je t'ai demandé de venir ici.

— Ici, dans l'église ?

— Non, pas dans l'église, *sur* l'église. Ils sont sur la terrasse. Ou dans le grenier, parce que là on est tranquilles, on peut boire et faire la fête sans que personne ne nous voie.

— Mais il y a qui ? Oh, c'est trop bête, j'ai si peu de temps… Et puis Elena m'attend aux cabines…

— Elena ? Tu parles, elle est là aussi. C'est elle qui m'a aidé à tout organiser. Et si tu veux tout savoir… il y a… Massimo, Gianluca… Ilaria, Maria Grazia, Tiziana… Adrian…

Il avait fait mouche. Au nom d'Adrian, Gloria se raidit et son sourire, qui jusqu'à présent avait été une grimace de circonstance, s'adoucit de sincérité.

— Génial ! Bon, alors, un quart d'heure, pas plus. Parce qu'Elena et moi on doit ensuite partir pique-niquer avec mes frères.

— Alors on y va.

Et il tira de sa poche une petite clé.

— Tu as les clés pour monter sur le toit ?

— Bien sûr ! C'est Don Pepe qui me les a confiées il y a longtemps. Don Pepe a totalement confiance en moi, depuis toujours. Tu n'es jamais montée là-haut ?

— Non, jamais.

— Alors viens. Tu vas voir, c'est génial.

Et elle le suivit dans la sacristie. Cette fois, l'absence de Don Pepe lui apparut comme providentielle. Elle allait voir Adrian. Il lui sembla que la pénombre de l'église se teintait du vert émeraude d'un regard qui la faisait flancher. Damiano déverrouilla la petite porte qui donnait aux étages. Quand ils la franchirent, ils se retrouvèrent dans les escaliers déserts et silencieux du centre Hoffman. Gloria était troublée par cette intrusion au parfum d'interdit ; son dimanche se transformait en aventure. Elle était tellement prise par cette sensation de transgression enfantine qu'elle ne remarqua pas que Damiano avait refermé à double-tour la porte dans leur dos. Ils gravirent les trois étages, passèrent sur la terrasse. Elle était joyeuse.

— Ah, fit Damiano, c'est bien ça. Ils sont dans les combles.

Elle cligna des yeux dans la lumière. Elle regarda la ville, en contrebas, les toits plus proches, le fil des collines alentour. C'était vraiment une belle journée, à la lumière jaune et à la tiédeur caressante.

Ils cheminèrent dans le court boyau et Damiano poussa la porte des combles.

— Attention, dit-il, il y a trois marches.

Et il eut la délicatesse de lui prendre la main pour lui faciliter la descente.

La porte ouverte laissait pénétrer la lumière du jour en un étroit parallélépipède aveuglant. Mais une fois cette portion dépassée, il ne restait qu'obscurité et silence.

— Mais où sont-ils ? demanda-t-elle.

— C'est bon ! cria Damiano à d'invisibles interlocuteurs. Vous pouvez sortir, Gloria est là !

Et d'une ferme poussée dans le dos, il la propulsa un peu plus en avant, vers le cœur des combles.

13 septembre 1993, 23 heures

Alice lisait et relisait la circulaire déposée sur son bureau. Elle la lissait du plat de la main tout en travaillant à enfouir ses certitudes sous les nécessités.

Elle regardait souvent sa montre. On n'allait pas tarder à lui téléphoner pour lui signifier que le petit était venu déposer. À ce moment-là, elle n'aurait plus aucun scrupule à son refus de donner son aval.

Elle songeait à cette famille qui ne s'en relèverait pas. Devant elle, près de la feuille dactylographiée par Scampia, elle avait posé le portrait de la gamine, mais au bout d'un moment elle préféra le retourner : c'était un œil d'outre-tombe qui déjà la poursuivait.

Il lui disait « Quel prix me donnes-tu ? Si peu ? Parce que je suis une enfant du peuple, une petite fille anodine perdue dans une foule sans médailles ? Parce que je ne suis pas une élue, il ne me reste que le droit de me taire et de disparaître ? Tu as des enfants, toi aussi. Tu es jumelle de ma mère, tu aurais même pu être elle. Tu connais l'amour. Mais tu ne veux pas connaître la douleur. Tu n'as aucun courage. Pour moi, c'est trop tard. Mais pour ma mère ? Mais pour celle qui te contemplera, à jamais, sur la surface des miroirs ? »

Alice ouvrit la fenêtre en grand pour faire taire la petite.

Bien sûr qu'elle pensait à ses enfants, Andrea et Nicola, et quand elle pensait à eux c'était encore pire, elle n'éprouvait plus de compassion pour quiconque. Justement. Il ne fallait pas mettre ses enfants au milieu. Rien de mieux pour lui faire oublier le reste du monde, elle était même capable d'oublier ses sacro-saints adages de Justice et Vérité si elle sentait que ses petits pouvaient être en danger. Comme tout le monde, finalement. Alors oui, elle sera confrontée à une mère folle de douleur, et elle aura du mal à le supporter, mais ce sera mère contre mère. Et elle préférait que ce ne soit pas elle, la mère en deuil. Si elle avait cru en Dieu elle aurait demandé pardon, pardon de n'avoir même pas eu à faire un choix, mais elle voulait que ses enfants vivent.

La sensation de claustrophobie qui la saisissait à présent dans la pénombre n'était rien moins qu'un petit effet physiologique produit par l'implacable étau qui venait de se refermer sur elle.

C'était donc cela, ce qu'elle avait redouté pendant des années. Cette chose avec laquelle tant de ses concitoyens vivaient, cette maladie qui rongeait, ce cancer sans rémission, cette trouille qui usait jour après jour et qui vous faisait craindre jusqu'à votre propre ombre.

Il y a quelques années elle avait instruit l'affaire d'un brave commerçant qui avait refusé de payer son écot. Un juste, un indigné, un inconscient. Pourtant il avait été averti à diverses reprises, le chantage n'avait pas eu besoin d'être lu entre les lignes : ou tu payes, ou tu sautes. Mais il était jeune, il était enragé, il n'avait jamais voulu se cimenter ni baisser la tête face aux Seigneurs. Dès l'adolescence s'était forgée en lui cette conscience chéguévaresque qui lui interdisait de se soumettre, et il revendiquait haut et fort la faction à laquelle il avait décidé d'appartenir : celle de Falcone, de Borsellino, de Di Pietro. Celle de cette comtesse du Sud qui désormais vivait sous escorte vingt-quatre heures sur vingt-quatre parce qu'elle avait dit non. Celle de Peppino Impastato qu'on avait ficelé à une voie ferrée, farci d'explosifs, pour le punir d'avoir dénoncé les hommes d'honneur de son village, y compris son propre père. Le jeune commerçant dont elle avait instruit le dossier avait monté son affaire à la sueur de son front, et au bout de quelques jours d'activité il avait reçu la visite de certains inconnus armés de lunettes miroir et de Mercedes. Des individus calmes, mielleux, déterminés, non dénués de cynisme et de sens de l'humour. Une petite visite de courtoisie qui puait la menace. Il va bien falloir payer votre petit impôt, jeune homme. Il leur avait répondu d'aller se faire enculer. Les types s'étaient retirés sans violence, sans hausser le ton. Mais ils étaient revenus, chaque jour un peu moins courtois et un peu plus nombreux, pour annoncer les tarifs. Vous avez une charmante épouse, jeune homme, et une adorable petite fille. Un pourcentage minime de votre chiffre d'affaires ne mérite peut-être pas de mettre toutes ces jolies choses en jeu. La fois suivante, il les avait reçus avec une arme. Et le lendemain, comme par un triste hasard, épouse et fillette se tuaient dans un accident d'auto, en plein jour et sur une ligne droite, sans traces de freinage ni de raisons de quitter la route. Le jeune homme, dévasté, s'était déchaîné. Il avait communiqué à la police les signalements de ces types. On avait pris sa déposition avec des signes de tête compréhensifs, mais embarrassés. Et puis on lui avait conseillé – plus qu'un conseil, c'était une injonction – de filer à l'étranger sous un faux nom, d'y refaire sa vie le plus discrètement possible et, pourquoi pas, de subir une petite opération de chirurgie esthétique pour s'assurer un départ à zéro vraiment efficace. Il avait refusé. On n'a pas idée d'être aussi têtu. Un entêtement qui avait duré seulement une semaine : au terme de laquelle il avait mystérieusement disparu. Au début on avait songé qu'il avait eu la bonne idée de suivre les conseils éclairés des forces de police et qu'il s'était résigné à se kidnapper lui-même. Et quelques années plus tard, à l'occasion de travaux dans le sous-sol d'un parking, on avait retrouvé ses restes enchâssés dans une colonne de béton.

C'était toujours une histoire de béton. Si on ne le coulait pas dans ses yeux, dans ses oreilles et dans sa bouche quand il en était encore temps, il finissait par vous faire office de cercueil.

La Pm Alice Toscanini n'était pas une oie blanche débutante. Ce que l'homme aux tempes argentées, conduit par Matteo Incrociato, lui avait énoncé à demi-mot trouvait parfaitement sa traduction. Il fallait qu'elle soit bienveillante. Qu'avec une assurance de soldat elle lâche certaines pistes pour en soulever d'autres. Qu'elle range dans sa poche toute velléité de faire apparaître la vérité. La vérité n'avait aucune importance. Qui se préoccupait de dénicher l'assassin d'une fille de papetiers ? L'important était que d'illustres patronymes ne se retrouvent pas entachés. Les scandales éclatent si vite, n'est-ce pas ? Il suffit parfois d'un simple coup de téléphone à un journaliste avide pour que brusquement l'opinion apprenne qu'un grand entrepreneur, époux d'une magistrate honorable, est très souvent en communication avec de hautes fripouilles et décroche des adjudications juteuses d'une façon que l'on ne peut pas définir très honnête. Que d'éclaboussures inutiles pour si peu... J'en appelle à votre compréhension... Un fils, c'est le sel de la vie... Un fils, c'est une étoile supplémentaire dans le ciel de l'amour... Personne n'a envie qu'un fils ait, disons, de petits ennuis irréversibles... Si je me suis bien fait comprendre...

La sonnerie du téléphone la fit sursauter si fort qu'elle cria. C'était le commissaire Scampia. Elle attendait son appel ; elle savait ce qu'il allait lui annoncer.

Nous avons à présent la déposition d'un jeune voisin. Il a prétendu avoir croisé la petite dans l'après-midi.

Elle eut quand même besoin d'un peu de courage pour lui rétorquer, d'une voix impérieuse, que par conséquent elle ne signerait pas l'ordre de perquisition et de saisie des effets de Solivo.

17 septembre 1993.

On convoqua Adrian Leka pour interrogatoire. Dans le bureau du commissaire Scampia il y avait non seulement le regard bienveillant de Brandi mais, hélas pour le jeune homme, la haute silhouette coupante de la Pm Alice Toscanini. Déjà, des bruits avaient couru qu'elle avait tordu Elena De Sanctis ; c'est pourquoi à sa vue, bien que l'inquiétude lui mordît les tripes, Adrian prit la grande résolution de se jeter dans la bagarre et de ne pas se laisser intimider. Il avait un rôle à tenir jusqu'au bout, rassuré par les promesses de ses amis. Et puis, si ça ne marchait pas, il y aurait toujours moyen de se rétracter ensuite en prétendant avoir confondu les jours.

— Monsieur Leka, d'après les papiers d'identité que vous possédez, vous n'êtes pas de nationalité italienne mais albanaise. Et vous bénéficiez d'un statut de réfugié politique.

— Oui. Je suis arrivé sur le Vlora en 1991.

— Et il me semble avoir entendu dire que votre intégration n'a jamais posé le moindre problème... Vous maîtrisez notre langue à la perfection, vous travaillez honnêtement, vous êtes en règle et vous n'avez jamais eu de démêlés avec la police.

— Effectivement.

Adrian, sur la défensive dès les premiers instants, faillit ajouter « Oui bwana, moi y en a être gentil immigré » car cette réflexion sur son honnêteté commentée à l'aune de sa non-italianité l'avait heurté comme une gifle inattendue. Mais il savait qu'il ne fallait pas titiller la Toscanini.

— Alors venons-en aux faits. Vous connaissez Gloria Prats.

— Oui. On a des amis communs, j'ai eu plusieurs fois l'occasion de la fréquenter, parce qu'on se retrouvait dans la même bande.

— Aviez-vous un rapport particulier avec Gloria Prats ?

— Autre que l'amitié, vous voulez dire ? Pas que je sache.

— Ah, ce n'est pas ce qu'on m'a dit de vous. Nous avons plusieurs témoignages qui indiquent que ça allait au-delà de la simple camaraderie. Un petit flirt, peut-être ?

— Eh bien... je crois que Gloria m'aimait bien et qu'elle n'aurait pas détesté être ma petite amie.

— Et de votre côté ?

— Oui, je dois avouer que Gloria m'était plus que sympathique.

— Si nous vous demandons cela, c'est parce que Damiano Solivo a prétendu que Gloria lui aurait dit que vous étiez très insistant et que cela l'importunait.

— Absolument pas. Je crois que c'est le fait que Gloria me trouvait à son goût qui importunait Damiano.

— Tsst tsst. Ne rentrons pas dans les présomptions, s'il vous plaît. Et évitez de prendre cet air moqueur et détaché, jeune homme, je vous rappelle que votre situation est loin d'être confortable.

Brandi et Scampia levèrent les yeux au ciel : la Toscanini avait sorti ses crocs.

— Venons-en à vos faits et gestes du dimanche 12 septembre. Nous avons besoin de savoir ce que vous avez fait entre 11 heures et 13 h 40.

— 13 h 40 ? Je ne sais pas si ma mémoire sera aussi précise... Mais quoi qu'il en soit j'ai passé la moitié de la journée à San Gennaro degli Spagnoli avec Alessio Sindona et Mirko Parisi.

— San Gennaro degli Spagnoli ? La campagne ?

— Oui, en lisière de la forêt.

— Et qu'avez-vous fait à San Gennaro degli Spagnoli ?

— Un moment tranquille, une virée entre copains. Il y avait de la musique dans la voiture, de la bière, on a cherché des champignons, on a pique-niqué. On est rentrés à P. aux environs de... 14 heures, 14 h 15, par là.

— Et est-ce que ce jour-là, par hasard, avant ou après votre virée à San Gennaro degli Spagnoli, vous avez vu Gloria Prats ?

— Absolument pas. J'ai le souvenir par contre que dans la soirée Elena De Sanctis est venue frapper chez moi pour me demander si je ne l'avais pas vue. C'est là que j'ai appris qu'elle avait disparu.

— Une autre question s'il vous plaît. Le lendemain, vous ne vous êtes pas rendu au travail...

— Non, j'étais malade. J'ai appelé mon employeur le matin pour le prévenir que j'avais un mal au ventre terrible. Je pense que j'avais attrapé une gastro. J'ai passé la journée sur les toilettes.

— On se passera des détails, jeune homme, je vous remercie.

Adrian Leka sortit du bureau le cœur assez léger. Il estimait que ça s'était bien passé, parce qu'il ne s'était pas senti désigné comme un suspect potentiel mais comme un témoin dont on écarterait définitivement toute implication. Son seul regret était d'avoir dû, dans la logique des questions posées, nommer ses amis. Mais tout allait bien. Il pouvait se détendre à présent, et relever la tête.

Il était loin de se douter qu'après son départ, Alice Toscanini s'était retournée vers Brandi et Scampia et leur avait asséné, avec un air de hyène en chasse, *que celui-là, avec ses beaux yeux et sa tête de communiant, elle ne le sentait pas, mais pas, mais pas du tout.* Et elle ajouta :

— Vous me décortiquez chacun de ses gestes entre le 11 et le 13 septembre. Enquête de voisinage, relevés téléphoniques, audition des deux copains et de tous ceux qui le connaissent de près ou de loin. Je crois qu'on le tient.

1999

Le propriétaire du Web Center de la Via della Repubblica accueillit Aldo Prats et Alex Giglio avec la chaleur humaine d'un homme conscient qu'il s'apprête à faire une chose utile, peut-être même la chose la plus utile de sa vie.

Aldo Prats, bien sûr, il le connaissait bien. Il ne ratait jamais « Où es-tu ? » et se passionnait pour l'affaire, comme tous ceux qui palpitent pour un fait divers ayant eu lieu dans leur périmètre immédiat. Mais pas seulement. Mehdi Benamane avait trois filles, dont l'aînée avait l'âge de Gloria. Elles avaient fréquenté le même lycée. Lui n'avait jamais connu Gloria en chair et en os mais ces correspondances d'âge et de lieux avaient fait de la petite disparue comme une cousine lointaine qu'on n'a jamais rencontrée mais qui enrichit la sensation de l'affection engendrée par les liens du sang.

C'est donc avec cette affection-là qu'il serra longuement la main d'Aldo et l'assura de son entière mise à disposition.

— Au Maroc, on ne touche pas aux enfants.

— Je sais, monsieur. Mais on ne touche aux enfants nulle part, dans l'idéal.

Alex Giglio expliqua que la boîte mail d'Aldo avait reçu, quelques jours auparavant, un message signé de Gloria.

— Inch'Allah ! Elle est vivante ?

— Ça, nous ne pouvons pas le dire, mais ce qu'il y a de certain, c'est que le message a été envoyé d'ici, mardi, à 15 h 32. Et il faut qu'on sache qui l'a écrit.

Les yeux du Marocain se sont emplis de larmes.

— Monsieur Aldo, si elle était venue ici, vous pensez bien que j'aurais hurlé comme un fou et que je l'aurais enfermée dans la cave pour qu'elle ne bouge pas avant que vous arriviez, et…

— Bien sûr, mais… On ne pense pas que ce soit elle qui l'ait écrit. Il est évident que quelqu'un a voulu…

La désolation de l'impuissance s'ajouta à la compassion de Benamane.

— Hélas… Ce n'est pas nominatif, ici, les gens passent cinq minutes afin de consulter leur courrier, ils payent en liquide, je n'ai pas beaucoup de moyens pour… Et avant même que vous me le demandiez : je n'ai pas de caméras. Bon sang, si j'avais eu des caméras qui enregistrent, je vous montrais les films tout de suite, même pas j'attends la police. Même pas. Mais attendez… Mardi, dans l'après-midi, vous dites ? Deux secondes. Je passe un coup de fil.

Il eut une brève conversation en arabe avec quelqu'un, et quand il raccrocha, son visage avait repris une luminosité complice.

— C'était ma femme. Je lui ai demandé : c'était quel jour, déjà, que je t'ai dit en rentrant à la maison, « Aujourd'hui tu sais qui est venu au magasin ? Le gros, là, celui qui embête les filles, celui qui avait le rendez-vous avec Gloria Prats le jour où elle a disparu. » Et elle m'a dit : c'était mardi. C'est sûr que c'était mardi parce que le soir on a fait venir le docteur pour la plus jeune qui était malade, alors elle s'en souvient, ma femme.

— Vous voulez dire que Damiano Solivo est venu ici mardi après-midi pour envoyer un mail ?

— Ah ça, je ne sais pas ce qu'il a fait, mais il est resté pas plus de cinq minutes et moi, comme il ne me plaît pas du tout, ce type, j'ai pas arrêté de le regarder.

— Vous en êtes bien sûr ? Vous ne vous trompez pas ?

— Sur La Mecque je le jure. Sur La Mecque. Et un peu sur le Pape aussi, parce que je sais que ça vous fait plaisir.

20 mars 2010

Teresa et Adelaide avaient fait briller leur maison comme un sou neuf. C'est qu'il fallait faire bonne figure devant les caméras d'« Où es-tu ? » et elles savaient qu'au moins trois millions de téléspectateurs pénétreraient chez elles dans quelques jours, prompts à passer la pulpe d'un doigt virtuel sur la surface des meubles pour se faire une idée de la moralité de ces hôtesses. Elles s'étaient donc affairées avec fièvre, plus silencieuses que d'ordinaire, incapables de déterminer si cette violente projection sur le devant de la scène était une aubaine pour les deux petites personnes insignifiantes qu'elles étaient ou bien une catastrophe dont elles se seraient volontiers passé.

Quoi qu'il en soit il fallait qu'elles montrent qui elles étaient, mère et fille humbles, honnêtes, irréprochables, outrées par les propos mensongers qui les éclaboussaient. Deux prolétaires éprises de vérité et de justice, parangons des forces travailleuses de la Nation, toutes deux catégoriques et inébranlables dans leurs déclarations publiques.

C'est attablées dans la salle à manger qu'elles reçurent l'équipe de tournage. Derrière elles, le buffet en bois vernis resplendissait, tout était à sa place.

Adelaide venait de retirer ses bigoudis et sa petite tête de quinquagénaire frisottée respirait l'intégrité. Teresa avait enfilé sa plus belle chemisette. Il faut dire qu'elles suivaient « Où es-tu ? » avec passion depuis des années et que pour elles, y figurer enfin avait un goût d'honneur et de victoire. Même si aujourd'hui on les sollicitait pour témoigner dans une affaire aussi importante que la découverte du corps de Gloria Prats et que ceci était forcément une responsabilité bien lourde à porter.

Elles avaient conscience, au moment où les deux caméras se mettaient à tourner, l'une face au regard bienveillant du journaliste et l'autre face à elles, qu'elles étaient ce soir les deux femmes les plus importantes d'Italie.

Il était charmant ce journaliste, et on le savait brillant. Il était celui qui savait extirper des témoignages aux plus coriaces juste en posant les bonnes questions d'une voix profonde, veloutée mais ferme, en plissant un regard attentif et familier. Et tellement courtois... Il était entré chez elles en s'excusant pour le dérangement, en acceptant la tasse de café promptement proposée. Il avait même fait quelques compliments délicieux sur le confort et la tenue de cette si jolie maison, et les deux femmes s'étaient tortillées d'aise. Et à présent tous les protagonistes avaient le ventre noué. Teresa et Adelaide parce qu'elles ne devaient pas faillir, et le journaliste parce qu'il savait que le poisson était gros. Dans deux jours, « Où es-tu ? » ferait sans doute sa plus grosse audience depuis deux décennies : ce serait une émission spéciale Gloria Prats.

— Mesdames, annonça le journaliste, Don Paulo Dacelos a déclaré à la police qu'il avait déjà découvert le corps de Gloria Prats en janvier ; et que vous étiez avec lui.

— Ce n'est pas vrai, affirma Teresa, soutenue par les hochements de tête scandalisés de sa mère. Ce n'est absolument pas vrai. Nous ne sommes jamais montées dans les combles, jamais. Jusqu'au mois de mars, où moi je suis montée là-haut avec Don Michel, nous ne connaissions même pas l'existence des combles.

— Alors comment se fait-il que le prêtre affirme que c'est vous qui avez trouvé le corps deux mois plus tôt ?

— Je n'en sais rien. Ce qui a bien pu lui passer par la tête, je n'en ai aucune idée.

— Pourtant hier vous avez eu une confrontation avec Don Dacelos au commissariat. Pouvez-vous nous dire comment s'est déroulée cette confrontation ?

— Cette confrontation a fini que lui a dit que c'était vrai.

— Qu'est-ce qui était vrai ?

— Eh bien qu'un jour de janvier, ma mère et moi sommes montées dans les combles, que nous avons trouvé le corps et que nous sommes redescendues dans l'église avec les lunettes de Gloria… Puis il a dit que nous sommes remontés ensemble sur les lieux pour tout remettre en place.

Adelaide continuait à secouer la tête avec véhémence. De sa petite voix un peu chevrotante de créature trop outragée, elle ajouta :

— Et le magistrat ne nous a pas crues. Il a dit que c'était Don Dacelos qui disait la vérité parce qu'un curé ne pouvait pas mentir, et que c'est nous qui étions des menteuses.

— Selon vous, quel serait pour Don Dacelos l'intérêt de mentir et de vous citer si vous êtes totalement étrangères à l'histoire ?

— Eh bien ça, répondit Teresa, nous n'en avons pas la moindre idée. Peut-être qu'il se souvient mal, parce que nous on travaille tous les jours à l'église, hein, alors il a pu confondre. Mais je ne vois pas du tout pourquoi il voudrait nous impliquer dans cette chose, on s'est toujours bien entendues avec Don Dacelos, ça fait trois ans qu'on travaille avec lui, alors je ne vois pas quel intérêt il aurait à mentir, moi je crois juste qu'il se trompe.

— Pourtant le fait de découvrir un cadavre n'est pas une chose anodine, c'est quelque chose d'impressionnant, on se souvient en général d'un moment pareil et des personnes avec qui on était…

Les deux femmes arborèrent de conserve une moue à la fois dubitative et pleine d'incompréhension.

— Non vraiment, dit la plus jeune, je ne sais pas ce qui lui est passé par la tête. Nous, nous sommes des femmes simples vous savez, on est des mères de famille, si on avait découvert nous le corps de la petite on aurait ameuté tout le monde, et puis je vois pas ce qu'on aurait gagné à le cacher. Pourquoi on l'aurait caché ? Ça fait presque vingt ans qu'on regarde l'émission en espérant qu'il y ait du nouveau, chaque semaine, alors vous pensez bien qu'avec une découverte pareille on aurait fait du bruit, on aurait averti immédiatement les autorités. Non, si quelqu'un a quelque chose à cacher c'est pas nous. Même Don Michel il vous le dirait, personne n'a jamais entendu parler d'un corps jusqu'à avant-hier. Et maintenant c'est nous qu'on traite de menteuses, si c'est pas malheureux…

Deux têtes se secouèrent comme pour faire lâcher prise à tous les malheurs du monde qui s'y accrochaient.

— Mais c'est formidable, merci beaucoup mesdames…

Déjà… pensèrent les deux femmes sans bouger, attendant que les cameramen désamorcent leurs engins et signifient ainsi la fin de l'entrevue. Juste ces quelques petites minutes écoulées en un clin d'œil, à peine le temps de clamer leur innocence et d'espérer très fort être crues, remises à leur place comme il se devait, des femmes bafouées dans leur honnêteté sans limites, salies par les allégations d'un curé sans scrupule et sûrement guetté par la démence précoce.

Quand la porte fut refermée derrière l'équipe de tournage, elles parvinrent enfin à dénouer la tension qui crispait leurs épaules. Teresa alluma une cigarette bienfaisante. Elles restèrent un instant silencieuses, puis Adelaide explosa.

— Putain de ses morts…

— Il dit qu'on y serait allées en janvier là-haut, et tu as vu, j'ai répondu « Ah ouais ? Et quand est-ce qu'on y serait allées ? »… Putain de merde…

— Mais il est complètement malade, ce mec ! Il a même dit qu'on était montées avec un portable…

— Et ils veulent nous faire porter le chapeau, et eux comme ça pendant ce temps ils sont tranquilles !

— Mais il est complètement dingue, celui-là ! Tu te rappelles ce qu'il a dit, le magistrat ? À moi ? « Toi tu dis des mensonges ».

— Il faut leur dire que Don Paulo a dit une chose pour une autre. Parce qu'il parle mal l'italien, parfois il n'a pas les bons mots.

— Ouais, il est dingue.

— À mon avis il doit crever de trouille.

— Et maintenant qu'est-ce qu'il veut de nous, tu crois ?

— Il veut nous foutre dans la merde, voilà tout… D'accord, nous on a juste vu le truc là-haut, mais c'est lui qui a tout décidé.

— Faut pas qu'on nous accuse d'avoir voulu mentir ou quoi que ce soit, nous c'est pas nos oignons.

— Moi il m'a dit de me taire, j'ai pas cherché plus loin. Toute façon pour la gamine c'était trop tard, alors quelques mois de plus ou de moins…

— Et maintenant ce con il dit aux flics qu'on était avec lui, alors qu'il nous avait bien promis motus et bouche cousue.

— Putain… si on avait pas dit à Italo de prendre les tuiles, la petite on l'aurait jamais retrouvée et on serait pas dans la merde aujourd'hui…

Novembre 1993

— Allô, vous êtes en direct, nous vous écoutons.

— *Donc. Eh bien… Je parle au nom de beaucoup de mères, et nous pensons que… trop peu de choses ont été faites pour enquêter en profondeur sur cette disparition. Qu'il y a eu une certaine passivité, peut-être même de la part des forces de l'ordre, et voilà pourquoi certains détails importants ont été négligés… La dernière personne qui a été en contact avec Gloria devrait être… enfin, devrait se résigner à parler… à dire… ce qui… s'est passé…*

— Vous voulez parler de ce garçon, Damiano Solivo ?

— *C'est bien possible… parce qu'on a entendu beaucoup de… beaucoup de témoignages concernant ce garçon qui a toujours manifesté des moments de… vous voyez… qui a envoyé des messages à la société, qui… dont… son psychisme n'était pas complètement… voilà… en mesure d'affronter les réalités quotidiennes.*

— Madame, de quels types de messages s'agissait-il, selon vous ?

— *Eh bien par exemple… beaucoup de filles se sont plaintes de… d'avoir eu les cheveux coupés dans les autobus… d'autres d'avoir été séquestrées pendant quelques heures avant d'être relâchées… Quand on aime son enfant, il faut le faire soigner, soigner davantage... pour ne pas qu'il se comporte... comme... enfin de manière aussi étrange... c'est ça qu'il faut faire.*

— Merci, madame. Nous vous remercions infiniment pour ce témoignage.

— *Et puis Damiano s'est fabriqué un alibi et il s'est présenté à l'hôpital... le dimanche de la disparition... pour quelques blessures à la main... Donc, il faudrait qu'il justifie plus clairement ce... la police aussi devrait enquêter plus profondément sur ces blessures... Elle ne l'a pas fait... Mais peut-être n'en avait-elle pas les moyens, et aurait dû s'adresser à... à des organismes mieux équipés...*

Alice Toscanini éteignit la télévision d'un geste brusque. Pietro près d'elle avait le regard fixe. Dans l'élégance de leur salon, le silence se chargea peu à peu d'air vicié, la puanteur de la peur.

Ils avaient fait tout ça, les rendez-vous secrets, les promesses de silence, la brutale découverte de leur fragilité après l'impunité, les compromissions en échange de leur sérénité et de leur sécurité, et en un clin d'œil « Où es-tu ? » s'emparait de l'affaire et mettait le doigt sur la vérité.

— Je n'aurais jamais dû, souffla Alice. Tout le monde sait que c'est lui. L'opinion publique est loin d'être stupide. Je suis la seule à nager à contre-courant.

— Eh bien elle fera le travail à ta place, répliqua Pietro. Tu as fait ce que tu devais faire. Et tu as intérêt à continuer à nager correctement.

12 septembre 1993

C'est exactement à ce moment-là qu'elle comprit qu'il n'y avait jamais eu personne à l'attendre dans le secret des combles. Elle n'eut même pas le temps de faire volte-face. Une main venait de la saisir par les cheveux, lui interdisant de tourner la tête, et elle sentit la froideur métallique d'un objet se poser sur sa nuque. Mais oui, bien sûr, elle n'y avait plus pensé sur le moment. La manie de Damiano de couper les cheveux. Elle essaya de secouer la tête pour se dégager, mais la prise était tellement puissante qu'elle ne réussit qu'à se faire mal. Puis elle se figea. La lame sur sa nuque. Surtout, surtout ne pas risquer d'être blessée. Lui laisser prendre ce qu'il veut, puis une fois qu'il aura lâché prise le repousser violemment et partir en courant.

Clic.

La branche était sciée. Elle se dégagea et lui fit face, prête à se défendre comme une tigresse. Mais ce qu'elle vit la glaça.

Il était en transe. Droit comme un I, les yeux morts, il frottait la longue mèche contre son entrejambe. Un filet de salive gouttait le long de son menton. L'autre main, celle qui serrait la paire de ciseaux, se balançait mollement au bout de son bras.

Cette fois c'en était bien fini de la petite fille timide et polie. Gloria, hors d'elle, hurla d'une voix de poissonnière.

— Espèce de grand malade dégueulasse ! Taré ! Tas de merde ! Regarde un peu ce que tu m'as fait ! Gros connard !

Elle hurlait, Gloria. Mais sous ses pieds, sous la dalle du sol, sous les caissons de bois peint dont s'enorgueillissait la Miséricorde, les grandes orgues introduisant la liturgie s'étaient mises à claironner.

— Tu m'as toujours donné envie de vomir ! Tu donnes à tout le monde envie de dégueuler ! Et c'est pas étonnant que personne ne veuille de toi, moche et répugnant comme tu es ! Je vais le raconter partout, ce que tu viens de me faire ! À ton père, à tes copains, aux flics ! Tu vois ce que tu viens de me couper ? Eh bien profites-en bien, gros pervers, parce que c'est la dernière que tu coupes !

Elle le bouscula pour se précipiter vers la sortie. Il lui fallait de l'air, d'urgence, pour apaiser sa fureur et son effroi. Remplir ses poumons de quelque chose de pur à cette insupportable sensation de claustrophobie. Elle courut et atteignit presque les marches de l'entrée. Et soudain, dans son dos, elle eut la certitude d'une masse qui s'était mise en mouvement et lui fondait dessus. Zut, elle y était presque. La douleur fulgurante entre ses omoplates la faucha et l'étonna une fraction de seconde. Était-ce possible ? Moi ? Moi ? Comme ça ? Comme dans les films ? Non, ce n'est pas ça, ça ne peut pas être ça, Maman, Maman au secours. Elle eut la force de se retourner. Il lui faisait face, les lèvres trempées, les yeux toujours tournés vers un ailleurs impalpable, et sa main tenait la paire de ciseaux d'où à présent du rouge vif s'égouttait sur le plancher.

Ils étaient face à face. Elle vacillait, elle aurait aimé continuer à courir mais c'était comme si un élastique avait été coupé entre sa volonté et ses jambes. Elle ne parvenait plus à respirer, chacun de ses râles pour récupérer un peu d'oxygène la coupait en deux. Et là, elle se dit qu'elle aurait voulu qu'il la regarde, intensément, au lieu de flotter entre deux mondes, qu'il la dévore des yeux pour ne plus jamais l'oublier, pour qu'elle reste à jamais son horreur et son expiation. Ce fut un moment presque doux, où elle accepta la nouvelle place qui lui était proposée, celle d'une petite personne qui était passée et qui repartait à présent, seule, tellement seule, dans tout ce noir qui sentait mauvais.

Et il frappa de nouveau. Elle résista un peu puis s'écroula sur le dos, les mains tendues en avant en bouclier futile, seul geste qui lui fût encore possible. Il se pencha vers elle, elle eut le temps de le voir tirer autre chose de la poche de sa veste, un autre objet aux éclats métalliques. Elle le saisit dans un sursaut plus instinctif que raisonné. Ça glissa, tailla comme dans une viande fraîche. Des flots de sang s'échappèrent de ses doigts. Alors elle essaya avec l'autre main, mais déjà plus rien ne lui appartenait, et elle sombra dans une soupe vermillon.

C'est à peine si elle sentit les perforations suivantes.

Quand arrivèrent les autres, elle s'était déjà habituée.

Italo

Continuer à fermer ma gueule, surtout continuer. Parce que si je l'ouvre moi je perds mon travail et certainement plus que ça. Si je ne dis rien depuis tellement de temps c'est justement pour ne jamais me retrouver devant les flics, les juges ou les caméras. Plutôt crever. Alors tant pis, qu'ils se démerdent avec leur enquête et leurs mystères. Mais sans moi. De toute façon tout le monde sait qui c'est le coupable, ce n'est pas mon témoignage qui fera avancer les choses. Et je ne vais pas mettre ma tante et ma grand-mère dans la merde quand même.

Heureusement qu'elles savent tenir leur langue. Je les ai vues à « Où es-tu ? » et je les ai trouvées formidables. Je dis ça mais en même temps il faut pas croire n'importe quoi, elles n'ont rien fait ma tante et ma grand-mère, elles ont été bien désolées pour la petite, c'est juste une histoire de petit mensonge, de dissimulation, il n'y a pas mort d'homme si je peux m'exprimer ainsi. Elles avaient juste essayé de me donner un coup de main et le hasard a voulu que ça mette tout le monde dans la merde jusqu'au cou.

C'est pas pour autant que j'ai pas de cœur, hein, n'allez pas croire ça. À chaque fois que j'entends

Mamma Giuseppina à la télé j'ai envie de lui faire plaisir, de lui donner ce coup de téléphone anonyme qu'elle réclame tellement pour lui dire « C'est vrai que certaines personnes savaient que le corps était là-haut, qu'en janvier on l'avait découvert et qu'on n'avait rien dit, c'est moi qui avais enlevé les tuiles petit à petit et qui, après avoir piqué la dernière couche, avais trouvé le cadavre », mais même si je fais ça de manière anonyme je suis sûr qu'on retrouvera ma trace un jour ou l'autre avec les méthodes scientifiques d'aujourd'hui.

Remarquez je dis ça mais malgré ces méthodes scientifiques ils n'ont pas été fichus en dix-sept ans d'arrêter le coupable, vous savez, le mec qui habite en Angleterre aujourd'hui.

Ma tante et ma grand-mère il faut pas y toucher, elles se sont crevé le cul toute leur vie avec le travail et pas beaucoup de récompenses en retour, et si elles ont fait ça c'est parce qu'elles étaient en colère contre le curé qui les avait entubées sur les congés payés, c'était juste une histoire de justice et de ras-le-bol, pour elles qui travaillent chaque jour pour des clopinettes et qui après se voient privées d'une partie de leur salaire. Alors c'est pour ça qu'elles m'ont appelé un jour et qu'elles m'ont dit « Italo, tu as toujours besoin de tuiles pour le toit de ton garage ? Eh bien ne les achète pas parce que c'est une grosse dépense, à l'église il y en a des centaines, tu n'as qu'à te servir. Et tant pis pour ce con de curé. » C'est exactement comme ça qu'elles m'ont dit.

Alors Tantine elle me donnait les clés le soir. Et moi j'y allais avec le fourgon, je traversais l'église par la petite entrée, puis par la sacristie, et montais les escaliers du centre Hoffman, je passais par la terrasse et je me faufilais dans les combles. Et tous les soirs ou presque je descendais une belle pile de tuiles, à bout de bras, je ne pouvais le faire que petit à petit parce que j'étais tout seul et qu'il fallait rester discret, et quand j'avais fini j'allais leur remettre les clés dans la boîte aux lettres.

Tantine et Mémé elles sont comme ça. Elles sont hyper honnêtes et travailleuses mais quand il y a un truc injuste qui leur reste en travers du gosier, ça peut chier.

Donc me voilà, moi, tous les soirs ou presque, à me balader dans ces combles tellement encombrés, à faire disparaître ces tuiles dix par dix, elles m'avaient bien dit que ces palettes étaient là depuis au moins vingt ans et que visiblement ça n'intéressait personne, même pas le nouveau curé qui peut-être n'était même pas au courant.

J'ai pas fait ça complètement de gaîté de cœur, bon, je suis pas un ange non plus et les petits traficotages et arrangements ça fait partie de mon quotidien, et entuber des curés ça me faisait plutôt plaisir parce que tous ces mecs qui te donnent des leçons sur la pauvreté évangélique et au bout du compte se prélassent dans les dorures et n'hésitent pas à sucrer des congés payés à leurs femmes de ménage, je trouvais ça de bonne guerre. Le truc qui m'embêtait c'était plutôt pour Mémé et Tantine, la crainte qu'elles en bavent si jamais on me serrait, elles auraient pu perdre leur travail et ça aurait été de ma faute, alors je flippais un peu.

Mais ça c'est rien, c'est rien à côté de ce qui m'est arrivé le dernier jour, en janvier. J'avais bientôt fini. Il ne restait que la dernière palette à embarquer, Mémé et Tantine m'avaient demandé de faire vite parce qu'il y avait régulièrement des inondations par le toit et qu'il y aurait des travaux, même Monseigneur Fiero était venu jeter un coup d'œil, alors il valait mieux que tout disparaisse d'un coup pour ne pas éveiller les soupçons. Donc j'avais compris que ce soir-là il aurait fallu que je me tape plusieurs allers-retours au fourgon que j'avais garé dans le renfoncement de la petite rue derrière, j'avais même pris un gros sac à dos pour me charger. Alors je me mets à empiler empiler, toujours dans la pénombre parce que je faisais ça à la lueur d'une lampe de poche, et d'un coup je repousse la grosse planche sur laquelle étaient rangées les tuiles, une espèce de casier en bois très lourd, pour ne pas le laisser là au milieu et que tout le monde se rende compte en le voyant qu'il manquait quelque chose dessus. Alors je le soulève un peu pour le déplacer et c'est là que j'ai vu ce qu'il y avait dessous.

J'ai essayé de ne pas paniquer parce qu'il fallait pas que je me fasse prendre, j'ai respiré un bon coup et même si je tremblais comme une feuille j'ai terminé de charrier mes tuiles. Alors là pour le coup il fallait pas qu'on remarque mon passage. J'ai fait trois va-et-vient, putain la trouille que j'avais, à chaque fois que je me faufilais dans ces combles j'avais l'impression que tout l'au-delà me regardait et me jugeait, l'enfer surtout et le purgatoire parce qu'il n'y avait rien de paisible ni de paradisiaque dans cette vision de cauchemar, c'était vraiment un cauchemar parce que j'avais immédiatement compris qui c'était ce mort, ou cette morte plutôt, j'avais compris que c'était Gloria Prats que tout le monde cherchait depuis dix-sept ans et dont on avait laissé filer l'assassin parce que vous savez, en Italie, on a peut-être les plus grands artistes, mais certainement pas les plus grands flics.

C'était pas possible de garder ça sous les yeux, et puis j'étais coincé moi, si je disais ce que j'avais trouvé on m'aurait demandé comment j'avais fait et pourquoi je charriais ces tuiles à 11 heures du soir, je n'allais quand même pas me faire condamner pour vol, me livrer sur un plateau, en allant déclarer que j'avais trouvé la petite. Et puis Mémé et Tantine m'avaient dit qu'il y aurait bientôt des travaux, alors si ce n'était pas moi qui la retrouvais, ça aurait été bientôt quelqu'un d'autre. Alors j'ai fait un truc je sais pas bien pourquoi, peut-être parce que ça me faisait peine qu'elle soit là avec ses os tout nus couchés par terre, je suis allé prendre des vieux plastiques qui traînaient près de l'entrée, je les ai bourrés de saletés, de poussière, de merdes quoi, et je les ai posés sur le corps. Comme si ça allait la rhabiller. Lui tenir chaud. Et je me suis barré. J'ai foncé chez Tantine et Mémé, je voulais tout leur raconter, et sur le chemin finalement je me suis dit deux en moins à le savoir c'est plus prudent. Et j'ai décidé de me taire. Se taire c'est une des choses qu'on sait faire le mieux dans ce pays. Alors motus et bouche cousue, j'ai reposé la clé et je suis rentré à la maison avec mes putains de tuiles.

Dans les mois qui ont suivi j'ai refait le toit de mon garage avec les tuiles, parce que je préférais qu'elles ne traînent pas chez moi dans une situation qui aurait pu m'accuser. Mais je vais vous dire un truc : presque j'aurais mis des gants pour les toucher ces tuiles, et maintenant quand je le regarde le toit de mon garage j'ai l'impression qu'il suinte le sang de la petite, j'en fais des cauchemars de ce toit, je voudrais qu'il n'existe pas, et c'est ma punition pour n'avoir rien dit que de le voir tous les jours avec le fantôme de la petite collé là-haut, qui me regarde et qui m'accuse.

Je ne vais pas tarder à vendre la maison moi, avec son garage flambant neuf et une petite morte qui te regarde de là-haut, parce que si ça continue comme ça je sens que je vais devenir fou.

Quand il caresse les mèches, quand la pulpe de ses doigts épais plonge dans ces matières mi-satin, mi-velours, et s'y noue comme dans des cordages, il voit des choses.

Il voit une découpe sur un mur. Le mur est plongé dans l'ombre et c'est pour cela qu'il a l'air sale, mais en réalité il est blanc, comme ciré par le temps. Au centre de cette paroi, il y a une flaque de lumière. C'est le soleil qui s'engouffre par une ouverture, plus meurtrière que fenêtre, et qui inonde le rectangle de toile.

Dans le rectangle il y a la putain.

Il a 8 ans, il vient d'apprendre ce mot, il ne sait pas vraiment ce que ça signifie mais il n'y a aucun doute, sur la toile c'est une putain.

C'est Don Pepe qui le lui a dit. Elle, c'était la putain, et puis elle a rencontré Jésus et alors elle a arrêté de faire la putain. Elle s'est rendu compte à quel point c'était mal de faire ce qu'elle faisait et elle s'est punie elle-même en s'enfermant dans une grotte en haut d'une montagne pour ne penser qu'à Jésus.

Il avait demandé : pourquoi elle est toute nue ?

Il lui avait répondu : parce que c'était la putain. Alors, quand on la peint, on peint ce corps honteux, cet instrument du diable.

Il avait demandé : alors le corps c'est le diable ?

Il lui avait répondu : le corps des femmes c'est le démon. Le corps des hommes c'est l'incarnation de la volonté de Dieu.

Il avait demandé : alors quand vous faites les plaisirs avec mon corps c'est la volonté de Dieu ?

Il lui avait répondu : ça rend content le petit Jésus.

Quand Don Pepe et lui rendaient content le petit Jésus dans la sacristie, il ne quittait pas des yeux le corps de la putain. Il l'explorait. Ça faisait passer le temps plus vite. Il aimait ce visage un peu abandonné, les yeux mi-clos, qui lui faisait penser à celui de Don Pepe quand il arrivait au bout de ses petits plaisirs. Il aimait la livraison de la chair rose. Il connaissait la chair des petites filles sous les tricots d'été et sous les jupes, au-dessus des hautes chaussettes travaillées au crochet, quand il la saisissait depuis sa cachette dans les toilettes de l'école. C'était joli mais c'était plat, avec un je-ne-sais-quoi d'osseux, de masculin. Et puis il connaissait la chair grise et secrète de sa mère, toujours emballée pour qu'on en voie le moins possible. Mais la putain était ronde et dorée. Elle avait des épaules comme des oreillers et un nombril comme un puits dans des collines. Elle avait deux globes entêtants qui faisaient des sinuosités de canapé confortable sous un cou gonflé d'aise. Il trouvait que tout cela était très beau, même si c'était le diable. Il se disait qu'elle avait l'air coupable et honteux de toutes ces courbes du diable. D'ailleurs le monsieur qui avait peint la putain avait bien compris que c'était honteux parce qu'en même temps il avait tout montré et tout caché. Il l'avait mise toute nue et l'avait habillée de cheveux. Comme ils étaient coquins ces cheveux, qui semblaient chatouiller tous les petits endroits vilains, le bout des tétés et le minou entre les cuisses, ils devaient certainement sentir chaud et lourd, sentir la peau de fille pas comme il faut, et il se disait que c'était juste qu'elle soit punie, avec tous ces cheveux pas comme il faut.

Alors le petit garçon rendait content le petit Jésus en serrant les dents et en imaginant l'odeur et la douceur câline de ces cheveux méchants.

Novembre 1993.

Il suffit à Adrian Leka de refermer la porte derrière lui, quand il fut conduit pour interrogatoire une nouvelle fois devant la Pm Alice Toscanini, pour comprendre qu'il était perdu. Il ne s'était pas plus tôt assis que déjà elle avait vrillé sur lui un regard d'iceberg.

— Je ne vais pas y aller par quatre chemins, monsieur Leka. Nous avons la preuve que vous nous avez menti sur vos déplacements du 12 septembre, et je vous informe que cela constitue un délit de témoignage mensonger. Auriez-vous dès à présent quelques éclaircissements à me donner ?

Il eut l'impression que tout son sang se coagulait brutalement au bas de son corps. Ça sentait très, très mauvais. Il se contenta d'ébaucher un sourire triste.

— Je n'ai pas vu Gloria Prats ce jour-là, dit-il simplement.

— Ce n'est pas ce que je vous ai demandé. Bien sûr, c'est une question que je vous poserai, mais plus tard. Vous avez affirmé ne pas vous être trouvé dans le centre-ville de P. le 12, ayant passé la quasi-totalité de la journée avec Mirko Parisi et Alessio Sindona à San Gennaro degli Spagnoli. Cependant nous avons eu des témoignages qui infirment totalement cette version. Il n'a pas été difficile de faire les gros yeux à vos camarades pour qu'ils craquent et finissent par nous dire la vérité.

Adrian soupira. C'était bien là une histoire de profonde tristesse.

— D'une part il nous a été indiqué que l'auto de Mirko Parisi, avec laquelle vous avez prétendu avoir fait cette virée, n'avait pas bougé de sa place de parking de toute la journée du 12. Elle était d'ailleurs en situation de stationnement abusif et a été signalée par les agents de la circulation. Ici le PV, comme vous pouvez le voir. Et ce n'est que le début. Dans un deuxième temps, votre voisine de palier, dont voici le rapport d'audition, a témoigné avoir entendu du bruit dans votre appartement jusqu'aux alentours de 11 heures. Le son de votre musique l'a gênée pendant qu'elle regardait à la télévision une émission culinaire. Vous étiez donc bel et bien là. Mais le plus important reste à venir. Connaissez-vous Silvia Cretone ?

— Absolument pas.

— Ah. C'est étrange, parce que cette personne a juré ses grands dieux vous avoir aperçu vers 13 heures près de la Miséricorde, l'air passablement éméché.

— C'est faux !

C'était la première fois qu'Adrian criait. Il admettrait avoir menti, mais ne supporterait pas les calomnies à son encontre. Les choses se passaient exactement comme il l'avait redouté. Il avait suffi que son nom filtre dans la presse pour que tout le monde voie l'Albanais partout, le couteau entre les dents.

— Cette personne ment ou se trompe. Je n'ai absolument pas mis les pieds dans ce quartier à cette heure-là !

— Je serais bien disposée à vous croire, mais étant donné que vous n'avez pas dit la vérité pour le matin, je ne vois pas comment je pourrais vous faire confiance pour l'après-midi. Alors à la lumière de ces nouvelles informations, nous allons de nouveau parcourir vos déplacements et vos activités du 12 septembre.

— C'est vrai que je ne suis pas allé à San Gennaro avec mes copains. C'est moi qui leur ai demandé de confirmer cette version pour me couvrir.

— Avez-vous conscience qu'en plus vous vous rendez coupable de subornation de témoins ? Et que vous les avez mis en situation de témoignage mensonger ?

— Je sais, j'en suis désolé. Mais je savais que j'étais un coupable trop parfait, et que ça aurait arrangé bien du monde si on avait dit que c'était moi.

— Il faudra que vous m'expliquiez cette théorie qui me semble pour le moins assez floue.

— Je connaissais bien Gloria, je l'avais draguée, elle avait des sentiments pour moi. Je n'ai aucun alibi pour le 12 parce qu'en fait je ne suis pas sorti de chez moi jusqu'à 11 heures, puis j'ai traîné un peu en ville jusqu'au début de l'après-midi et je suis allé faire une virée avec ma voiture. C'est pour ça que j'ai flippé, en plus du fait que…

— Du fait que… ?

— Eh bien vous savez qu'ici les gens n'apprécient pas trop les étrangers.

— Il faut les comprendre, monsieur. Vous savez autant que moi que les… gens originaires des Balkans subsistent ici en se livrant à des activités illicites.

Profonde tristesse. C'était encore plus difficile quand ça sortait de la bouche d'une représentante de l'État.

— Ce n'est pas mon cas, madame.

— J'entends, j'entends. Vous êtes victime du comportement de vos compatriotes.

— D'une minorité de…

— Écoutez, ce n'est pas notre propos. Vous me dites donc qu'entre 11 et 15 heures vous étiez bel et bien présent dans le centre-ville. Et pourtant, il y a cinq minutes, vous avez affirmé ne jamais avoir été là, accusant mon témoin de mentir.

— Ce que je voulais dire, c'est que je n'étais pas aux alentours de la Miséricorde, et certainement pas éméché.

— Très bien. Alors vous allez me décrire très précisément votre itinéraire.

— C'est difficile, je...

— C'est indispensable. Si vous voulez rentrer chez vous tout à l'heure.

— Eh bien, je... je suis sorti de chez moi, via del Rosario, puis j'ai pris le chemin de la gare parce que c'était dimanche et que j'espérais trouver un tabac ouvert, j'ai donc acheté des cigarettes et...

— Dans quel établissement ? Quelle heure était-il ?

— Euh... L'établissement, je n'en sais rien, c'était... à l'angle de la via Pollini, le tabac ouvert le dimanche, quoi. Et il était à peu près... euh... si je suis sorti de chez moi vers 11 heures, il était donc... 11 h 20, pas plus. Et puis comme il y avait un café ouvert à côté j'ai eu envie de boire un truc, alors j'ai...

— Vous y êtes entré ? Vous avez bu quelque chose ? Dedans ou en terrasse ?

— Un Coca. Dedans.

— Y avait-il des gens que vous connaissiez dans cet établissement ?

— Non, pas du tout. Vous savez, c'était ce genre de bar un peu... enfin avec surtout des vieux, pas le genre d'endroit où je vais d'habitude. J'avais juste envie de me désaltérer et de lire le journal des sports.

— Pensez-vous que quelqu'un pourrait vous reconnaître ?

— Me reconnaître ? Écoutez, je n'en sais rien, il n'y avait pas grand monde et comme c'était la première fois que j'y mettais les pieds... Mais bon, ça ne coûte rien de demander.

— Peut-être vos beaux yeux verts auront-ils marqué les esprits ? Permettez-moi de plaisanter un peu. Continuez. Après cette halte au bar ?

— J'ai repris le chemin de chez moi en mangeant une focaccia aux olives et aux anchois achetée trois mille lires dans une boulangerie de l'avenue de la gare à midi très précisément, et…

— Vous avez décidé de vous moquer de moi ?

— Pardon ? Je ne comprends pas…

— Oui oui, les détails, là, les anchois et les olives, vous faites ça pour me provoquer ?

— Mais pas du tout, madame, je vous assure, mais comme je me disais que vous me l'auriez demandé tôt ou tard, j'ai pensé que… comme vous m'avez demandé ce que j'avais bu…

— Attention jeune homme, vous avez tendance à employer un ton qui ne me plaît pas beaucoup.

Adrian ne répondit pas. Il savait déjà qu'il avait perdu la manche et que se défendre ne ferait qu'aggraver son cas.

— Continuons.

— J'ai marché en direction de mon appartement à travers d'autres rues que celles que j'avais prises à l'aller. Inutile de me demander leurs noms, je n'ai absolument pas fait attention. Mais si je retourne sur les lieux, je pourrais reconnaître. Et puis, au lieu de rentrer chez moi, comme je suis passé à côté de ma voiture, ça m'a donné envie d'aller faire une virée. Il faisait beau, je n'avais rien d'autre à faire, c'était la période des champignons, alors…

— Ne me dites pas que vous allez me resservir les champignons ? Si je peux m'exprimer ainsi ?

— J'y suis bien obligé, madame. C'est exactement ainsi que ça s'est passé. Je me suis installé à la lisière du bois de Santa Caterina et j'ai effectivement trouvé des cèpes pour me les mettre dans les pâtes le soir.

— Et donc vous seriez resté dans les sous-bois jusqu'à… ?

— Environ 15 heures.

— Monsieur Leka, si je comprends bien ce que vous venez de me raconter, vous vous êtes débrouillé, pile dans le laps de temps critique, pour vagabonder en solitaire dans des quartiers inconnus et n'être aperçu par personne qui pourrait confirmer votre alibi ?

— C'est bien ce que j'ai essayé de vous expliquer ! Et c'est précisément la raison pour laquelle j'ai menti le premier jour ! Je savais que ça allait me retomber dessus et que je ne pouvais rien justifier !

— Vous avez menti parce que vous vous savez coupable et que vous voulez nous dissimuler votre implication !

— Non ! Non ! Je n'ai pas vu Gloria Prats ce jour-là ! Ni de près, ni de loin !

— Il nous a été rapporté que vous harceliez Gloria Prats !

— C'est faux ! Je ne l'ai jamais harcelée ! Je l'aimais bien, elle était gentille !

— C'est justement ça le problème, monsieur Leka ! Gloria Prats était une proie idéale, une bonne poire à embarquer !

— Je n'ai jamais embarqué personne ! Je n'ai jamais fait de mal à personne ! Je n'ai pas vu Gloria Prats ce jour-là !

— Monsieur Leka, puisque vous vous acharnez à mentir, je vous fais flanquer en garde à vue. Je pense que nous aurons encore beaucoup de choses à nous dire les prochains jours.

Quand cette audition du 26 septembre 1993 prit fin, on entendit la porte du bureau claquer sur deux blessures. Celle d'Adrian Leka, jeté aux oubliettes, tremblant comme un chihuahua dans une assemblée de dogues. Mais également celle d'une magistrate qui venait de se faire pourfendre par, depuis l'éther de la pièce, le regard amer de Gloria.

MISÉRICORDE

2002

Flora Rossellini avait présenté le journal national pendant de longues années. Rompue au journalisme politique, cette jeune femme surdiplômée avait deux atouts certains dans son sac. Non seulement elle était extrêmement agréable à regarder, mais en plus, elle était napolitaine : ce qui lui assurait un caractère bien trempé, un sens de la repartie et de la réactivité qui faisait d'elle une interlocutrice redoutable et redoutée, le tout assorti d'une fougue léonine et d'un amour inné pour la justice et pour la lutte.

Quand on lui avait proposé, en 2000, de présenter « Où es-tu ? » parce que Raffaella Taddè prenait sa retraite, elle avait hésité. Elle serait passée ainsi de l'information, chose pour laquelle elle s'était battue depuis toujours en menant de brillantes études de sciences politiques, au fait divers pour ménagères. Et puis, elle avait eu comme un sursaut. Finalement, « Où es-tu ? », avec son côté fouille-merde destiné à soulever les opaques voilages tendus sur la vérité, avec son formidable travail d'investigation parallèle qui se fichait royalement de l'appareil d'État, constituerait pour elle un lieu comme elle les aimait, où on pouvait faire exploser les pétards contre l'hypocrisie et le mensonge. Elle avait passé des années à tirer les vers du nez à des politiciens véreux ; là, elle ferait la même chose avec des maris qui avaient fait disparaître leur moitié. Ça revenait un peu au même. Ce serait même certainement plus utile. Fille de l'information, elle gardait en mémoire le nombre d'affaires non résolues qui avaient secoué le pays, et notamment celles concernant les volatilisations de jeunes femmes. Et Gloria Prats ? Où en était-on ? Toujours dans le flou absolu, lui avait-on répondu. L'Albanais et la rouquine avaient été relaxés, sous prétexte que leurs petits mensonges sans gravité n'avaient pas constitué une véritable obstruction à la justice. On avait abandonné la piste albanaise et la piste mafieuse, qui n'étaient que fumée. Et le suspect numéro 1, Damiano Solivo ? Eh bien, accroche-toi à ta chaise : il vient d'achever sa petite peine symbolique infligée pour avoir enfumé le Ministère Public et l'enquête, et il essaie de se faire oublier en multipliant les petits boulots que Papa lui cherche, lui déniche et lui impose.

Flora Rossellini avait vu rouge. Elle venait de trouver son cheval de bataille. Elle s'était mise immédiatement en contact avec la famille Prats. On ne vous lâchera pas, leur avait-elle promis. On va tout remettre à plat et reprendre du début. On déboulonne et on reboulonne. Et on va aller fourrer notre nez là où ça pue.

Il avait suffi de quelques mois pour qu'une amitié solide naisse entre Flora Rossellini et les Prats. L'affaire avait un peu déserté les médias, essoufflée par les choux blancs des enquêteurs. Mais la nouvelle présentatrice d'« Où es-tu ? » avait bien l'intention de ressouffler sur les braises.

Federico

Je peux pas vraiment dire que je vis avec ça, finalement, j'en ai pas grand-chose à foutre. Je connaissais pas spécialement Gloria Prats et j'avais pas particulièrement envie de la connaître. Je la saluais en tant que voisine mais en tant que nana elle m'inspirait rien du tout, genre grenouille de bénitier intello avec ses lunettes et ses kilos, je vois vraiment pas pourquoi je me serais mis les Solivo à dos pour un petit cageot qui m'aurait jamais servi à rien.

Et puis la compensation était vraiment trop sympa. Il aurait fallu être sacrément con pour pas en profiter. Tu penses qu'y a beaucoup de gens qui résisteraient à l'idée de se retrouver blindés de thunes en un claquement de doigts juste pour faire un saut chez les flics et leur servir des salades ? Au début quand le père Solivo est venu me brancher j'ai pas dit oui tout de suite, parce que je savais que le faux témoignage pouvait coûter cher, et pareil, j'aurais pas voulu me retrouver dans la merde pour cette meuf. Pour Gianna Rontini par exemple ah ça ouais, j'aurais même fait de la tôle pour elle si j'avais pu la niquer grâce à ça, mais franchement pour la Prats, faut pas déconner. Bon de toute façon ça sert à rien ce que je dis parce qu'elle était morte, et puis pour Gianna Rontini morte je crois que j'aurais rien fait non plus. Remarquez morte je l'aurais bien niquée aussi. Bref. Alors voilà, au début j'ai hésité et puis Solivo il y est pas allé par quatre chemins, il a tout de suite mis la liasse sur la table. Enfin pas la table puisqu'on était dans la cage d'escalier. Dix millions de lires, putain. Plus de cinq mille euros d'aujourd'hui. À 18 ans, tu dis non ? De la main à la main, discrétos, dans une cage d'escalier. Le matin même j'étais un étudiant en gestion et l'après-midi je pouvais me payer mes rêves. J'ai même demandé, scotché que j'étais, mais pourquoi moi ? Parce qu'en tant que voisin de Gloria je la connaissais très bien de vue et qu'on pourrait pas douter de mon témoignage, et qu'en même temps j'étais pas un intime donc ça limitait les sentiments. Pas con, le mec. C'est sûr que tout ce fric pour quelques mots chez les flics à propos de quelqu'un que je connaissais à peine, ça se refusait pas. Armani et Lacoste contre Gloria Prats, y a pas à hésiter.

Quand je pense que ça a failli foirer à cause de son frère. L'après-midi, après le rendez-vous avec le père Solivo aux environs de 3 heures, je me balade et sur qui je tombe d'abord, sur la sœur de Damiano avec son mec. Elle me salue parce qu'on se connaissait du lycée et elle vient vers moi, putain j'avais un peu le cul serré parce que je savais pas si elle était au courant de l'arrangement que j'avais eu avec son père, et puis finalement non, elle me cause comme si de rien n'était de la disparition de Gloria et soudain on voit débouler Aldo comme un fou et il me pose des questions. J'avais tout bien préparé pour les flics et je lui dis exactement ça, que j'avais croisé Gloria à 13 heures devant l'opticien en bas de chez nous. Et lui au lieu d'être soulagé comme prévu il commence à m'agresser et à me menacer, il me dit que c'est pas possible parce qu'il y était lui aussi, devant l'opticien en bas de chez nous, et que je lui raconte des craques. J'ai flippé parce que j'ai vu le moment où tout allait se casser la gueule, alors j'ai dit que je me trompais peut-être, que c'était pas cette heure-là, qu'il fallait que j'y réfléchisse mieux. Et ça devant les yeux de Carla Solivo, et du coup je me disais que si elle racontait l'épisode à son père, à quel point ça avait pas marché, j'aurais eu putain de chaud aux fesses. J'avais promis, j'avais encaissé quatre fois le salaire de mon père pour inventer un truc qui tienne debout et dès le début je me prenais les pieds dans le tapis. Mais surtout, je venais de comprendre le pourquoi de tout ce truc. Là, quand Aldo a dit à Carla qu'il lâcherait pas son frère. Parce que quand Solivo était venu me faire sa proposition, j'avais pas pigé, j'avais pas posé de questions. À moi il m'avait dit J'ai un service à te demander, tu vas dire que tu as croisé Gloria Prats l'après-midi du 12 septembre et en compensation je te donne un petit cadeau, moi j'avais vu seulement le petit cadeau et j'avais fermé ma gueule. Mais après avoir croisé Aldo Prats dans tous ses états, Carla Solivo m'a expliqué que les Prats étaient persuadés que la disparition de Gloria était liée à Damiano, qu'elle avait conscience que son frère n'était pas un saint et que ça se pouvait qu'il lui ait fait ou dit quelque chose qui lui avait fait peur et qu'elle s'était enfuie ou cachée, mais que c'était complètement exagéré toute cette panique pour une petite escapade de quelques heures. Elle a dit ça parce qu'elle, elle savait pas que son père et moi on s'était rencontrés. Mais pour moi du coup c'est devenu clair comme de l'eau de roche, j'ai compris qu'on ne venait pas proposer dix millions pour se dépatouiller d'une simple histoire d'école buissonnière, et qu'il y avait certainement un cadavre dans le placard.

Et là j'ai eu peur, bordel. Parce que le Solivo, je le connaissais de réputation et quand on parle de quelqu'un avec respect et terreur ici c'est qu'il y a de très bonnes raisons pour éviter de l'offenser. Parce que Damiano aussi on savait qu'il fallait pas s'y frotter quand on était une gonzesse, et les deux éléments réunis ça me faisait me rendre compte que je m'étais fourré dans la merde jusqu'au cou. Et je crois que j'ai dû devenir pâle comme un mort et Carla m'a demandé d'un air ravi si j'étais sûr d'avoir vu Gloria l'après-midi, c'était une bonne nouvelle parce que ça innocentait son frère, et je lui ai répondu qu'il fallait qu'elle dise fissa à son père de me téléphoner.

Il l'a fait, il était furieux, il m'a répété les dents serrées qu'on ne se connaissait pas, qu'on s'était jamais vus et que si je le contactais encore une fois d'une façon ou d'une autre j'aurais peut-être le fric pour m'acheter un scooter mais plus de doigts pour le conduire. Et moi, con comme un manche, je lui dis : je crois que j'ai compris la raison de notre marché, je vais peut-être estimer que dix millions c'est assez pour mon témoignage mais pas assez pour mon silence. Putain qu'est-ce que j'avais pas dit… D'ailleurs je sais même plus ce qui m'avait pris à ce moment-là, j'avais juste envie de faire le mariole, de me sentir un peu comme Al Pacino dans *Scarface*, le mec qui se voit pousser des couilles qu'il sait même pas d'où elles lui tombent alors que j'avais toujours été du genre mou du bulbe et que ça m'avait jamais rapporté un kopek ni la moindre considération. En tout cas à l'autre bout du fil il y a eu un silence et puis il m'a dit, très distinctement, que si jamais il me prenait l'envie de faire encore une fois une allusion de ce genre, il se pourrait fort que du jour au lendemain je disparaisse à mon tour et qu'on ne retrouve de moi, des décennies plus tard, si on me retrouvait, que des petits morceaux pas plus grands que mon auriculaire. Ça m'a foutu une telle trouille, ça a été si vertigineux, que je me suis mis à bégayer que c'était juste une innocente plaisanterie. Ça pas marché. Il a répété : tu tiens à ta vie ? Alors tu témoignes et tu fermes ta gueule. Ça pouvait pas être plus clair. Et il a ajouté : et tu as bien compris que c'est à la vie à la mort. C'est un marché qui me survivra. Même dans dix ans, même dans vingt ans, même quand tu seras un vieux croulant, il y aura toujours ou moi, ou un de mes amis, ou un de mes descendants collé à ton ombre, qui s'assurera que tu ne modifies pas un seul mot de ta déclaration.

Je me suis terré dans ma chambre. J'ai flippé tout l'après-midi. J'ai même pas réfléchi, y'avait pas à réfléchir, le choix, je l'avais pas. J'avais été choisi par hasard ou presque, on pouvait dire que c'était le destin qui m'avait désigné putain. Ça m'a duré jusqu'à la nuit. Et après le dîner j'ai dit à mes parents que je sortais rejoindre les copains sur la place. Finalement, aller dire que j'avais croisé Gloria Prats à 13 h 45 devant le cinéma, c'était pas grand-chose. J'avais dix millions de lires dans ma table de nuit, cachés sous les chaussettes, et une malédiction au-dessus de ma tête.

12 septembre 1993

Sa bouche s'ouvre dans le silence et forme les mots Au secours, au secours, sans qu'aucun son n'en sorte.

Il sent que les ténèbres s'entrouvrent, les ténèbres à l'intérieur de sa tête, que peu à peu il recouvre la vue. Une acuité visuelle retrouvée qui ne sert pas à grand-chose, parce que l'obscurité est aussi autour de lui.

Ses mains poisseuses.

Liquide chaud sur ses mains, et liquide chaud il y a peu mais froid à présent entre ses jambes.

Il a l'impression d'être trempé de la tête aux pieds, d'avoir été plongé tout entier dans une substance épaisse en coagulation.

Au secours, au secours.

Il suit à tâtons le boyau filant vers la lumière. Le soleil l'écorche. Il bute sur les marches, se cogne. Il ne se rend même pas compte que la porte dans son dos reste béante.

La terrasse rutile. Il n'entend pas les bruits, pourtant ils montent jusque-là, discrètement, comme les clapotis d'une rivière que l'on perçoit depuis le haut d'une falaise. Il est comme verrouillé à tous les stimuli extérieurs. Plus rien ne le pénètre. C'est parce que sa peau ne contient plus rien d'humain, juste un gros bouchon de boue.

Quand elle était enfant sa sœur avait des poupées de son : une enveloppe en forme de personne farcie de poudre farineuse et grasse, qui sentait le vieux grenier quand une déchirure la laissait s'échapper. Maintenant, sur la terrasse, c'est ainsi qu'il est devenu. Forme d'homme, mais à l'intérieur c'est un flot de merde.

Ce qu'il veut, c'est se mettre à l'abri de la lumière.

Il trouve machinalement la porte qui lui permettra de redescendre. Il dévale. Son dos a besoin du mur pour s'étayer. Il fait un bruit de tous les diables : la panique ne permet pas la légèreté.

En bas, la porte est fermée. Il s'y arc-boute, l'ébranle. Il est pris au piège. Quelqu'un a dû fermer après leur passage. Don Pepe. Don Pepe a trouvé la porte ouverte après la messe, a dû s'interroger sur cette négligence et a redonné un tour de clé.

Derrière la porte, des farfouillis de souris. Il entend des claquements furtifs de placards, des pas un peu traînants, des objets qui tintent en se déplaçant.

Il n'y a pas d'autre alternative. Il ne peut pas rester coincé ici, entre deux mondes, dans ce sas entre profane et sacré, alors qu'on l'attend ailleurs, dans le coin de la vie sans drame. L'anniversaire de Maman. L'examen demain matin à Naples.

Don Pepe doit l'aider, il est le seul à pouvoir le faire.

Ce sera leur petit secret. Secret contre secret.

Alors il gratte, il tapote, il griffe le bois. Don Pepe, souffle-t-il. Don Pepe, au secours.

De l'autre côté de la porte on arrête de s'affairer. Des pas précipités patinent dans sa direction.

— Qu'est-ce que c'est ? Qui est là ?

— Don Pepe, c'est moi, c'est Damiano, au secours.

Le verrou crisse, le battant s'ouvre sur le petit crâne grisâtre du curé. Il est en civil, il n'y a que la petite croix d'or au revers de sa veste qui le laisse curé.

Damiano a senti ses jambes se dérober dès que la porte l'a libéré. Il s'effondre, retenu de justesse par la vieille épaule.

— Damiano ? Mais qu'est-ce qui t'arrive ? D'où tu viens ? Qu'est-ce qu'il y a ?

Don Pepe soutient le lourd garçon. Il est encore trop tôt pour qu'il se doute de quoi que ce soit. Il n'a pas encore vu, parce que l'obscurité est épaisse sur ce palier, les flaques brunes sur le pantalon, les mains rougies du liquide déjà coagulé, le visage moucheté comme si une constellation de taches de rousseur était née à l'improviste sur le visage de son paroissien. Avant de voir, il sent. Une puanteur invraisemblable émane du garçon, au point où Don Pepe songe un instant qu'il s'agit ici d'une histoire d'enfermement, d'emprisonnement, un week-end piégé entre deux étages pour une raison indéterminée. Il pue la sueur, la latrine, et quelque chose d'autre, impossible à identifier, doucereux et métallique, comme de la viande.

Il attire alors le garçon chancelant dans la lumière de la sacristie, pour s'assurer de son état, le faire asseoir quelque part. Les couleurs véritables se révèlent soudain, et le vieux a un juron étouffé.

— Tu es blessé ? On t'a agressé ? Damiano, parle-moi.

Et alors le garçon lève vers lui un regard possédé.

2004

Flora Rossellini était en train de préparer la prochaine émission d'« Où es-tu ? », qu'une fois de plus elle voulait consacrer à Gloria Prats. Elle avait une drôle d'amertume en travers du gosier. Car elle venait d'apprendre, de la bouche d'Aldo, que Damiano Solivo, en Angleterre, ne menait pas une existence de tout repos. On avait donc impunément permis à un fou dangereux d'aller tranquillement assassiner ailleurs. Comme par hasard comme par hasard… fulminait-elle. On a retrouvé il y a deux ans l'immédiate voisine de palier de Solivo découpée en rondelles. Il a même été un temps soupçonné et interrogé. Ou bien ce type est un assassin en puissance, ou bien il a vraiment le chic pour aller se fourrer innocemment dans de morbides guêpiers. Et ça, elle ne le croyait pas et ne le croirait jamais.

Elle aurait aimé, ne serait-ce qu'un instant, être investie de tous les pouvoirs judiciaires pour l'arrêter elle-même.

Alors elle embobinait et rembobinait. C'était le sens qu'avait pris sa vie aujourd'hui, depuis « Où es-tu ? ». Passer son temps à aller en avant et en arrière, défaire et refaire des points aussi serrés que sur des tapis turcs, pour tenter de comprendre, confondre, mettre le doigt sur les mensonges éhontés de ceux qui avaient pensé pouvoir frapper sans être inquiétés. Des heures d'enregistrement. Elle étudiait Damiano Solivo. Elle buvait comme des lampées d'apéritif amer les minauderies écœurantes de cet imbécile, et c'était assez désagréable.

1999. Procès pour faux témoignage. La voix off de la sémillante Alice Toscanini, bien plus douce que quand il s'agissait de torturer la pauvre Elena De Sanctis.

— *Dites-moi, à quelle heure êtes-vous rentré chez vous, si vous vous en souvenez ?*

— *Autour de 14 heures.*

— *Autour de 14 heures… Et vos parents… à ce que je me suis laissé dire… vous attendaient pour passer à table ?*

— *Oui, il était…*

— *Je suppose qu'ils vous ont demandé ce qui s'était passé ? Qu'ils vous ont demandé des explications quant à ce retard ?*

— *Je leur ai expliqué ce qui s'était passé.*

— *Est-il vrai que vous avez eu un entretien privé avec votre père ?*

— *Oui.*

— *Auquel n'ont assisté ni votre sœur ni son ami, Antonio Giganti ?*

— *En effet.*

— *Cela concernait cette blessure que vous vous étiez faite ?*

— *Je ne m'en souviens pas.*

Cette blessure… la fameuse blessure sur laquelle repose tout cet alibi abracadabrant. L'estafilade, le sang sur ses vêtements quand il était rentré chez ses parents, une chute, tu parles ! C'était le résultat d'une agression. Il ne fallait pas être un génie pour en arriver à ces conclusions. Et cette magistrate qui avait refusé de faire saisir les vêtements ? On marche sur la tête, décidément. Avec un vrai engagement dès le premier jour, l'affaire aurait été certainement bouclée en vingt-quatre heures. On aurait peut-être trouvé le sang de Gloria sur le pantalon de Solivo, et pourquoi pas, si on avait fouillé ses effets personnels, l'arme du crime.

Avance rapide. Solivo a abandonné son air condescendant et s'est vissé une tête de tragédien d'Epidaure.

Je me suis embronché avec le pied gauche sur une brique qui se trouvait là initialement. J'ai perdu l'équilibre mais je ne suis pas tombé tout de suite, j'ai dévalé trois ou quatre marches avec le pied gauche, deux autres avec le pied droit, et puis j'ai dégringolé vilainement, j'ai même glissé parce que c'était mouillé, et je suis tombé. Je me suis retrouvé avec la tête pratiquement sur le palier, et le reste du corps dans l'escalier. Mes lunettes se sont envolées, mais elles ne se sont pas cassées. Ce sont celles-ci, celles que je porte depuis 1989 [il retire ses lunettes et les exhibe d'un geste publicitaire], depuis 1992 ce sont les mêmes verres, oui, ceux-ci, ce sont ceux qui ont subi la chute. Elles ont les branches élastiques, et les verres sont en plastique, anti-rayures, et incassables. Si vous voulez, vous pouvez les examiner… [voix off du juge : « Non non, ça va », et Solivo remet ses lunettes humblement]. Et donc, je suis tombé comme je le disais, mais cependant pas sur toute la longueur de l'escalier et je me suis retrouvé… alors là, les marches… là, le palier, comme ça, vous voyez… et puis ici d'autres marches… je me suis retrouvé avec le corps, c'est-à-dire de la tête aux pieds, dans l'escalier, et la main, celle-ci, qui a heurté un bout de tôle, mais pas des petits bouts, non non, une plaque de tôle triangulaire et pointue, d'un centimètre de longueur plus ou moins, peut-être deux centimètres… J'avais une main contre le ventre et une main devant le visage pour protéger les dents. Et… ça m'a transpercé, voilà la cicatrice qui m'est restée… Alors… J'avais ce petit morceau… euh… ma main me faisait mal, j'ai regardé… J'ai levé les yeux, et j'ai dû soulever la main au moins à cette hauteur-ci parce que je suis myope, ce qui fait que déjà à cette distance sans lunettes je n'y vois rien. Et j'ai vu qu'il y avait ce petit bout de tôle planté dedans, j'ai pris... ça saignait, hein, je ne sais pas comment je ne me suis pas évanoui parce que je suis... enfin je ne supporte pas la vue du sang... d'habitude je m'évanouis... et... j'ai enveloppé ma main dans mon blouson. Ça me faisait tellement mal... et alors j'ai décidé de me l'enlever parce que... enfin... c'était une douleur que... quand on a un truc planté dans... vous comprenez... ce n'est pas un petit bobo... je me le suis enlevé, maintenant je ne me souviens plus où je l'ai jeté, mais je l'ai enlevé, ma main saignait et je l'ai de nouveau enveloppée dans mon blouson...

La Rossellini sautillait sur place comme une gamine révoltée. Non mais je rêve... Et personne qui ne lui avait coupé la parole, au moins pour le prier d'arrêter de prendre les membres de la Cour pour des imbéciles, avec cette surenchère d'informations que personne ne lui avait demandées ? Une brique qui se trouvait là « initialement » ? J'ai dégringolé « vilainement » ? La chanson de geste des lunettes ? Le récit regorgeait de détails inutiles pour donner davantage l'illusion de la véracité à quelque chose qui ne s'était jamais passé. Et en plus, à ce moment-là, en 1998, un ingénieur avait été mandaté par les parties civiles pour définir si oui ou non, dans ce fameux chantier, aurait pu se trouver ce que Solivo décrivait comme des éclats de plaques de tôle. À l'issue de l'expertise, il était apparu non seulement qu'aucune plaque de tôle ne s'était trouvée là, parce que ce matériau n'était absolument pas utilisé dans ce type de travaux, mais encore qu'une chute telle qu'il l'avait décrite n'aurait pas pu juste occasionner une petite coupure à la main. Le Parquet possédait les comptes rendus de ces expertises : toutefois, l'ingénieur Brignone n'avait pas pu déposer à la barre. Ironie du sort – comme par hasard comme par hasard, ruminait la Rossellini – il était mort une semaine plus tôt dans un accident de la route.

Ça en faisait, des morts, autour de l'affaire Prats. « Où es-tu ? » fouillerait certainement dans ces drôles de coïncidences. D'abord Antonio Giganti, l'ex-beau-frère de Solivo, seul membre extérieur à cette famille qui aurait pu, peut-être, témoigner de ce qui s'était réellement passé dans ce respectable foyer le jour de la disparition. Il avait rompu avec la sœur très peu de temps après les faits : est-ce qu'il y avait là-dessous une anguille brûlante ? Ensuite, Paolo Canò, dont les déclarations lors du procès de 1995 avaient enfoncé la pauvre Elena De Sanctis, et qui s'était suicidé, enfin il est possible de se pendre à une poignée de porte quand on est assis par terre. Puis l'ingénieur, à quelques jours de sa convocation au tribunal. Beaucoup de voix tronquées... Une seule voix résonnait, sans plus personne pour lui clouer le bec : celle de Damiano. Une voix libre, considérée, jamais contredite : des obscénités, voilà. Était-il possible qu'elle soit la seule à se sentir aussi scandalisée en entendant ces péroraisons ? Qu'elle soit la seule à douter de la propreté de la justice en constatant que non seulement on n'avait jamais chargé Solivo de meurtre et de dissimulation de cadavre, malgré tout, malgré même l'accusation d'avoir fait parvenir aux Prats un mail bidon signé Gloria, mais qu'on s'était contenté de le juger pour témoignages mensongers, et de le condamner, en 1999, à quelques petits mois d'incarcération symboliques ? Qu'à cela ne tienne, elle diffuserait les extraits de tous ces procès dans la prochaine émission, car l'opinion se devait de savoir et de se scandaliser avec elle.

La vue du sang te fait tourner de l'œil, mon gros lapin ? Quand il avait été question, treize ans plus tôt, d'égorger un petit garçon « lors d'un jeu de cow-boys et d'Indiens qui avait mal tourné », ça n'avait pas semblé te poser le moindre problème.

Rembobinage.

— *Je voudrais savoir si vous connaissez des locaux situés dans la partie supérieure de l'église de la Miséricorde.*

— *Oui.*

— *Ah ! Mais alors, vous avez peut-être même fréquenté vous-même ces locaux ?*

— *Oui.*

— *Avec qui vous y êtes-vous rendu ?*

— *Mais… avec tous les autres jeunes du centre Hoffman.*

— *Vous est-il déjà arrivé d'emmener quelqu'un dans ces salles ?*

— *Non.*

— *Non ?*

— *Euh… Dans quel sens ? Ça dépend dans quel sens vous…*

— *Je vais vous le dire tout de suite. Nous avons entendu un témoin qui nous a révélé être allé avec vous et une autre jeune fille dans une petite salle…*

— *Ah ! Mais vous ne pouviez pas le dire plut tôt ?*

La Rossellini repassa une deuxième fois cette séquence. Elle avait visionné des heures d'images du procès de 1999 et c'était la première fois qu'elle voyait (ou plutôt entendait) la Pm Toscanini s'échauffer quelque peu et secouer l'accusé. La toute première fois qu'elle semblait enfin faire son travail, à savoir énoncer les accusations et mener un interrogatoire à charge, et non pas se contenter de se comporter en douce assistante sociale. Un coup pour rien, visiblement. Et lui, pendant ce temps… Lui, il se marrait ouvertement, sa tête de gros poupon enfoncée entre les deux épaules de son veston pied-de-poule, tout en faisant nerveusement pivoter de droite et de gauche son fauteuil à ressorts comme un lycéen interrogé sur un sujet qu'il ne maîtrise pas très bien. Elle essaya de mettre un nom sur ce rire. En dix ans d'interview politique on lui avait beaucoup ri au nez, comme ça, dès qu'elle abordait les sujets fâcheux. Ces rires qui se voulaient enjoués mais qui sonnaient bien faux tout en nourrissant l'embarras, ceux qui voulaient dédramatiser des éléments fort gênants. Ceux qui cachaient les grimaces de dépit et les rictus de la colère. Là, se dit-elle, il est paniqué. Il sent que le vent tourne. Comme s'il ne s'attendait pas du tout à ce coup de fleuret. Et pourtant, quand on comparait devant une Cour, on devrait s'attendre à se faire malmener par le Ministère Public. Non, conclut-elle. Devant cette Cour, Damiano Solivo était persuadé qu'on le bichonnerait. Elle reprit.

— *Eh bien, en ce qui concerne…*

— *Écoutez-moi. Écoutez ma question, monsieur Solivo, ce sera mieux.*

— *Je vous en prie.*

— *J'allais donc vous dire qu'une jeune fille a affirmé être allée avec vous et une autre jeune fille dans cette petite salle dans les étages, d'où vous lui avez demandé de se retirer pour que vous puissiez rester seul avec cette autre jeune fille. Ces éléments sont-ils vrais ?*

— *J'ai juste demandé qu'elle vienne un moment à l'écart avec moi parce que je devais lui parler, un point c'est tout.*

— *Vous lui avez demandé à rester en tête à tête avec elle dans cette pièce ?*

— *Je ne lui ai pas dit que je voulais rester seul avec elle dans la pièce. Je lui ai demandé de venir un peu à l'écart avec moi, c'est différent.*

— *Et pourquoi lui avez-vous demandé cela ?*

— *Pour lui parler !*

— *Et qu'est-ce que vous aviez à lui dire ?*

— *Beeen…*

Et là, le poupon osait arborer un petit sourire coquin.

C'en était trop pour Flora Rossellini. Elle y brûlerait peut-être sa carrière, mais elle le confondrait. Et si « Où es-tu ? » devait devenir, bien plus qu'une émission de service public destinée à retrouver les personnes disparues, un véritable programme d'investigation, eh bien tant mieux.

Elle n'hésiterait pas non plus à diffuser ces images-là, l'envolée théâtrale de Maître Matteo Incrociato à la sortie du Tribunal : « Damiano Solivo encore devant le Tribunal ! Damiano Solivo accusé de l'attentat de Bologne ! Damiano Solivo accusé du massacre de Piazza Fontana ! Attention, mon garçon, il y a encore la tragédie d'Ustica, ce n'est pas fini ! »

Flora Rossellini ferait tomber Damiano Solivo et tous ceux qui l'avaient couvert. Et elle irait également fourrer son nez dans cette étrange histoire anglaise qu'Aldo venait de lui révéler.

12 septembre 1993.

Un silence de profondeurs marines est tombé sur la sacristie. Don Pepe a la tête dans les mains. Le garçon se balance d'avant en arrière sur le fauteuil brodé d'une colombe glorieuse.

— Qu'est-ce qu'on va faire ? Qu'est-ce qu'on va faire ? répète-t-il comme un automate grippé.

Le vieux ne répond pas. Il est muet d'effroi. Ce n'est pas possible. Pas ici, dans sa paroisse. Dans son église, son joyau, sa création. Trente ans qu'il est là, qu'il astique à s'en rompre les tendons, qu'il rabat son gibier en racolant comme un gigolo, de matchs de foot en soirées dansantes, de chorales en lotos, toutes ces conneries épuisantes auxquelles il se plie pour augmenter la masse des fidèles, pour que la paroisse de la Miséricorde coiffe au poteau toutes les autres dans le cœur de l'Évêché et même de la Papauté, et voilà que ce demi-crétin fait tout foirer en trucidant une gamine sous le toit.

Don Pepe n'a même pas demandé de qui il s'agissait. Ce qui est important, ce n'est pas la personne qu'a tuée Damiano Solivo, c'est que ce soit Damiano Solivo qui ait tué quelqu'un.

Juste Damiano Solivo. Ça ne pouvait pas plus mal tomber.

Toujours enfoui dans ses propres mains, Don Pepe réfléchit. Il pèse, il mesure. Il aurait donné sa soutane pour rembobiner, revenir quelques minutes en arrière, quand il n'avait pas encore ouvert cette satanée porte, que Damiano Solivo ne lui était pas encore tombé dans les bras en le contaminant de son odeur fétide. Il comprend qu'une bombe vient d'éclater, que c'est le début de la fin. C'est la fin de la Miséricorde, la fin de cette existence lisse comme une pommade où glissaient les succès et les fastes, la fin de l'insouciance. Une morte dans son église, bon sang. On ne s'en relèvera pas.

Trente ans qu'il passait à travers les gouttes. Qu'il avait installé une domination de poussah sur tous ces jeunes esprits et certains de ces jeunes corps. Trente ans qu'il risquait sa peau à tout moment mais qu'il ne se passait rien parce que les autres composaient avec cette petite connivence. Et à présent, avec un cadavre sous le toit de son palais, tout finirait bien par apparaître au grand jour. Les petits d'il y a quinze ans parleraient. Les parents qui s'étaient tus jusqu'ici parleraient. Ça exploserait dans la presse en éclaboussant les ors cardinalices, sans parler des dommages collatéraux dans les bureaux communaux.

Il extirpe enfin son visage de la conque de ses doigts et considère le garçon. Damiano est prostré, roulé en boule contre un mur, et ses mains tremblent comme des volets battus par la tempête.

— Est-ce que tu peux m'expliquer comment ça a pu arriver ? Comment ça s'est passé ?

Le jeune homme secoue la tête. Ce n'est pas qu'il ne veut pas répondre, c'est que tout est emmêlé, avec des vides et des visions dont il ne sait pas si elles étaient dans sa tête à ce moment-là ou dans ses mains. Puis il dit :

— J'étais en colère.

— Mais là-haut ! là-haut ! comment as-tu pu avoir l'idée de monter là-haut !

— Parce que je voulais… je voulais… la séduire.

— Mais bon sang, il n'y avait pas un autre endroit pour aller séduire une fille ?

— Je voulais aller dans un coin tranquille… Là où les autres vont…

— Mais pourquoi l'as-tu agressée ? Damiano, Damiano, depuis combien de temps je te dis qu'il faut que tu te contrôles, rappelle-toi, quand tu m'as confessé tes petites manies il y a quelques années, je t'ai toujours dit : va voir quelqu'un, va voir quelqu'un avant que ça dégénère…

— Je sais pas comment ça s'est passé ! Je voulais juste une mèche… juste une mèche… je voulais pas lui faire du mal… et puis, elle m'a insulté ! Elle m'a dit de ces choses… Et alors là j'ai vu rouge… Et puis elle a promis qu'elle irait le crier sur les toits, alors…

— Qui était au courant de votre rendez-vous ?

— J'en sais rien… Je pense qu'elle a dû le dire à des copines…

— Et c'est qui, cette fille ?

— Gloria Prats.

— Oh non, c'est pas vrai…

La tête du prêtre est retombée entre ses mains. Gloria. Il l'avait baptisée… Sa mère, si pieuse, si bonne, un pilier de la paroisse… Une famille si unie, si honnête, si travailleuse… Ça va faire du barouf, c'est pas comme s'il s'en était pris à une de ces petites grues au nombril dénudé qui poussent comme du chiendent dans les périphéries et qui disparaissent à qui mieux mieux à la suite d'un mâle ou d'un rail de poudre…

Il a levé les yeux. Partout les images saintes. Le cœur incandescent de Jésus. La Madone aux sept douleurs. Madeleine, la belle pénitente dont le corps nu s'habille d'une chevelure infinie… Dieu fait homme, cloué à son bois… La tête lui tourne. Il sait qu'il devra demander pardon encore, rouvrir ses vieilles plaies, concevoir qu'il n'est pas digne. Il sait qu'il va repasser de l'autre côté, être obligé de rendre des comptes encore avec ses faiblesses, lui qui se croyait depuis longtemps débarrassé de ses démons et de ses bassesses. Mon Dieu, je ne suis pas digne de te recevoir, mais dis seulement une parole et je serai guéri… Pardonne-nous nos offenses et délivre-nous du mal…

Il se frappe la poitrine, comme s'il espérait que ça arrange tout en le ramenant à la raison. Mais rien ne bouge.

Et ce soir, il est attendu en Toscane pour sa cure thermale. Il devra fermer l'église et confier les clés à Don Viscardo.

Brusquement il se lève, va fourrager dans un placard et se saisit d'une grande serviette, celle qui lui sert à ne pas baptiser sa soutane quand il déjeune sur le pouce. Il l'imbibe au lavabo et se met à baigner le visage et les mains de Damiano.

— Il faut te nettoyer. Tu ne peux pas sortir comme ça.

— Sortir…

— Frotte. Frotte ce que tu peux.

Le garçon obéit avec des gestes de cyborg. Il regarde sa main et pousse une exclamation de désolation.

— Nooon… Je me suis coupé… là… ça saigne…

— Nom de Dieu.

Il regarde.

— C'est profond, mais pas trop.

Et puis une illumination soudaine crève les ténèbres.

— Et ça tombe bien. Ça pourra expliquer le sang sur tes vêtements. Tiens, enlève ton blouson. Enveloppe ta main. Écoute-moi attentivement. Damiano ! Arrête de geindre. Écoute-moi. Tu vas faire exactement ce que je te dis. C'est important. C'est peut-être la chose la plus importante de toute ta vie, alors ne laisse rien au hasard.

Les yeux du garçon cessent de rouler et se plongent dans ceux du prêtre.

— Tu l'as rencontrée dans l'église, et tu l'as vue sortir. On est bien d'accord ? Après la messe. Juste avant la deuxième. Tu es sorti un peu après elle. Tu t'es promené. Tu es tombé. Tu t'es blessé. Je ne sais pas, moi, trouve quelque chose de logique pour expliquer la coupure. Et va à l'hôpital.

— À l'hôpital ?

— Aux urgences. Va faire soigner cette coupure.

— Pourquoi à l'hôpital ?

— Il te faut un alibi, bon sang, c'est quand même simple à comprendre, non ? À l'hôpital on notera l'heure quelque part, ce sera une preuve de ta présence. Essaie d'y aller le plus vite possible. Fais-toi accompagner en voiture.

— D'accord.

— File. Va. N'oublie pas ! Un accident. Je m'occupe de tout. Tu comprends ? Je m'occupe de tout.

Il époussette une dernière fois Damiano, s'assure qu'il n'a pas oublié de tache de sang compromettante.

— Où est le couteau ?

— Je ne sais plus... Là-haut sûrement. Je crois que j'ai tout lâché.

— Bon. Je m'occupe de tout. Sors par-derrière.

Damiano semble avoir repris du poil de la bête. Il se dandine. La perspective de cet appui l'a remplumé. Il se laisse même aller à baiser la main de son bienfaiteur avant de détaler.

— Attends ! Damiano, une dernière chose. Donne la clé à ton père. Tu n'as jamais eu cette clé. On est d'accord ? Et toi et moi, on se connaît à peine. Nous n'avons jamais été intimes. Tu as bien retenu ?

— Oui.

— Va vite. Et ne fais confiance à personne. N'écoute que ton père.

1994.

Un an s'était écoulé depuis la disparition de Gloria quand Aldo reçut le coup de téléphone essoufflé de l'avocat de la famille Prats.

— Aldo, je préfère t'appeler en personne avant que tu n'apprennes demain la nouvelle dans les journaux. Ils ont arrêté Solivo. Ils l'ont flanqué en détention provisoire.

Aldo dut s'asseoir pour encaisser. Enfin ce qu'ils attendaient depuis un an venait de se réaliser… Pour arrêter un homme et l'incarcérer avant toute autre forme de procès, il faut de sacrés griefs contre lui. On avait donc enfin des chefs d'accusation ? Pour ne pas parler de preuves formelles… C'était donc Solivo, et non plus uniquement Solivo dans les présomptions obsessionnelles des Prats – ainsi qu'Incrociato aimait à le rappeler – qui avait fait disparaître Gloria ? Il avait avoué ?

— Ne t'emballe pas, Aldo. Laisse-moi finir. Ce n'est pas la bonne nouvelle à laquelle vous vous attendiez. On ne le poursuit toujours pas pour homicide ou pour séquestration, mais seulement pour « déclarations mensongères au Ministère Public ».

— Tu plaisantes ? En préventive pour faux témoignage ? Mais attends, la préventive, à la base, c'est pour empêcher quelqu'un de commettre un nouveau délit qu'on juge imminent, ou pour éviter qu'il se fasse la belle ! Qu'est-ce qu'ils craignent de Solivo ? Il faut bien qu'ils se doutent de quelque chose de grave pour le foutre en tôle comme ça ! Ils doivent bien avoir quelque chose de plus mastoc contre lui qu'un simple témoignage vaseux, tout de même !

— Le juge d'instruction a estimé qu'il fallait l'empêcher de polluer davantage l'enquête avec ses salades. Le bruit court qu'il y a beaucoup de témoins corruptibles dans l'entourage des Solivo... C'est pour ça qu'ils ont poussé le zèle jusqu'à le coller en isolement total.

Le long silence d'Aldo exprima son incompréhension et la profondeur de sa déception.

— Alors si j'ai bien compris, on isole Solivo comme s'il était une bombe prête à exploser mais en réalité, on ne lui reproche toujours qu'une seule chose, d'avoir menti. Au niveau juridique, il en est au même point que les deux gamins qui n'ont rien fait, Elena et l'Albanais. Et quand il passera devant le juge, dans quelques mois, il ne devra répondre que des absurdités sur son alibi et du trou d'une heure et demie dans son emploi du temps. Pas du meurtre de ma sœur.

— C'est ça. Et comme il aura déjà fait de la détention provisoire, il ressortira libre avec juste peut-être une petite amende à payer. Et je peux te garantir que, comme je le connais, Incrociato objectera à toutes les questions qui ne concerneront pas directement ses déplacements.

— J'ai compris ce qui est en train de se préparer, tu sais... On lui fait prendre le risque d'être condamné pour un petit délit mineur pour éviter de le faire accuser de meurtre. Je te parie tout ce que tu veux que, bien conseillé et bien entouré, il subira tout ça sans ouvrir sa gueule. Et ensuite, il sera tranquille.

— D'autant plus que le juge d'instruction refuse de faire ouvrir une enquête pour homicide. Il penche toujours pour la disparition volontaire, vu que les recherches dans la Miséricorde n'ont rien donné et qu'il n'y a eu aucune saisie des effets personnels de Solivo le jour de la disparition. Matériellement, aucune raison de le soupçonner. Pas de traces, pas d'indices. À peine un vague mobile. Mais pour le reste, on n'a rien.

— Et il n'y a pas de corps.

Il n'y a pas de corps. Pour Aldo, cette phrase résonnait comme une absurdité si difficile à prononcer qu'elle le poursuivit longtemps. Sa sœur n'avait plus de corps. Tout ce qu'il avait regardé bouger et vivre pendant seize ans, les rondeurs et les rires, les égratignures et les colères, les bonjours ensommeillés et les croissants mordus à pleines dents, les larmes furtives de dépit et les adorations fraternelles, la progression des traits de crayons sur la toise, tout cela non seulement leur avait été arraché mais leur était tout bonnement renié. Tour de magie d'un dimanche matin et soudain vous n'étiez plus chair, vous laissiez juste un espace vide comme un meuble de famille qu'un cambrioleur a emporté.

Il n'y a pas de corps.

C'est exactement ce que, le même jour que ce coup de téléphone, Anna Fantoni, chef de la Police Judiciaire, hurla à l'escouade du commissaire Scampia qui était venue demander des explications après l'incarcération de Solivo pour des motifs aussi mous. Il n'y a pas de corps ! La petite a fait une fugue, bon sang, ça a l'air évident tout de même ! Elle s'est barrée ! C'est pour ça qu'elle a été aperçue bien après ce fameux rendez-vous ! Elle a mis les voiles ! Et moi aussi, si j'avais une famille pareille, il y a bien longtemps que j'aurais fait la même chose !

Pour les hommes de la Judiciaire, ces mots méprisants issus de la bouche de la personne qui aurait dû leur faire aveuglément confiance sonnèrent comme une nouvelle giclée de vomissures sur le corps désincarné de Gloria.

Ils se prirent à espérer que ces mots n'arrivent jamais aux oreilles de Mamma Giuseppina.

Elena

Alice Toscanini : Monsieur Canò, voudriez-vous avoir la gentillesse de nous rappeler ce que vous avez déclaré concernant votre rencontre avec Elena De Sanctis le matin du 12 septembre 1993 ?

Paolo Canò : Je me trouvais sur le Corso Garibaldi quand Elena m'a hélé et m'a dit : « Paolo tu n'aurais pas vu Gloria ? » Et moi je lui ai dit : « Oui, je l'ai vue près de l'église. »

Alice Toscanini : Et ça, c'était la première fois que vous avez croisé Elena De Sanctis...

Paolo Canò : Oui oui, la première fois.

Alice Toscanini : Mademoiselle De Sanctis, vous souvenez-vous en revanche de ce que vous avez déclaré, à propos de cette rencontre avec M. Canò ? Soyez gentille, parlez bien dans le micro.

Elena De Sanctis : Alors... je... la première fois, Paolo Canò, je l'ai rencontré à côté de la Miséricorde, et je lui ai dit... « Mais est-ce que... mais tu n'aurais pas... mais par hasard est-ce que tu n'aurais pas vu Gloria ? » Et il m'a répondu : « Non, je ne l'ai pas vue. » Puis, la deuxième fois... vers 13 heures... treize heures moins quelque chose... oui c'est ça, parce que j'étais en train de me diriger vers chez les Prats pour sonner chez eux, je l'ai revu et je l'ai appelé de loin, et j'ai dit : « Tu n'as pas vu Gloria ? » et lui m'a répondu : « Non, je ne l'ai pas vue. »

Alice Toscanini : Mlle De Sanctis affirme donc que M. Canò l'a informée à deux reprises ne pas avoir vu Gloria. Canò en revanche affirme lui avoir dit, la première fois... Monsieur Canò, nous sommes bien d'accord, vous vous souvenez précisément avoir dit à Elena que vous aviez vu Gloria ?

Paolo Canò : Oui. La première fois, oui.

Alice Toscanini : Mademoiselle De Sanctis, que déclarez-vous à ce sujet ?

Elena De Sanctis : C'est faux. Les deux fois, il m'a dit : « Non, je ne l'ai pas vue. »

Alice Toscanini : Et pour quelle raison selon vous M. Canò aurait-il eu intérêt à...

Elena De Sanctis : Je n'en sais rien, parce que s'il m'avait dit qu'il l'avait vue, je serais allée immédiatement à l'endroit qu'il m'aurait indiqué.

Alice Toscanini : Et vous, la première fois, vous auriez demandé à M. Canò s'il avait vu Gloria.

Elena De Sanctis : Oui.

Alice Toscanini : Et Canò a répondu...

Elena De Sanctis : « Non. »

Paolo Canò : Mais la deuxième fois, excuse-moi mais... on se serait rencontrés où ?

Elena De Sanctis : Près de la ruelle San Michele, quand je t'ai appelé de loin la deuxième fois.

Paolo Canò : La deuxième fois... ?

Elena De Sanctis : Oui.

Paolo Canò : De loin... ?

Elena De Sanctis : De loin !

Paolo Canò : Mais de loin comment, excuse-moi... ?

Elena De Sanctis : Tu étais sur le Corso Garibaldi et moi non, j'étais en train de monter, et je t'ai appelé. Et toi tu as fait comme ça avec la tête et tu m'as dit : « Non, je ne l'ai pas vue ».

Paolo Canò : Et ça, c'était la deuxième fois ? Quand je t'ai dit « Non, je ne l'ai pas vue » ?

Elena De Sanctis : Oui, c'était la deuxième fois. Les deux fois, tu m'as dit : « Non, je ne l'ai pas vue. »

Paolo Canò : La deuxième fois je t'ai dit que je ne l'avais pas vue ? La première fois, rappelle-toi bien, tu m'as arrêté près de la ruelle San Michele…

Elena De Sanctis : Non, je t'ai arrêté près de la Miséricorde.

Paolo Canò : La première fois… ?

Elena De Sanctis : Oui.

Paolo Canò : Mmmm… Non.

Alice Toscanini : Mademoiselle, vous souvenez-vous s'il y avait beaucoup de monde près de la Miséricorde ?

Elena De Sanctis : Non, je ne m'en souviens pas… Il n'y avait pas grand monde…

Alice Toscanini : Pas grand monde ? Quelle heure était-il ?

Elena De Sanctis : Il était environ… midi vingt.

Alice Toscanini : Ah bon ? Le dimanche matin, il n'y aurait eu pas grand monde ? Mademoiselle, je crois que vous vous trompez, ou que vous vous moquez de nous !

Voilà. Voilà, là, je peux arrêter l'enregistrement. Vous avez vu ce que je voulais dire ? Ces images de mon procès pour faux témoignage, rediffusées par « Où es-tu ? » la semaine dernière, vous comprenez ce qu'elles racontent ? Ce n'est pas de gaîté de cœur que je les ai revues, vous savez… D'ailleurs je ne m'attendais pas du tout à ce qu'elles existent encore, et qu'elles soient montrées, comme ça, à l'Italie entière entre le fromage et le dessert.

Si je pouvais, pour la petite vie qui me reste, faire disparaître ces heures sombres, biffer mon visage, griffer, vitrioler ces pellicules, pour qu'on daigne enfin m'oublier… Mais ce n'est pas grave, je veux bien subir encore un peu, pour Gloria et seulement pour elle. Je veux bien parce que ça me lave. Parce que celle qui a été pendant dix-sept ans la menteuse pathologique de l'affaire, moi en l'occurrence, va enfin pouvoir être nettoyée, étrillée, désinfectée de toute cette merde. Parce que maintenant on sait que Gloria n'est jamais sortie de la Miséricorde. Qu'elle y est entrée à 11 h 30 et que si Paolo Canò, si Federico Sparone, si Ilaria Giacomini, ont dit l'avoir vue après cette heure-là, eh bien c'est qu'ils n'ont vu que son fantôme.

Il n'y en avait qu'une qui disait la vérité. Moi. Et quelque part je suis contente qu'« Où es-tu ? » ressorte ces images, pour que tout le monde réalise que j'ai été victime d'un acharnement judiciaire, au même titre que le pauvre Adrian.

Adrian, je l'ai revu. On communique, depuis quelques années. On crève les abcès, on se souvient de tous ces enfers, les procès, les trois séances d'hypnose auxquelles on l'avait soumis en 1994... On s'est téléphoné la semaine dernière, quand le corps de Gloria a été retrouvé sous le toit. On n'a pas dit grand-chose. Moi, j'ai pleuré et ri en même temps. Je pleurais parce que Gloria mourait une deuxième fois. Je riais parce qu'on allait enfin savoir que je n'avais dit que la vérité.

Et pourtant c'est vrai, quand je me revois comme ça, tellement petite, avec mon regard perdu et ma voix de fausset, et si hésitante, je peux comprendre qu'on ait peiné à me croire. Sauf à ce moment-là. Vous avez vu, sur les images que je viens de vous montrer ? Comme je me défends ? Comme une chatte indignée ? Et lui, Canò, ce sale con, face à moi, répétant en boucle « Ah ouais ? Et c'était quand ? La deuxième fois ? Mais j'étais où, en fait ? » Vous l'avez vu, là, avachi comme un vieux coussin, baignant dans la certitude que de toute façon, quoi qu'il dise, la Pm était de son côté, et que c'est moi qui me prendrais la volée de bois vert... Mais comment, ce jour-là, a-t-on pu continuer à douter de moi ?

Ouais.

Il est très difficile de composer avec, d'une part, le flou dû à l'instant présent quand vous vivez une chose dont vous ne comprenez pas encore à quel point elle est importante, et d'autre part le harcèlement qu'on vous fait subir par la suite, devant des autorités qui estiment que si chaque minuscule détail n'est pas profondément gravé en vous, c'est que vous vous moquez d'elles.

Essayez voir. Essayez de vous souvenir, à la minute près, de qui vous avez croisé hier, qui où et quand, ou la semaine dernière, voire des années auparavant. Ma main à couper que vous hésiterez autant que moi.

Un dimanche de fin d'été, des rendez-vous, des connaissances croisées l'une après l'autre sur une avenue bondée, des va et des viens, des bonjours, des atermoiements et des errances. Ma tête débordante de Massimo. C'est ça que je retiens du 12 septembre 1993. Un tourbillon. Un maelström. Je suis incapable de me rappeler si quand j'ai aperçu Un tel, salué Une telle d'un geste de la main, il était 13 h 35 ou 13 h 40. Je n'avais pas l'œil sur la montre. Vous l'auriez eu, vous ? Je ne l'ai eu que de rares fois. Quand Gloria m'a quittée pour entrer dans la Miséricorde, et quelques minutes plus tard, aux cabines téléphoniques, quand je me suis rendu compte que Gloria n'arrivait pas. C'est tout. Aucune petite voix dans ma tête qui m'aurait dit : attention ma vieille, tu es en train de vivre les premiers instants d'un des plus saisissants faits divers que l'Italie ait connu, alors sors ton calepin et note tout. Chronomètre. Photographie. Rends-toi utile avec des comportements éminemment pragmatiques et rationnels. Rien de tout cela. Je flottais. Et puis peu à peu je me suis laissée gagner par la panique, ce qui n'a pas aidé pour la clarté.

Et là-dessus, quelques jours plus tard, on m'a demandé des comptes, disséqués comme des grenouilles, sur toutes ces choses que j'avais à peine maîtrisées. Si j'avais regardé à droite ou à gauche. Si j'étais revenue sur mes pas. Rien à faire. Je n'ai plus su. J'ai bafouillé. Pourquoi avais-je téléphoné chez Massimo en sachant qu'il n'y serait pas. Pourquoi avais-je l'air calme chez les Prats. Je ne sais plus. J'étais sans voix.

Et pourtant il y avait alors, et il y a toujours dix-sept ans plus tard, des choses tellement ancrées que je pourrais les hurler jusqu'à mon dernier souffle. Des certitudes que j'ai défendues de toutes mes forces lors de mes différents passages devant les tribunaux, même si je savais que la Pm refusait de me croire. Mes deux rencontres avec Paolo Canò font partie de ces certitudes-là. Les deux réponses de Paolo Canò à mes questions, ces deux « Non, je ne l'ai pas vue » accompagnés même d'un geste de la main et de la tête, sont de telles évidences qu'elles font partie intégrante de mon organisme, comme un marqueur ADN. Quand il a osé mentir avec ce culot impressionnant devant la Cour, ça m'a donné envie de vomir. De me rendre compte à quel point l'être humain pouvait se montrer sans vergogne, se parjurer de façon si obscène, si impudique, même devant la justice, même devant une personne qui, tremblante d'indignation comme je l'étais lors de cette confrontation, au bord des larmes de crainte de ne pas être crue, le mettait face à ses contradictions. Même devant des parents qui attendaient la vérité sur leur fille disparue.

On le sait à présent. On sait que Paolo Canò a menti, tout comme Federico Sparone, tout comme Ilaria Giacomini, et Chiara Salluzzi, et tous les chacals qui ont envoyé des lettres anonymes. On sait qu'ils n'avaient pas pu voir Gloria après 11 h 30 ce 12 septembre.

Et Paolo Canò n'a jamais pu rendre des comptes ni expier son parjure. Il n'a jamais pu me regarder droit dans les yeux pour me dire : Elena, j'ai menti.

Même pas des excuses, j'aurais voulu. Même pas des explications. Pour les excuses il est bien trop tard et les explications, eh bien, elles ne sont pas difficiles à imaginer. Tellement de gens dans cette affaire ont espéré jouir de leur quart d'heure de gloire. Tellement de gens certainement s'étaient retrouvés bâillonnés par la peur de toutes ces puissances qui nous gouvernent et qui nous dépassent. Tellement d'autres – et je n'ai aucune preuve de ce que j'avance mais il y a des choses par ici que l'on sent – ont été sans aucun doute arrosés au passage pour dire ce qu'ils ne savaient pas et pour ne pas dire ce qu'ils savaient. J'aurais juste voulu un : Elena, j'ai menti. Mais il ne le dira jamais. Parce que Paolo Canò, deux ans et demi après la disparition de Gloria, c'est-à-dire quelques mois à peine après cette fameuse confrontation au Tribunal et quelques jours avant une deuxième convocation, a été retrouvé pendu chez lui. Pendu par une ceinture en cuir à la poignée d'une porte. Assis par terre. Et c'est passé pour un suicide. Eh bien moi, qui ai l'air si stupide, comme ça, ça aussi je pourrais le hurler à la face du monde, moi, Elena De Sanctis, je mettrais ma main à couper que Paolo Canò *a été* suicidé. Bouche cousue à jamais.

Parce que son mensonge, comme ceux de Sparone et de Giacomini, écartait radicalement la responsabilité de Damiano Solivo.

1998

Don Giuseppe Cantalamessa (ça ne s'invente pas) se présenta ce matin-là au Tribunal de P. avec une assurance intérieure qu'il devait dissimuler sous un savant travail de comédien. Il y avait beaucoup songé les jours précédents et s'était même quelque peu entraîné devant le miroir. Ce Don Pepe-là ne devait pas avoir l'air serein. Il fallait travailler un personnage troublé, à la lisière du malaise, un vieillard endeuillé par cette tragique disparition et navré de ne pouvoir en faire davantage pour soulager cette famille dévastée. S'il était sûr de lui, c'est qu'il savait qu'il avait une entière population à ses côtés. Don Pepe est un mythe ici. Don Pepe est l'ami des jeunes, le garant des moralités, grand pourfendeur de nombrils dénudés et de strings apparents, confident des mères inquiètes du comportement trivial de leurs grands ados de fils, berger de tendres louveteaux, chef de chœur d'une nuée de chérubins en aube immaculée. Une entière population qui ne songeait pas une seconde qu'il soit impliqué, de près comme de loin, dans la volatilisation d'un membre de la communauté.

De ses petits arrangements avec la chair, il était sûr et certain que rien ne filtrerait. Rien n'avait filtré depuis trente ans, il n'y avait aucune raison pour qu'aujourd'hui les choses changent.

Il avait appris son rôle par cœur. Il savait qu'il ne s'agissait là que de routine, une comparution uniquement destinée à faire taire les hurlements de la famille Prats, laquelle avait remué ciel et terre pour qu'il paraisse à la barre au même titre que tous les autres. Il s'y pliait donc, assuré de ne pas être tourmenté, protégé par les connivences et couvé par le regard averti de sa nouvelle amie Alice Toscanini.

La seule chose qu'il craignait était la stupidité crasse du garçon poursuivi. La crainte qu'il craque. Mais on pouvait en douter : deux ans de silence et de déclarations solides comme des montagnes, un scénario en béton qui n'avait jamais dévié d'un pouce, on pouvait faire confiance au gamin. Ce petit con qui continuait à le regarder avec les yeux de l'adoration, car il n'avait jamais cessé de le considérer comme un papa de substitution et, depuis les faits, comme un héros salvateur.

Don Pepe se demandait comment ça pouvait être possible cet amour inconditionnel, cet attachement de toutou frétillant qui remue la queue quand on le frappe et qui revient lécher la main qui l'affame. Je l'ai touché, songeait-il, il a été content. Je l'ai pénétré, il a été content. Je l'ai rejeté en pleine dépendance, il a pleuré comme un orphelin abandonné sur un perron.

Don Pepe entra dans la salle d'audience à petits pas souffreteux. Tout le monde lui souriait. Il saisit même, dans l'assistance, de furtifs signes de tête respectueux. Il était tel qu'en son église. La Pm Alice Toscanini lui fit décliner son état civil. Quand il énonça son patronyme, des rires amusés fusèrent. Peu de gens le connaissaient autrement que comme Don Pepe.

— Eh oui, dit-il malicieusement en profitant de cette parenthèse de sympathie. Cantalamessa. J'étais prédestiné. Dieu a reconnu les siens.

— Mon Père, vous connaissez Damiano Solivo, l'accusé ?

— Oui.

— Comment le connaissez-vous ? Est-ce que vous l'avez souvent rencontré ? Fréquente-t-il l'église dont vous êtes le curé ?

Don Pepe chaussa ses lunettes et plissa les yeux en direction du garçon. Il se félicita de voir que sur le gros visage, Dieu soit loué, ne flottait aucune expression de familiarité ni de connivence. Il n'y avait qu'une opaque neutralité.

— Si je me souviens bien, il fréquentait ma paroisse et était adhérent du centre Hoffman.

— Connaissiez-vous Gloria Prats ?

— Non, pas personnellement. Mais de vue, oui.

— Vous souvenez-vous si elle fréquentait elle aussi l'église de la Miséricorde ?

— Non, je ne m'en souviens pas, j'en suis navré. Il y a tellement de jeunes et j'ai la vue si basse...

— Dites-moi, le 12 septembre 1993, vous aviez célébré la messe ?

— Oui, à 11 heures. Et celle de midi et demi également.

— Et vous, qu'avez-vous fait après la célébration de la messe de 11 heures ?

— La plupart du temps je m'entretiens avec les personnes qui viennent me trouver un petit moment à la sacristie. Le temps de la coupure avant midi et demi.

— Donc, pendant cette coupure, vous êtes resté dans l'église ? Ou bien au-dehors, aux alentours ?

— Dans la sacristie tout d'abord, et puis je suis sorti un moment.

— Vous êtes sorti. Dites-moi, vous souvenez-vous si ce matin-là, dans l'église de la Miséricorde, vous avez aperçu Damiano Solivo ou Gloria Prats ?

— Eh bien, comprenez-moi, je n'ai pas l'habitude de regarder l'assistance pendant que j'officie... Je suis très très myope… et donc je n'ai pas fait attention… je n'ai pas vu… ni dehors, ni dans l'église, ni ailleurs…

— Dites-moi, pourriez-vous nous indiquer très précisément où vous étiez, et à partir de quelle heure, ce 12 septembre 1993 après être sorti de l'église ?

— Je suis allé sur le Corso Garibaldi pour boire un café avec les jeunes.

— Et quelle heure était-il ?

— 11 h 35, midi moins vingt, quoi qu'il en soit maintenant je ne m'en souviens plus très bien… Parce que, vous comprenez, selon s'il y avait trois ou dix personnes…

— Par où êtes-vous sorti ? Par le parvis ou par le côté, sur la placette de la fontaine ?

— Du côté de la placette.

— Donc du côté où se trouve le centre Hoffman ?

— Le centre Hoffman. Exact.

— Vous souvenez-vous si le centre était fermé ce matin-là ?

— Généralement les locaux du centre sont fermés le dimanche.

— C'était donc fermé. Donc vous confirmez n'avoir vu ni Damiano Solivo ni Gloria Prats ce matin-là ?

— Je confirme.

— À quelle heure avez-vous quitté la Miséricorde ?

— À 15 heures, après avoir accueilli mon remplaçant, Don Calogero Viscardo.

— Pour quelle raison aviez-vous un remplaçant ?

— Je partais ce jour-là pour trois semaines de cure thermale à Montecatini.

— Était-ce un départ précipité ?

— Pas du tout. C'était un séjour prévu à l'avance et soigneusement organisé. Je fais ma cure thermale chaque année à la même époque, remplacé pendant ce temps par Don Viscardo. On peut même dire que le passage de main est fixé un an à l'avance…

— Quand avez-vous entendu parler de la disparition de Gloria Prats ?

— Le soir, en arrivant en Toscane. Don Viscardo m'a téléphoné pour me dire qu'on cherchait partout une adolescente qui se serait volatilisée après être entrée dans l'église... Et je le confesse – de cela je demande pardon à la famille – nous en avons même plaisanté tous les deux. L'idée qu'on puisse disparaître à l'intérieur de la Miséricorde nous semblait alors tellement incroyable... J'ai pris les choses au sérieux deux jours plus tard, quand on m'a convoqué à Florence pour m'interroger.

— Merci mon Père. Je n'ai pas d'autres questions.

Don Pepe inclina la tête comme un humble serviteur de la Justice et de la Vérité puis se retira comme il était entré, discret et trottinant. Le gros garçon sur le banc des accusés se frottait la bouche avec satisfaction, comme s'il voulait signifier à l'assemblée que sa présence en ces lieux apparaissait de plus en plus inutile. Il se retint de sourire avec reconnaissance à la silhouette voûtée de son seigneur et maître. Il n'avait pas le droit de le connaître. Dans le public, des regards courroucés veillaient.

1992

Elle n'habitait à P. que depuis quelques mois seulement, et c'était une nouvelle vie qui lui convenait parfaitement. Il y avait des moments où la Sicile la faisait étouffer. Alors, obtenir à dix-huit ans l'autorisation de ses parents de quitter l'île pour la Botte, pour aller partager le quotidien de son frère aîné qui, le Séminaire fini, commençait sa prêtrise dans un dynamique chef-lieu de région, avait été pour elle comme une grande bouffée de liberté.

Elle aimait ça : vivre avec son frère et se consacrer à lui faciliter le quotidien en dehors de ses heures de cours. Elle étudiait le droit administratif et, le reste du temps, repassait cols et soutanes. Elle savait cependant qu'elle n'avait pas envie de devenir une de ces revêches bonnes de curés qui passaient leurs dimanches à épousseter des ciboires et à éplucher des patates. Tout ça ne durerait qu'un temps, jusqu'à ce qu'elle obtienne son diplôme et assure son indépendance.

La vie avec son curé de frère avait été pour ses parents la condition sine qua non de son envol. Ils n'auraient jamais accepté qu'elle parte vivre seule, pas même dans un foyer pour étudiantes : lâchez la bride aux filles, et c'est le meilleur moyen pour qu'elles vous créent des problèmes. Vivre sous le toit d'un ecclésiastique, à plus forte raison si c'est son frère, voilà un gage de tranquillité.

Ottavia brûlait surtout de se faire des amis. Elle était d'un naturel plutôt réservé et son adolescence passée dans un village sicilien, où les moindres faits et gestes sont soumis à jugement, lui avait appris à être sur ses gardes en ce qui concernait ses fréquentations. C'est pourquoi le centre Hoffman était un lieu où elle aimait bien passer du temps. Elle y faisait la connaissance des jeunes gens de son âge mais l'orientation religieuse de cette œuvre était infiniment rassurante.

Quand il l'avait approchée pour lui parler de tout et de rien, de la pluie et du beau temps, et de l'immense plaisir de vivre à P., elle l'avait trouvé courtois et sympathique. Il donnait des cours d'initiation à l'informatique pour les plus petits, en compagnie d'un jeune aumônier, et après sa tâche il venait souvent faire une partie de ping-pong. Elle le trouvait passablement moche, et ses efforts pour inspirer la sympathie lui avaient fait un peu de peine. Les gens qui rient trop fort, qui font toujours des plaisanteries au lieu de parler sérieusement lui faisaient toujours cet effet-là, à Ottavia : l'impression qu'ils cherchaient à se faire adopter. Pourtant il avait des amis, trois ou quatre avec lesquels elle le voyait souvent. Mais les filles semblaient le fuir. Elle se disait que si c'était à cause de son physique peu avantageux, c'était bien triste. Comment peut-on se dire bon chrétien et rejeter quelqu'un parce qu'il n'avait pas une beauté de dieu grec ? Alors elle se montra aimable, pour faire écho à son amabilité à lui. Et puis, elle était avide d'amitié.

Ce jour-là elle était venue passer quelques heures au centre après l'étude, pour donner un coup de main à l'aide aux devoirs. Elle s'attarda un peu ensuite, bavardant avec un petit groupe de filles plus jeunes qu'elle – Elena, Gloria, Ilaria et Chiara – avec lesquelles il était question d'organiser une randonnée à travers les chapelles de la région. Le gros garçon était resté lui aussi pour s'assurer que les locaux étaient bien rangés. Puis, il était venu vers elle avec un air vaguement malicieux, comme il le faisait d'habitude.

— Est-ce que tu sais qu'il est de coutume ici de faire un petit cadeau aux nouveaux venus dans notre centre ?

— Ah bon ? Et en quel honneur ?

— Comme ça. Simple hospitalité.

— Et ?

— Et ça tombe bien que tu sois là, parce qu'il y a justement un petit cadeau pour toi.

— Non ? C'est vrai ?

Elle n'y croyait qu'à moitié, songeant que c'était encore une de ces plaisanteries dont il était coutumier, et qu'il allait sûrement exhiber de derrière son dos un petit chocolat de Pâques ou un bonbon enrubanné.

— Absolument. Je comptais te le donner demain alors je suis allé le cacher pour que les autres ne le trouvent pas, mais puisque tu es là, si on allait le prendre ?

Elle trouvait qu'il était marrant, tout pataud comme ça, et elle était touchée par cette gentillesse. Elle regarda sa montre.

— D'accord, je peux t'attendre. J'ai cinq minutes.

— En fait... il faut que tu viennes avec moi, c'est plus drôle. Il est là-haut.

Là-haut, c'était un mot bien vague. Il y avait plusieurs étages au centre Hoffman, avec toutes ces salles destinées à des activités différentes. Alors elle lui emboîta le pas dans l'escalier.

Arrivés au dernier palier, au lieu de pénétrer dans une des salles sur la gauche, ils bifurquèrent sur la droite. Elle n'avait jamais remarqué qu'il y avait une porte. Elle n'était pas verrouillée et il l'ouvrit avec un air complice.

Elle poussa une exclamation de surprise. Elle ne se doutait absolument pas qu'il y avait une terrasse entre les locaux du centre et la Miséricorde, une de celles qu'on rêverait d'avoir chez soi, surtout avec la douceur de l'air de ce soir-là et l'odeur des glycines qui sucrait les narines.

— L'été, précisa-t-il, Don Pepe donne parfois l'autorisation qu'on y fasse de petites fêtes.

Ils traversèrent la terrasse et, toute à son admiration du panorama printanier sur la ville, elle se laissa guider jusqu'à une sorte de boyau voûté ; il fallait baisser un peu la tête pour s'y engager. Au bout du boyau, il y avait une autre porte, rongée par le temps et par l'oubli. Elle non plus n'était pas fermée à clé.

— Quel labyrinthe, dit-elle.

— Là aussi on vient faire la fête parfois. Ou bien on vient y fumer une cigarette quand il pleut et qu'on ne peut pas rester sur la terrasse.

— Il fait sombre…

— J'ai un briquet.

Il joignit le geste à la parole et le lieu s'illumina faiblement sous la flamme tremblotante.

Elle ne voyait pas très bien à quoi ça ressemblait. Un vaste espace noir, jonché de saletés diverses, beaucoup de poussière et un tapis de mégots. Elle ne se souviendra pas très bien, par la suite, de la raison pour laquelle la présence de ces mégots la rassura un peu. La rassura ? Et d'ailleurs était-elle inquiète ? Peut-être. Si elle resongeait à ce moment-là, elle était partagée entre une légère impression de malaise, parce qu'après tout elle se trouvait avec un inconnu dans un endroit très sombre et très isolé, et une naturelle confiance. C'était une église. L'église où son frère faisait les remplacements, plusieurs fois par an, quand le curé officiel prenait quelques jours de vacances. Juste sous leurs pieds, on officiait : c'était l'heure des vêpres et tout à l'heure, en regardant par-dessus la balustrade de la terrasse, elle avait vu l'arrivée des fidèles. Quoi qu'il en soit, la vue des mégots lui souffla que ce n'était pas un lieu abandonné, mais un véritable hall de gare.

Elle était si occupée à son exploration qu'elle ne remarqua pas qu'il barricadait la porte. Elle entendit juste le bruit sourd contre le battant, mais dans le noir, ça aurait aussi bien pu être le choc d'un genou contre un vieux meuble, il y avait tellement de choses entassées ici.

— Bon, et maintenant ? demanda-t-elle.

— On joue à « tu brûles tu gèles ».

— Pour de bon ? Tu sais, je n'ai pas énormément de temps, et...

— Tu gèles !

Elle soupira. Elle avait juste envie à présent de prendre le fameux petit cadeau et de retourner chez elle où on frère n'allait pas tarder à rentrer. Elle avança un peu à tâtons. Il la serrait de très près, comme un laquais, la flamme vacillante du briquet au bout de ses doigts.

— Tu brûles...

Sous ses mains tendues en avant, la surface soudain d'une cloison de briquettes, et une autre ouverture. Elle s'y glissa.

— Tu brûles, tu brûles !

— Mais putain, c'est quoi ça, qu'est-ce que tu fais ?

Il venait de la saisir par la taille. Sa bouche était collée contre son oreille, sur sa peau, et ce contact-là l'écœura plus encore que les mains qui l'enserraient.

— Ben quoi, qu'est-ce que je fais, je fais comme tout le monde... Juste un petit baiser, quoi...

— Dans tes rêves ! Pousse-toi, laisse-moi passer.

Elle était sicilienne. Même réservée, même timide, elle savait bouillir quand il le fallait et se défendre comme un bandit des montagnes. Elle le repoussa de toutes ses forces et trottina en aveugle dans le noir. La flamme du briquet s'était éteinte. Il fallait retrouver la porte. Un infime rai de lumière la guida. Elle eut l'impression dans un premier temps qu'il ne cherchait pas à la rattraper. Quel con. Avoir besoin de toute cette mise en scène pour lui faire des avances...

Elle sentit le bois de la porte sous ses doigts. Elle tâtonna sur la surface rongée pour trouver une poignée, une aspérité à saisir. Elle avait retenu que s'il avait poussé pour entrer, il fallait tirer pour sortir. Mais dans la panique elle ne trouvait rien. La petite porte vermoulue semblait s'être transformée en un miroir insaisissable. Et soudain, il fut derrière elle.

— Ne m'oblige pas à être méchant.

Sa voix était très calme. Et ce calme-là fut ce qui la terrifia plus que le reste. Il n'était ni fébrile ni exalté, juste très déterminé. C'était échafaudé de longue date. Et c'est en comprenant ce dernier élément qu'elle décida de ne pas lutter.

Elle se disait : il ne me fera pas de mal. Ce n'est pas un inconnu. C'est un garçon du centre. Il veut juste me faire un peu peur, parce qu'il ne sait pas y faire. Et puis elle se disait tout le contraire. Ce n'est pas un inconnu, c'est un garçon du centre, il ne me laissera pas en vie pour ne pas que je le dénonce. Sa fougue de brigantesse était retombée comme une tempête inutile.

— Tu es prise au piège, tu t'en es rendu compte ? J'ai bloqué la porte. On va rester un petit moment ici, toi et moi.

— Pour quoi faire ?

— Pour parler.

— Tu avais besoin de me séquestrer ici pour parler ? On ne pouvait pas le faire en bas ?

— Non non. Il y a des choses qu'on ne peut pas faire en bas. Quand on aura fini je te laisserai partir. Mais seulement si tu fais ce que je te demande.

La première chose qu'elle fit en arrivant chez elle fut de filer comme une flèche devant les yeux de son frère et de s'enfermer dans la salle de bains. Elle devait se laver les cheveux, le plus énergiquement possible, pour tout effacer. Elle frotta si fort que son cuir chevelu brûla longtemps. Une fois ses cheveux secs elle tordit la tête devant le miroir pour apprécier le massacre. Ouf. Parmi ses boucles brunes à la coupe légèrement dégradée, la mutilation de la mèche qu'il avait emportée ne se voyait pas.

Elle avait l'impression d'avoir frôlé le drame. Elle garderait longtemps cette impression, à chaque fois qu'elle se reverrait, contrainte de se tenir à genoux devant lui, pendant que, d'une main, il lui enserrait la gorge, et de l'autre il lui empoignait fermement l'ensemble de la chevelure contre laquelle il se frottait le bas-ventre.

Il avait éjaculé dans ses cheveux. Puis il avait coupé une longue boucle, l'avait fourrée dans sa poche, et d'un air tout à fait naturel, comme s'il s'était contenté de partager avec elle une cigarette, il lui avait ouvert la porte.

Il eut même le culot de lui céder le passage d'un geste galant, avant de la rattraper par le bras.

— Tu vois, ce couteau… Je l'ai toujours sur moi. Il a déjà servi et je n'hésiterai pas à m'en resservir. Tu vois ce que je veux dire.

Ce furent ses derniers mots.

1994

La nouvelle se répand que l'Albanais est en prison. Ça fait comme un drôle de soulagement dans la population.

Que l'Albanais soit à l'origine de la disparition de la petite, c'est quand même plus confortable que si c'était l'autre, là, le fils du directeur du musée. Les garçons bien élevés, ça ne fait pas disparaître les filles. Alors que les métèques, les réfugiés, venant d'un pays de crève-la-faim et de musulmans pour ne rien gâcher, on ne sait jamais ce que ça a dans la tête.

Les Italiens étaient peut-être les seuls Européens à savoir où se situait l'Albanie, du moins pour les plus cultivés. Tu prends Bari et tu tires tout droit à travers la mer. Vers cette minuscule terre dont on ne sait rien, dont on ignore les artistes, les auteurs et les grands hommes, les coutumes et les accents, dont on sait à peine qu'il s'agit du seul pays islamique d'Europe. On en a une vague idée parce que depuis la Renaissance, depuis l'islamisation imposée par l'envahisseur ottoman, des hommes sont venus s'implanter en Italie pour conserver leur droit à être chrétiens. Mais c'est très vieux tout ça, cette diaspora des premiers temps, elle est si ancienne qu'on n'y fait même plus attention.

Non, ce qui inquiète, ce qui fait grincer des dents identitaires, c'est le grand débarquement d'il y a trois ans. Avec cette merde économique qui menace, avec le chômage et la crise du logement, manquait plus que ceux-là. Ces dizaines de milliers de pauvres hères assoiffés de liberté, assoiffés tout court, débarqués en deux fournées, dans des scènes de film catastrophe, sur les ports de Bari et de Brindisi. Tous hurlant leur droit à l'Italie. On veut bien, nous, les gars, mais honnêtement : on vous met où ?

Ça faisait un petit moment que l'Albanie était devenue poreuse, et brutalement, avec la déliquescence du bloc de l'Est, ça avait été la voie d'eau. Mais personne n'avait vu venir. Un flux, un flot, une marée, comme une prison qui aurait sans préambule ouvert ses portes, comme une ruée vers les rayons d'un grand magasin, le premier jour des soldes. Oui, c'était exactement comme ça : d'une part l'évasion collective d'une situation humainement intenable, d'autre part la course effrénée vers le capitalisme et la jouissance de la consommation.

Comme tous les Albanais de sa génération, Adrian rêvait de l'Italie depuis des années. L'Eldorado à portée de main. Elle était là, la Terre Promise, à quelques encablures, une nuit à peine de traversée sur cette frontière bleue, elle était là avec l'argent qui poussait sur les arbres et ses avenues pavées d'or. Avec ses filles nues et disponibles et ses supermarchés gorgés de produits, tellement de produits si délicieusement inutiles. Où on pouvait devenir quelqu'un en un claquement de doigts. Tout le monde savait cela, puisqu'on le voyait à la télé. La génération d'Adrian avait fantasmé l'Italie à travers la télévision de Berlusconi. Et si la télé le disait, c'est que c'était vrai.

Adrian avait encore dans les oreilles le grondement qui s'était répandu, à Durazzo, à Tirana, à Skopkje : le grondement du ras-le-bol, de l'action immédiate, comme la grande clameur qui fait éclater les révolutions. Il se souvient de la foule en marche, les jeunes, les vieux, les forces vives et les au-bout-du-rouleau, les enfants dans les bras des mères, sous le soleil d'août. On laissait tout. On avançait. Le bruit avait couru qu'il y avait un cargo en cours de déchargement à Durazzo. Si on le prenait d'assaut, à plusieurs milliers, on pouvait le détourner et forcer le capitaine à mettre cap sur l'Italie. Il n'y avait qu'une nuit. Une nuit d'août, sur le pont, ce n'est pas grand-chose. On ne craint pas le froid. On reste là, éveillés, à regarder tous les scintillements contradictoires, les lumières du Pays des Aigles qui s'éloignent en emportant avec elles une partie des étoiles, celles qu'on ne veut plus, et puis les trous d'aiguilles des étoiles immobiles, et enfin les nouvelles étoiles du petit matin qui nous guident vers les néons de la Terre Promise, ça ne sera pas difficile, on a vu pire, tiens, les Italiens justement, qui crevaient comme du bétail en traversant l'océan vers leur Terre Promise à eux, trois semaines dans le froid et la coqueluche, asphyxiés par le carbone, ils l'ont vécu ça, ils nous comprendront, ils nous ouvriront les portes, alors on avance, on avance, tsunami de jambes déterminées dans un grondement exalté, I-ta-lia ! I-ta-lia ! I-ta-lia !

Adrian a tout en lui, la bousculade et le regard terrifié des enfants, les yeux des hommes qui ont décidé de ne pas en mourir, la supériorité numérique face à un capitaine déjà résigné, et le vieux tas rouillé qui consent à glisser hors du port, Italia ! Italia ! Et puis en pleine mer, quand la patrie a fondu au noir, le silence s'est abattu. Les corps collés les uns aux autres par la sueur. Le large ne parvient pas à rafraîchir la nuit. C'est la fournaise. Les enfants pleurent. On veut de l'eau ! Mais de l'eau il n'y en a pas. Le « Vlora » est un cargo, et sa cargaison, du sucre. Rien que du sucre. Il n'y a rien à manger, pas une goutte pour se désaltérer. Oui, c'est bien ça, on croit parfois qu'on va crever. Mais on tient. On tient parce que quelques heures, après les décennies de privation et de dictature, ce n'est pas grand-chose, finalement. Il faut juste empêcher les enfants de mourir. Quand les mères sont trop épuisées et que leurs bras flanchent, des hommes prennent le relais et hissent sur leurs épaules les gamins hagards, ça rajoute ce petit poids à celui déjà insupportable de son propre corps, debout dans le feu. Vingt-sept mille hommes, ça ralentit un bateau. Les premiers rayons du soleil mordent la peau et il n'y a toujours pas de terre en vue. Quand enfin l'Italie se dessine, les chairs sont brûlées, la soif intolérable. On se demande si ce ne sont pas les derniers mètres qui vont vous tuer. La clameur reprend, assourdissante : Italia ! Italia ! C'est un hurlement de joie, de salut, de supplique, de soulagement.

Sur le port de Bari, les bras ne sont pas ouverts. C'est une autre foule qui est là, incrédule, étourdie. Quelqu'un a vu approcher un dinosaure hérissé d'hommes, et a donné l'alerte. Les curieux se sont rassemblés et n'en croient pas leurs yeux : c'est une masse de chair, un agglomérat de textiles bariolés qui s'approche. Le « Vlora » n'a pas encore touché le quai que brusquement cet agglutinement explose en gerbe colorée, les hommes plongent de toutes parts pour rejoindre la terre ferme à la nage, les cris de victoire deviennent ceux de la terreur d'être piétinés. Le long des amarres, on glisse, tyroliennes éperdues. Adrian garde au creux des paumes la brûlure des cordages lors de cette glissade, et sur la peau le souvenir de l'eau tiède et croupie du port. C'est la panique de part et d'autre, on ne peut plus rien contenir. L'armée est là, écrasée d'ordres contradictoires : il faut contenir cette autre armée, celle des réfugiés enragés, dans l'enceinte du port, et la repousser dans un autre cargo qui la renverra aussi sec à son point de départ. Il faut aider les enfants comateux, les mères hagardes. Il faut des vivres. Il faut, mais on ne peut pas. C'est une guerre civile de soldats en sandales. Non, il faut les transférer au stade, en attendant d'organiser le retour. La résistance s'organise en un cri de révolte : non ! Personne ne se laissera parquer et réexpédier, plutôt prendre les armes de fortune. Des cailloux pleuvent. Ça sent mauvais. Un bateau battant pavillon maltais est saccagé.

C'est là qu'Adrian avait compris qu'il fallait se faufiler et se perdre, seul, dans la ville. La multitude le mettait en danger. Il avait embarqué seul, sans femme ni enfant agrippé à ses basques comme d'autres, et c'était seul qu'il pouvait s'en tirer à présent. Avec ses beaux yeux émeraude frangés d'ébène. Il était donc passé d'une foule à l'autre, discret comme une souris, et s'était fondu dans les visages italiens. Assimilé en quelques pas, avec ces beaux yeux-là. Il avait eu de la chance. La plupart de ceux qui étaient restés avaient été trahis. Renvoyés au pays sans même qu'ils s'en rendent compte : montez dans cet avion, on vous assurera un transfert dans d'autres villes italiennes. L'avion avait atterri à Tirana. C'était reculer pour mieux sauter, après tout. Patience.

Adrian, lui, pouvait à présent, libre et seul, prendre toute la mesure de la grande désillusion universelle. Point de billets sur les arbres, ici, encore moins de pavés d'or. Il venait de rejoindre la grande foule des déshérités. Tu parles de la Dolce Vita. Mais il s'en sortirait.

Il s'en était sorti. Et pour quel résultat ? Pour se retrouver aujourd'hui coincé dans une cellule, innocent et offensé, en compagnie de la seule personne susceptible d'avoir éliminé Gloria, et suspecté, ironie du sort, d'être justement cet individu-là.

Il s'en sortirait encore. Il avait connu bien pire. Mais le fiel avait remplacé son sang.

12 septembre 1993

Don Pepe a astiqué toute sa vie et la perspective de ce petit ménage supplémentaire ne le bouleverse pas plus que ça. Il monte avec des serpillières, des gants de vaisselle et des sacs en plastique. Il est un peu plus de 13 heures ; dans une heure il faudra qu'il accueille son remplaçant, le sémillant Don Viscardo, avec une apparente sérénité. Il faut faire très vite. Ensuite, il aura un coup de téléphone à donner. Non. Non, il ne le donnera pas d'ici ; il attendra d'être en route, loin de P. et de ses probables oreilles. Il s'arrêtera en chemin.

Là-haut, il n'y est plus monté depuis dix ans au moins, depuis qu'il s'est convaincu qu'il devait fermer les yeux sur ce que ses ouailles y faisaient. Qu'il s'est laissé convaincre. Le couteau sous la gorge et la peur au ventre. Il ne sait même pas dans quel état il va trouver le lieu, si c'est devenu une porcherie ou si ça ressemble encore un minimum aux combles d'une église.

Il chemine comme un rongeur. Avant de pénétrer dans le boyau il lui faut prendre une grande goulée d'air pur puis il plonge en apnée. Une petite torche électrique le guide jusqu'à la grande poche obscure.

Dès qu'il a descendu les marches il la voit. Ses premiers réflexes sont un rapide signe de croix et un spasme de nausée. C'est une boucherie. Le petit corps semble désarticulé dans une mare brune que les vêtements ont aspirée comme des éponges. Il se demande soudain comment il va se dépatouiller de ça. Il approche les 70 ans et ses articulations ont tendance à le lâcher ces derniers temps. La petite n'a pas l'air d'un poids-plume, il n'y voit rien. Il a beau se dire que de toute façon il n'avait pas l'intention de la descendre, il n'en demeure pas moins qu'il pense avoir été bien présomptueux dans sa promesse de grand ménage. Et puis, même s'il la déplace, où la mettrait-il ? Un soupir à fendre l'âme. Ce n'est pourtant pas de la compassion. C'est un problème d'organisation.

Il n'a plus qu'une heure à passer dans son église. Alors il prend le taureau par les cornes et commence par la première étape : se déshabiller entièrement pour qu'aucune trace biologique ne vienne souiller ses effets personnels. Il ne garde que son slip : ce sera facile de le faire disparaître au cas où. Ainsi réduit, il ressemble à un pauvre oiseau déplumé.

Une fois presque nu, il enfile les gants et saisit le poids mort par les aisselles pour le tirer jusqu'au fond. Il souffle comme un bœuf et la douleur le crucifie. Pourtant dans le sang ça glisse tout seul, comme quand le nouveau-né est expulsé d'une matrice bien huilée. Mais ça le contamine, c'est répugnant. Le sang humain c'est répugnant et puis ça pue, ça colle à la peau comme de la glace fondue.

Une vie entière conduite par les histoires d'yeux qui se ferment. Il aurait dû s'en douter dès le début. Ça ne pouvait pas durer éternellement. Un jour ou l'autre se glisse le grain de sable, et tout va de travers. Les yeux s'ouvrent et les langues se délient. Le grain de sable vient d'arriver : c'est un gros grain, c'est un agglomérat, c'est rien moins que Damiano Solivo, cet imbécile qui dès le début avait posé des problèmes, ah bon sang, j'aurais dû m'en méfier... Borderline depuis l'enfance, compulsif et impulsif, obsessionnel et obsédé, un insecte doté d'un Q.I. d'ingénieur et d'un univers mental d'enfant de 6 ans...

Don Pepe s'en souvient bien du petit Damiano de 6 ans. Ce freluquet avec une belle bouche écarlate et charnue et un regard tout triste derrière des lunettes déjà imposantes. Le petit Damiano, lui, ne l'avait jamais repoussé. Il avait été très facile de l'embobiner en lui disant que tout était normal, que tous les papas faisaient ça, que c'était la marque suprême de l'affection. Si ton papa ne te fait pas ça, c'est qu'il est très occupé. Tu le vois très peu ? Voilà, c'est pour ça. Je m'en doutais bien. C'est pour ça que je le remplace. Ça marchait, le petit ne se soustrayait jamais à la caresse. D'ailleurs il n'y avait rien de méchant, c'étaient juste des caresses. Des caresses un peu plus invasives avec le temps, un peu plus partagées sous la demande serpentine d'une mutualisation, mais jamais au grand jamais en employant la force. Les gens n'auraient pas été si nombreux à fermer les yeux s'il avait employé la force. Les gamins se sont tus. Certains peut-être n'en gardaient même pas le souvenir, parce qu'il les répudiait très tôt, avant même l'entrée au collège. Avant la première mue. Don Pepe aimait la viande de toute première fraîcheur, les dents de lait et les peaux douces. Il avait répudié Damiano comme les autres, et Damiano s'en était attristé. Damiano visiblement avait pris goût à ce petit partage consommé dans l'intimité de la sacristie, devant le tableau de la Madeleine. Pour la deuxième fois, à 10 ans, il perdait les faveurs d'un papa.

Il faut se secouer, le temps presse. Le temps de resonger avec une pointe de nostalgie à cet enfant qui n'est plus, disparu progressivement sous l'ingratitude de l'adolescence puis sous les bouffissures de l'âge adulte, et Don Pepe se ressaisit. Il a traîné la gamine dans le box du fond et l'a laissée là, pauvre sac, près de l'amoncellement de tuiles qu'il vient d'y découvrir. Ça collera parfaitement avec le reste de sa planification. Tout à l'heure, quand il aura téléphoné, on viendra fignoler.

Il contemple le gâchis. Cette petite poulette. Cette vie tronquée. La bombe à retardement dont le tic-tac commence déjà à se faire entendre. Il pousse encore un peu, du pied, pour que sa présence soit indiscernable depuis l'entrée. C'est là qu'il s'en rend compte. Le salaud. Il n'y a pas que les trous dans la chair. Derrière la tête la chevelure forme un escalier formidable, comme l'œuvre d'un coiffeur ivre, on aperçoit même le cuir chevelu à la base de ce lamentable petit toupet. Et ce n'est pas tout. Les vêtements ont été découpés. Le glissement sur le sol a tout embrouillé et tout écarté, découvrant poitrine et cuisses. Il se signe encore, rabat les lambeaux dans un dernier geste de pudeur. Plus le temps. Il se rend compte qu'une sandale s'est délacée pendant le déplacement, il court la chercher et la pose près du corps. Il faut à présent éponger tout ce sang, ramasser le couteau et la paire de ciseaux abandonnés sur place, déposer quelques gravats et de la poussière là où la serpillière aura fait disparaître les flaques.

Une heure plus tard, c'est chose faite.

1995

Le bloc de béton marron du Palais de Justice grouillait de curieux et de journalistes. En ce début d'année s'ouvrait la première audience concernant l'affaire Prats, sans corps, sans meurtre, sans suspects, sans présumé coupable, sans la moindre certitude. On s'apprêtait à considérer le vide. On allait entendre les témoins. Il n'y avait rien d'autre à faire.

Alice Toscanini mena les débats d'une main et d'une voix inébranlables. Elle écouta attentivement Federico Sparone réitérer sa certitude d'avoir croisé Gloria devant le cinéma Keaton à 13 h 40 le 12 septembre. Elle sourit à Paolo Canò qui, vague et dubitatif, affirma à nouveau sans grande conviction avoir dit à Elena De Sanctis, la croisant devant la Miséricorde en grande anxiété, qu'effectivement il avait vu Gloria aux alentours de midi et de l'église. Elle usa d'un ton maternel en s'adressant aux deux camarades des filles, Ilaria et Chiara, les écoutant narrer comment elles avaient, pour l'une, aperçu Elena et Gloria rire comme des baleines sur un trottoir l'après-midi du 12, pour l'autre, considéré l'attitude d'Elena beaucoup trop sereine pour être honnête. Elle entendit avec bonheur Mirko Parisi et Alessio Sindona répéter, désolés de leur trahison, qu'effectivement Adrian Leka leur avait demandé de le soutenir dans son alibi créé de toutes pièces. Elle tordit bien évidemment Elena comme on le ferait du cou d'un petit poulet déplumé. Elle tenta de désintégrer Adrian qui, contrairement à Elena, avait les épaules assez solides, gamin de l'Albanie en déroute, pour tenir tête à cette grande pythie coupante.

Clou du spectacle : l'audition de Damiano Solivo, l'ours maladroit de bonne famille qui, oscillant entre fatuité et insolence, raconta de nouveau sa journée du 12 septembre, sans dévier d'un iota.

Mamma Giuseppina cria son indignation à deux reprises, au risque de faire évacuer la salle.

Mais finalement, se demandait le public, on juge qui et pourquoi, ici ? Adrian Leka, pour faux témoignage. Tous les autres ne sont que des témoins. Mais le Solivo, il n'était pas en prison ? Si, par précaution, en tant que témoin mensonger. Mais ce n'est pas lui qu'on juge. D'ailleurs, au troisième jour d'audience, Solivo n'était même pas présent. Il était dans une autre salle, répondant cette fois-ci de harcèlement et menaces de morts sur ses voisines. Il a écopé d'une amende. Et Leka ? Bah. Comme il a déjà fait quelques mois de préventive, il ressort libre.

Et Gloria Prats dans tout ça ?

Gloria ? On l'a cherchée partout, on ne l'a pas trouvée.

Il n'y a pas de corps. Gloria n'a plus de corps.

Elle est sûrement quelque part, on est toujours quelque part.

Mai 2002.

Brandi s'engouffra en rafale de vent dans le bureau où sommeillait le commissaire Scampia. Il n'aimait pas ça, être le convoyeur de mauvaises nouvelles. Pourtant aucun homme plus que lui n'était autant habitué à ce don perpétuel d'annonces désagréables : ça avait commencé tôt, dès septembre 1993. Père Noël des catastrophes en cascade. La Befana aux morceaux de charbon.

— Chef, il s'est fait la malle.

Scampia ouvrit un œil gonflé de sieste et l'éternité sembla traverser la pièce.

— Qui ?

— Solivo. Il a donné sa démission à la pépinière et il a disparu.

— Ce n'est pas la première fois qu'il quitte la ville. Papa lui aura encore trouvé un petit job ailleurs... Comme la dernière fois... Un petit coup à Forlì, un petit coup à Turin, un autre à Vicenza... Depuis qu'il a fini de purger sa peine il se balade tellement qu'il pourrait écrire la nouvelle version des Guides Bleus.

— Non, chef. Ce que je veux dire, c'est qu'il a quitté le pays.

— Eh bien on ne peut pas lui courir après. Il a le droit. Il n'est plus sous le coup d'une condamnation, il a payé ce qu'il devait payer, et ça lui donne tous les droits de partir en vacances. Où est-il allé ?

— Pour l'instant on n'en a aucune idée.

— Espérons alors qu'il ait choisi le Zimbabwe et qu'il décide d'y rester.

Brandi sentit qu'il y avait de l'amertume sous la pirouette. Plus que de l'amertume : ça puait l'inquiétude. Il voulut le lui signifier. Mais Scampia venait de se refermer comme une anémone sur un poisson.

— Mais encore ?

Nouvelle éternité, qui présageait des foudres lasses.

— Chef, vous savez très bien ce que ça signifie. Vous et moi, on sait parfaitement que… La vérité sur Gloria on la connaît depuis le premier jour. On sait très bien que ce n'est de l'intérêt de personne de le laisser se carapater. Il y aura des dommages collatéraux.

— Mais qu'est-ce que vous voulez que je vous dise, Brandi ! Ça a capoté, on n'y est pour rien ! Ou bien si, on y est sans doute pour quelque chose, pour un petit quelque chose, mais il y a des instances bien plus… divines que nous qui ont décidé que ce mec-là est blanc comme la putain de panna cotta de ma mère ! On a fait tout notre possible ! On a alerté, on a essayé de forcer la porte des Solivo, on a signé des PV, on a envoyé des circulaires à qui mieux mieux, mais si la magistrature a décrété que Solivo n'est coupable que de deux petits mensonges en passant et qu'il n'a en aucune façon descendu la petite, on ne peut rien y faire !

— C'est lui qui a tué Gloria, vous en êtes autant convaincu que moi !

— De moins en moins, Brandi ! De moins en moins ! Bordel, on n'a pas de corps ! Pas un cheveu, pas une trace, pas un indice, que dalle !

— Et on a aussi un système entier qui a javellisé ce mec ! Des magistrats qui ont dressé des obstacles aux perquisitions ! Des témoins importants qui ont été suicidés ou accidentés quelques jours avant de se rendre à la barre ! Vous me décevez, Scampia ! Et mon respect envers mon supérieur, sur ce coup-là, je me le carre au cul !

— Allez vous faire enculer, Brandi ! Et allez me chercher un café.

Brandi savait que quand le commissaire outrepassait les bornes orales, c'est qu'il n'était pas loin de déposer les armes. Il s'exécuta donc avec le sourire d'un homme rassuré.

La contemplation du filet de café coulant paresseusement du bec de la machine lui laissa tout le temps de faire le point.

C'était vrai. Scampia avait raison sur une chose, à savoir que dans la logique juridique, Damiano Solivo était redevenu un citoyen lambda, absous de ses fautes, même si cette absolution avait été orientée et un chouïa forcée. Rien ne lui interdisait de quitter le territoire, de refaire sa vie loin de la tourmente et même de pondre une multitude de petits Solivo si l'envie le chatouillait. Pour la magistrature, donc, tout allait pour le mieux dans le meilleur des mondes. La récente diffusion de nouveaux avis de recherche pour Gloria le prouvait. Pour d'autres en revanche, pour des gens comme lui, comme Scampia, comme les Prats, et certainement pour tant d'autres initiés muets par choix ou par bâillon, la vérité était ailleurs. Pas besoin de corps pour construire des certitudes. Damiano Solivo était l'unique personne susceptible d'avoir rayé Gloria de la surface de la Terre. Tout en lui le hurlait. Les correspondances de lieu, de temps et d'âme. La logique comportementale des esprits déglingués. L'aura de culpabilité qui empuantissait son sillage, comme un parfum bon marché d'innocence factice qui aurait tourné sur la peau parce que choisi en hâte sur un étal à la sauvette.

Merde, c'était quoi, déjà, cette phrase de Pasolini ? Oui, voilà : *Io so. Ma non ho le prove.*

Io so.

Moi je sais. Je sais tout.

Et je sais surtout qu'un Solivo en goguette, quel que soit le pays ou la ville où il déciderait de caler ses grosses fesses, est une bombe à retardement. Ou pas : pas à retardement, mais une bombe, pour sûr. Elle a peut-être déjà pété bien des fois, cette bombe. *Baooooum ! Combien de temps te reste-t-il à vivre ?* Combien de femmes disparues en Italie depuis, disons… dix ans ? Gloria, c'était il y a neuf ans. Mais juste avant ? Juste après ? Dans les autres villes où il est allé baguenauder, le gros porc ? Tant de femmes disparues dans ce putain de beau pays, de celles qu'on ne retrouve jamais, tiens, il suffit de regarder « Où es-tu ? » pour se rendre compte qu'il y a au moins cinq cas alarmants chaque semaine, des adolescentes volatilisées, des mères de famille qui partent faire les courses et qui ne refranchissent plus jamais le seuil de leur foyer, tu parles de disparitions, ce sont tout bonnement des recels ou des dissimulations de cadavres, ce sont des êtres humains qui ont eu le tort de croiser, en sortant de l'école, du supermarché ou du salon de coiffure, parfois même juste en sortant les poubelles, un autre être humain. Un homme en chasse. Une erreur de trajectoire. Ou bien ce sont des épouses tranquilles dont Monsieur ne veut plus parce qu'il a trouvé plus jeune et plus belle et, plutôt que d'affronter une séparation, il est tellement plus facile de serrer un lacet autour d'un cou tétanisé et d'enterrer tout ça sous les champignons. Ou encore… ou encore celles qui finissent par mourir sous des coups trop répétés et dont un collègue de bureau signalera la disparition pendant que le bourreau continuera à siroter sa Peroni, à peine embarrassé, au café du coin… Combien d'espaces laissés vides, nom de Dieu, à la place de quelqu'un qui fut ? Ce pays est en train de remporter le pompon des féminicides, et pendant ce temps, voilà, tout beau tout gras, un Solivo se balade avec des brassées de bénédictions, et moi devant ma machine à café je sais que je sais, et je sais aussi que je n'ai pas les preuves.

Brandi tendit le gobelet de café à un Scampia qui semblait de nouveau prêt à un dialogue serein. Les deux hommes se regardèrent longuement, conscients qu'entre ces deux paires d'yeux se dressaient la muraille de leur échec et un petit cadavre introuvable qui continuait à les supplier doucement.

— Je vais suivre votre instinct, Brandi. Vous me broutez copieusement mais je vais vous suivre. Il faut qu'on sache où il est, et si ce départ est simplement synonyme de petites vacances ou d'une émigration en bonne et due forme. Vous comprenez bien qu'on ne pourra pas garder *ad vitam aeternam* un œil sur lui. Mais il y a une chose qu'on peut faire, à toutes fins utiles : rentrer Solivo, ses empreintes et son profil ADN dans le SIS, le fichier européen. Ce gars est trop chouette pour qu'on se le garde au chaud entre les planches de nos tiroirs nationaux : il mérite bien une petite exportation informatique.

Juin 2002

Son mari avait lâché l'info à table, avec comme une lueur maligne dans le regard.

— Le gros con s'est trouvé une nana en Angleterre et s'apprête à aller la rejoindre.

Puis il avait éclaté de rire.

— Il se l'est dénichée sur Internet… Parce que lui, en direct, il a peu de chances… Heureusement qu'il y a quelques mortes de faim dans le monde pour s'enticher de mecs pareils !

Elle, elle n'avait pas du tout eu envie de rire. *En direct, il a peu de chances…* Elle avait une idée très précise de ce dont il était capable en direct. Il suffisait de considérer le vide hurlant laissé à la place de Gloria pour le concevoir.

Il n'y avait pas seulement ça. Qu'il ose ainsi servir Solivo entre le fromage et le dessert, en présence de ses fils de surcroît, alors qu'il savait pertinemment – mais était-il à ce point un monstre de froideur ou n'était-ce que détachement indifférent – que c'était l'affaire Solivo qui lui avait coûté, à elle, sa crédibilité professionnelle et la profondeur de ses sommeils… Elle sentit une électricité désagréable lui fouailler les lombaires. C'était dans des moments comme celui-ci qu'elle prenait toute la mesure de la haine qu'elle avait développée envers son mari depuis un fameux soir de septembre.

Cette haine méprisante, imprégnée de peur, qui avait brutalement remplacé l'admiration et la complaisance à faire partie de l'élite, les deux composantes principales de feu son amour.

Elle essuya élégamment sa bouche au coin de sa serviette et soutint, dans un élan de théâtralité bien dosée, ce regard indésirable.

— Ah bon ? Eh bien, en voici un qui ne récidivera plus, n'est-ce pas ? Les délices conjugales feront en sorte de baisser le feu sous la marmite… Et tu as une idée de… ?

— Il a déjà fait un saut là-bas pour la rencontrer de visu… Visiblement, ça a collé. Il y a du concubinage dans l'air. Remarque, si tu la voyais, elle aussi… Ce n'est pas une pin-up, loin de là. Elle accuse au moins dix ans de plus que lui.

— Tu es au courant de beaucoup de choses, dis donc…

— C'est Vittorio qui m'a dit tout ça au cercle hier soir.

Elle frémissait toujours quand il employait ce mot, *le cercle*, pour parler de la loge. Il ne l'avait pas choisi au hasard, bien sûr que non : ce mot qui inspirait davantage des images de beaux messieurs en costume fumant le cigare dans des fauteuils club en commentant les cours de la bourse, et non pas ce que c'était en réalité, un repaire de fruits pourris attaqués aux vers, tricotant entre eux un joli macramé de collusions illégales en se tapant sur l'épaule pour établir de drôles de pactes, des pactes qui puaient le détournement, le délit d'initiés, l'omertà, le blanchiment et parfois même la dissimulation de petits cadavres à lunettes.

Et qui auraient bondi, offusqués, si on les avait traités de mafieux.

— Aaaah… répondit-elle. Je pense que Vittorio doit être soulagé de l'avoir enfin casé, son garçon.

— Tu parles d'un soulagement ! Une délivrance, ouais ! Vu toutes les éclaboussures boueuses que ce con a fait jaillir sur son nom…

— Et elle ? Son nom ?

— Emma Cantarini.

— Une Italienne ?

— Qui a obtenu la nationalité anglaise en épousant son premier mari.

Il ne fut pas difficile à Alice Toscanini, après le dîner, de retrouver l'adresse sur le web. Elle attendrait un peu, quelques semaines, avant de demander à son aîné, en échange d'une console de jeux, de communiquer anonymement à la police de P., à ces hommes dont elle avait lâchement barré le chemin vers la vérité, les nouvelles coordonnées du gros porc qui avait tué Gloria Prats.

Italo, 2011

Alors Tantine et Mémé, en janvier, elles sont arrivées chez moi comme deux folles. Moi je savais bien sûr pourquoi elles débarquaient comme ça, sans même s'annoncer. Parce que ça faisait deux ans que je m'y attendais, presque on peut dire que j'avais hâte, parce que moi depuis tout ce temps que j'avais la petite qui me lorgnait du haut du toit du garage je sentais que parfois je perdais le sens des réalités. Je sais pas pourquoi j'arrêtais pas de me dire que quand on l'aurait retrouvée moi aussi je retrouverais quelque chose, la raison peut-être, ou la possibilité de me regarder dans le miroir. Depuis deux ans quand je me regardais dans le miroir je voyais la petite à ma place.

La maison déjà je l'avais mise en vente parce qu'il y avait la petite qui suintait depuis le toit du garage. Mais pour l'instant je n'avais eu aucune proposition peut-être à cause de ça, parce que les gens sentaient bien qu'il y avait un fantôme qui flottait autour de nous. Je sais pas, peut-être même que ça sentait le cadavre, la petite elle s'était visiblement décomposée sous les tuiles et les tuiles c'est poreux, l'odeur de la mort avait peut-être tout envahi. Moi j'arrivais même pas à m'en rendre compte, parce que depuis mes razzias dans les combles de la Miséricorde et ce que j'y avais découvert, la puanteur de la mort ne quittait plus mon ombre.

Elles sont arrivées toutes rouges et essoufflées, elles m'ont poussé à l'intérieur et ont fermé la porte à double tour comme si elles avaient le diable aux fesses et elles ont tout déballé en hurlant à voix basse, je sais pas si vous voyez ce que je veux dire. Elles ont lâché comme ça, « Bordel on a retrouvé Gloria Prats toute momifiée et toute plate sous les bordilles du grenier, là où il y avait les tuiles avant ». Et Mémé a ajouté « Tu le savais toi, tu l'as bien vue en piquant les tuiles », et il a fallu que je dise oui, bien sûr je l'ai vue, mais j'ai fermé ma gueule pour pas vous foutre dans la merde.

Toutes les deux elles étaient catastrophées comme si c'était elles qui avaient tué la petite.

On est restés tous les trois à secouer la tête de catastrophe autour de la table de la cuisine.

Moi j'ai demandé si le curé avait dit quelque chose à propos des tuiles et elles m'ont dit que non, le Brésilien ça faisait que quatre ans qu'il était là, aux côtés de Don Michel, il n'avait jamais foutu les pieds là-haut et donc il ne savait pas ce qu'il y avait avant. Et qu'a priori je n'avais pas à m'en faire pour cette histoire de vol, parce que tout le monde allait focaliser sur la petite et personne n'en aurait rien à faire des tuiles.

Je leur ai demandé : mais pourquoi vous êtes là dans le secret, vous avez appelé la police quand même ?

Elles m'ont dit : non, le curé il a dit qu'il allait appeler l'Évêque pour savoir quoi faire, mais je te raconte pas dans quel état il était le curé, il avait perdu tout son italien et on ne comprenait plus un mot de ce qu'il disait. Il avait l'air d'être devenu complètement cinglé tout d'un coup mais en tout cas il nous a dit Chut, pour l'instant on dit rien, on sait rien, on a rien vu.

J'ai demandé : elle est toujours là-haut ?

Elles m'ont répondu : oui, on a tout laissé en place, y a que Don Dacelos qui a ramassé quelque chose, des lunettes, qui étaient posées un peu loin du corps bien sagement avec les branches repliées.

J'ai dit : je me rappelle pas avoir vu des lunettes, faut dire que moi quand je suis tombé sur le corps je n'ai pas vu grand-chose, juste les tibias avec encore une chaussure au bout et puis le torse encore habillé d'une sorte de serpillière.

Mémé et Tantine alors m'ont raconté comment ça s'était passé. Elles ont dit qu'il y avait l'autre curé, là, le remplaçant, celui qui travaille avec la police et la prison, qui depuis des années n'arrêtait pas de dire à Don Dacelos et Don Michel qu'il fallait s'occuper du toit, parce qu'il y avait certainement des fuites vu la tache d'humidité qui était apparue sur le plafond au-dessus du chœur. Il avait tellement insisté que la semaine dernière Don Dacelos était monté pour voir si ça valait la peine de prévoir des travaux et il était redescendu en disant que là-haut c'était dans un état lamentable, une vraie poubelle, que certainement il y avait eu des squatters qui y avaient dormi et laissé là toutes leurs merdes, alors il leur avait demandé d'y retourner avec lui pour faire un peu de propreté. C'est comme ça qu'ils étaient montés tous les trois, avec des balais, des pelles et des sacs. Elles avaient commencé par le fond parce qu'elles avaient encore en tête l'histoire des tuiles même si ça faisait deux ans et qu'elles voulaient s'assurer que j'avais pas laissé d'indices. Et au fond, elles ont vu les détritus que j'avais empilés sur la petite pour lui tenir chaud, les sacs plastique et les éclats de bois mêlés à des éclats de tuiles cassées, et elles ont voulu faire disparaître tout ça vite fait bien fait. Sauf que d'un coup, dessous, elles ont vu la petite. Mémé et Tantine elles se sont mises à crier et le curé à trembler, et puis dans la panique générale, le curé a dit qu'il ne fallait rien toucher avant qu'il en parle à l'Évêque. Ils ont remis quelques saletés dessus pour faire comme si de rien n'était. Et puis ils ont vu les lunettes, un peu plus loin, pliées comme si elle les avait posées sur la table de nuit avant de s'endormir, et il les a prises. Peut-être pour aller les montrer à l'Évêque comme preuve.

Et Tantine et Mémé, d'une seule voix, autour de la table de la cuisine de ma maison qui sentait la petite fille morte, ont dit : nous, on a jamais rien vu. On est bien d'accord ?

12 septembre 1993

— Allô, Vitto'... C'est Don Pepe.

— Oh, Pepe... Quoi de neuf ?

— Vitto', j'ai un truc extrêmement important à te dire. Est-ce que tu peux t'assurer que personne ne t'entend ?

— Écoute, le moment est assez mal choisi, nous nous apprêtons à passer à table pour le repas d'anniversaire de Luisa, et Damiano nous a retardés parce qu'il a dû...

— Vitto', je ne plaisante pas, c'est très grave. C'est à propos de Damiano justement.

— Quoi ? Il a fait quelque chose ?

— Assure-toi que personne ne t'écoute.

— Bon d'accord, je vais dans mon bureau. Voilà, j'y suis.

— Ferme la porte.

— C'est fait, c'est fait.

— Vitto', ton fils s'est fourré dans une sacrée merde.

LES BÊTES DE SATAN

2002

Il se satisfait de se sentir aussi intelligent.

Ça fait du bien d'être intelligent. Si tous ceux qui, depuis tant d'années, ne voyaient en lui qu'un simplet savaient à quel point il est malin, ils n'en reviendraient pas. Ça leur couperait la langue.

Papa l'avait pris pour un simplet. Toutes les filles. Gloria. Les flics. Les magistrats. Même Emma : il y a des fois où il sent qu'elle le materne comme on le fait avec les trisomiques.

Il regarde la sacoche et elle le comble. Bien rangées, là, sous le polyester, dans leurs étuis respectifs, se serrent les preuves de la vivacité de son esprit. Chaque chose a été achetée dans des magasins différents. Rien n'a été réglé autrement qu'en liquide, dans des grandes surfaces ou des bazars, pour que la multitude protège son anonymat.

Il passe tout en revue. Tout est bien là, à sa place. Le couteau. La paire de ciseaux. Les gants en cuir, les paquets de mouchoirs. La bâche en plastique, le passe-montagne. Il espère qu'il ne lui faudra garder ce passe-montagne que très peu de temps, vu la chaleur de juillet. Il avait pensé à autre chose, à un masque médical par exemple, pour dissimuler son visage, mais alors il aurait aussi fallu prévoir le couvre-chef. Le passe-montagne, solution tout-en-un : discrétion garantie et pas un cheveu sur la scène. Il pense encore à tous ceux qui le croyaient con : mais lui, il avait vu assez de séries criminelles pour connaître les pièges à éviter. Protéger ses vêtements, ses mains, ses cheveux. Ne pas parler pour éviter de postillonner. Faire attention à ne pas se couper pour ne pas laisser de traces de sang, attaquer de dos pour ne pas se faire griffer.

Frissonnant, il sautille sur place. Ce sont des sensations de matin de Noël : ce petit temps exalté qui précède l'explosion du plaisir. Depuis ce matin est monté un désir qui ferait presque mal, une insoutenable impatience.

Elle. Elle va lui faire du bien. C'est pour cela qu'elle existe.

La première fois qu'il l'a vue passer il a été comme foudroyé, sa tête a explosé de Gloria. Son visage, son nom, peu importe. C'est la jouissance qui demeure. Il se souvient qu'alors il était un dieu, et être un dieu ça fait autant de bien que se sentir intelligent. Le gros, le gras, le con, le taré, le bizarre, le geek, le dégueulasse, tout ce qu'on lui avait collé dessus depuis des années fondait brusquement, et se révélait alors celui qu'il était tout au fond : le Dieu. Celui qui juge et qui décide. Celui qui a le droit. Celui qui prend et qui détruit si tel est son bon plaisir. Il sent encore sous ses doigts une créature qui expire. Sa puissance sans limites.

Le cadeau est pour ce soir. Il va tout revivre, et sa peau s'est ouverte comme les cils d'une anémone pour mieux happer ce nouveau présent qui s'annonce. La lumière lui semble plus vive, les sons décuplés, les odeurs surnaturelles.

Il songe qu'il est un énorme organisme qui a faim.

Il se dit même qu'il aimerait savoir étrangler. Il voudrait sentir la vie qu'il enlève décroître en palpitant dans la paume de sa main. Mais pour cela il faut une grande force que sa récente opération lui a ôtée. Il y pensera peut-être pour plus tard, pour la prochaine, si entre-temps sa convalescence est tout à fait complète.

En attendant il a le petit animal dans la tête. Il l'appelle ainsi même s'il sait qu'elle n'en est pas un, depuis qu'il l'avait vue parcourir la rue qui longe le parc. Un petit animal semblable à un autre petit animal dont il s'était repu, même si aucune ressemblance physique n'existait entre eux. Entre elles. Cette petite silhouette gracile propre aux Asiatiques, le foulard de soie noire des cheveux, le profil de poupée au petit nez court : aucun point commun avec l'autre, si ce n'est le désir qu'elle éveillait. La réminiscence est dévastatrice : ça fait sept ans que le corps n'a pas exulté et c'est une négligence insupportable. Si on la prenait, celle-là aussi, est-ce que le plaisir serait aussi pur ? Elle passe tous les samedis, à une heure du matin, sur le trottoir qui longe le parc. C'est le chemin qui la conduit du pub où elle a passé la soirée avec des amis à sa chambre d'étudiante. On le sait : on l'a soigneusement observé, chronométré et noté.

Est-ce qu'il prendrait la peine, cette fois encore, de tenter une approche courtoise, de se faire connaître, de se faire… aimer ? Non, bien sûr, ce serait comme avec toutes les autres : au premier abord, il inspirerait de la bienveillance. Il avait beaucoup de talent pour avoir l'air d'un bon garçon, lunettes d'étudiant sage et chemise bien repassée, silhouette moelleuse de Teddy Bear. C'était toujours après que ça se gâtait, quand il dévoilait ses véritables intentions. C'était invariablement le même schéma : tant qu'il proposait une oreille attentive et une neutralité de bon camarade, ça roulait. Mais dès qu'il parlait d'un autre type de relation, elles faisaient une mine dégoûtée et le priaient de changer de dispositions. Ce serait sûrement la même chose avec elle. Quand il voyait comment les autres procédaient il s'étranglait de dépit devant tant de facilité. Avant Gloria, quand il avait encore des amis à P. – et pas n'importe lesquels, des beaux garçons sains et sans complexes – il s'étonnait de l'aisance avec laquelle ils emballaient, et surtout de la joie qui se dégageait de ces marivaudages de papillons. Lui, quand il pensait à l'amour, à toutes ces tentations mauvaises autour de lui, il n'éprouvait aucune joie. Il sentait juste quelque chose qui déjà le faisait mourir. Alors il avait envie de tisser une toile, de creuser une trappe, de bâtir une geôle. De quoi embobiner les jolies vilaines avant de tenter de s'en emparer. Il embobinerait aussi le petit animal, parce qu'elle avait les cheveux bleus. Alors un soir on se lance. On a pris la sacoche pleine d'intelligence et on s'est posté dans une traverse une heure avant la fermeture du pub.

On apprécie beaucoup que les gens aient des habitudes, ça facilite le travail.

C'est la première fois qu'il a tout prévu. Pour Gloria, il n'avait rien vu venir, les choses lui avaient échappé et il avait bien fallu faire face. Mais aujourd'hui en bandoulière il a son matériel bien effilé. Il a tellement rêvé l'issue depuis la veille, bouffé de désir, qu'il a bien l'intention d'en goûter chaque instant. Cette fois, il ne laissera pas les flaques noires et rouges de son cerveau lui voler son heure.

Ce ne sera pas si difficile, au fond. Ça s'enfoncera comme dans du beurre. Elle ne mourra peut-être pas tout de suite. Le plaisir qu'on éprouvera sera surnaturel, à se demander comment on a pu s'en passer si longtemps. On restera un long moment à profiter du spectacle, la défiguration de l'agonie ne manquera pas de charme, parce que c'est du beau travail, et c'est notre travail. On rentrera au foyer avec, au fond de sa poche, une lisse mèche bleue.

Ce ne sera vraiment pas difficile.

Ça fera partie des meilleurs souvenirs d'une vie.

À l'heure prévue, Sun fait claquer ses petites chaussures empressées sur le bitume. Il la voit s'approcher, protégée par la coupole blanche et bleue d'un large parapluie.

Il ouvre la sacoche.

2004

Au Parquet de S., on était davantage habitués à recevoir la visite régulière de Mamma Giuseppina que celle d'Aldo. Non pas qu'il fût moins embarrassant d'accueillir la mère : cette petite femme frêle, qui n'avait peur que de Dieu, provoquait à chacun de ses passages une tornade d'invectives et de malédictions qui abandonnait tout un chacun dans un état de tachycardie et de honte profonde. Elle venait chercher sa fille : on lui disait qu'on ne la recherchait plus. Elle venait chercher l'assassin de sa fille : on lui disait qu'il n'y avait pas d'assassin. Elle venait chercher Damiano Solivo : on lui disait que Damiano Solivo avait purgé sa peine pour faux témoignage et qu'à présent il avait bien le droit de vivre en paix. Chacun se retranchant derrière des protocoles juridiques et invoquant le Code pénal ; et si compassion il y avait, on tentait bien souvent de ne pas la laisser perler.

Et puis un beau jour on vit arriver Aldo, de ce pas sportif qui le caractérisait. Il venait en découdre. Ce qu'il avait découvert la veille était stupéfiant. En tapant comme tous les jours dans le cartouche de la page d'accueil de Google le nom de Damiano Solivo, il était tombé sur un article du *Daily Echo* qui informait qu'à la suite de l'horrible assassinat d'une mère de famille dans l'adorable petite ville balnéaire de B., un suspect du nom de Damiano Solivo avait été entendu.

Non seulement personne n'avait averti la famille Prats que Solivo avait quitté le pays, mais voilà qu'il était de nouveau impliqué dans une affaire de meurtre, dans l'indifférence totale de ce côté-ci de l'Europe.

Le tonnerre dans la voix d'Aldo fit trembler les murs du Parquet. Ses interlocuteurs rentrèrent la tête dans les épaules et finirent par convenir qu'ils étaient au courant.

Le procureur Attilio Sinigallia pria Aldo de baisser le ton, de prendre place dans son bureau et d'écouter ce qu'il avait à lui dire.

À peine Damiano Solivo avait-il fini de purger sa peine pour déclarations mensongères, effectuée dans le cadre des services sociaux, qu'il avait été précipitamment éloigné de P. Ordre de son père, sans aucun doute, dans le but de se faire oublier le plus vite possible. On l'a envoyé à Milan, à Turin, à Vicenza. À chaque fois, il n'y demeurait que quelques mois parce qu'il s'attirait des problèmes au travail ou au sein des cercles de jeunes qu'il fréquentait. C'est-à-dire ? Eh bien, par exemple, il harcelait les filles... Ou bien son comportement étrange décourageait ses employeurs de lui confier des tâches.

Asseyez-vous, monsieur Prats. J'ai une anecdote à vous raconter. Nous avons eu le témoignage d'un collègue de travail, alors que Damiano Solivo était engagé pour une mission dans une entreprise de désinfection, à Vicenza. Cet ouvrier avait immédiatement remarqué que le petit nouveau – enfin, petit... – qu'on lui avait collé dans les pattes avait des problèmes, des problèmes d'ordre psychologique, si vous voyez ce que je veux dire... Dans les baraquements, la nuit, il se réveillait en sueur, en proie à la panique, hurlant au secours, et pour se calmer il allait prendre de très longues douches. Du coup il réveillait les autres et s'était attiré l'animosité de tous. Mais voici le pompon : un jour, alors que ce collègue le conduisait en voiture sur le périphérique, un véhicule de police les a approchés. Damiano alors s'est mis à brailler, s'est jeté sur le volant, manquant de peu de les envoyer dans le décor. Le collègue s'est arrêté et lui a demandé très vertement ce qui lui avait pris. Damiano lui a avoué qu'il avait une peur panique de la police depuis qu'il avait été accusé, bien qu'innocent, du meurtre de Gloria Prats. Après cet incident, Damiano a été renvoyé. Et, accrochez-vous bien, le jeune collègue aussi. Il faut dire que papa Solivo connaissait très bien l'entrepreneur, qui lui avait fait une fleur en engageant son fiston repris de justice... C'est après ça qu'il a été décidé que Damiano irait s'installer en Angleterre. Entre-temps, ce qui tombait à point nommé, il avait rencontré sur Internet une femme plus âgée que lui, une Italienne divorcée et mère d'un adolescent, et Cupidon paraît-il avait été au rendez-vous. Il est donc allé vivre avec elle, à B., il y a deux ans. Depuis, il travaille dans une structure sociale qui organise des formations professionnelles pour les gens qui ont été confrontés à des problèmes judiciaires ou qui se sont démontrés inaptes à la stabilité du monde du travail.

Et à présent, si vous êtes en train de songer que, pendant que vous vivez toujours le cauchemar inhérent à la disparition de votre sœur, le plus présumé des coupables jouit tranquillement d'une nouvelle vie à l'étranger, eh bien vous avez raison. C'est certainement profondément injuste. Mais c'est ainsi. Vous avez déjà suffisamment reproché aux instances juridiques de ne pas l'avoir poursuivi pour homicide, et je vous en ai exposé les raisons. Rien ne prouve que votre sœur ait été tuée. Il n'y a eu ni traces de son passage dans la Miséricorde, encore moins de traces de lutte ou de probable agression. Si nous sommes d'accord sur un point, c'est qu'elle s'est volatilisée. Mais vous savez aussi bien que moi que des témoignages ultérieurs à son passage présumé dans la Miséricorde l'ont indiquée saine et sauve, et que bon nombre de déclarations par la suite ont fait état de sa présence dans diverses régions d'Italie et d'Europe. Laissez-moi finir, monsieur Prats, et veuillez baisser d'un ton. Je partage tout à fait votre conviction quant à la nature mensongère de son alibi, mais je vous rappelle que pour ce motif il a été jugé et condamné, et qu'il était difficile de faire mieux. Ce qui se passe aujourd'hui en Angleterre ne nous concerne pas, c'est à la police du Dorset de faire son travail.

Laissez-moi être tout à fait honnête avec vous, mon cher Aldo. Si on le coince là-bas, j'en serai ravi. Parce que si effectivement il a assassiné sa voisine comme on veut bien le dire, il mérite la perpétuité et justice sera faite. Quant à moi, je suis à deux mois de la retraite, je vais être remplacé par la délicieuse Dottoressa Leone et je pourrai enfin me retirer dans le soulagement de ne plus avoir la famille Prats sur les bras.

Mes amitiés à votre mère.

2006

Elle savait qu'elle n'était plus persona grata dans la ville. Ça faisait plus de dix ans que Gloria Prats avait disparu et tout le monde avait largement eu le temps d'imprimer dans sa mémoire son visage, sa silhouette et son titre. Pour tous elle était celle qui, sur un plateau d'argent, avait offert à l'évident meurtrier de la gamine la possibilité de s'en tirer sans trop de casse. Un nom sali à jamais, le sien. Une carrière fichue en l'air. Dans tous les tribunaux où depuis elle avait exercé elle avait senti la froideur des relations, la systématique remise en cause de ses décisions, parfois même la moue dubitative d'un juge réticent à la suivre sur les chefs d'accusation qu'elle avançait.

Dissimulée derrière d'imposantes lunettes noires, sa blondeur naturelle à présent disparue sous une coloration châtain foncé, elle buvait un café sur le Corso, profitant d'un franc soleil de printemps. Elle crut reconnaître des visages sur lesquels le temps avait fait son office : le beau garçon à la calvitie naissante qui tout à l'heure l'avait servie au tabac, et qui l'avait toisée avec perplexité, était sans doute ce Gianluca, ancien ami de Damiano Solivo, dont elle s'était empressée de faire disparaître le témoignage concernant des fichiers informatiques et des sous-verre renfermant des mèches de cheveux.

Elle craignait surtout de tomber sur un membre de la tribu Solivo, ou pire encore, sur les Prats. Elle ne se sentait plus le courage d'affronter le moindre regard d'un Prats. Surtout depuis qu'elle avait appris l'implication de Damiano dans un meurtre sauvage survenu en Angleterre.

À plusieurs reprises lors des années précédentes, elle avait essayé de contacter Mamma Giuseppina pour lui assurer toute la légitimité du travail qu'elle avait mené, et lui expliquer qu'il n'y avait eu de sa part ni indulgence, ni négligence, ni indifférence, mais simplement l'application pure et dure de certaines procédures auxquelles elle n'était pas en droit de déroger. Elle avait essayé, mais s'était sans cesse heurtée à un mur de ressentiments. Mamma Giuseppina refusait de l'entendre, et explosait en invectives, les mêmes qu'elle servait régulièrement sur le plateau d'« Où es-tu ? ». Elle lui disait que son âme était plus noire encore que la toge qu'elle revêtait, qu'elle devrait un jour ou l'autre régler ses comptes avec sa conscience, et qu'elle ne devait pas connaître l'amour maternel : si elle l'avait connu, cet amour déchirant et dévastateur, elle n'aurait pas permis tout cela. Elle n'aurait pas refusé de signer l'ordre de perquisition, elle aurait demandé illico les relevés téléphoniques de la maison Solivo, elle n'aurait pas laissé Damiano Solivo, lors de son procès pour parjure, rejouer son petit numéro d'honnête garçon offensé sans le contredire ni même lui clouer le bec. Elle l'aurait mis en examen pour assassinat, et non pour obstruction à l'enquête ; elle aurait griffé le monde de ses mains, au lieu de caresser les responsables dans le sens du poil, pour qu'éclatent la vérité et la justice. Non, martelait Mamma Giuseppina, votre cœur est froid comme la tombe que

Gloria n'aura jamais, et un de ces jours vous aurez des comptes à rendre au Seigneur.

Digne et révoltée, Alice Toscanini encaissait. Elle aurait tant voulu dire que c'était justement son cœur de mère qui avait parlé pour la conduire sur ce sentier périlleux. Ce cœur de mère qui lui avait fait préférer la vie de ses enfants à elle plutôt que le cadavre de Gloria. Mais elle avait cousu solidement ses lèvres, et au bout de quelques tentatives elle avait laissé tomber. Être traînée dans la boue n'était pas si grave, finalement. Tant qu'Andrea et Nicola vivaient en sécurité.

De là où elle était assise, elle apercevait le toit et le campanile de la Miséricorde. Ses yeux tentaient de les éviter mais dès qu'elle les levait, ils venaient inexorablement se ficher dans son champ de vision. À chaque fois, un déchirement. Pourtant il fallait bien s'y résoudre, elle était là pour ça. Elle avait pris sa voiture ce matin, avait parcouru une centaine de kilomètres précisément pour contempler ce toit. Elle avait teint ses cheveux, avait occulté son regard sous de grosses lunettes d'actrice spécialement pour cela. Elle avala la dernière gorgée de son café, froid désormais, et entra dans le bar pour se rendre aux toilettes.

Ce bar était connu pour accueillir, dès la fin de l'après-midi, toute la jeunesse de P. C'était la raison pour laquelle elle l'avait choisi. Quand elle entra dans les toilettes, qui malgré un nettoyage récent conservaient une odeur pestilentielle, elle considéra longuement les inscriptions qui fleurissaient sur les parois. Comme elle s'y attendait, on pouvait y lire d'alléchantes promesses de bonnes prestations sexuelles agrémentées de numéros de téléphone, des prénoms féminins accompagnés de charmants qualificatifs (on y apprenait que Teresa suçait et que Luisella était une pute), des slogans anarchistes, des noms de groupes rock, des Forza Italia et des Milano Vaffanculo. Les murs répugnants de ces cabinets étaient la vitrine des opinions adolescentes au même titre que le Pasquino romain. Alors Alice Toscanini fouilla silencieusement dans son sac à main pour en extirper un gros feutre à encre indélébile, et consciencieusement, appliquée comme une écolière, traça en lettres imposantes la fameuse phrase qui avait motivé son voyage.

Janvier 2010.

Monseigneur Fiero était plongé dans une bulle, papale s'entend, quand le téléphone de sa ligne privée se mit à sonner. Il reconnut immédiatement l'accent qui faisait chalouper la voix de son interlocuteur. Pourtant la voix ne chaloupait pas comme d'habitude. Il se dit : ce n'est pas la Samba aujourd'hui, c'est le Fado. Il y avait de la tragédie là-dedans.

— Don Dacelos ? Qu'est-ce que tu veux ?

— Excellence, il faut que je vous parle de quelque chose de très grave…

Enfin, c'est à peu près ce que l'Évêque saisit après avoir fait répéter trois fois cette entrée en matière, étant donné le saupoudrage de chuintements et de voyelles diphtonguées qui caractérisait la langue du jeune prêtre. Monseigneur Fiero préférait toujours s'entretenir avec Don Dacelos de vive voix, car la distance téléphonique, en multipliant les parasites et en empêchant la lecture labiale, rendait la conversation impossible.

— Excellence, j'ai vu… il y a… dans la Miséricorde… dans le… sous-toit… j'ai trouvé… j'ai trouvé… quelque chose qui m'a fait tellement peur… j'ai trouvé… un os.

— Tu as trouvé quoi ? Articule parce que vraiment...

— Un os.

Ounoch. Mamma mia, de quoi est-on en train de parler ?

— Tu peux répéter s'il te plaît ?

— Un os.

Ce qui, entre le Fado et le grésillement du téléphone, se traduisit aux oreilles de l'Évêque comme : oun cloch'. Il tenta de décrypter. Une cloche ? Une cloche-cloche ou une cloche dans le sens de clochard ? Dans un sens comme dans l'autre, aucune des deux options n'était étonnante quand il s'agissait de la Miséricorde. Une cloche, pourquoi pas ? On remplaçait parfois les carillons du campanile. Quant au clochard, étant donné que la maison du Seigneur était un vrai hall de gare, l'idée qu'un SDF ait pu y pénétrer pour cuver en paix ne paraissait pas si extraordinaire.

— È terrìvel, é terrìvel...

Monseigneur Fiero se dit qu'au vu de ce désespoir manifeste, il fallait écarter l'hypothèse de la cloche. Ce devait bien être une histoire de clochard. Et brutalement ça rendait le tout encore plus absurde. Pourquoi l'appeler, lui, pour un clodo entré dans l'église ? Lui qui gravitait dans les hautes sphères, lui qui avait même été un proche de Jean-Paul II, lui qui chapeautait la Conférence Épiscopale Italienne, en quoi était-il concerné par les micro-événements ridicules de la ville de P. et de son église ? Il laissa planer quelques secondes de silence avant de déclarer :

— Écoute, je suis occupé, là, on ne pourrait pas en parler plus tard ?

— Excellence, est-ce que je dois appeler la police ?

L'évêque considéra un moment la bague qui ornait son doigt comme pour y chercher une réponse satisfaisante.

— Écoute, Dacelos, je ne pense vraiment pas que ce soit utile. Ça s'arrangera tout seul. Il finira bien par disparaître.

— Disparaître ?

— Mais oui, ce n'est pas la première fois et ce ne sera pas la dernière. Inutile de t'inquiéter.

— Mais si c'est la petite disparue ?

— Il a disparu ? Tant mieux ! Ça arrange tout le monde, non ? Vous n'avez qu'à mieux fermer la porte. Dacelos, oublie ça et surtout n'en fais pas une affaire d'État. D'accord ? Si ça peut te rassurer, je viendrai personnellement m'en occuper dans quelques jours.

Il raccrocha et se replongea dans sa lecture.

À l'autre bout du fil, un jeune prêtre était blanc comme un linge. Il avait parfaitement saisi le message. Il n'aurait pas dû voir ce qu'il avait vu. Il était plus qu'évident que l'Évêque était le détenteur suprême de quelque chose dans lequel il n'aurait jamais dû fourrer le nez. Ne pas appeler la police, ne pas ébruiter l'affaire, et le laisser venir s'en occuper en personne : voilà ce qu'il allait faire.

Oh mon Dieu. Teresa et Adelaide. Il fallait vite les prévenir de ne pas piper mot. Il en allait certainement de leur sécurité.

Quant à la paire de lunettes qu'il avait ramassée là-haut, il s'empresserait d'aller la remettre où il l'avait trouvée. Elle était empoisonnée comme une queue de scorpion.

Rosa, 2011

Avez-vous déjà eu l'occasion de voir des petits rongeurs terrifiés, acculés contre les parois d'une cage ? Moi, oui. Quand j'étais petite, au Musée d'Histoire naturelle. Il y avait un vivarium avec un boa ou une autre race de serpent, je ne me souviens plus exactement. C'était une visite dans le cadre de l'école, et nous étions arrivés pile au moment du repas. Du repas du serpent. Ils avaient glissé une souris dans la cage. Au début, elle s'était agitée, elle tourbillonnait comme n'importe quel animal qu'on enferme, impossible de savoir si elle avait compris son destin ou si c'était juste un comportement dicté par l'instinct. Et puis, brusquement, elle s'était figée. Elle avait senti la mort. La mort qui guettait avec le masque du sommeil, mine de rien, ce muscle sans fin enroulé sur lui-même dans une torpeur trompeuse, l'œil en veille. La souris était paralysée. Et nous, les écoliers, nous avions le souffle suspendu. Je crois qu'à ce moment-là nous étions tous devenus la souris. Si elle était hypnotisée nous l'étions aussi. Je me souviens de notre immobilité consternée, songeant que nous nous apprêtions à assister à l'avalement d'un être vivant par un autre, et si nous étions révoltés ou pour le moins apitoyés, nous éprouvions tout de même une drôle d'excitation. Presque du plaisir. Je n'ai jamais compris pourquoi. Peut-être parce qu'alors la mort, l'ingestion, la cruauté naturelle de la survie venait d'apparaître à nos yeux vierges de gamins, et que le pan de nous-mêmes penché vers le sadisme se délectait de cette guerre sans combat. Et puis la maîtresse a dit : moi je ne veux pas assister à ça. Nous avons tourné le dos au vivarium, soulagés et déçus.

Cette digression, c'est pour vous expliquer qu'en 1993, quand tout ça est arrivé, l'image de cette souris que la terreur avait rencognée contre les parois transparentes du vivarium m'était revenue en mémoire. Pour plusieurs raisons. Il y avait d'une part le fait que nous trois, Licia, Nella et moi, avons éprouvé cette peur d'animal traqué qui sent que l'issue est inéluctable, et d'autre part l'impression démente que les murs solides de notre maison, une maison bon sang, un truc qui normalement inspire l'inviolabilité et la sécurité, avaient soudain été réduits à la transparence et à la fragilité. Contrairement à l'histoire du vivarium toutefois, le serpent était à l'extérieur. Mais nous, nous n'avions plus de refuge.

Les choses avaient commencé de la façon la plus classique qui soit, tellement banale qu'au cinéma on l'a déjà vu cent fois. D'abord quelques coups de téléphone muets, coupés à peine nous décrochions le combiné. Puis les appels sont devenus parlants. Non, pas parlants : musicaux. Il y avait de la musique, toujours la même. En introduction, une petite mélodie qui grinçait, synthés acides et basse désagréable, à l'époque on ne savait pas encore que c'était le thème du film de Dario Argento *Profondo Rosso*, mais effectivement elle sonnait déjà en nous comme une musique de film d'épouvante. Puis venait un morceau de rock, le *G.L.O.R.I.A* chanté par les Doors, un passage assez suggestif.

Gloria.

C'était quelques mois avant qu'elle disparaisse.

Musique sans paroles d'abord, et peu après les mots sont arrivés. Je ne vais pas m'attarder sur ces mots, parce que je pense que tout le monde peut les imaginer. Des cochonneries, en somme. Et ce n'étaient pas les mots qui nous terrifiaient, c'était la musique. La présence de la musique. Le sentiment que, où qu'il se trouvât, de l'autre côté de la ligne, il avait mis sur pied une véritable mise en scène, un truc bien pensé et bien préparé. Juste pour nous. Il nous avait choisies.

Au début, seulement de jour. Et progressivement, de nuit aussi. Au bout de quelques semaines, nous en étions arrivées à plus de dix appels par vingt-quatre heures. La musique, les cochonneries, et peu à peu des phrases complètes, qui sonnaient comme des menaces nous faisaient comprendre que nous étions prises au piège. Pourquoi ce sentiment ? Un jour, il a décrit les vêtements que je portais, et le vase blanc, pourvu de fleurs rouges, qui trônait sur la commode de ma chambre. Il nous voyait donc.

Dès que nous avons eu la certitude qu'il nous voyait, nous avons fait des expériences. Nous nous étions aperçues qu'il appelait à peine nous franchissions la porte d'entrée à notre retour de la fac, parce qu'il n'y avait aucun appel en absence sur notre répondeur. Il guettait certainement notre retour, et nous étions trahies par les lumières que nous allumions. Alors un jour nous avons décidé de le tester en restant un long moment dans le noir après notre arrivée. Rien. Aucun appel. Puis on s'est fait violence et on a allumé. Paf. Cinq secondes après, la sonnerie. Nous avions la preuve qu'il ne se contentait pas de faire ça quand il était désœuvré ou quand il avait cinq minutes de liberté. C'était son occupation principale. Il devait être tapi, la journée entière, derrière ses rideaux, dévoré par son obsession. Son obsession de nous.

De l'autre côté de la rue, une longue file de grands immeubles anciens, une telle multitude de fenêtres que comme ça, au jugé, il nous aurait été impossible de savoir où il se trouvait. Il aurait été difficile d'intervenir nous-mêmes, ni de faire intervenir une de nos connaissances plus téméraire ou plus musclée. Nella voulait qu'on appelle la police. Elle qui faisait des études de Droit soutenait mordicus que cela constituait un délit punissable par la loi. Nous, les deux autres, nous hésitions un peu, par peur de futures représailles. On ne vous met pas en prison pour des coups de téléphone, il aurait peut-être juste écopé d'une amende si on l'avait attrapé et qui sait si par la suite il n'aurait pas pris sa revanche en redoublant d'attentions envers nous ? En venant nous rendre une petite visite ?

Alors nous avons occulté les fenêtres et nous nous sommes efforcées de retrouver notre sérénité. Ça faisait bien longtemps que nous l'avions perdue et les conséquences sur notre concentration aux études commençaient à se faire sentir.

C'est à ce moment-là que les lettres se sont mises à arriver. Une lettre pour chacune. Il connaissait nos prénoms… Il ne les envoyait pas : elles étaient déposées au-dessus des boîtes aux lettres du hall d'entrée. Des lettres d'une bêtise incommensurable, qui disaient toutes à peu près la même chose : il était tombé amoureux, il voulait se « fiancer ». Se « fiancer » : le choix de ce mot tellement cucul-la-praline associé à ces coups de téléphone cochons sur une musique de film d'horreur, il y avait de quoi avoir la chair de poule. La première lettre pour Licia, puis pour moi, puis pour Nella. Et des petits cadeaux dans les enveloppes, incroyablement infantiles. Un bracelet fait de cœurs en plastique, un porte-clés en forme de Snoopy, des barrettes serties de fleurs. On en était arrivées à se dire que notre bourreau ne devait pas avoir plus de 13 ans. Mais à 13 ans, on passe la journée au collège, pas planqué derrière des rideaux à épier des voisines ! Puis les lettres se sont faites de plus en plus touffues et de plus en plus délirantes. Il prétendait être un jeune homme mourant, attendant dans une bulle stérile une greffe de moelle, et espérant dans les derniers instants de sa vie l'amour pur et absolu d'une jeune fille. Et, comble du ridicule, il s'excusait platement pour les agissements intolérables d'un certain Elio, son assistant ou un truc comme ça, qui nous harcelait au téléphone. Dans une littérature pleurnicharde digne de *Cuore*, avec les fautes d'orthographe en plus, il nous racontait sa solitude d'orphelin en fin de vie, son ennui et sa solitude, et le bonheur que notre existence et notre beauté lui apportaient. Il n'était que bonté et grandeur d'âme et regrettait tout ce qu'Elio, ce démon, celui-là même qu'il soupçonnait de vider son compte en banque, avait osé nous faire subir.

Et puis est arrivée la bombe. Je veux dire, la fausse bombe, mais quand je l'ai découverte, adressée à mon nom sur la rangée de boîtes aux lettres, mon cœur s'est arrêté. « Booooum… Rosa, combien de temps te reste-t-il à vivre ? »

C'est là qu'on a appelé les flics, qui ont pris la chose vraiment au sérieux et se sont lancés dans une enquête consciencieuse. Bien sûr, toute leur attention s'est portée sur le voisinage, sur les appartements depuis lesquels on avait une vue plongeante dans notre chambre. Au bout de quelques jours, nous avons eu la visite d'un policier qui nous a demandé si nous connaissions un certain Damiano Solivo. Ben ça alors, a dit Nella, effectivement je suis vaguement amie avec sa sœur Carla, nous avons échangé nos numéros de téléphone, je suis même allée avec elle chez eux une fois, ils habitent juste en face ! Ce que le policier avait à nous dire, c'est que ce frère de Carla Solivo, le prénommé Damiano, était une personne connue dans le quartier pour importuner les filles. Il nous a demandé de lui remettre les lettres : grâce à la comparaison graphologique, on en saurait certainement un peu plus. Je crois qu'on le tient, nous a-t-il annoncé. Nella n'en croyait pas ses oreilles. Elle qui s'était même confiée à Carla Solivo, qui lui avait raconté notre calvaire ! Qui sait si cette fille en avait parlé à son frère, sans se douter que c'était lui ? Quel pied il avait dû prendre en entendant le récit de notre terreur…

L'enquête a été bouclée en moins de deux. Outre le fait que géographiquement ça collait, avec les fenêtres de l'appartement pratiquement face aux nôtres et que la graphie de ce garçon correspondait à celle des lettres, les relevés téléphoniques de la ligne familiale révélèrent les appels incessants vers notre numéro. Quand nous nous sommes rendues au commissariat pour les dernières formalités, les parents Solivo étaient présents. La mère nous jura, facture à l'appui, qu'elle avait fait installer sur son appareil téléphonique une sorte de compteur pour surveiller désormais toutes les communications passées depuis son foyer. Quel intérêt de nous dire ça ? La réponse n'a pas tardé à se faire entendre : est-ce que cela suffisait à nous faire retirer notre plainte ? Nous avons failli nous étrangler. Retirer notre plainte ? Après l'année infernale qu'il nous avait fait passer ? Licia avait été si choquée qu'elle avait raté une bonne partie de ses examens, elle qui avait toujours été si brillante, sans parler de la grande difficulté que nous avions eue à suivre convenablement les cours en étant réveillées chaque nuit par des sonneries stridentes. Et s'il fallait parler de préjudice moral, on avait bien de quoi se plaindre. La vie de recluses derrière des rideaux tirés, et pourtant cette impression cauchemardesque que les murs de notre maison étaient devenus translucides et friables comme du papier japonais, et que malgré l'espace de la rue entre nos deux immeubles il était là, comme un cafard planqué derrière une plinthe, le nez dans nos culottes, le souffle sur nos peaux.

On nous proposa même un chèque, en dédommagement. Allez tous vous faire foutre.

À ce moment-là, au bouclage de notre affaire, Gloria Prats avait déjà disparu depuis deux mois. Et nous, nous songions : *G.L.O.R.I.A.* Gloria.

C'était il y a plus de dix-sept ans. Peu après nous avons vu Damiano Solivo comparaître devant un tribunal pour nous avoir molestées, offensées et menacées de mort. Deux ans avec sursis, assortis d'une amende. Pour nous, il est ressorti libre. Ça a été le déclic, la fin de notre cohabitation. Nous nous sommes séparées et avons quitté P. pour nous installer bien loin et reprendre nos études. Sans oublier de nous tenir au courant de l'affaire Prats, chaque semaine devant « Où es-tu ? ». Nous avons suivi chaque rebondissement avec une drôle de rage au ventre. Quand on a été des souris pétrifiées pendant de longs mois, la colère ne vous quitte jamais tout à fait.

Que voulez-vous que je vous dise. Moi, j'ai pensé dès le premier jour de l'affaire que c'est lui qui avait fait disparaître la petite.

Booum… Rosa, combien de temps te reste-t-il à vivre ?

Dernièrement, j'ai vu *Profondo rosso*. Par curiosité. Dès le générique, la petite musique crispante qui vous ferait avoir peur même d'une coccinelle. Ça a réveillé de vilains souvenirs. J'ai suivi le film comme un psychanalyste écoute son patient pour tenter d'y déceler des indices, des correspondances, des obsessions illustrant l'affaire Prats autant que la nôtre. Eh bien, vous savez quoi ? J'en ai trouvé. Bien sûr, on pourra me dire que j'avais un regard sélectif et orienté. Mais voyez-vous, ce film est entièrement basé sur la présence des fenêtres. De grandes zones de transparence, qui ne jouent plus du tout un rôle de barrière, mais seulement d'orifice. Des surfaces qui permettent d'apercevoir et de pénétrer, offrant un accès aisé aux victimes potentielles comme si elles étaient à nu et non pas blotties dans des maisons. Finalement, des gens comme des rongeurs pris au piège. Et pour l'affaire Gloria Prats, me direz-vous ? Des secrets. De très longs secrets, farouchement gardés dans les cloisons d'une pièce murée. Des armes blanches. Et du sang.

Tellement de sang.

2006

Comme une traînée de poudre. Au début, le bruit se diffusa chez les jeunes fêtards de la ville, puis parvint aux oreilles de leurs parents, ceux qui, dix ans auparavant, avaient vécu l'histoire de plein fouet, pour faire ensuite tache d'huile de commerçant en commerçant, de voisin en voisin, et frapper enfin à la porte des Prats.

En ville, quelqu'un savait. Quelqu'un avait laissé un message dans les toilettes d'une dizaine d'établissements du centre. Depuis quelques semaines même les lycéens lançaient des paris sur la présence du message dans tel ou tel bar, et le jeu préféré du samedi soir à présent était de faire le marathon des latrines. Puis ils se mirent à leur tour à recopier l'inscription sur les murs vierges. La phrase résonna dans tout P., provoquant sueurs froides, frissons macabres et regards qui se perdaient dans les hauteurs.

GLORIA PRATS EST DANS LA MISÉRICORDE.

Vittorio, 12 septembre 1993

Les cheveux, j'ai toujours su. Les bruits s'ébruitent vite.

J'ai su les cheveux. J'ai su les harcèlements. J'ai payé les amendes. Sa mère a pleuré et sa sœur a ravalé son humiliation sous une sorte de protection affectueuse, comme on bichonne un faible d'esprit parce que les liens du sang sont plus puissants que la honte.

J'ai su le couteau, les ciseaux. Je n'ai rien dit. On est bien légitime aujourd'hui à porter sur soi de quoi se défendre, on ne sait jamais de quoi la vie est faite.

Quand j'ai su pour les cheveux je l'ai réprimandé. Tout comme je l'avais réprimandé pour le verre de pipi, pour l'égorgement, pour les coups de fil anonymes. Quand j'y pense, entre ses 12 et ses 20 ans je n'ai pas cessé de devoir remettre ses pendules à l'heure. À chaque fois il a baissé le nez et s'est tordu les mains, à chaque fois j'ai cru qu'il m'avait entendu. Mais il m'échappait encore que Damiano n'entendait pas. Il faisait semblant puis se dépêchait de trouver autre chose.

Il vient de trouver ce qui causera notre perte.

Bon sang ce que c'est lourd un corps.

Don Pepe m'a dit : elle ne doit jamais sortir d'ici. Il a raison. Moins on la déplace, moins on est à la merci des regards. Moins on manipule, moins on se salit. Moins on échafaude, moins on a besoin d'intermédiaires. Il faut une solution simple, discrète et silencieuse. Ici, c'est l'endroit le plus sûr. Les corps, on les cherche toujours en bas, jamais en haut. On les cherche ensevelis, coulés dans le béton, coupés en morceaux dans les décharges ou enfouis sous les broussailles. Personne n'aura jamais idée de la chercher sous un toit. Encore moins sous celui de la Miséricorde.

Allez, courage, encore une couche de tuiles à mettre sur la palette. Don Pepe m'a assuré que ce matériel-là ne sera jamais déplacé, du moins dans sa totalité, avant des décennies. Il s'en occupera. Le toit a été réparé l'année dernière, et à moins d'un cataclysme personne n'aura besoin d'utiliser un tel nombre de tuiles. Maintenant elle est bien coincée dessous, indiscernable, aussi invisible morte qu'elle l'était quand elle était vivante, et on va la laisser doucement se fondre avec la matière du sol.

Une seule chose m'inquiète, c'est l'odeur. Je crains que même avec la petite modification que j'ai fait subir à la charpente l'odeur ne se décide pas à monter mais s'acharne à descendre. Il ne nous reste plus qu'à espérer que la Miséricorde ne se retrouve pas un jour ou l'autre infestée par l'odeur d'un corps en train de pourrir. Don Pepe mettra ça sur le compte d'un chat. Il est vraiment très persuasif quand il le veut.

2006

Le commissaire Scampia n'aimait pas, mais alors pas du tout, cette histoire de graffitis qui en l'espace de quelques semaines avaient éclos dans les rues de la ville comme des coquelicots. Il y avait non seulement la petite phrase, sur les murs des toilettes, mais aussi l'étrange peinture sur les façades, qu'on retrouvait tous les vingt mètres environ, depuis le parvis de la Miséricorde, tout le long du Corso, jusqu'à l'immeuble se situant exactement en face de la maison des Prats :

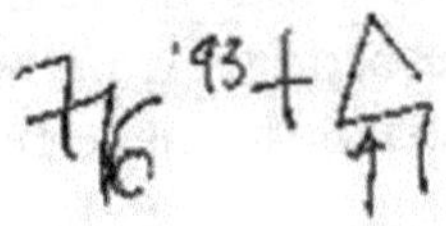

Personne n'y avait fait attention au début. Jusqu'à ce qu'un appel anonyme lors de la dernière émission d'« Où es-tu ? » en donne une explication parfaitement lisible. Les trois chiffres emmêlés du début (7-16) amenaient naturellement aux lettres de l'alphabet composant les initiales de Gloria Prats : G, septième lettre + P, seizième. Venaient 93, l'année de la disparition, et enfin un symbole qui représentait l'église : la croix située aux abords de ce qui ressemblait à un campanile, et enfin une flèche indiquant une position. La traduction de la petite phrase des toilettes.

C'est exactement la période que les membres de l'association Olympe, fondée par Aldo Prats pour soutenir les familles de personnes disparues, avaient choisie pour afficher face à la Miséricorde le portrait géant de Gloria. Un mètre cinquante sur deux mètres de doux sourire flottant mystérieusement sur un visage un peu rond : un sourire de Joconde que chaque passant ne pouvait s'empêcher d'accrocher et d'y répondre par un autre doux sourire triste comme une prière. Et sous le portrait, une inscription : JE SAIS TOUT.

Entre la petite phrase, le chemin balisé par le graffiti ésotérique et le portrait, la Miséricorde était devenue le point névralgique de la ville. Don Michel, le prêtre haïtien qui avait pris la relève de la paroisse après la retraite de Don Pepe, s'était alarmé : pendant les messes, les fidèles n'écoutaient plus rien, mais scrutaient plafond et mobilier d'un air inquiet. Les quelques fidèles qui restaient, bien sûr : car depuis les inscriptions les rangs se clairsemaient. Pire encore, des petites foules se constituaient dans les rues avoisinantes et commentaient vigoureusement l'architecture en pointant le doigt vers le haut du campanile. Ça devenait intenable. Le jour où les caméras d'une télévision locale se présentèrent à Don Michel pour lui demander ses sentiments à ce sujet, il leur claqua instinctivement la porte au nez et appela les autorités. On fit nettoyer les symboles sur les façades. Peine perdue certainement, car la moitié de la ville n'avait pas manqué de les immortaliser sur pellicule. Le portrait accroché par l'association Olympe resta : ordre du maire, qui depuis le début de l'affaire s'était clairement rangé du côté de la famille Prats. Il affirma même, dans un entrefilet de la presse régionale, que le portrait ne serait décroché que quand le coupable serait arrêté. Quant aux toilettes des bistrots, domaine privé, il aurait fallu l'autorisation des patrons pour les faire repeindre. Et à P., en 2006, pas un seul patron de bar n'avait envie de faire effacer la phrase : d'une part parce que ça attirait le chaland, d'autre part parce que, comme une grande majorité des habitants, ils étaient à présent persuadés que Gloria Prats se trouvait bien dans la Miséricorde.

Parmi la population, deux factions s'étaient dégagées. Ceux qui pensaient que Gloria Prats depuis treize ans n'avait jamais quitté la Miséricorde et qu'aucune fouille n'avait été foutue de la repérer, et ceux qui affirmaient que, si elle y était, c'est qu'on l'y avait mise récemment, raison pour laquelle on ne l'avait jamais trouvée auparavant.

Treize ans après sa disparition, Gloria Prats était devenue une sorte de figure mythique et tutélaire dont le spectre désincarné dardait un regard enfantin sur la ville. Le Loch Ness avait son monstre, Lourdes avait sa Vierge, P. avait sa petite disparue.

On fit même poser, là où Federico Sparone avait prétendu avoir vu Gloria pour la dernière fois avant qu'elle ne se dématérialise, une plaque en sa mémoire. Ce qui ne manqua pas d'attiser d'autres polémiques : tous ceux qui étaient persuadés que le témoignage de Sparone n'avait été qu'un tissu de mensonges contestèrent avec véhémence ce choix géographique. Tant qu'à poser une plaque, c'était sur la Miséricorde qu'il aurait fallu le faire. Mais bien entendu, les autorités ecclésiastiques n'auraient jamais, au grand jamais, permis une telle chose. La Miséricorde devait rester un lieu saint, et non pas devenir une curiosité pour amateurs de faits divers. Elles ne savaient pas encore ce qui les attendait. Mais pour l'instant, il leur fallait limiter l'étendue des ragots.

On murmurait des choses qui, tout bien réfléchi, n'avaient pas l'air si bêtes. Certains avaient fait un étrange rapprochement entre la mort de Don Pepe, survenue très récemment, et l'apparition des messages. Le tout premier d'ailleurs avait fleuri sur la façade de la Miséricorde exactement vingt-quatre heures après les funérailles du « curé de l'époque ». Après sa retraite, Don Pepe était resté gravé dans les mémoires sous cette appellation. En lettres rouge sang : LUCE SOPRA LE TÉNÈBRE, lumière au-dessus des ténèbres. Suivi de près par les autres inscriptions. On en tirait des conclusions logiques. La mort de Don Pepe déliait les langues. Quelqu'un qui s'était tu était libre à présent et semait des indices.

2006.

Ottavia avait assisté au barouf d'enfer provoqué par le micro-événement des inscriptions avec une nervosité touchant au malaise. Pourquoi avait-elle dû attendre treize ans après la disparition de Gloria pour que ses viscères se mettent à réagir avec autant d'insistance ? Elle se souvenait parfaitement de cette sensation d'uppercut, en ce lointain après-midi du 12 septembre, quand elle s'était retrouvée face à Aldo Prats, à la porte de l'église, et qu'il avait fait allusion à Damiano Solivo. L'unique chose qu'elle avait comprise à ce moment-là, c'était qu'une fille manquait à l'appel après avoir rencontré Damiano dans la Miséricorde. Il ne lui avait pas été difficile de visualiser la scène. Il lui suffisait aujourd'hui encore de fermer les yeux pour revoir la terrasse, le boyau, le vaste espace plongé dans le noir après la petite porte rongée qui brutalement avait la faculté de ne plus s'ouvrir comme on l'aurait désiré. Comme une porte magique pour laquelle vous auriez perdu la formule. Sur sa peau, immédiatement après, le souvenir révoltant d'une main trop ferme pour elle et de ce qu'on trafiquait dans ses cheveux. Là-haut. Là-haut. La peur de l'emprisonnement. La terreur de mourir là-haut.

Pourquoi n'en avait-elle pas parlé à Aldo Prats, surtout en le voyant réclamer la clé de la sacristie, celle qui ouvrait vers les escaliers du centre Hoffman, elle ne saurait le dire. Parce qu'elle se souvenait de l'éclat d'un couteau à l'intérieur d'une poche. D'un nouveau frôlement furtif, inattendu, dans une foule, et de la vision d'un pouce dessinant sur un cou l'entaille invisible d'un égorgement. Et de qui le propriétaire de ce pouce et de ce cou était le fils. Ici, on savait ce que voulait dire un avertissement.

Mais aujourd'hui, elle avait l'impression que tout cela était très loin. Treize ans, quand on est une jeune personne, c'est presque la moitié d'une vie. La moitié d'une vie à se taire. Elle avait suivi les perquisitions de la Miséricorde en se taisant. Les enquêtes relatées dans la presse. Les soirées spéciales d'« Où es-tu ? ». Les accusations et les rétractations. En silence. Toujours persuadée que tout s'était passé là-haut. Son petit secret à elle.

Mais les murs parlaient à présent. GLORIA PRATS EST DANS LA MISÉRICORDE. LUCE SOPRA LE TÉNÈBRE.

Et puis, lui, il n'était plus là. On le disait en Angleterre, où il continuait à faire des conneries, mais la police gardait un œil sur lui. Au point où il en était, il était possible qu'il ait oublié ce qu'il lui avait fait. On parlait de catalogue. Elle s'était peut-être noyée dans la masse, comme une fille de passage pour un homme à femmes.

C'est pourquoi un beau jour, avec au fond de la gorge une boule dure comme une balle de ping-pong, Ottavia demanda à Don Calogero Viscardo, son frère, éminent aumônier des forces de police de P., de prendre le temps de s'asseoir et d'écouter le récit qu'elle avait à lui faire.

Luci, 2010

Le petit groupe que nous étions ne passait pas inaperçu dans la ville. À P. nous ne sommes ni à Londres ni à Paris et les Gothiques sont toujours regardés comme des bêtes curieuses, entre inquiétude et dérision. Nos robes noires en lambeaux, nos velours et nos cuirs, nos longues chevelures rouges ou aile-de-corbeau, nos piercings et nos clous, associés à notre féroce habitude de nous déplacer en troupeau, avaient toujours fait jaser. Dans notre petite province méridionale, bien évidemment, très peu de gens savaient qui nous étions et développaient des fantasmes insensés autour de notre présence. Surtout depuis que les Bêtes de Satan, cette secte de débiles qui croyaient dur comme fer à leurs conneries de messes noires et de sacrifices humains au point de zigouiller trois ou quatre de leurs adeptes et de les enterrer au fond d'un bois, avaient fait parler d'eux. Vu que les gens ne comprenaient pas la différence entre les Bêtes de Satan, tendance extrême droite et musique Metal, et nous, les Morituri, gauchistes plutôt branchés littérature, parce qu'ils ne voyaient que le même noir et les mêmes cuirs, ils avaient commencé à nous considérer comme de dangereuses entités. Nous étions le Diable.

Des vieillards se signaient à notre passage, des mères détournaient de nous le regard de leurs enfants, on s'était même pris un jour une volée de cailloux. Nos parents étaient catastrophés, les flics nous fouillaient et les jeunes se foutaient ouvertement de nos gueules quand ils nous croisaient.

Nous étions six. Moi, Spector, Elfo, Fata Morgana, Tenebra et Angelo. Angelo qui, lui, n'avait jamais voulu abandonner son prénom pour un pseudo aux consonances mystérieuses parce qu'il lui plaisait de jouer sur le paradoxe entre la pureté de l'angélisme et la définitive noirceur de son image.

En 2006 Angelo et moi fréquentions une école d'art. Spector tenait une boutique de disques, Elfo voulait vivre de sa musique et passait le plus clair de son temps à composer sur sa guitare et à écrire des textes qu'on avait du mal à comprendre, Tenebra étudiait la littérature anglaise et rêvait de devenir une référence dans le domaine de la poésie métaphysique de John Donne. Fata Morgana, quant à elle, avait décroché un job de secrétaire médicale qu'elle exerçait en se déguisant quotidiennement en passe-partout. Difficile de faire plus sages. C'était d'autant plus drôle d'entendre déblatérer à notre sujet en nous prêtant toutes sortes de perversions sexuelles, d'orgies de drogues et d'alcool et de messes noires. Tout en buvant du sang.

Nous, ce qui nous intéressait, c'était la musique, ainsi que la complaisance dans une esthétique toute particulière héritée des auteurs que nous lisions et de notre culture rock. Bien sûr que nous étions attirés par le macabre, mais pas plus que Tim Burton, Dario Argento, Lord Byron et Ugo Foscolo.

Quand Gloria Prats a disparu, nous étions encore enfants et tout ça nous était passé bien au-dessus de la tête. Spector était un peu plus âgé, à peine adolescent, et il avait été fasciné par l'histoire. En 2006, nous avions entre 20 et 26 ans ; nous avions eu le temps de nous imprégner des révélations et rebondissements en chaîne, et Gloria Prats était alors devenue, pour nous qui ne l'avions même pas connue avant qu'elle ne s'achemine vers la terre des disparus, une sorte de mascotte. Elfo avait même composé un « *Who killed miss Gloria* » très sépulcral agrémenté de carillons pompés sur la bande originale de *L'Exorciste*, qui étaient censés faire allusion aux cloches de la Miséricorde.

Si on s'était emparés du destin de Gloria Prats, ce n'était pas uniquement pour son mystère poétique ni parce qu'elle était une figure emblématique de notre ville, mais aussi et surtout pour l'idée même de la Miséricorde. L'église en tant que lieu, pour lequel nous nourrissions une attraction-répulsion depuis que nous avions lu *Le Moine* de Lewis et le *Melmoth* de Mathurin, et qui évidemment perpétuait le mythe très vampirique de la mort, de la résurrection et de la vie éternelle, du péché et du châtiment, de l'effroi pour le sexe et de l'imagerie sordide, mais également l'Église en tant qu'institution. On aimait à imaginer des prêtres pervers et des évêques complices, des cachots emplis de jeunes vierges et le Démon rôdant par là. Ce n'était que du folklore qui occupait nos soirées quand on se retrouvait autour d'une bière et de quelques bons disques. On pensait tout haut en se marrant ce que la plupart des habitants de P., bons chrétiens, n'osaient même pas se figurer. Et on mourait d'envie que ce soit le cas. Nous sommes italiens, bon sang. L'Église est un membre de notre famille. Elle nous est imposée dès la naissance au même titre qu'un patronyme, elle engage nos enseignants, nos baby-sitters, nos animateurs de centres sociaux, nos maîtres-nageurs ; on nous l'assène à l'école, elle se glisse dans chacune de nos activités périscolaires. Dans ce pays on ne se pose même pas la question de si on croit en Dieu ou pas. Dieu, évident et indéfectible, structure tes pensées et ta société. J'ai connu des punks qui avaient le petit bénitier avec le rameau d'olivier au-dessus de leur lit. Ici tu peux hurler à l'Anarchie, être communiste, homosexuel, pute, camorriste, assassin, tu as une image sainte dans le portefeuille. Tu souris béatement quand tu entends le mot Pape. Tu te signes quand tu passes devant un oratoire. C'est même pas que tu crois en Dieu, c'est juste comme ça. Comme tu manges ou tu bois. Comme tu respires. Tu as Dieu, voilà tout. Et moi j'en ai eu marre qu'on me mette Dieu dans l'assiette à tous les repas. J'en ai eu marre de ce catéchisme perpétuel à tous les coins de rue. Ça m'a éclaté à la gueule la première fois que j'ai écouté un disque des Stooges. Alors j'ai mis à mon cou une croix renversée pour signifier à tout un chacun que je n'en pouvais plus de ce père qu'on m'imposait.

Nous étions donc bien obsédés, à ce moment-là, par les étranges relations entre des disparitions de jeunes filles survenues dans les dernières décennies et cette grande société secrète et taiseuse qu'est l'Église. Gloria Prats volatilisée dans la Miséricorde, mais pas seulement. Il y avait aussi la disparition de Martina, la jeune citoyenne vaticane, au sortir d'une église où elle était allée prendre son cours de hautbois, et pour laquelle tout le monde pressentait une implication mafieuse ; et Sandra, une autre jeune fille que personne n'avait plus retrouvée après qu'elle s'était rendue dans un monastère pour une retraite spirituelle. On avait beau se dire qu'on était en Italie, et que le nombre échevelant de lieux religieux faisait en sorte que, si vous aviez un problème, ça ne pouvait être qu'à moins de cent mètres d'une église, n'empêche. L'accumulation pousse aux conclusions. Et on se disait que tous les culs-bénits du pays devraient plutôt se dire que les églises n'étaient pas vraiment les havres de paix qu'ils imaginaient. Il y avait les disparitions, et il y avait le reste.

C'est Spector qui a eu l'idée du premier graffiti sur la Miséricorde, quand le curé de l'époque a passé l'arme à gauche. Surtout que Spector avait eu l'occasion de se frotter de très très près à ce Don Pepe quand il était enfant, parce que ses parents l'avaient envoyé au catéchisme et qu'au bout d'un moment ce sale pervers lui avait mis les mains dessus et autre chose dedans. Il avait subi ça en fermant sa gueule puis il avait supplié ses parents de l'enlever de là en braillant qu'il ne croyait plus en Dieu. Ce qui était vrai. Il n'y a qu'à nous qu'il en a parlé, après. Alors quand le vieux pervers a fini par crever, la nuit même de l'enterrement, il a pris un pot de peinture et est allé écrire : LUCE SOPRA LE TÉNÈBRE. Le soulagement de la lumière qui revient après la chape de plomb du viol et du silence.

Mais par le plus grand des hasards ça a coïncidé avec l'apparition, quelques jours plus tard, de l'inscription dans les toilettes des bars. Et en laissant traîner nos oreilles on a compris que les gens reliaient le graffiti de Spector à l'affaire Gloria Prats. La Miséricorde, le prêtre pervers, la disparition d'une jeune vierge. Finalement, la ville entière nourrissait des idées très gothiques sans même le savoir.

Autour d'une bière, les Morituri ont donc décrété que l'histoire était trop belle pour ne pas en profiter. Nous avons décidé de créer une légende urbaine : Gloria Prats dans la Miséricorde. Quelques jours plus tard, on s'est mis à barbouiller les murs, sur un itinéraire allant de chez les Prats jusqu'à la Miséricorde, d'un drôle de signe : Puis, Elfo a appelé « Où es-tu ? » en annonçant qu'il avait la clé de ce code mystérieux. Ça a pris comme de l'étoupe.

C'était il y a quatre ans.

Je vous dis pas la tête qu'on a faite, la semaine dernière, quand on a retrouvé Gloria Prats sous le toit de la Miséricorde. On avait juste voulu s'amuser un peu.

Calogero, 2006

C'est peut-être parce que nous étions tous bouleversés par l'apparition des inscriptions. Quand je dis bouleversés, je parle de nous, hommes d'Église. Nous bouleversés, la police perplexe, les habitants prêts à mordre. Il y avait eu pléthore de rebondissements dans cette affaire depuis treize ans mais aucun n'avait affecté la ville comme le coup des graffitis.

Le bruit courait que la coïncidence avec la mort de Don Pepe n'en était justement pas une. Personne ici ne croyait plus aux hasards, et quand je tendais l'oreille à ce qui se chuchotait au cœur des petites foules ou dans les bureaux du commissariat, j'entendais souvent proférer des accusations contre le vieux curé à peine refroidi.

On disait : « Comment peut-on ne pas savoir si on a ou pas un cadavre dans son église ».

« Il savait, bien sûr qu'il savait. Régnant en maître sur cet édifice, il n'en ignorait pas le moindre mètre carré. »

« Il a couvé son secret pendant treize ans et l'a emporté dans la tombe. »

Je ne prenais jamais part aux conversations, le cul entre deux chaises. Tout le monde savait que, ce lointain 12 septembre, c'est moi qui avais pris la Miséricorde en charge parce que Don Pepe était parti prendre les eaux. Il s'en fallait d'un cheveu qu'on ne me dévisage avec suspicion moi aussi. Mais j'avais bien saisi une chose : depuis l'affaire Prats, toute créature portant soutane inspirait instinctivement la réserve, voire le rejet. C'est-à-dire que si les gens continuaient à croire en Dieu avec la même ferveur qu'avant, en revanche ils n'accordaient plus une confiance aveugle à ses serviteurs. Chiffres à l'appui. Depuis 1993, les rangs des petits catéchumènes s'étaient éclaircis, et on avait beaucoup de mal à enrôler des enfants de chœur. Surtout à la Miséricorde. Dans les autres paroisses, la désertion était bien moins flagrante.

Parfois, on me posait des questions. Exercice auquel je me pliais sans me dérober, d'autant plus que ceux qui osaient me questionner le faisaient sans malice aucune, avec une franchise de camarades de régiment, et parfois même avec une pointe de compassion. Mon pauvre Calogero, ça a dû te faire un choc cette histoire-là quand ça t'est tombé sur le coin de la figure. Alors j'acquiesçais, l'air abattu, sans m'attarder sur le sujet cependant. Eh oui, pour commencer une carrière, quelle guigne. Et puis, quand le ton se faisait plus confidentiel, on n'hésitait pas à me poser la fameuse question : mais toi, Calogero, pour avoir fréquenté la Miséricorde comme ta propre maison, tu le penses, toi, que Gloria Prats puisse être là-dedans ? Mais quelle folie, ne manquais-je jamais de répondre. Comment voulez-vous qu'un cadavre pourrisse dans une église sans qu'on se doute de quoi que ce soit ? Et honnêtement, vous imaginez Don Pepe en train d'enterrer ou de faire disparaître un corps ? Non, non. Ne manquez pas de respect à son âme béate. Don Pepe était un saint, et vous le savez tous. Et puis vous, mes amis, vous l'avez fouillée la Miséricorde, et rien ne pourra vous enlever de l'esprit que vous avez fait les choses très correctement, non ? Alors, ôtez-vous cette idée de la tête. Gloria Prats n'a jamais transité par la Miséricorde. J'y étais ce jour-là, et les jours suivants. Et à part les perquisitions que vous aviez menées, franchement, à aucun moment je n'avais remarqué quoi que ce soit d'anormal.

Je vous assure que ma conviction n'avait rien d'un exercice de style. Dix ans à faire les remplacements à la Miséricorde avant qu'on me nomme Aumônier des forces de police et de la prison de S. J'avais vu se succéder Don Pepe, puis le duo Don Michel-Don Dacelos, trois petits bonshommes à l'âme irréprochable, et à aucun moment je ne me suis laissé aller à imaginer qu'ils aient quelque chose à voir avec la disparition de Gloria Prats. On pose souvent sur moi un regard goguenard quand je dis que, d'ailleurs, nous n'en avons jamais parlé ensemble. Mais c'est la vérité. À part lors des cérémonies où nous nous retrouvions, les curés titulaires et moi, nous avions très peu l'occasion d'engager la conversation sur les sujets qui ne fussent pas strictement liés à l'organisation interne de la paroisse. Nous nous entretenions alors de petits problèmes techniques, de l'alternance de nos offices ou de considérations pratiques. Il nous fallait nous mettre d'accord pour recevoir les ouvriers de restauration ou de maintenance, pour tenir à jour les calendriers et les stocks de matériel liturgique. Pour rompre le pain et boire le vin, il faut du vin et du pain. Nous ne parlions jamais d'autre chose : ni d'actualité, ni de politique, à part ce qui concernait directement l'Église catholique ou le Saint-Père.

J'étais donc tout à fait sincère quand j'affirmais qu'il n'y avait à mon sens aucune ombre au tableau. Autour de moi, mes déclarations faisaient hocher les têtes. Ma réputation m'ayant précédée, on avait confiance dans mes jugements. Et parfois, ça revenait sur le tapis : mais, Don Pepe, tu es sûr qu'il était vraiment… tout blanc tout blanc ? Pas de pédophilie ? Pas de pillage de tronc ? Alors j'éclatais de rire. Un rire de Frère Tuck, bonhomme et rassurant. J'avais envie de mettre la Miséricorde de côté, de ne plus être considéré comme un protagoniste de cette triste histoire.

Et puis là, d'un coup, voilà que la Miséricorde me rattrape.

Quand ma sœur a achevé son récit, lâché avec un incommensurable embarras, je suis resté pantelant. Honteux de n'avoir pas su déceler son trouble, de ne pas avoir été là pour la protéger au moment où elle risquait de finir entre les griffes d'un ogre. J'ai fait mienne son humiliation, j'ai endossé sa salissure. Et comme on peut s'y attendre, j'ai immédiatement songé à Gloria Prats.

Ottavia m'a tout raconté. Le leurre du cadeau, l'hameçon de mains extrêmement puissantes qui enserrent la gorge, la promesse d'un couteau qui ferait son office en cas de fuites, le mime d'un égorgement comme un rappel au silence. Les actes répugnants accomplis avec sa chevelure. J'ai compris à ce moment-là pourquoi Ottavia avait brutalement cessé, à l'âge où on devrait faire précisément le contraire, de se lier aux autres jeunes gens de la ville, pourquoi elle avait pris la décision d'arrêter ses études pour me seconder, et surtout pourquoi du jour au lendemain elle avait coupé ses cheveux aussi court que les miens. Je m'étais moqué d'elle, lui disant, pour cacher ma déception, qu'il ne lui manquait plus que la tonsure pour ressembler à un moinillon. Ma sœur s'était recroquevillée. C'était un moindre mal. Elle aurait pu rester là-haut, et peut-être l'aurait-on cherchée autant que Gloria Prats.

Ma sœur racontait et moi je ne songeais qu'à Gloria, parce que c'est pour Gloria et uniquement pour elle qu'Ottavia racontait. Et elle conclut : si Gloria est dans la Miséricorde, c'est là-haut qu'elle se trouve.

— Mais enfin, ai-je lâché, il me semble impossible qu'ils n'aient pas fouillé là-haut.

— Toi, tu peux peut-être le savoir ?

J'ai réfléchi. Des nuits entières. Un peigne à poux passé sur presque quinze ans de Miséricorde, pour ratisser dans ma mémoire tout ce qui avait un rapport, même lointain, avec les étages supérieurs. Les faits revenaient doucement, pendant que je me figurais l'architecture interne de l'édifice. Il n'y avait que deux façons d'atteindre la terrasse et les combles. La première, en y accédant à travers le centre Hoffman, comme lorsque Damiano Solivo y avait entraîné ma sœur. La deuxième, en ouvrant la porte au fond de la sacristie. Celle où Aldo Prats avait tambouriné le jour où il s'était précipité dans la Miséricorde à la recherche de Gloria. Cette porte-là, en quinze ans de séjours ponctuels, je l'avais toujours trouvée fermée. Elle était le privilège de Don Pepe. Il n'en donnait les clés à personne, arguant que les parties supérieures ne concernaient que le responsable qu'il était et ne devaient être violées qu'en cas d'extrême urgence. Je n'avais eu aucune raison d'insister : que serais-je allé faire sur le toit ? Après le départ de Don Pepe, la clé était certainement passée entre les mains de Don Michel et de Don Dacelos, sans que je m'en préoccupe le moins du monde. Je savais qu'il y avait eu des travaux là-haut, mais en dehors de mon office.

Des travaux… Je me refusais à croire qu'il y avait eu des va-et-vient d'ouvriers dans les combles et qu'on ne se soit douté de rien. Cela dépassait l'entendement. Si Gloria était là-haut depuis 1993, même en imaginant que les forces de police n'aient pas eu l'illumination d'aller perquisitionner sous le toit, au moins les maçons auraient vu quelque chose.

Et là, je tressaillis. Et s'ils avaient vu ?

Mais non, voyons, il faut en finir avec l'Enfer. Je suis un prêtre, je connais le son du péché car ma fonction m'oblige à y prêter l'oreille, mais je ne peux pas concevoir, en mon âme et conscience, qu'un humain exhume les restes tant recherchés d'une enfant disparue et se taise.

Non. Je ne peux pas l'imaginer.

J'y suis allé en douceur. Ma nomination au sein du commissariat était une aubaine pour ma curiosité. J'ai attendu que l'autre curiosité, celle des membres de la brigade, se manifeste de nouveau avec les questions habituelles, autour de la machine à café, pour tendre mes filets. Je n'eus pas à patienter longtemps. L'événement des inscriptions avait fait de la Miséricorde le principal sujet de conversation. Dès les premières questions, je m'insérai prudemment.

— Mais finalement, vous avez fouillé quels endroits précis ? Finalement ?

L'inspecteur Brandi, certainement parce qu'il avait été un des premiers à être sur l'affaire, s'échauffa à ma demande. Il pouvait tout me montrer. Il me fit venir dans son bureau et étala devant moi un gros paquet de feuillets agrafés : les plans de la Miséricorde. La pointe de son stylo désigna les différents espaces. J'eus la preuve de ce que je craignais : personne n'avait mis les pieds dans les combles.

Ce qui me sembla tout bonnement incroyable.

Ce qui me conforta dans ma première idée. Il fallait que je monte là-haut. En catimini. Pour me mettre le cœur en paix.

Don Dacelos

Des semaines que j'attends, plongé dans la touffeur des ténèbres. Monseigneur Fiero n'a pas tenu sa promesse, il m'a laissé seul aux portes de l'Enfer. Il n'est pas venu s'en occuper. Il ne viendra plus. Son silence est encore plus terrifiant que s'il venait en personne me menacer pour que je tienne ma langue. Ô Seigneur ! Monseigneur Fiero me semblait un homme si intègre, si pur, si dévoué ! Comment ai-je pu être si naïf ! Ne pas voir le rictus du Démon sous ce sourire…

Je me souviens maintenant, ce best-seller de réputation mondiale que j'ai lu quand j'étais plus jeune, je m'étais tellement amusé et scandalisé à le lire… Il racontait une immense machination vaticane pour étouffer d'inavouables manipulations, et les morts tombaient par dizaines… Et moi je me disais, quelle imagination fertile, quelle belle idée narrative que de placer le Mal absolu à cet endroit du monde, là où ne règne que Paix et Justice dans la Lumière du Seigneur… Si beau et si pur, ce centre de la Chrétienté, qu'un beau jour depuis mon Brésil natal j'ai décidé de tout quitter et de me faire nommer en Italie, pour être plus proche du Saint-Père et de sa sublime maison.

Comment ne me suis-je rendu compte de rien les premières années ? Quel visage a donc pris le Malin pour m'abuser ? Comment imaginer que je me trouvais dans un pays où les petites filles disparaissent dans les églises au vu et au su des évêques ? Parce qu'elle n'est pas la seule, celle de la Miséricorde, en quelques années ça en fait trois, Martina Carrese volatilisée dans une basilique attenante au Vatican, et l'autre aussi dont le nom m'échappe, disparue au détour d'un couvent…

Ô Satan, où as-tu tendu tes filets ?

Monseigneur Fiero savait pour la disparition de la petite. Il s'est tu et son silence est éloquent. Il veut que je me taise aussi. Est-ce lui ? Est-ce lui qui a sacrifié la vierge ? Est-ce lui qui orchestre les rapts et les mises à mort ? Ou n'est-il qu'un subalterne ? Veut-il couvrir quelqu'un ? Mais qui ? On couvre en général un supérieur hiérarchique. Oh, Dieu du ciel ! Se pourrait-il que… qu'il protège… Non, c'est impossible, c'est impossible… Seigneur, écarte ces mauvaises pensées de mon âme !

Elles sont là ! Elles sont lâchées ! Elles sont tout une armée, coalition de brutes sataniques qui, aux soins du Vatican, ont pris les armes contre Dieu ! Je les vois sous mes paupières quand je ferme les yeux. Elles ne cessent de m'apparaître au cœur de mes prières, vade retro ! Vade retro ! Faux pénitents aux capuches noires, yeux de bêtes étincelants à la flamme des bougies… Les Bêtes de Satan ! Les Bêtes de Satan, qui, sous des airs bonhommes et des génuflexions, hantent les couloirs du Vatican en se faisant passer pour des hommes de Dieu !

Seigneur, protège ton serviteur qui en sait trop ! Reçois mon sang qui coule de mes blessures, bénis mon dos lacéré par ce fouet, Seigneur, elles sont partout, elles frappent à ma porte…

Au secours ! Miséricorde ! Miséricorde ! Ce sont les flammes de l'Enfer !

Calogero, 2006

Tout s'est ouvert à moi avec une facilité déconcertante. Si aisément, si naturellement qu'il me semblait d'autant plus incroyable que personne ne m'ait devancé.

Je suis entré dans le centre Hoffman en pleine affluence. J'ai tapé sur des épaules amies et échangé des poignées de main. J'étais Don Calogero Viscardo, tout le monde ici connaissait ma silhouette engoncée dans mon éternelle soutane noire. Au milieu des religieuses, je ne déparais pas. Les jeunes m'ont salué. J'ai feint un air empressé et j'ai traversé d'une démarche rapide l'enfilade de salles du premier étage pour me retrouver dans la fameuse cage d'escalier prise en sandwich entre le centre et la Miséricorde. Les pans flottants de mon habit noir m'avaient servi de sésame.

Ottavia m'avait décrit l'itinéraire. Une fois dans l'escalier, il me suffisait de monter jusqu'au dernier étage et de pousser la porte de droite, celle de la terrasse, que je traversai en pliant les genoux et en courbant le dos, comme un soldat sous les tirs ennemis. Il fallait se méfier d'yeux éventuels.

Quand je m'introduisis dans les combles, guidé par la lampe de mon téléphone, je fus immédiatement saisi par l'odeur d'humidité, de bois pourri et de cendres froides. Au pied des trois marches vermoulues qui descendaient au premier espace, un amoncellement de mégots attira mon attention. La poussière ne s'y était pas encore collée. J'en arrivai même à me dire que mes suspicions étaient absurdes : ça ne ressemblait pas du tout à un lieu désert, secret ou délaissé. Il y avait du passage ici, et qui dit passage dit autant de probabilités de sentir et découvrir un cadavre en décomposition. Outre les mégots, j'aperçus des canettes vides, des kleenex usagés et même un ticket de caisse datant de seulement quelques mois.

Ottavia avait fait allusion aux cigarettes fumées en cachette sous le toit comme d'autres fument aux toilettes. Mais, peut-être pour ne pas me heurter davantage, peut-être parce qu'elle ne l'avait pas remarqué, elle n'avait pas parlé du matelas.

Il trônait dans le premier box juste après l'entrée. Une couche répugnante dont la toile damassée s'auréolait de taches parfaitement lisibles. Là aussi, autour du matelas, la présence d'un monceau de mouchoirs en papier indiquait la fonction première de ce lit. Abomination. Dans la maison du Seigneur. Je ne pus m'empêcher de lever les yeux vers Lui en murmurant une prière. Existait-il encore un lieu en ce monde qui ne fût pas gangrené par les cochonneries ? Je m'avançai plus loin. Il fallait se faufiler d'un box à l'autre en baissant la tête pour ne pas se cogner. Et à chaque fois, je tombais sur un désordre de matériaux divers, de détritus et de bouts de meubles cassés. Je soulevai du bout de mon soulier toute surface qui me semblait assez grande pour recouvrir un corps, pour n'y trouver que des toiles d'araignées, des crottes de souris et même un scorpion. Le dernier box m'attira plus que les autres. Peut-être parce que la charpente, à hauteur de tête à cet endroit-là, apparut dans la lumière de mon portable comme différente. Pour la simple raison que, précisément, il n'y avait plus à proprement parler de charpente, dont une couche semblait avoir été sciée et enlevée. On y apercevait les tuiles à nu qui laissaient filtrer d'infimes lamelles de ciel. Et comme c'était bien rangé ici, contrairement aux autres box. La quasi-totalité de l'espace était occupée par des palettes de tuiles scientifiquement entassées qui m'arrivaient jusqu'à la poitrine. Elles étaient là depuis très longtemps, à en juger par la crasse et le duvet de pigeon qui les recouvraient. Ce qui attira mon regard fut qu'elles n'étaient pas collées contre le mur. Alors, naturellement, je les contournai et, me pliant en deux pour parvenir à voir par l'interstice, j'y dirigeai le faisceau de ma lampe. Quelque chose étincela. Par terre, entre la pile et le mur. Il me fallait un outil. Je trouvai un bâton et l'insérai dans le petit espace. Après quelques échecs, l'objet avança vers moi de quelques centimètres. Dernières torsions du bras, et je l'eus dans la main.

Sensation de brûlure qui me fit craindre des stigmates.

C'était une paire de lunettes. Des petites lunettes de vue toutes simples, dorées, à la monture féminine. Bien entendu, j'avais déjà vu ces lunettes mille fois. Ornant le visage de Gloria Prats, sur les avis de recherche.

12 novembre 2007

L'homme qui se présenta à Flora Rossellini dans les studios d'« Où es-tu ? » dégageait quelque chose qu'elle apprécia immédiatement. Sans parler de son élégance discrète et de son visage rose d'enfant grandi prématurément, il avait le regard clair et franc de l'intelligence, la poigne ferme, et ce qui se lisait tant dans ses yeux que dans le ton de sa voix révélait une grande volonté.

La grande volonté de coincer Damiano Solivo.

Non. Les choses ne furent pas présentées ainsi. Dennis Bradford, Detective Chief Superintendant du Crime Investigation Department de la bonne vieille ville de B., venait rencontrer l'équipe d'« Où es-tu ? », qu'il connaissait comme étant l'équivalent italien de l'émission britannique « Crimescope », pour élucider le meurtre brutal et étrangement connoté d'une adorable mère de famille, et dont le suspect le plus crédible se révélait être Damiano Solivo. Ce n'était pas exactement pareil, mais ça revenait au même.

La Rossellini palpitait comme une phalène.

Elle était au courant de l'implication de Solivo dans cette étrange affaire de meurtre depuis que les Prats l'avaient contactée, en 2004, pour lui faire part de cette incroyable découverte : que Solivo, frais et dispos, filait le parfait amour avec une grosse dame dans une jolie ville d'Angleterre, et au passage se retrouvait suspecté de massacre de voisine. Ce n'était pas seulement en tant que présentatrice d'émission populaire qu'elle avait réagi, mais en tant qu'amie de la famille. Depuis lors, elle avait régulièrement fait le point sur cette affaire anglaise, glanant à droite et à gauche tous les éléments susceptibles de lui être utiles pour continuer à mener son cheval de bataille : l'évidente dangerosité de Solivo, qu'une enquête bien troussée dès la disparition de Gloria Prats aurait pu menotter et empêcher de faire d'autres ravages. Et toujours, toujours, la question fatidique qu'elle osait poser en direct : qui donc a pu utiliser son pouvoir pour ensabler, détourner, défigurer les évidences, et permettre ainsi à un déséquilibré notoire, mais hélas bien entouré, d'aller tranquillement assassiner ailleurs sans que personne ne s'en alarme ?

La Rossellini martèlerait ce soir que si Damiano Solivo avait bénéficié de moins d'indulgence après la disparition de Gloria, une autre femme serait encore en vie et deux adolescentes ne seraient pas obligées de suivre une thérapie pour tenter de surmonter leur plongeon dans la poix bouillante de l'Enfer. Une autre femme… au minimum.

Elle était heureuse aujourd'hui de recevoir sur le plateau ce représentant des autorités britanniques. Il y aurait une grande révélation ce soir. Le public serait informé des avancées de l'investigation Outre-Manche et illuminé par l'aura de mystère romanesque qui planait sur cette incroyable affaire. Il y serait question d'une certaine mèche de cheveux, une mèche aux parfums ignobles, trouvée entre les doigts crispés du cadavre anglais. Une mèche blonde, que personne jusqu'à présent n'avait réclamée.

Ce soir, on lancerait un appel à la Blonde.

Flora Rossellini n'avait pas besoin de réviser ses fiches pour avoir en tête les détails de l'enquête. Mais avant de recevoir le juvénile petit Superintendant, elle avait travaillé d'arrache-pied pour en assurer toute la clarté aux téléspectateurs. On résumerait longuement les faits.

Et d'ailleurs, où en était-on ?

Cela faisait exactement cinq ans que la victime, Lily Hewitt, une couturière sympathique et appréciée dans son petit quartier résidentiel au cœur d'une ville tranquille, avait été retrouvée assassinée et mutilée dans sa salle de bains. Mutilée – post-mortem, Dieu merci – d'une manière à vous faire dresser les cheveux sur la tête : on lui avait coupé les seins. Et pas seulement les seins. Il y avait une signature, qui avait emmené les enquêteurs anglais sur une piste bien particulière. Dans les mains du cadavre, l'auteur avait déposé deux mèches de cheveux. L'une appartenait à la victime, l'autre à une blonde que personne jusqu'à présent n'avait réussi à identifier.

C'était là la raison de la présence du drôle de petit bonhomme anglais. Tenter de retrouver la Blonde. Pourquoi recherchait-on la Blonde ? Et pourquoi ici, en Italie ? Parce que si d'aventure son chemin avait croisé celui de Damiano Solivo, on aurait enfin une bonne raison de l'inculper pour des charges sérieuses.

Solivo ? Ah oui pardon. J'oubliais l'essentiel.

Damiano Solivo et sa grosse dame habitent exactement à trente-cinq pas de la maison où Lily Hewitt fut découverte dépecée. Raison pour laquelle notre délicieux compatriote se trouve dans le collimateur de la police britannique depuis cinq ans. Trente-cinq pas, et tant d'autres choses. Mais surtout, et là résiderait la révélation principale de la soirée, parce que nous venons d'apprendre que le loisir principal de Damiano Solivo depuis son adolescence est, précisément, de couper les cheveux aux filles dans les bus. Un fétichiste. Un coupeur de nattes.

Notre bon vieux Solivo, aussi serpentin pour échapper aux filets de la police anglaise qu'il ne le fut pour échapper à ceux de notre pays.

Comme quoi, il n'y a pas que chez nous qu'il y a une couille dans le potage.

Flora Rossellini se promit de ne pas employer cette expression devant les millions de téléspectateurs qui ce soir seraient suspendus à ses lèvres exquises.

Calogero, 2006

J'ai prié toute la nuit. J'ai l'impression que la totalité de mon organisme est devenue un immense moulin à prière, un réservoir à incantations. La prêtrise n'est plus uniquement la fonction, elle est ma chair et mon sang. Je Lui parle. Je Lui demande miséricorde pour l'engeance humaine. Il n'y a plus que le Seigneur qui batte dans mes tempes. L'Homme me fait vomir.

Les lunettes de Gloria sont posées au fond d'un des tiroirs de ma table de chevet. Il ne faut surtout pas que ma sœur les voie. Je les ai enveloppées dans un mouchoir, comme d'autres enveloppent une arme pour la soustraire au regard d'un enfant.

Je sais que cette paire de lunettes est aussi dangereuse qu'une arme chargée, et que si je m'en sers les dégâts collatéraux seront infinis.

Je sais où est Gloria. Je fais partie des quelques personnes qui détiennent la vérité. À la seule différence que moi, je suis du bon côté.

Il m'a suffi de si peu. De me coucher à plat ventre dans la poussière et de darder ma petite loupiote sous la palette de vieilles planches soutenant la pile de tuiles. Bien sûr, je n'ai pas tout bien vu. J'ai vu le petit tibia squelettique. Brun comme un pain grillé. Et la sandale. Encore enfilée au pied.

Personne ne peut imaginer ce que ça fait. Le corps qui devient comme un rocher. Gloria m'a fait l'effet des yeux de la Méduse. Je me demande même si, dans les minutes qui ont suivi, j'ai respiré. Mon souffle emprisonné dans un bloc de pierre en forme d'homme. J'ai lâché mon téléphone et je suis resté comme ça, à plat ventre, contre le sol nauséabond. Les bras en croix, le visage dans la merde, terrassé par une douleur inconnue.

Et puis progressivement j'ai repris vie, je me suis redressé, me suis glissé hors de l'Enfer. Descendre, mais comment ? En retraversant le centre, comme j'étais venu ? Mais on aurait noté mon trouble et ma poussière. Comment quitter les lieux sans éveiller les soupçons ? Par la petite porte donnant sur l'impasse, celle que ma sœur m'avait décrite. Je cheminai donc à travers la terrasse, la cage d'escalier, jusqu'au rez-de-chaussée. À droite, la porte de la sacristie. À gauche… Zut. La porte a été murée. On pouvait donc facilement être pris au piège, si personne ne se trouvait dans la sacristie pour vous ouvrir, et en cas d'impossibilité de passer par le centre Hoffman. Pour ma part, je n'avais pas le choix. Je décidai donc de rebrousser chemin et de me mêler furtivement à la foule. J'enlevai mon habit repoussant et le fourrai sous mon bras, comme un avocat sur le chemin du Palais. Et de nouveau, l'air de rien, des bonjours et des au revoir chaleureux, pendant que ce qui restait de mon cœur battait la chamade et que je tentais de dissimuler mes mains terreuses.

L'air libre m'aspira comme un siphon de lavabo.

Voilà où j'en suis, insomniaque et horrifié. À regarder depuis la nuit les lunettes de Gloria.

Et puis je fais ce qui me semble juste. Je quitte mon domicile, je traverse la ville, je trouve une cabine téléphonique. Il est 9 heures, je sais qu'il est là. J'appelle le commissariat en me bouchant le nez pour déguiser ma voix, et je demande à parler au commissaire Scampia.

J'ai eu le temps de préparer mon discours.

Je lui donne rendez-vous dans deux jours, dans un café de S., pour lui remettre une pièce à conviction qui le conduira tout droit au corps de Gloria Prats.

2006.

Comme dit précédemment, le commissaire Scampia n'aimait pas, mais pas du tout, l'histoire des inscriptions qui, en quelques semaines, avaient ranimé à P. le feu presque éteint de l'affaire Prats.

Cela faisait treize ans qu'il travaillait dans l'ombre. À présent, il fallait de nouveau rendre des comptes à la population.

Scampia n'avait jamais lâché. Pendant treize ans, il avait suivi chacune des pistes qu'un témoignage, fiable ou pas, avait ouverte. Il s'était tapé Naples, Rome, Milan, l'Albanie. Il avait épluché ligne à ligne les auditions des uns et des autres, comparant les versions, recoupant les informations, relisant les actes de procès. Ce n'était pas pour désigner un coupable qu'il s'était donné tout ce mal : le coupable, en son âme et conscience, il savait qui c'était. Comme toute la ville. Et, n'ayons pas peur de le dire : comme toute l'Italie. Non. Ce qu'il cherchait, c'était Gloria. Il fallait trouver Gloria, pour sa famille, pour lui assurer une sépulture digne de ce nom, mais en premier lieu pour faire parler son cadavre.

Ce qui était embêtant, dans cette histoire de graffitis, c'était l'accusation féroce qu'il fallait lire entre les lignes : Gloria dans la Miséricorde équivalait à dire que la police n'avait pas fait son travail. Et Scampia ne supportait pas qu'on doute de sa compétence et de celle de ses hommes.

La Miséricorde, bon sang, ils l'avaient fouillée de fond en comble. Pas même un cheveu de trouvé. Le possible a des limites. Il avait bien fallu laisser tomber au bout d'un moment. Même si, au début, il leur avait semblé à tous que la solution de l'église était la plus évidente. À condition, bien sûr, que Gloria soit bien entrée dans la Miséricorde : finalement, à part le témoignage d'Elena affirmant qu'elle devait bien s'y rendre, et celui de Damiano disant qu'il s'y était bien entretenu avec elle, aucune autre personne ne pouvait attester de sa présence à l'église ce jour-là. Et à condition, bien sûr, que le responsable de la disparition fût bien Damiano Solivo et que tout ait démarré par la Miséricorde. Car en une heure et demie, il n'aurait pas pu aller bien loin avec la petite. Il ne conduisait pas, il n'aurait pas eu la possibilité de la fourrer dans une auto pour aller la déposer à perpète. S'il l'avait tuée dans la Miséricorde, entre deux messes – scénario pour le moins incroyable – il aurait eu comme unique solution de la laisser sur place. Et sur place, malgré les fouilles soigneuses et pénétrantes, on n'avait jamais rien trouvé. Merde.

Treize ans plus tard des dizaines de possibilités restaient encore ouvertes. Ou bien Gloria était effectivement sortie de la Miséricorde comme Solivo l'affirmait, et avait rencontré son assassin entre le parvis et les cabines téléphoniques où l'attendait Elena ; ou bien, c'était de sa pleine volonté qu'elle n'avait pas rejoint son amie, elle avait pris quelques minutes de liberté et c'était là qu'il lui était arrivé malheur. Il se pouvait même que Gloria n'ait jamais eu l'intention d'entrer dans l'église et n'ait pas dit la vérité à sa copine : dans ce cas-là, c'est Solivo qui aurait menti sur cette rencontre, mais pourquoi l'aurait-il fait tout en sachant que cela faisait de lui le principal suspect ? Ou bien, c'est Elena qui ment sans vergogne aucune depuis le début, ayant monté de toutes pièces cette histoire de rendez-vous à la Miséricorde pour dresser un rideau de fumée sur une fugue bien préparée à l'avance, ainsi qu'on l'avait suspecté dans les premières heures. Mais non. Scampia avait presque quarante ans de métier et il avait appris à faire confiance à son instinct. Il sentait depuis le début que, si quelqu'un disait la vérité, quoique bien maladroitement, c'était Elena. Il était touché par Elena, par sa perdition perplexe, par ses efforts surhumains pour remboîter les pièces du puzzle, par sa véhémence larmoyante.

Et le pauvre Adrian Leka... Adrian avait transformé la vérité parce qu'il se sentait fragilisé par son statut de suspect idéal : trop proche de Gloria, trop dénué d'alibi solide, trop albanais. Il avait juste essayé, bien mal, de s'extirper de la tourmente. Mais il s'était fait pincer. Il fallait le plaindre plus qu'autre chose. Le pauvre garçon avait subi quelques semaines d'emprisonnement, puis l'opprobre et une ratonnade en bonne et due forme, et pour ne rien gâcher on l'avait même soumis à l'hypnose. Tout ça parce que la Pm Alice Toscanini s'était mis en tête que ça ne pouvait être que lui.

Cette enfoirée. Elle n'avait pas fait hypnotiser Damiano, ah ça non. Damiano sous hypnose, on aurait pu en tirer un roman.

Il n'y avait qu'un seul scénario possible. Damiano tuant Gloria entre 11 h 30 et 13 h 30 ce dimanche 12 septembre. Et des appuis, beaucoup d'appuis, pour emmener Gloria bien loin de la Miséricorde. Puisqu'elle n'y était pas.

Si Alice Toscanini avait autorisé les perquisitions et les prélèvements chez Solivo au soir du 13 septembre, l'affaire aurait été réglée en deux-deux. Si Sparone n'était pas allé déposer à 11 heures ce soir-là, Alice Toscanini aurait signé les autorisations. Donc, pour le commissaire Scampia, si tout avait lamentablement échoué depuis treize ans, c'était à cause de Sparone.

Sparone, électron téléguidé à distance, ou peut-être pas, téléguidé de très très près, précisément pour que la perquisition décisive n'ait pas lieu.

Qu'auraient-ils pu faire de plus, lui et ses hommes, soumis aux volontés et aux orientations de la hiérarchie judiciaire ? En un clin d'œil on leur avait retiré Solivo comme principal suspect et on leur avait livré des kilos de chair fraîche en leur assurant que ça pouvait très bien faire l'affaire. De Sanctis, Leka… Que d'années perdues… Lui, il n'y avait jamais cru. Mais il avait le couteau sous la gorge. Administrativement parlant.

C'était une histoire de sexe, de pulsion et de meurtre. Et en y resongeant, il éprouvait même un embarras profond en se revoyant, le 12 septembre 1993, souffler de lassitude alors qu'il recevait dans son bureau une famille alarmée parce que la petite de 16 ans avait disparu, et tenter de faire comprendre à ces gens têtus que, si on se basait sur la logique et sur les chiffres, il y avait 90 pour cent de chances qu'elle ait fait sa petite fugue avec ou sans amoureux à ses basques.

Treize ans plus tard il tentait toujours de comprendre comment lui-même s'était positionné pendant toutes ces années. Et ça restait très flou.

C'était ça qu'il expiait chaque jour. Son incapacité à suivre une ligne investigatrice avec le même entêtement et la même foi que Brandi. Brandi, lui, n'avait jamais dévié. Mais lui, il avait tâtonné, prêt à admettre qu'il se trompait peut-être, ballotté par les vents contraires, un pas vers Solivo, un autre vers les Albanais, un troisième vers la probabilité, remise ponctuellement sur le feu, de la disparition volontaire, et encore un autre vers le scénario de la rencontre d'un meurtrier totalement extérieur aux principaux protagonistes. Tant de fois il avait eu envie de tout envoyer au Diable, parce qu'il avait l'intuition que cette affaire serait de celles qui restent éternellement un mystère insoluble ; puis il reprenait espoir, il était même allé jusqu'en Albanie pour suivre des pistes qui lui semblaient sérieuses, et tout ça pour quoi, tout ça pour revenir, vexé comme un pou, avec la photo d'une fille qui, effectivement, ressemblait étrangement à Gloria et qui avait éclaté de rire en apprenant que de l'autre côté de l'Adriatique on pensait qu'elle était peut-être une Italienne disparue dix ans plus tôt.

Ça lui explosait au visage maintenant. Aller fouiller en Albanie, dans les bas-fonds de Naples, sur l'asphalte romain, avait signifié qu'il n'avait jamais été solidement convaincu de la culpabilité de Solivo.

Cette mollesse le rongeait.

Il se fustigeait d'autant plus qu'aujourd'hui sa conviction était faite. Parce que depuis, il y avait eu les événements en Angleterre. Il avait vraiment fallu que ces horreurs se réalisent pour que les doutes le quittent et que tout lui apparaisse avec une miraculeuse clarté.

C'était il y a quatre ans. Il se souvient précisément de la prise de bec avec Brandi qui venait de lui apprendre que Solivo avait quitté le pays, et de leur décision commune de le faire figurer dans le fichier européen des repris de justice. Il se souvient de leur sourde inquiétude – *il y aura des dommages collatéraux* – et de leur acharnement à le localiser. Pas si difficile que ça, la localisation : Solivo n'avait même pas essayé de gruger, il s'était embarqué sous son vrai nom, comme un scout, comme un touriste, comme n'importe quel couillon, et il avait été extrêmement aisé de consulter les fichiers des aéroports. Naples-Heathrow. Mais qu'est-ce qu'il allait foutre en Angleterre, bon sang ? Comme tout le monde en ces temps de crise, trouver un job de serveur dans un café italien de Londres ? Et puis un beau jour, ce coup de fil anonyme.

Pourquoi faut-il que tout soit toujours aussi obscur dans ce pays ? Que tant de choses passent par la délation, l'anonymat, le jeu de piste, la chasse au trésor ? Quel pion, sur le tentaculaire échiquier de l'affaire Prats, avait ainsi intérêt à murmurer depuis une cabine téléphonique « Damiano Solivo habite au 211, Brontë Street, B., Royaume-Uni, chez Mme Emma Cantarini » ? Quatre ans. Il n'avait jamais su à qui appartenait cette voix bienfaisante. À Aldo ? Certainement pas. Aldo avait appris la présence de Solivo en Angleterre seulement au moment où la presse anglaise, relayant les avancées de l'enquête sur la mort de la couturière de B., avait cité ce nom maudit. Un enquêteur privé à la solde des Prats ? Il en aurait également informé la famille. Un ami des Solivo basculé dans l'autre camp ? La voix était jeune, mais étouffée sous un filtre, un mouchoir certainement. L'interrogation demeurait. Mais grâce à cet inconnu, ils avaient remonté la piste. Et ça, c'était juste avant. Juste avant que, par Parquet interposé, l'organe italien d'Interpol leur fasse parvenir cette inquiétante requête.

La requête d'Interpol… Scampia ouvrit une chemise rouge vif et feuilleta le dossier du bout humecté de son doigt.

29 août 2002. Fax du ministère de l'Intérieur, département de la Sécurité publique, service de la coopération internationale de police. 12 h 30. Adressé à la Division Antimafia de S.

Le bureau britannique d'Interpol a signalé que le 12/07/02, à B., a été commis l'homicide d'une étudiante de nationalité coréenne. Jusqu'à présent, personne n'a été accusé du crime. Les autorités locales de police ont recueilli des informations selon lesquelles un ressortissant italien, installé dans la zone depuis peu, aurait des antécédents pénaux en Italie pour des faits de violence contre une femme et aurait même fait de la détention pour ce délit. Le nom du ressortissant est le suivant : SOLIVO Damiano, né le 03/04/72 en Sicile. Nous vous prions de délivrer toute information utile sur le compte de SOLIVO Damiano et particulièrement tous les détails concernant les précédentes condamnations pénales. Ceci est une demande urgente.

La DIA de S. avait mis un temps fou à répondre, un été entier. Mais, quoique paresseusement, elle avait effectivement alerté les Anglais de la dangerosité potentielle du type en question et s'était montrée ouverte à une collaboration étroite.

De : DIA de S.
À : National Criminal Intelligence Service.
Objet : Demande d'informations.

La section opérative de S. a appris de manière informelle qu'en date du 12/07/02, à B., a été commis un homicide sur la personne d'une étudiante sud-coréenne. À la suite du crime, les autorités locales de police ont demandé au commissariat de P., par le biais du service Interpol, des informations sur SOLIVO Damiano, né le 03/04/72, installé récemment dans cette zone.

M. SOLIVO a déjà fait l'objet d'enquêtes conduites dans le cadre de l'Opération Reflets, relatives à la disparition de la jeune Gloria PRATS survenue à P.

C'est pourquoi nous vous prions d'envisager la possibilité de demander aux organismes de police britannique des informations relatives à l'homicide de la jeune Coréenne qui a eu lieu sur leur territoire et aux contacts établis sur ce territoire par SOLIVO. Ceci afin de pouvoir évaluer l'importance des informations demandées en ce qui concerne les enquêtes menées dans le cadre de l'opération pré-citée.

Là encore, combien de collusions opaques, d'arrangements sous le manteau, de micmacs souterrains…

Opération Reflets… Première nouvelle. Ils avaient rué dans les brancards pendant des années, suant sang et eau pour tenter de résoudre une affaire, et ils apprenaient, par fax interposé, que la Division Antimafia de S., organisme puissant s'il en est, avait depuis des lustres monté une opération secrète pour résoudre la même affaire. Est-ce qu'on monte une action secrète pour une simple disparition d'adolescente ? Ou bien savait-on déjà, en haut lieu, que ce n'était pas aussi simple… Et qu'on touchait aux hautes sphères ?

Il poussa un soupir abattu et saisit la copie de la lettre qu'il avait en personne élaborée et fait parvenir à Interpol, en ce lointain mois d'août 2002 :

SOLIVO Damiano est impliqué dans la disparition de PRATS Gloria, âgée de 16 ans, survenue en plein centre-ville le matin du 12/09/93, après une entrevue avec l'individu en question.

Nous vous informons que cet individu, condamné à l'issue du procès pour fausses déclarations au Ministère Public, a également été poursuivi pour harcèlements et menaces à l'encontre de ses voisines avec lesquelles il escomptait avoir des relations sentimentales.

Nous précisons qu'en ce qui concerne la disparition de l'adolescente de P., les enquêtes sont encore actuellement menées par nos services. Quant à SOLIVO Damiano, même si jusqu'à présent il n'a pas été possible d'établir des preuves formelles de sa culpabilité à présenter devant une Cour, il reste cependant le principal suspect pour ce que nous estimons être un meurtre à motivation sexuelle suivi de dissimulation de cadavre, sur la personne de PRATS Gloria.

Nous précisons que SOLIVO Damiano est un individu à la personnalité psychiquement instable, avec des formes comportementales altérées qui peuvent prendre, comme cela a déjà été le cas dans d'autres faits commis par cet individu contre des jeunes filles, des caractéristiques d'agressions sexuelles violentes.

Considérant que la présence de SOLIVO Damiano à B. (Grande-Bretagne) coïncide avec l'homicide, en date du 12/07/2002, de l'étudiante sud-coréenne, et étant donné l'intérêt de nos services à recueillir toute information sur le crime perpétré et sur les motifs de la résidence du sujet en Angleterre, nous vous prions de contacter au plus vite nos homologues britanniques pour qu'ils nous fournissent tous les éléments utiles concernant les actes et les comportements de l'individu pré-cité, afin que nous puissions collecter des éléments supplémentaires dans l'enquête judiciaire sur la disparition de PRATS Gloria.

Le deal était pourtant simple. Donnant-donnant. Nous vous précisons que Solivo est effectivement un individu dangereux et plutôt porté sur le harcèlement sexuel, et en échange vous ne le quittez pas des yeux.

Et c'était resté lettre morte. Interpol, Opération Reflets, NCIS, tout le monde sur la sellette pendant deux mois, et d'un coup, pouf, plus rien. C'était à se demander si la dernière missive était tombée entre les bonnes mains, ou si elle s'était perdue dans d'infinies enfilades de bureaux anglais avant de finir à la poubelle parmi les gobelets de café et les brouillons oubliés.

Et ça, bon sang, c'était avant la couturière. Pour la Coréenne, ils avaient vite trouvé le coupable, c'était peut-être la raison de cette indifférence. Mais quand la couturière, quatre mois plus tard, avait été assassinée à deux cents mètres de là, pourquoi ne pas avoir exhumé ce dossier estampillé URGENT et tendu la main pour une collaboration étroite ?

Et après, on cite la police anglaise comme le parangon de l'efficacité et de la droiture.

Voici quels étaient, treize ans après la disparition de Gloria, les poux qui grattaient la tête argentée du commissaire Scampia.

Il se sentait vieillir. Il serait bientôt à la retraite – sur la touche, ainsi qu'il se plaisait à le dire avec amertume – et considérait l'échec des investigations pour retrouver Gloria comme son échec personnel. Il aurait aimé partir avec davantage de panache au lieu de cette casserole qui bringuebalait à ses trousses.

L'épisode des petites phrases sur les murs le mettait dans une situation délicate. Allait-il ordonner une nouvelle perquisition dans la Miséricorde ? Pour de nouveau être accusé de ne pas avoir fait son travail en temps voulu ? Allait-il faire la sourde oreille au risque d'être accusé d'incurie ? Allait-il tenter de convaincre les magistrats de tout remettre à plat et de tout recommencer depuis le début, auditions et perquisitions ? Treize ans plus tard ?

Il ne s'était jamais retrouvé dans une telle impasse. Il fallait bien faire quelque chose. Histoire de faire.

Aussi, quand il reçut en ce matin de 2006 un coup de téléphone anonyme lui indiquant que quelqu'un savait où se trouvait Gloria, à savoir dans un coin de la Miséricorde que personne n'avait jamais songé à fouiller, et que l'interlocuteur lui-même possédait une pièce à conviction déterminante pour conduire à Gloria, le commissaire Scampia n'hésita pas une seconde : il nota scrupuleusement le lieu proposé pour ce rendez-vous secret, fixé deux jours plus tard dans un café de Salerno.

Il s'y rendra, même si au final il se rendra compte qu'on l'a encore pris pour un con. Depuis treize ans qu'il chapeaute l'enquête sur la disparition de Gloria, et que chaque nouvelle piste le conduit immuablement à l'échec, il en a entendues des déclarations fracassantes. Celles de repris de justice espérant des remises de peine grâce à leur collaboration, et prêts pour cela à inventer n'importe quoi en balançant des noms au hasard. Celles de schizophrènes paranoïdes perdant un temps fou à écrire de longues lettres expliquant comment Gloria a été enlevée par des prélats du Pape dans le but de la livrer aux forces syriennes pour que le gouvernement italien, lâché par la CIA, se désagrège. Celles de lycéens abreuvés d'Heroic Fantasy affirmant que Gloria est une victime des Bêtes de Satan et que son corps pourrit sans aucun doute, après avoir été en partie cuisiné et mangé, au centre d'un pentacle dans une forêt des Appenins tosco-émiliens. Quelqu'un lui avait même écrit pour l'informer qu'il était le Monstre de Florence en personne et qu'après vingt ans de repos il avait recommencé à assassiner et mutiler des jeunes filles. En changeant de région.

Fort de ces expériences, Scampia aurait pu ne pas prêter l'oreille au contenu de l'appel anonyme du matin. Mais son estomac – sa truffe à lui – sentait qu'il y avait quelque chose de différent. L'interlocuteur, malgré une voix nasillarde sans aucun doute déguisée, s'était exprimé avec élégance et avec une inquiétude manifeste, à mille lieues du ton supérieur et déterminé que prenaient souvent les corbeaux. De plus on lui proposait, pour la première fois, un rendez-vous face à face et la remise d'une pièce à conviction déterminante. Et il y avait eu ces mots : « J'ai la preuve que Gloria Prats se trouve dans une partie de la Miséricorde que personne n'a jamais pensé à fouiller. » Il fallait donc que cette personne soit bien informée, pour savoir quelles parties de l'église avaient été négligées.

Il se creusa les méninges un instant, irrité. Qu'on le lâche un peu avec ces parties oubliées ! Ils n'avaient rien oublié. Les diverses fouilles avaient été soigneuses et pénétrantes, on avait même jeté un coup d'œil dans les confessionnaux. Mais bon : il y avait peut-être effectivement quelqu'un dans le secret des dieux, détenant une clé miraculeuse qui, treize ans après, déverrouillerait cet insondable mystère qui l'avait fait vieillir prématurément.

Alors, après avoir bien réfléchi, et motivé en cela par le ramdam des inscriptions, il se saisit de son téléphone et composa le numéro du Procureur Sinigallia pour lui annoncer ce nouveau rebondissement. Il allait demander une nouvelle perquisition. Dans deux jours, après le fameux rendez-vous, il ne lui resterait plus qu'à foncer, toutes les autorisations en main.

Deux jours, c'était justement le temps qui lui restait à vivre.

2006

— Allô, Alice ?

— Oui ?

— Ici le procureur Sinigallia.

— Oh, Attilio, bonjour. Tu ne m'appelles plus beaucoup ces derniers temps.

— Depuis ma retraite bien méritée, et depuis que tu es devenue femme au foyer bien loin de P., je n'en ai plus vraiment eu l'occasion… Écoute… Je viens d'avoir la Dottoressa Leone au bout du fil. Il y a du nouveau. Je voulais quand même te tenir au courant, puisque tu as travaillé là-dessus pendant des années…

— Gloria ?

— Quelqu'un a appelé Scampia pour lui dire qu'il avait la preuve que la petite se trouve bien dans la Miséricorde. Il lui a donné rendez-vous après-demain dans un café de S. Il veut lui confier une preuve.

— …

— Tu es encore là ?

— Oui.

— Tu as une drôle de voix. Tout va bien ?

— Rappelle-moi plus tard. Rappelle-moi plus tard, s'il te plaît.

Alice Toscanini raccrocha précipitamment, le cœur fou. Elle aurait dû triompher de savoir l'issue si proche. L'issue ? Et si une fois de plus ce n'était qu'une piste soulevée par un malade ? Ou bien, enfin, quelqu'un se mettait-il à parler ? Parce que Don Pepe était mort ? Parce que le message qu'elle avait laissé dans les toilettes de quatre bars de P. avait fini par faire son petit effet ? Non. Si elle ne criait pas victoire, c'est qu'au moment où elle décrochait elle avait entendu le petit clic lui signifiant que Pietro avait empoigné le combiné du téléphone de la bibliothèque. Et si quelqu'un ne devait pas être au courant des pas de fourmi en direction de Gloria, c'était bien Pietro.

12 novembre 2007

— *Allô ? Standard de « Où es-tu ». Nous vous écoutons.*

— *Allô, bonsoir, voilà, j'appelle parce que… eh bien après ce que je viens d'entendre concernant les vols de cheveux dans les bus… Je voudrais témoigner qu'il y a cinq ans, à P., comme par hasard, pendant que je faisais un trajet en bus, on a coupé une grosse mèche à l'arrière de ma chevelure…*

— *Allô ? Standard de « Où es-tu ».*

— *Bonsoir, j'appelle pour affirmer qu'il y a quelques mois un type m'a coupé les cheveux dans l'autobus qui m'amenait au lycée…*

— *Allô ? Standard de « Où es-tu ».*

— *Allô bonjour, c'est à propos des cheveux coupés dans les bus…*

— *Allô ? « Où es-tu » ? Voilà, j'appelle de Forlì…*

— *Bonsoir… Je ne suis pas blonde, mais il y a quelques années…*

— *J'appelle de P. …*

— J'appelle de Turin. Je suis blonde, et en effet, en 2000, un taré m'a coupé les cheveux dans un bus… Si vous voulez, je donne volontiers mon ADN…

— Oui, bien sûr, je ne me trompe pas, je ne peux pas me tromper, je l'ai bien reconnu alors qu'il est descendu précipitamment du bus avec ma queue de cheval dans la main… Et en plus je suis blonde, alors si vous voulez faire des analyses…

— … et je veux bien confier mon ADN à la police, même si je ne suis pas blonde, parce qu'on ne sait jamais ce que l'avenir nous réserve, non ? Et si un jour, on découvrait un autre cadavre muni d'une mèche de cheveux qui m'appartient…

— Allô ? Je ne sais pas, j'ai un peu honte… Je suis peut-être la seule qui…

Et on avait l'impression d'avancer, d'avancer à grands pas, vers Solivo et ses petites manies dégueulasses, vers le démon lâche et visqueux qui se tortillait au fond de la bedaine du gentil fiston de bonne famille et, satisfaction supplémentaire – si on pouvait appeler satisfaction ces progrès sur cette piste sanglante –, on se mit à sentir l'imminence du démasquage que tout le monde attendait : la mise au grand jour de tous ceux qui, ayant érigé des forteresses autour de l'auteur d'un premier passage à l'acte, avaient permis qu'à des milliers de kilomètres de P. des enfants de retour de l'école trouvent dans leur salle de bains une poupée cassée qui avait été leur mère.

La Rossellini avait l'impression d'avoir gagné une guerre.

Assis près d'elle, le petit bonhomme anglais roulait ses billes bleues de nouveau-né et faisait des efforts surhumains pour ne pas laisser transparaître les flots d'adrénaline qui le traversaient.

Aldo et Mamma Giuseppina, invités ce jour-là encore à s'exprimer en duplex depuis P., n'exultaient pas cependant. Solivo, ils le désignaient depuis le début. Les complicités, il y avait bien longtemps qu'ils les avaient flairées et livrées nominativement. Mais les courants ne leur avaient toujours pas rendu Gloria.

On attendait Gloria depuis quatorze ans.

L'auto, renversée comme un coléoptère pattes en l'air, ronflait toujours quand les secours sont arrivés.

De mémoire d'urgentiste, on avait rarement vu un corps dans une situation pareille. Pourtant on s'habituait peu à peu aux horreurs et on finissait par les considérer d'un point de vue purement clinique, mais là, il y eut parmi le personnel un frisson général et même quelques sourires incrédules. Dieu sait comment il avait pu se fourrer là-dedans. Là-dessous. Le corps sortait par une fenêtre brisée, les jambes repliées vers l'intérieur de l'habitacle comme s'il était assis sur le cadre. Et sous le toit qui reposait contre le sol, il y avait la tête. La victime avait la tête écrasée sous sa propre voiture alors qu'elle y était encore quasiment assise.

On remonta le véhicule à l'aide des poulies de la dépanneuse dépêchée sur place. On s'attendait à ce qu'on allait trouver dessous : une galette de bouillie d'humain. On ne fut pas déçu.

Les vêtements du malheureux laissaient deviner qu'il n'était pas de première jeunesse : du velours côtelé marron sur un embonpoint gainé de rayonne moutarde, et des mocassins à glands. Nous étions loin de la traditionnelle corrida adolescente du samedi soir. D'ordinaire, c'était le samedi soir – parfois même dès le vendredi – qu'on balayait les morceaux des jeunes des villages environnants, dans les contrebas des virages serrés ou contre les troncs des pins. Là, nous étions lundi. Le conducteur n'était pas un gamin alcoolisé, la ligne était droite, la visibilité parfaite, et la chaussée large. On pensa au début qu'il avait peut-être voulu éviter un animal. Mais on ne remarqua aucune trace de freinage. Les pneus avaient laissé un dessin en zigzag sur quelques centaines de mètres. Comme une panique soudaine qui aurait incité le conducteur, par un réflexe involontaire de survie, à mouliner son volant dans tous les sens pour reprendre un équilibre perdu ou tenter de stopper une trajectoire folle. Et surtout, tout au long de ce dernier tronçon, un liquide avait laissé une traînée huileuse.

L'inspecteur Brandi fit immédiatement la réflexion à ses collègues. Perte abondante de liquide de freins. Il n'a pas pu s'arrêter. Il est allé droit, ou presque, dans le mur, et après, les tonneaux. Il a dit cela en éprouvant, à la surface, un malaise croissant. Une image récurrente. Une impression de déjà-vu. Les circonstances de l'accident, tout d'abord, mais pas seulement. L'homme. L'homme lui disait quelque chose même privé de capuchon. Ce velours. Cette silhouette. Cette auto.

Et puis l'inspecteur Brandi saisit délicatement le portefeuille dans la poche du veston de la victime, l'ouvrit, et se mit à vomir parmi les herbes.

C'était le commissaire Scampia.

Calogero, 2006

J'ai attendu, attendu, des heures devant un cappuccino. Plus le cappuccino refroidissait, plus mon cœur se serrait. Pourtant je savais qu'il serait venu. La veille, au commissariat, il m'en avait même touché un mot et m'avait avoué qu'il le ferait vraiment pour apaiser son âme tellement échaudée. Tant pis si c'était du vent. Il ne voulait rien négliger.

Mais les heures sont passées et il n'est pas venu. À l'intérieur de ma veste civile, les lunettes enveloppées irradiaient jusqu'à ma chair. Je tripotais sans cesse la petite bosse qu'elles formaient dans mon habit.

C'est le soir même, après être rentré dépité et attristé à P., que j'ai appris la nouvelle. L'accident. J'ai appris, j'ai compris. J'avais mis le doigt sur quelque chose qui me dépassait complètement, dans un repère de démons aux implacables motivations.

J'aurais préféré me colleter avec le Diable en personne.

Il fallait que je retourne déposer les lunettes où je les avais trouvées. Et que quelqu'un d'autre soit le véhicule de la vérité.

2007

L'équipe d'« Où es-tu ? » trépignait d'enthousiasme devant le document que le commissaire Brandi leur avait confié.

Une véritable aubaine, cette sympathie réciproque avec ce commissaire. Il n'était à la tête de la Police Judiciaire de P. que depuis quelques mois, nommé en catastrophe après le décès accidentel du commissaire Scampia. Il avait suivi l'affaire Prats depuis le début, tout d'abord comme simple officier, puis il était passé inspecteur et le voici au sommet de l'équipe, encore bouleversé par la disparition étrange et tragique de son collègue et ami.

Brandi avait immédiatement mis à la disposition de Flora Rossellini et de son armée de journalistes toute la documentation relative à l'affaire Prats. Un camion entier de dossiers, d'actes juridiques, de photographies, de procès-verbaux d'auditions, de mises sur écoute. Achille Brandi était la mémoire de cette triste histoire. On pouvait l'écouter pendant des heures évoquer plus de treize ans de rebondissements et d'ensablements, sans que jamais la passion ni l'intérêt ne s'émoussent.

C'est parce qu'il était du bon côté et qu'il n'avait jamais perdu espoir que l'équipe de l'émission avait une totale confiance en lui. En treize ans il avait traversé bon nombre de moments de découragement mais sans jamais souffler sur la flamme. Même quand le Procureur précédent avait exigé qu'on close le dossier Prats, il l'avait laissé là, sur son bureau, le nom de Gloria écrit au marqueur et en lettres capitales sur le couvercle du carton, pour que, comme un néon d'enseigne clignotant dans une nuit urbaine, ce nom ne le quitte jamais tout à fait.

Flora Rossellini disait souvent : dans cette affaire, il y a ceux qui ne se sont absolument pas émus du sort réservé à une petite fille pour surtout ne pas bouleverser l'ordre établi, comme s'il s'était agi d'une chaussette envolée du fil à linge. Et puis il y a ceux qui se sont étranglés d'indignation, ceux qui, paradoxalement, étaient totalement impuissants, alors que tous ceux qui pouvaient agir ont détourné la tête. Brandi fait partie des impuissants indignés.

Indigné, Brandi, et conscient d'avoir été pris pour une bille. Le refus de perquisition. C'était malin, après tout. Pas de corps, pas de sang, pas d'ADN, pas de témoin fiable, pas d'aveux, et un tel bouillon de déclarations mensongères qu'il était impossible de distinguer le vrai du faux. À présent, treize ans plus tard, puisqu'on ne pouvait plus compter sur les éléments matériels brûlants, il ne restait plus qu'à espérer. Ou bien qu'on retrouve le cadavre, improbable coup de poker, ou bien que quelqu'un se décide à parler : et ça, dans ce pays où l'art du silence est administré dès le sein de la mère, ça semble tout bonnement impossible.

Mais le nouveau commissaire ne se résignait pas. Et la rencontre avec Flora Rossellini et son équipe avait conforté son espoir. C'est par « Où es-tu » que les premiers témoignages sur les mèches de cheveux étaient arrivés. C'est à « Où es-tu ? » que les enquêteurs de Scotland Yard étaient venus demander de l'aide quand il s'était agi de trouver des informations sur

Damiano Solivo. Ici, personne n'avait froid aux yeux. Et c'était ici que Gloria Prats continuait à exister, à être inlassablement chérie et cherchée, en dépit des clôtures des dossiers, des surdités de la Magistrature et des protocoles juridiques. Ici, on ne mettrait jamais Mamma Giuseppina dehors en la saisissant par le bras.

Alors, quand le commissaire Brandi, la semaine précédente, avait entendu à « Où es-tu ? » l'extrait du procès où Don Pepe prétendait ne connaître que très vaguement Damiano Solivo, il avait bondi. Vague connaissance, vraiment ? Il avait dans son carton une photo qui prouvait le contraire.

Quel dommage que Don Pepe soit mort. Il aurait bien aimé lui coller la photo sous le groin pour écouter ce qu'il avait à en dire.

Aujourd'hui, c'était l'équipe d'« Où es-tu ? » qui grinçait des dents devant la photo. Un mensonge de plus à faire éclater au grand jour comme une bulle de savon.

Don Pepe, avec son air humble de brave berger, le bras passé autour des épaules d'un Damiano rayonnant, grandes dents dehors, s'apprêtant à souffler les dix-huit bougies plantées dans la crème d'un gâteau.

Au bout d'un long moment de silence, l'un des journalistes osa poser la question que personne n'osait exprimer à voix haute.

— On est sûrs que Don Pepe est mort de mort naturelle ?

Mais il était bien trop tard pour s'en assurer.

2009

Natascha Kampusch.

Elisabeth Fritzl.

Jaycee Lee Dugard.

Trois histoires de filles qu'on croyait définitivement perdues et qui refirent surface un beau jour, témoignant malgré elles qu'il existait bel et bien un monde souterrain entre les morts et les vivants, un entre-deux, des limbes où flétrissaient des jeunes femmes.

On se mit à espérer aussi que pour Gloria, le voyage pouvait être un aller-retour. On diffusa des portraits vieillis.

Mamma Giuseppina regardait ces portraits, l'altération de la rondeur fraîche des traits de sa fille comme des coups de griffes arbitraires, les paupières creusées par logiciel, les pattes d'oie autour des yeux comme si on avait donné à Gloria le temps de trop sourire, et songeait que ce n'était là qu'une étrangère. Comment pouvait-on se permettre de décider à quel endroit la peau de sa fille avait été touchée par le temps ? Qui mieux qu'elle connaissait sur son visage les creux et les fossettes susceptibles de se sculpter différemment avec l'âge ? Comment pouvait-on supporter la cruauté de ce cadeau, cette femme de presque 30 ans qu'on faisait surgir du néant, grossièrement truquée, comme un lapin surgissant d'un chapeau ? Gloria ne pouvait pas avoir 30 ans. Elle ne le pouvait pas parce qu'elle n'avait jamais eu 17, ni 20, ni 25. Parce qu'il n'y avait eu que seize bougies sur le dernier gâteau et que le temps s'arrêtait là, sur ces seize flammes joyeuses. Ensuite, le gouffre. Et dans le gouffre, point de temps. Seul, le temps de l'attente.

Quand Mamma Giuseppina voyait cette fausse Gloria, elle mordait la poussière.

De l'autre côté, on se frottait les mains. La théorie d'un meurtre commis par Damiano Solivo fondait comme neige au soleil.

19 mai 2010

— *Aldo ? Dennis Bradford speaking.*

D'habitude, Aldo préférait communiquer par mail avec l'Angleterre. Et c'est parce que les conversations de vive voix n'étaient pas courantes qu'il eut la brutale prémonition que ce devait être important.

Quelques minutes plus tard, Aldo raccrochait.

Il éprouva le besoin de s'asseoir pour accuser le coup. Ce n'était pas tant la nouvelle... Il s'y attendait depuis tellement longtemps. Il savait que, même si ça avait pris huit ans, et Dieu sait comme c'est long huit ans, les choses là-bas avaient toujours filé droit, aussi droit qu'il est possible quand le chemin n'est pas encombré par des compromissions, des amitiés nauséabondes, des abus de pouvoir et des appuis sybillins. Il avait accroché tellement d'espoirs et de confiance aveugle, comme autant de casseroles et de rubans à un pare-chocs un jour de noces, à l'équipe de Dennis Bradford. Il avait toujours su que le clair entêtement de cette brigade, Dennis Bradford en tête, épaulé par l'acharnement de possédé du Detective Gordon McLiam, les emmènerait inexorablement vers ce moment précis, là, ces mots échangés par téléphone, cette annonce qui sonnait comme le point final d'un cauchemar collatéral. Il n'avait jamais douté ; mais voilà, quand le moment arrive, un moment qu'on attend depuis dix-sept ans, ça file toujours un choc.

Comme quand le commissaire Brandi avait téléphoné chez eux, la voix blanche, il y a deux mois, pour les prévenir avant que la presse ne s'en occupe qu'on venait de retrouver Gloria. C'était le point final. Comme un pieu enfoncé dans le cœur, mais avec la violence d'un déboucheur liquide dans un tuyau de salle de bains : un flot de lave, mais un appel d'air qui permet enfin de respirer.

Il a besoin de sentir une surface sûre sous son corps, et de silence.

Un long silence avant d'enfiler son blouson, d'embrasser sa femme et ses filles, et de parcourir les quelques rues qui le conduiront à la maison de ses parents.

À l'issue de ces quelques minutes, traversées dans une sorte d'ivresse bourdonnante, il pourra plonger son regard dans celui de sa mère, de son père, et leur dire, avec les mots les plus simples qui soient :

— Damiano Solivo a été officiellement et définitivement arrêté pour le meurtre de Lily Hewitt. Le procès aura lieu dans un an.

Et il est certain qu'aucun des deux, ni son père, ni sa mère, ne criera victoire.

Une victoire, oui. La fin d'une liberté impunie.

Mais Gloria, elle, n'a toujours pas d'assassin.

— Le Brésilien a pété les plombs.

Ce fut avec cette formule laconique que Don Michel, en février 2010, s'entretint avec Monseigneur Fiero de l'étrange atmosphère qui régnait au sein de la Miséricorde.

Il n'avait pas pu s'empêcher d'avertir l'Évêque. Ça ne pouvait pas continuer de la sorte. Depuis un mois environ, le jeune prêtre semblait possédé : il errait, hâve, tremblant, entre le chœur et les travées, soliloquant avec des gestes d'effroi. Sa femme de ménage trouvait du sang dans son lit et sur son petit linge, c'était un enfer à ravoir. Il tenait en public des propos incohérents, à base de créatures sataniques et de grand complot pontifical. Don Michel avait dû, ces derniers temps, lui retirer les offices parce que les prêches devenaient de plus en plus délirants. Et il avait fini par lui interdire la confesse, suite aux plaintes de certaines dames.

Monseigneur Fiero ne s'étonna qu'à moitié. Lui revint en mémoire l'étrange coup de téléphone du mois de janvier, cette terreur manifeste pour une histoire de clochard rencontré dans le grenier. Ça sentait déjà le déséquilibre. Il aurait peut-être dû donner suite comme il le lui avait promis, s'enquérir si tout allait bien, convier Don Dacelos à une entrevue pour calmer les esprits ou prendre lui-même le temps de se déplacer jusqu'à la Miséricorde pour régler le problème. Mais il avait eu tellement de pain sur la planche, ces dernières semaines ! Pourtant il avait fait un saut à la Miséricorde, pour accompagner les ouvriers mandatés par Don Viscardo, le remplaçant historique des deux curés officiels et aujourd'hui aumônier des forces de police, et il avait dû faire semblant de s'intéresser à des histoires de couverture de toit, de solives et de pignons. Mais ce jour-là il n'avait rencontré que Don Michel et aucune allusion au Brésilien n'avait été faite.

Non, vraiment, il n'avait pas à culpabiliser pour son silence. Ce n'est pas une discussion avec un évêque qui empêche de perdre la tête si on doit vraiment la perdre. Et puis, si ça avait été si important, Don Dacelos l'aurait rappelé, il aurait insisté, il aurait tâché de se montrer plus clair…

Il ne pouvait que compatir aujourd'hui. Il fallait faire quelque chose pour ce pauvre garçon qui subissait de plein fouet, sans aucun doute, le surmenage et toutes les pressions qu'avait exercées pendant des années l'affaire de la petite disparue autour de la Miséricorde. Il contacterait le Petit Séminaire le plus vite possible, en quête d'une place pour que Don Dacelos aille se reposer quelque temps. Un peu de silence, d'oisiveté et de méditation loin de la Miséricorde lui ferait le plus grand bien.

Mieux que ça, on ne pouvait pas.

Alice Toscanini attendait dans la cuisine le retour de son mari. Ses enfants étaient au lit depuis un bon moment. Elle les avait longuement regardés dormir, plus que d'ordinaire, car la nouvelle de la mort brutale du commissaire Scampia sur la route de S. lui avait fait prendre conscience, avec une soudaineté touchant à la naïveté, qu'elle n'avait pas affaire uniquement à de beaux parleurs. Elle connaissait parfaitement, de par sa magistrature, le jeu des lois et des tarifs des gens d'honneur, et elle n'avait jamais perdu de vue que dans ce pays, réputé pour être celui de l'inorganisation la plus totale, une seule chose était parfaitement réglementée et ne se permettait jamais aucun écart. Le Système.

Treize ans auparavant, quand elle avait été « avertie », c'était parce qu'elle était consciente de tout cela qu'elle avait obtempéré. Comme un robot apeuré, elle avait fait ce qu'on lui demandait. Rien n'avait filtré, elle avait juste donné quelques petits coups de règle sur les doigts de Damiano Solivo et elle avait cru enfin pouvoir dormir en paix. Relativement en paix : l'habitude qu'avait prise Pietro d'épier chacune de ses conversations, d'écouter toutes ses communications et d'ouvrir avant elle la totalité des courriers officiels qui lui parvenaient avait copieusement usé ses nerfs. Elle ne pouvait s'empêcher de sursauter quand le téléphone hululait ou que la sonnette de l'entrée retentissait. Quand elle accompagnait ses enfants à l'école, elle patientait dans la voiture jusqu'à ce qu'ils soient bien à l'abri derrière des grilles, on ne savait jamais à quoi s'attendre.

Elle maudissait le jour funeste où elle avait été désignée pour cette affaire de disparition de mineure.

Elle en avait assez. Même si aujourd'hui elle habitait à cinq cents kilomètres de P., elle savait que son passé, comme un sniper, se tenait planqué entre les arbres pour l'abattre au moindre faux pas. Scampia avait été abattu. Deux autres s'étaient tus à jamais, même si elle n'avait pas eu la preuve qu'il s'agissait bel et bien d'exécutions. Comme beaucoup d'autres, elle ne croyait pas au hasard. Le suicide de Paolo Canò et l'accident de voiture d'Antonio Giganti, quelques jours seulement avant leurs respectives convocations au Tribunal, lui avaient déjà signifié qu'on jouait dans la cour des grands. Et aujourd'hui Scampia, étrangement fauché sur le chemin d'une preuve.

Mais de quelle preuve pouvait-il bien s'agir ? Quelle forme pouvait bien avoir une preuve de la présence de Gloria dans la Miséricorde ? Un ossement ? Un effet personnel ? Une tache de sang oubliée ? Une confession ? Elle en arrivait même à douter que cet élément existât vraiment. Alors dans ce cas-là pourquoi assassiner Scampia, qui depuis tant d'années croulait sous les promesses de preuves et de vérités ? Parce qu'Ils avaient compris que cette fois-ci ce n'était pas du flan ?

Ce casse-tête la tuait.

Elle attendait Pietro. Elle mettrait immédiatement cartes sur table. Elle lui annoncerait que c'en était trop, qu'elle en avait assez de vivre avec l'œil du cyclone dardé sur elle et les snipers de son passé embusqués dans ses alentours. Qu'elle l'avait aimé avec ses relations et ses tentacules mais qu'à présent, avec toutes ces mouches qui tombaient, elle avait envie d'en finir. Elle voulait le divorce. Elle n'aspirait plus qu'à la paix et à la liberté.

Aussi, quand deux carabiniers en uniforme sonnèrent à sa porte, vers minuit, pour lui apprendre que son mari venait de décéder, criblé de balles dans ce qui semblait être une embuscade, elle resta de pierre. Les deux messagers mirent ça sur le compte de la sidération.

Don Dacelos

Elles sont venues me visiter cette nuit. Les Bêtes. Incubus ! Succubus ! L'une d'elles, perchée sur ma poitrine, ses griffes d'aigle fichées dans ma chair comme des piolets, a sucé le sang sur ma bouche pour boire goulûment mon silence… Les autres se tenaient autour de mon lit, ricanantes et hiératiques, j'ai vu… j'ai vu… les croix d'or scintiller à leur cou, les boutons rutilants de leurs habits cardinalices. Elles savent ! Elles savent que j'ai vu la pucelle, que j'ai démasqué leur machination, que j'ai compris leur croisade. Elles finiront bien par m'arracher la langue. Elles m'avertissent par leurs visites nocturnes !

Justice ! Vérité ! Pureté archangélique ! Je suis le bras de Dieu qui les confondra, je suis Saint Michel réincarné qui les terrassera, je suis le combattant de la Lumière par-dessus les Ténèbres !

J'ai cousu sur mon sein le Sacré Cœur de Jésus.

Satan veut me pénétrer de son souffle fétide. Il n'y parviendra pas. J'ai tout bouché avec de la cire. La brûlure ne m'a pas arraché un cri.

Je suis l'Élu ! Je suis celui qui fera de nouveau rayonner la bonté du Christ sur cette Terre, qui crèvera l'obscurité pour permettre à Ses rayons d'illuminer le séjour des mortels.

Je remonterai. Aujourd'hui même. La vierge sera là, miraculeusement intacte. Je la bénirai. Je replacerai ses lunettes près de son corps massacré, pour que jamais cet objet ne me dénonce. Rien ne doit me dénoncer. Rien ne me dénoncera. C'est moi qui parlerai. On peut parler avec tout autre chose que la bouche ! Je resterai dans le silence mais je déposerai sous le cadavre un petit indice qui les désignera. Je lancerai le monde des Justes aux trousses de Satan !

Petit bouton joli, petit bouton de soutane, toi qui as appartenu à l'habit de cardinal de celui qui nous trompe aujourd'hui du haut de son saint siège, petit bouton rouge comme les yeux des Bêtes, tu te gorgeras de la vertu de la vierge et parleras sans qu'aucun son ne franchisse la barrière de mes lèvres !

2011

Le commissaire Brandi venait de refermer la porte sur le docteur Mannoia et il tenait encore dans sa main la liasse de feuillets contenant le rapport d'autopsie qu'il s'était fait commenter dans les moindres détails.

Une autopsie de presque un an. À se demander comment ça pouvait être possible. Mais au moins pour une fois le travail n'avait pas été fait à moitié : soigneuse et pénétrante, l'expertise. Pas comme la fouille de la Miséricorde, dix-huit ans plus tôt. Et l'entrevue avec le médecin légiste avait duré plus de deux heures.

Il fallait que le corps parle et il avait parlé.

Gloria s'était défendue comme une diablesse. Il y avait des ecchymoses sur les cuisses, comme si on avait tenté de les lui maintenir écartées pendant qu'elle se débattait. Ni le jean ni le slip n'avaient été déchirés ; en revanche, ils étaient savamment découpés, sans le moindre zigzag ni le moindre repentir, puis baissés sur les hanches pour découvrir le pubis. Et le soutien-gorge était coupé entre les deux bonnets d'un coup de lame sûre. Impossible pour l'instant de déterminer si cela avait eu lieu de son vivant ou après sa mort, très difficile aussi de savoir si elle avait été violée ou s'il ne s'était agi que d'une tentative avortée. Vu l'état du corps, de toute façon, rien n'était sûr, et il fallait davantage se fier aux indices inhérents à la dynamique de la scène de crime.

Il demeurait si peu de chair qu'il avait fallu se contenter d'interroger les os, sous scanner et IRM. On y avait dénombré au moins treize coups de couteau. Clavicule, omoplate, vertèbres, côtes, sternum, os iliaque, l'assassin s'était particulièrement acharné sur la partie supérieure du corps. Les encoches laissées sur les os correspondaient à un couteau à lame lisse d'une quinzaine de centimètres environ, mais pas uniquement. Elle avait également été frappée avec une paire de ciseaux. La même paire qui, certainement, avait servi à découper les vêtements.

Elle avait été atteinte de face et dans le dos. C'est là, dans la partie supérieure du torse, que se concentraient les coups portés avec les ciseaux, et c'est sur le devant du corps qu'on trouvait les coups de couteau. Il était probable alors qu'on l'ait attaquée par-derrière, par traîtrise, qu'elle se soit retournée et qu'on l'ait achevée ensuite avec une lame différente. Quoi qu'il en soit, les blessures défensives prouvaient qu'elle avait tendu la main pour essayer de s'emparer du couteau : la lame avait fendu la chair si profondément que les phalanges avaient été sectionnées net.

Le commissaire Brandi se demanda s'il était vraiment utile que la mère soit mise au courant de ces derniers détails.

Il y avait sur les vêtements deux épisodes distincts de manipulation et d'altération. D'une part, ils avaient été bien sûr lacérés durant la mise à mort, comme le confirmait la présence de sang en grande quantité. Mais on avait retravaillé à la chose, bien plus tard. Il y avait ces découpures propres, faites avec calme et de façon presque chirurgicale. Qui avaient certainement servi à découvrir les parties intimes. Le jean, fendu de la taille à la cuisse, qui pouvait ainsi être rabattu, le slip coupé le long de la couture latérale, et les deux bonnets du soutien-gorge désolidarisés, peut-être repoussés sous les aisselles pour dégager la poitrine. Il avait pris son temps. Il savait qu'on ne le surprendrait pas. Aucune trace de sperme. S'il y avait eu viol, il n'était pas allé jusqu'au bout. Il était trop cynique de songer que c'était peut-être tant mieux.

Brandi poussa un profond soupir en se remémorant les intuitions qu'il avait eues à l'époque de la disparition et qui aujourd'hui semblaient se préciser concrètement comme sur un écran de cinéma, révélées par le prisme de la science. Toutes ces convictions pour lesquelles il avait eu à se battre – mais de façon si molle, si intimidée, si lâche qu'il ne cessait de s'en fustiger aujourd'hui – et qu'il n'avait pas été fichu de défendre. La conviction que Gloria n'était pas une disparue mais une morte introuvable ; que son entrée dans la nef de la Miséricorde ce jour-là avait signé ses dernières minutes de vie ; et qu'elle n'en était jamais ressortie. Le rapport d'autopsie aujourd'hui mettait des chiffres, des mesures, des chimies et des mots compliqués sur tout ce dont il était persuadé dès le début.

Il ouvrit devant lui la sous-chemise contenant le rapport d'analyses biologiques de la scène de crime. On y commentait la nature du sol, des poussières, des résidus de matériaux trouvés sur, sous et autour du corps. Le tapis de pupes provenant des insectes qui avaient permis la putréfaction. Des éclats de bois et de tuiles, en grande quantité. Ça collait avec tous les témoignages faisant état de palettes de tuiles ayant séjourné de longues années à cet endroit précis. Et avec l'écrasement de la cage thoracique. Gloria avait été recouverte, tassée sous les tuiles, comme si une maîtresse de maison peu scrupuleuse avait glissé la poussière sous le tapis. Plus exactement, elle avait été déposée en position de malade alité, le haut du corps un peu appuyé au mur, et le mur l'avait bue. La pierre, le ciment, la composition entière du sol avait bu les fluides de Gloria, s'ornant au fil du temps du dessin de sa silhouette, comme une ombre projetée sur une façade un soir d'été. Peu à peu, la charpente de la gamine s'était affaissée : un peu sous la pression du poids qui la coinçait, un peu sous le travail de la gravité, tout avait fini par se désarticuler. Ces constatations étaient signées de la main de la meilleure paléontologue légale d'Italie. Elle concluait que le corps n'avait jamais été déplacé depuis le moment précis de sa déposition. Et que ce moment précis correspondait aux minutes qui avaient suivi le meurtre.

Mais quel pari insensé… Cacher le corps le plus recherché du pays derrière un tas de matériaux qui aurait pu être retiré du jour au lendemain, dans le but d'effectuer des travaux… Comment quelqu'un d'extérieur à la Miséricorde aurait-il pu imaginer qu'on ne déplacerait pas les tuiles ? Il fallait donc que celui qui avait eu cette idée sache que rien ne bougerait avant longtemps. Et qui avait pris soin de découper la charpente au-dessus du corps ? Quelqu'un qui craignait l'odeur. Un cadavre sous un toit, exposé aux chaleurs torrides du Sud, ça finit par sentir. Mais les odeurs, ça monte : on leur avait donc dégagé le passage vers le ciel.

À la lumière des explications du professeur Mannoia, le commissaire relut le chapitre consacré aux cheveux de Gloria. Étrangement, même après toutes les horreurs qui parcouraient ces centaines de pages, ce passage-là lui était le plus pénible. Parce qu'il était là, le viol, le vrai, bien plus que dans l'acte non consommé que racontaient un jean et un slip altérés. Celui qui avait fait ça était allé au bout de son œuvre. C'était sa signature. Et même si cela désignait clairement le coupable, Brandi ne parvenait pas à exulter. Ça lui donnait plutôt envie de pleurer.

Le professeur Mannoia avait fait un travail remarquable. Il avait prélevé l'épaisse masse de cheveux qui s'était détachée quand le cuir chevelu, sous l'effet de l'autolyse, avait quitté le crâne et avait glissé à terre comme un poulpe dégringolant d'un récif. Une pelote embrouillée, encroûtée de sang séché et mangée aux vers, qui ressemblait davantage à des poignées de crin à matelas qu'à des cheveux de jeune fille. Eh bien, dans cette pelote, on distinguait clairement des coupes nettes, faites aux ciseaux. Alléluia. Damiano Solivo. Le médecin légiste avait tenté une expérience pour déterminer à quel moment la chevelure avait été mutilée, pour comprendre si la personne qui avait fait ce travail était la même que celle qui avait massacré la petite. Il avait donc glané dans des salons de coiffure des mèches coupées, et les avait plongées dans le sang. Puis, à des étapes différentes de la coagulation, à des intervalles très rapprochés, il avait coupé chaque mèche en deux et analysé les caractéristiques de la pénétration de la lame et le résultat sur la composition du cheveu. L'expérience avait donné des réponses très claires : les cheveux de Gloria avaient été coupés à quelques minutes du contact avec le sang frais. Juste le temps de l'agonie, en somme. Ce qui faisait du coupeur de tresses l'assassin désigné. Et vice-versa.

Pour une signature, c'était une signature.

Le commissaire Brandi aurait pu être satisfait de tenir entre ses mains l'histoire du 12 septembre. Il commençait effectivement à voir défiler les événements en pleine lumière, mais quelque chose en lui venait de se recouvrir d'un voile noir. Tout était là, tout. Les itinéraires, le mode opératoire, l'arme du crime, la dynamique de la déposition, la signature rituelle de l'assassin. Mais il manquait une chose essentielle, qui foutait tout en l'air et qui échappait à toute logique. Il manquait la signature génétique de Damiano Solivo.

Le généticien expert, celui-là même qui se targuait d'être le plus doué de sa génération, était formel : sur les rares traces biologiques prélevées sur la scène de crime ne figurait absolument pas l'ADN de Solivo.

Mais surtout, il y avait le bouton. Un bouton rouge, recouvert de tissu broché, retrouvé coincé entre le corps et le sol. Il fallait maintenant déterminer si ce bouton s'était détaché d'un vêtement au moment du meurtre, au moment de la dissimulation du corps, pourquoi pas bien avant, à la rigueur bien après.

Un bouton rouge. Un bouton de soutane.

2011

Le Procureur de la République de S., la Dottoressa Roberta della Chiesa, manipulait nerveusement le stylo qu'elle tenait dans les mains en tentant de passer entre les gouttes de l'orage qui venait de s'abattre sur elle.

Elle connaissait bien Aldo Prats, ayant noué avec lui et les autres membres de la famille un immédiat rapport de confiance dès sa nomination au Parquet de S. Elle avait rouvert le dossier moribond de l'enquête sur la disparition de Gloria, avait soigneusement pris en considération les informations parvenues d'Angleterre, offrant aux enquêteurs britanniques son engagement total et la collaboration active entre les deux pays qui avait été inaugurée par la Dottoressa Leone en 2004. Et puis, un an auparavant, les restes de Gloria Prats avaient été retrouvés, ce qui au moins avait permis de clore le volet le plus mystérieux et le plus enchevêtré de cette affaire. Maintenant on avait le cadavre, qui se montrait de plus en plus bavard, rabattant définitivement le caquet des brouilleurs de pistes et des faux témoins, réinsufflant, un peu de sérieux dans cet océan de grand n'importe quoi.

Mais ce matin Aldo était dans son bureau et rugissait. Elle connaissait bien les colères du jeune homme, qu'elle n'avait jamais considérées comme des attaques personnelles mais comme des cris de douleur. Elle l'avait toujours écouté et toujours suivi. Et aujourd'hui, en attendant que la tempête se calme, elle se disait qu'elle le suivrait encore sur ce coup-là.

— Pas de trace ADN de Solivo ? Pas de trace ADN de Solivo ? C'est une blague ! On a tout ! TOUT ! Le lieu, le moment, les mèches coupées ! On sait qu'il avait déjà entraîné des filles dans les étages ! Et on veut nous faire croire qu'il n'a pas laissé sur elle la moindre trace de son passage ? Il s'est même blessé en la massacrant ! Les expertises ont été faites en dépit du bon sens ! Roberta, crois-moi, il est évident que ça continue, les appuis, les couvertures et les détournements !

— Écoute, Aldo, le professeur Cristiani est extrêmement compétent…

— Il se dit même le meilleur d'Italie, et honnêtement je n'en doute pas, il a déjà largement fait ses preuves. Mais le problème n'est pas là. Regarde.

Il étala devant elle des feuillets administratifs. Dieu sait où il était parvenu à pêcher ça, mais depuis dix-huit ans Aldo Prats s'était découvert des ressources insoupçonnées et un talent certain de détective.

— Regarde à qui appartient le labo de Cristiani.

Elle parcourut le document.

— À Giulio Piccioni ?

— Exact. À Giulio Piccioni. Notre député, à la tête de la Région depuis vingt ans, celui-là même qui soutient le Musée d'Archéologie et lui attribue des fonds, un ami intime de son directeur.

— De Vittorio Solivo.

— On retombe toujours sur les mêmes, Roberta. Rappelle-toi de la Toscanini, dont le mari était également une connaissance de Solivo, loge maçonnique comprise ; et maintenant ce lieu qui devrait être d'une neutralité absolue et qui ne peut pas l'être parce qu'en étendant le bras on retombe encore sur Solivo. Roberta, je ne sais pas ce qui se passe dans ce pays, mais dans notre région, et davantage dans notre ville, tu retombes toujours sur les trois mêmes personnes qui dominent tout.

— Ce que tu es en train de me dire, c'est que pour toi les expertises ADN ont été falsifiées ?

— Je n'irais pas jusque-là, et ça on aurait du mal à le prouver à moins de se lancer dans des investigations sans fin. Mais on peut au moins dire qu'elles ont été mal faites. Je veux que tu réclames le détail officiel des scellés qui ont été analysés.

— C'est comme si c'était fait.

Enfin Aldo se détendit et parvint même à sourire. Roberta Della Chiesa savait aussi ce que coûtait à Aldo un sourire.

2011

Gloria a passé dix-sept ans enfermée dans une église. Elle n'y passera pas une minute de plus. Elle sera enterrée en plein air.

Ainsi avait décidé Mamma Giuseppina.

Sa volonté fut respectée. Un beau jour alors toute la ville de P. prit le deuil, on tira les grilles des magasins et toute une foule habillée de blanc se réunit sur la plus grande place. C'est une longue salve d'applaudissements qui accompagna le cercueil de l'enfant, les mêmes applaudissements que ceux qui, un an auparavant, avaient salué dans la nuit le catafalque contenant ses restes, quand on les avait libérés de la Miséricorde.

Depuis que Gloria a trouvé une sépulture décente, les hommages y fleurissent. Une foule d'anonymes vient s'y recueillir pour y déposer une peluche, un petit mot, des fleurs fraîches. Le bedeau vient lui parler. Elle n'est jamais seule, Gloria, depuis qu'elle est sortie de l'église. Mamma Giuseppina connaît bien les heures creuses : le bedeau ouvre le cimetière spécialement pour elle, la nuit, quand les pèlerins sont partis.

Gloria a maintenant une tombe et une histoire. Mais elle n'a toujours pas d'assassin.

2011

Roberta Della Chiesa n'en croyait pas ses yeux. Le labo du professeur Cristiani, celui-là même qui était investi de la mission historique d'analyser les relevés génétiques sur le corps de Gloria Prats, n'avait pas analysé les vêtements de la victime.

Les lambeaux du pull-over blanc, celui auquel Gloria tenait tant parce que sa mère venait de finir de le lui crocheter, le top à bretelles, le jean qui avait été déboutonné, découpé et baissé, le slip qui avait été taillé et écarté, et au fond duquel on avait clairement aperçu la trace d'une main sanglante, rien n'avait été touché. Les scellés avaient été ouverts à la va-vite, examinés à l'œil nu et au Crimescope, et immédiatement mis sur la touche. « Impossibilité de prélever des échantillons » : seule cette phrase laconique rendait compte de ce qui semblait être une épouvantable négligence. On avait refermé les sachets, on avait tout remis dans les boîtes, et adieu Berthe. Après cette rapide constatation, toute l'attention du professeur Cristiani s'était concentrée sur les relevés faits sur le matelas et sur un chiffon trouvé au centre Hoffman. Deux traces de sperme, deux profils génétiques différents. Mais aucun des deux n'était celui de Solivo. La jeune Procureur n'était pas réellement catholique mais l'image de couples s'envoyant en l'air dans le toit d'une église provoqua en elle un long frisson de dégoût.

Tout ce qui gravitait autour de la Miséricorde n'était pour elle que répulsion. Il lui semblait que ce lieu, ce nombril de la ville, avait cédé son âme à un démon rieur. On s'y était livré à la débauche, on y avait sacrifié une jeune fille, et pendant dix-sept ans, c'était sous ce corps massacré qu'on avait célébré messes, baptêmes et communions, noces et obsèques. Roberta Della Chiesa s'y était elle-même mariée deux ans plus tôt. Quand elle y pensait elle manquait vomir. Ils avaient échangé leurs vœux sous l'écoulement des fluides putréfactifs d'une enfant. Tout en n'étant pas hystériquement pratiquante comme beaucoup d'autres, depuis qu'on avait retrouvé le corps elle avait l'impression visqueuse que même son couple était contaminé.

Bref. Il n'en demeurait pas moins que les éléments essentiels ne s'étaient pas retrouvés sous les mains expertes du meilleur – en tout cas, autoproclamé tel – généticien légiste du pays.

Elle bondit sur son ordinateur et écrivit sur-le-champ une demande urgente au laboratoire de la section d'analyses scientifiques des Carabiniers, le RIS. Une contre-expertise qu'elle surveillerait elle-même. Si on ne trouvait pas l'ADN de Solivo lors de cette nouvelle étude, c'était bien le diable.

Le diable pour de vrai.

Massimo, mars 2010

J'ai regardé « Où es-tu ? » hier soir, et je suppose que je n'étais pas le seul, parce que je m'attendais à ce que, bien évidemment, ils consacrent une large place à la découverte du corps de Gloria.

La découverte. C'est un mot qui semble si étrange à employer, quel dommage que le vocabulaire soit aussi limité... Je ne sais pas... *Découverte*, cela sonne à mon oreille comme la mise au jour de quelque chose dont on ignorait l'existence et qui soudain se met à exister, la découverte de l'Amérique, la découverte de la pénicilline, mais je n'arrive pas à l'appliquer au corps de Gloria, à la substance vitale de Gloria, qui avaient existé si fort avant qu'elle ne disparaisse... On ne l'a pas *découvert*, son corps, on l'a *retrouvé*. Et pourtant, on ne peut pas dire *les retrouvailles* de Gloria Prats, il faudrait inventer un mot, du type... *retrouvement*. Voilà. J'ai envie de parler du *retrouvement* du corps de Gloria, que les puristes me pardonnent.

Une émission spéciale, donc, consacrée au *retrouvement*, conduite par une Flora Rossellini essayant de ne pas égarer son professionnalisme sous les sentiments personnels qu'elle nourrit depuis des années pour la famille Prats, et plus indignée que d'ordinaire. Indignée non pas parce que c'était dans la Miséricorde qu'on venait de retrouver Gloria, mais parce qu'il était évident désormais que tout le monde savait qu'elle était dans la Miséricorde et que nous nous sommes tus, abandonnant la lourde tâche du *retrouvement* aux caprices du hasard. Je dis nous. Bien sûr, moi aussi je savais qu'elle était là. Enfin, je veux dire, je crois aujourd'hui que je l'avais toujours su, mais j'espérais intensément que ce ne soit pas vrai.

Va savoir pourquoi. Peut-être me semblait-il trop romanesque, trop tiré par les cheveux, qu'on puisse demeurer dix-sept ans dans une église ouverte à tous les vents sans que personne ne s'en rende compte. Qu'elle ait été tuée là, pour moi ça ne faisait aucun doute : mais qu'elle y soit restée, non, vraiment, impossible de le concevoir. Nous les quidams, les habitants de P., avions tous un minimum l'impression que les choses avaient été faites correctement, et si on nous disait que la Miséricorde avait été fouillée de fond en comble – sans jeu de mot douteux – ça suffisait à nous convaincre. Alors à présent je me demande si nous étions vraiment si convaincus que ça. Et puis même. Je me mets dans la tête de l'assassin. Dans la tête de… mon vieux copain. Je n'arrive même pas à prononcer son nom, parce que brutalement ça jette un voile nauséabond sur les plus belles années de ma vie, le lycée, nos 20 ans. Dans sa tête. Et je me dis que si je tue quelqu'un entre les murs du point névralgique de toute une ville, au cœur de son Arche d'Alliance, je ne suis pas stupide au point de laisser le corps là, derrière un vieux tas de merdes, en attendant que quelqu'un tombe dessus. Il a fallu dix-sept ans pour le trouver, mais ça aurait pu être beaucoup plus rapide. Alors quand en 2006 les graffitis, ces drôles de jeux de piste chiffrés et prémonitoires, sont venus nous mettre en tête que Gloria était là, nous, les jeunes de P., nous n'y avons pas cru une seconde.

Parce que les combles, on les fréquentait. Et pas qu'un peu. Ils étaient notre chambre nuptiale.

Pendant des années, j'y ai emmené tant de nanas que le nombre m'échappe. J'étais inscrit au centre Hoffman comme la plupart des jeunes gens de la paroisse, et comme tout le monde je n'y allais pas seulement pour pratiquer des activités collectives ou pour faire faire leurs devoirs aux plus petits, j'y allais pour me faire des filles.

On partait faire des ronds de jambes aux bonnes sœurs et aux séminaristes avec des préservatifs plein les poches.

La Rossellini, hier soir, s'insurgeait contre cette jeunesse qui allait faire « des cochonneries » dans une église, et je peux tout à fait comprendre qu'à présent l'opinion considère les choses ainsi. Sauf que nous, nous avions complètement perdu de vue qu'il s'agissait d'une église, cet entrepôt au bout de la terrasse du dernier étage. C'était juste un endroit secret pas si secret que ça où nous pouvions goûter un instant d'intimité. À 20 ans on a bien le droit d'avoir des copines et pour ce qui est du sexe, pas d'alternative. Dans ce pays, vu la crise du travail, on habite chez nos parents jusqu'à 35 ans tant qu'on n'a pas trouvé un boulot qui nous permette de prétendre à un crédit pour acheter une maison et y fonder une famille. Le studio, la mansarde d'étudiant, ça n'existe pas. Les plus chanceux ou les plus aisés trouvent des colocations, et même si c'est plus épanouissant, ça revient au même finalement, on n'est jamais seuls. Du coup on ne baise pas dans un lit, disons presque jamais. Sous le toit de nos parents c'est évidemment hors de question, il ne manquerait plus que ça… En pleine nature, dans les voitures, ça se faisait beaucoup à une époque mais depuis les massacres de jeunes couples perpétrés par le Monstre de Florence, c'est bel et bien terminé. C'est pour ça qu'on cherche des refuges. Et rien à foutre que ce soit dans les dépendances d'une église ou pas.

Les combles de la Miséricorde, j'y ai perdu mon pucelage et j'y ai amélioré mes prestations. Et je n'ai jamais rien vu, jamais. Il nous est arrivé d'en reparler ensemble, avec quelques gars de cette époque-là, et à part un ou deux qui entre 1993 et 1994 avaient remarqué une drôle d'odeur, on en a tous conclu que non, on ne se serait doutés de rien. D'autant plus que des odeurs dans cette pièce il y en avait tout le temps, entre les planches pourries, les moisissures contre les murs, les rats crevés, la merde d'oiseaux, la poussière cuite et la pisse de chat.

Alors soyons tout à fait honnêtes. Nous allions faire des cochonneries dans une église, soit, mais comme le disait la Rossellini hier soir « des cochonneries dans une église en sachant qu'il y avait le cadavre de Gloria Prats à quelques mètres », non. Ce n'est pas parce que nous avions 20 ans et le feu aux fesses que nous aurions manqué à ce point de sens commun.

Et puis, arrêtons un instant de jouer les pères-la-pudeur. Tout le monde sait pourquoi nous avions libre accès aux combles, et c'est là qu'elle se situe l'omertà, bien loin des histoires de cadavres. Ce n'est rien d'autre qu'une histoire de cul que ceux qui feignent d'être offensés à présent connaissaient très bien, et avec laquelle ils se sont arrangés des décennies durant sans que ça semble les gêner le moins du monde. Don Pepe nous permettait d'aller dans les combles et il était parfaitement au courant de ce que nous y trafiquions. C'est nous qui l'avions obligé à nous donner ce lieu pour nos ébats, contre notre silence. On taisait les tripotages et les abus en tout genre, ces choses qu'il nous avait fait subir dans la sacristie quand on préparait nos communions ou qu'on servait la messe, s'il fermait les yeux sur nos cochonneries. On avait pris notre revanche. Sur lui, sur nos cauchemars enrubannés de tralalas mystiques, sur la surdité de nos parents qui, quand on leur révélait la chose, nous accusaient de vouloir salir ce saint homme ou, s'ils nous croyaient, enterraient bien profondément la tête dans la boue pour surtout ne pas faire de vagues.

Ce n'est pas uniquement depuis la disparition de Gloria que la Miséricorde est un lieu dégueulasse, je vous le dis. Les cochons ne sont pas forcément ceux qu'on croit.

2011

Roberta Della Chiesa décacheta fébrilement la lettre provenant du laboratoire d'analyses génétiques du RIS. Des émotions pareilles, le coupe-papier qui tremble dans la fissure de l'enveloppe, elle en avait rarement eu dans sa vie. Elle savait que la résolution de l'affaire Prats dépendait de ces lignes qu'elle s'apprêtait à déflorer. Elle ferma les yeux, croisa les doigts et se lança. Comme un saut à l'élastique.

Traces de sang et, surtout, abondante présence de salive. « Il ne demeure aucun doute raisonnable quant à la correspondance avec le profil ADN de SOLIVO Damiano. » Compatibilité parfaite.

Dans les couloirs du Parquet de S., on entendit ce jour-là résonner des cris de Sioux provenant du bureau du Procureur de la République.

Il était coincé. La preuve reine, la preuve suprême. C'était la seule chose dont on avait besoin, et on l'avait. Le grand coup de cymbales dans le silence ! Il pouvait continuer à se taire autant qu'il le voulait, l'éprouvette parlait pour lui.

Après l'exultation vint la peine. De la salive. D'abondantes traces de salive. Ça parlait, ça aussi. Ça racontait la scène aussi clairement que si elle y avait assisté en personne. Il avait bavé, sur elle, beaucoup. Sur le pull, avant ou pendant le découpage. Comme un insecte venimeux déversant ses sucs digestifs sur sa proie encore vivante. Les sucs de Damiano produits par l'excitation, les stimuli sexuels, le plaisir de la mise à mort. Le gentil garçon si bien élevé, avec sa tête de premier de la classe, devenait dans les entrailles de son antre une araignée poisseuse et humide prompte à vider de ses substances le papillon pris au piège.

Elle se dit que de toute façon Damiano Solivo lui avait toujours fait penser à un animal rampant, une de ces bêtes tapies dans la moiteur des terriers avec de grosses pattes élastiques prêtes pour le bond.

Et il y avait son sang à lui. La fameuse coupure entre le pouce et l'index. On verrait bien comment il expliquerait tout ça.

La femme bouleversée laissa de nouveau la place à la magistrate pragmatique. Elle le savait : même coincé, même acculé par toutes les preuves scientifiques qu'on lui brandirait sous le nez, il continuerait à s'entêter au silence ou à tisser une toile touffue de mensonges frisant le ridicule pour jouer à l'innocent offensé. Il était couru d'avance que la famille Prats n'entendrait jamais les réponses attendues, du moins de sa bouche.

Le mieux était qu'on ne lui donne pas la parole. Qu'on ne cherche même pas à le cueillir en Angleterre pour le remettre devant une Cour, ou il recommencerait sa pathétique comédie tout juste bonne à faire perdre du temps à tout le monde et à humilier davantage les proches de Gloria. Refaire un procès aux Assises, cela signifierait réentendre l'ensemble des protagonistes, les faux témoins, les menteurs, les repentis et les complices à gueule d'ange, les innocents salis et les hommes d'Église aux mains douteuses. Et ça, personne ne le voulait vraiment.

La science avait parlé, elle concluait enfin de façon indiscutable et rationnelle dix-huit ans de délires et de divagations. C'est un procès en *rito abbreviato* qu'il fallait : une instance rapide, claire, qui imposerait une peine exemplaire bien que réduite. En Angleterre, il était mis en examen pour homicide et prendrait certainement perpète : on ne plaisantait pas avec les homicides dans le beau royaume. Si ici, en Italie, il prenait trente ans de plus dans les dents, ce serait déjà merveilleux. Lui, il ne reverrait plus jamais la lumière du jour, et Gloria Prats aurait enfin un assassin.

Vittorio

Je refuse de me sentir responsable.

J'ai toujours estimé que mon fils était un petit con. Dès l'enfance il m'a donné du fil à retordre. Ça a commencé quand nous avons quitté M. pour nous installer à P., où m'attendait la lourde charge de créer le Musée d'Archéologie. Il avait 5 ans. C'est alors que, d'enfant tranquille et enjoué, il est devenu maussade, pleurnicheur et collant comme la grippe. Impossible pour lui de comprendre – et pourtant à 5 ans on est déjà un petit homme – que si j'étais très absent, c'était parce que j'avais désormais de lourdes responsabilités professionnelles et sociales. Qu'il fallait que je mette au monde mon bébé, mon musée, que je le fasse surgir du néant. Damiano a été incapable de concevoir qu'il pouvait y avoir des choses plus essentielles dans ma vie que de jouer au circuit ou de raconter des histoires à un gosse. Que de pleurs, que de comédies quand je m'échappais pour de longues heures de travail, des jours entiers parfois ; il s'accrochait à mes jambes, il fallait que je le décolle de là à coups de claques et que je lui répète combien était insupportable cette attitude de petite femelle sentimentale. Je lui disais que ce n'était pas là le comportement attendu d'un Solivo, d'un dominant.

À 5 ans, bon sang, on devrait être en mesure de comprendre ça.

J'ai dû interdire à ma femme de le choyer. Il était hors de question que pendant mon absence elle en profite pour le conforter dans cette mollesse androgyne. Les Solivo sont virils. Les Solivo sont des chefs, des généraux, des commandants. Un bon Solivo est un duce, pas un poupon gorgé de larmes et souillé d'embrassades maternelles.

Je n'avais pas de temps pour lui. Pas de quoi en faire un drame.

Heureusement que j'avais eu moins de mal avec sa sœur. Carla a été dès son plus jeune âge très Solivo : déterminée, indifférente aux effusions et prête à tout pour atteindre son but. Et puis, elle avait créé son petit monde féminin avec sa mère, elle avait par conséquent très peu besoin de moi et ça me faisait gagner du temps.

Mais Damiano, quelle plaie… Cette mauvaise humeur perpétuelle, ces récriminations, et par la suite toutes ces bêtises dont je suis sûr qu'il les fomentait pour attirer mon attention… Bête au point de chercher mes punitions et mes remontrances pour se donner de l'importance à mes yeux.

Une épine dans le pied. Voilà ce qu'est mon fils depuis la naissance. Déception. Espoir évanoui d'un petit couillu qui, comme son père, se serait fait une place à grands coups de coudes et de griffes. J'attendais un héritier digne de moi, qui très tôt aurait partagé ma passion pour les belles choses et pour l'histoire de l'humanité, et que j'aurais pu former à mon image et à ma succession. Au lieu de ça, me voici flanqué d'un fils à maman mollasson, enfant de chœur à l'âge où on s'intéresse aux dinosaures et aux gladiateurs, médiocre élève, camarade timoré et parfois tête de turc, réticent à tout ce qui façonne un beau garçon italien comme seule l'Italie sait en produire, le sport, la lutte, les arts, et les femmes.

Je me suis même demandé, dès l'enfance, s'il n'était pas pédé.

Quand la question est venue m'effleurer, j'ai tout de suite pris le taureau par les cornes. Il fallait vite inverser ce processus déjà en marche. J'ai fait ce que tout bon père garant du développement et des hormones de son fils se devait de faire, en l'abreuvant d'images de femmes et en lui montrant à quoi elles pouvaient servir. Je lui ai enseigné que les filles étaient faites pour être séduites et pour nous seconder, qu'elles constituaient un troupeau délicieux dans lequel il était permis d'aller chasser. L'espoir est revenu quand, alors qu'il n'était âgé que de 8 ou 9 ans, il m'avait affirmé que toutes les filles de son école étaient belles et qu'il voulait que toutes, sans exception, soient ses fiancées. Je m'en suis félicité. Il était sur la bonne voie. Je me souviens qu'à cette époque-là sa maîtresse, une espèce de gouine gauchiste qui devait certainement se taper des négresses, avait convoqué mon épouse pour l'informer d'un incident qu'elle jugeait dérangeant. Ayant remarqué que Damiano demandait très souvent, pendant la classe, à aller aux toilettes, elle avait demandé à une grande de le suivre discrètement. Laquelle était revenue bouleversée, déclarant que Damiano se dissimulait dans les cabinets et, à l'aide d'un petit miroir sur tige qu'il avait fabriqué de ses propres mains et qu'il tenait caché derrière la chasse d'eau, observait les fillettes dans le cabinet attenant. Elle s'était permis, cette m'as-tu-vu à la solde des communistes, de démontrer à ma femme que notre fils était certainement dérangé. Je suis venu lui dire, en homme d'honneur, ce que je pensais d'elle. La longueur de mon bras a permis illico qu'elle soit mutée. Quant à Damiano, même si je lui ai signifié qu'il fallait qu'il évite de se faire prendre quand il s'adonnait à ce genre de plaisirs, si naturels et si formateurs chez un petit garçon, il a fallu déployer beaucoup de psychologie pour lui faire comprendre que ce n'était pas si grave, et qu'en plus j'étais très fier de sa débrouillardise. Le petit périscope, il fallait l'inventer !

Un peu embêtante, soit, son obsession pour les filles. Il a eu une adolescence très onaniste, je pense, et souvent j'ai entendu qu'on se plaignait de lui parce qu'il était trop entreprenant. Autant en société il se montrait réservé et ombrageux, autant dès qu'il s'agissait de séduction il semblait incontrôlable. Mais comment reprocher cela à un jeune homme qui, contrairement à son père, sait qu'il n'attirera pas l'attention des filles par la simple émanation de son charme naturel ni par ses atouts physiques, et qui pense avoir davantage de chances en se faisant remarquer grâce à ses gamineries malicieuses ?

Cela me rappelle le jour où il a essayé de faire boire un verre de son urine à une jeune fille de son entourage, en lui faisant croire qu'il s'agissait d'un soda. Que de tragédie pour une innocente plaisanterie ! Le copain de la fille lui a cassé la gueule, puis les parents sont venus faire un esclandre chez moi. Chez moi ! Oser, pour un divertissement stupide et sans conséquences – la fille n'avait pas bu et avait jeté le verre dans un sursaut quand le parfum était monté à ses narines –, venir forcer la porte du directeur du Musée national d'Archéologie de P., avoir le front de hurler des insanités au visage de celui que je suis, critique d'art, mécène, poète, conservateur en chef d'un joyau de la muséographie, ameuter nos voisins, pour une blague de potache ! Grand mal leur a pris. Mes amis se sont occupés de donner une bonne leçon à ces ploucs : le petit accident de voiture n'a fait qu'un blessé léger, ce qui suffisait largement à remettre les choses en place.

Ils avaient eu le culot de me dire, du haut de leur misérable petit prolétariat, que mon fils était un détraqué.

Damiano n'est pas un détraqué. Damiano a sa façon à lui, inventive et personnelle, de s'emparer des femmes. Avec lui, j'ai ri de cet épisode. Il était bouleversé par la torgnole que lui avait administrée le fiancé : il m'a fallu lui rappeler que rien de grave ne s'était passé, que je comprenais son désir de s'insérer, même par des moyens détournés, dans le corps féminin, mais qu'il fallait à présent qu'il trouve des expédients un peu moins éclatants.

J'avais un con, il fallait bien faire avec.

Novembre 2011

Le commissaire Brandi fume une cigarette devant la fenêtre ouverte de son bureau. Il a exigé qu'on ne le dérange sous aucun prétexte. Il a juste envie de fumer avec les yeux au-delà des toits et éprouver dans le silence l'étrange sensation d'un clap de fin.

C'est aujourd'hui, devant la High Court de Birmingham, que s'ouvre le procès de Damiano Solivo pour l'abominable assassinat de sa voisine. Et Brandi, tout en soufflant des troupeaux d'agneaux de fumée pâle, se demande pourquoi il est davantage dominé par le dépit que par la satisfaction.

Peut-être parce qu'on leur volait Gloria.

Finalement, là-bas, ils n'avaient mis que sept ans pour le coincer. Une enquête propre, unidirectionnelle, aseptisée comme une salle d'opération. Là-bas, pas de tergiversations : personne ne s'était encombré de protocoles gluants qui, comme ici, auraient eu pour résultat de le laisser filer. Là-bas, point de chefs d'accusation indulgents, étrons tièdes et mous, du genre « déclarations mensongères au Ministère Public ». Le cadavre avait des mèches de cheveux dans les mains ? Ça sentait Solivo. Ils se connaissaient ? Ça sentait Solivo. L'alibi ne tenait pas ? Ça sentait Solivo. Et on a estimé que, au vu de sa biographie, il était inutile d'aller chercher ailleurs. Tout le puait.

Mais que se passe-t-il donc chez nous pour qu'à nos yeux une telle efficacité s'apparente à de la science-fiction ?

Brandi songe à Mamma Giuseppina. Il comprend parfaitement son sentiment d'avoir été lâchée de toutes parts par son propre pays comme par une chaloupe décousue.

Que va-t-il se passer à présent ? Solivo serait jugé pour le meurtre de Lily Hewitt, et ensuite ? Qu'adviendrait-il de Gloria, juridiquement parlant ? Est-ce que la Couronne accepterait que Solivo soit extradé pour répondre devant les tribunaux italiens de l'assassinat de la petite ?

Il pense aux sentences appliquées aux tueurs en série américains, dans les États où heureusement la peine de mort n'existe pas. Certains cumulent quelque huit cents ans de prison, parfois plus, selon le nombre de victimes. Un nombre d'années de prison équitable pour chacun des cadavres. Il se dit qu'il aimerait bien voir Solivo condamné à deux cents ans de tôle. Mamma Giuseppina, quand il l'a eue aujourd'hui au téléphone, lui a fait part de son désir secret : qu'on le pende par les pieds devant la Miséricorde et qu'on lui coupe un à un les doigts de la main, pour rappeler à son bon souvenir la douleur de Gloria quand le couteau qu'elle essayait de saisir lui avait sectionné les phalanges. Brandi avait entendu dans cette sauvagerie toute la souffrance d'une mère brisée. Ceci dit, il aurait bien aimé être celui qui tient le sécateur.

Pendre tout le monde devant la Miséricorde, à l'ancienne, au pilori, livrés à la vindicte populaire. Tout le monde. Solivo père, la Toscanini, Incrociato, Monseigneur Fiero, Don Dacelos, le squelette de Don Pepe, Federico Sparone. Les accrocher là, face au portrait géant de Gloria, JE SAIS TOUT, sourire de grande petite fille au regard tendre sous l'éclat de ses sages lunettes. Tous cloués devant leur œuvre.

Et Don Viscardo aussi, cloué avec les autres. Au pilori tout ce qui portait soutane, et qui affublé des ors de ses fonctions gravitait autour de la Miséricorde en se bouchant le nez et en feignant l'ignorance. Depuis que Viscardo était devenu l'aumônier de la police de P. il s'était souvent entretenu avec lui et avait toujours flairé quelque chose de trouble. Viscardo respirait la sainteté mais il y avait une faille quelque part, il le sentait. Viscardo changeait de couleur quand on prononçait le nom de Gloria Prats. Il ne s'en rendait pas compte, il affectait calme et compassion, curiosité et fatalisme, mais son teint sicilien prenait immanquablement une teinte crayeuse. Qu'on n'essaie pas de lui faire croire que Viscardo ne savait rien. Viscardo gambadait dans la Miséricorde quelques heures seulement après la volatilisation de la petite. Il avait célébré messes et sacrements lors des trois semaines suivantes, au moment où le cadavre exhalait ses joyeusetés. Sa propre sœur avait ouvert la Miséricorde à Aldo le fameux 12 septembre pour lui permettre de jeter un coup d'œil. Et l'année dernière, après la découverte du corps, Viscardo avait osé lui affirmer que non. Non, en septembre 1993 il n'avait pas réellement entendu parler de cette disparition. Au sein de la Miséricorde on ne savait pas grand-chose, on ne s'entretenait pas de cette histoire. Brandi avait encaissé en serrant les dents. On ne savait rien, vraiment ? On n'en entendait pas parler ? Foutaises. En septembre 1993, il aurait suffi d'interroger les pavés de P. pour qu'ils parlent de Gloria, pour qu'ils suintent le nom de Gloria, pour qu'ils reflètent comme des miroirs polis le visage de Gloria qui s'affichait sur les murs, Gloria était devenue la sainte-patronne de P. et déjà on suspectait que son tombeau se trouvait aux alentours de la Miséricorde.

Et on voulait lui faire croire qu'il était possible de ne jamais en avoir entendu parler ?

Mamma Giuseppina l'avait dit : certaines personnes ici ont l'âme aussi noire que la soutane qu'elles revêtent.

Preuve en est, la mystérieuse envolée de corbeaux depuis la découverte du corps. Don Dacelos étrangement reclus dans un séminaire, totalement injoignable. Don Michel renvoyé en Haïti. Don Viscardo réexpédié en Sicile. Tous redevenus muets comme des momies. Expéditeur : Monseigneur Fiero. On fait table rase et on rapetasse les bouches ecclésiastiques.

Un détail lui revient en mémoire. Le bouton de soutane. Il en avait fait couler, de l'encre, ce petit bouton. Flora Rossellini, quelques mois auparavant, avait exhibé lors de son émission une vieille photo de Don Pepe vêtu d'une soutane noire à laquelle un bouton rouge brillait par son absence, et n'avait pas manqué d'exprimer les interrogations logiques que cela impliquait. Puis, au cours de l'émission suivante, elle avait précisé que la piste se cassait la gueule, le bouton étant en réalité un bouton d'habit cardinalice et non de simple prêtre. En remontant dans le temps, il était avéré que le dernier cardinal en date s'étant rendu à P., des dizaines d'années plus tôt, n'était autre que… l'actuel Pape. Flora Rossellini en avait presque souri, mutine : on va peut-être cesser de broder… D'autant que le bouton, preuves scientifiques à l'appui, n'avait visiblement pas été en contact avec les fluides putréfactifs de Gloria : s'il était là, coincé sous le corps, c'était par un hasard ironique, déplacé certainement parmi d'autres détritus quand on avait manipulé la dépouille lors de sa découverte. Restait à savoir de quelle découverte il s'agissait : la vraie, œuvre de Don Dacelos et des femmes de ménage, ou l'officielle, œuvre de l'ouvrier roumain. L'Italie avait soufflé de soulagement : non, vraiment, le Pape, c'était aller un peu loin…

Et Brandi ajoute aux nuages ses ronds de fumée en songeant qu'il était improbable qu'un jour on sache la vérité, même si on saisissait cette pelote nauséabonde par tous ses maigres bouts effilochés pour essayer de les renouer ensemble. Solivo ne parlera jamais, c'est couru d'avance : il s'est toujours retranché derrière des mensonges sur lesquels il a bâti toute sa vie. Il s'acharne à nier le meurtre de Lily tout comme il a nié le meurtre de Gloria pendant près de dix-huit ans. Aujourd'hui encore, alors que dans sa prison anglaise on lui met sous le nez les résultats des expertises ADN faisant état de la présence de sa salive en grande quantité sur le corps de Gloria, il continue à dire qu'il est innocent comme une pâquerette. L'Église a renforcé ses remparts. Les Seigneurs ont fait le ménage et s'enferrent dans leur supériorité méprisante et offensée. Au final, l'histoire de Gloria Prats restera telle qu'elle avait toujours été : le sacrifice d'un petit animal insignifiant, passe-temps d'un fils à papa gâté au même titre qu'une gerbille qu'on massacre par jeu et qu'on enterre au fond du jardin en tassant bien la terre à coups de bottes sous l'œil attendri de la famille. Pauvre petit chéri : je te l'avais pourtant répété cent fois, qu'il ne fallait pas serrer aussi fort. On t'en paiera une autre.

Composition et mise en pages
Nord Compo à Villeneuve-d'Ascq

Fleuve Éditions
12, avenue d'Italie
75627 Paris Cedex 13

Imprimé en France par CPI
en octobre 2015
N° d'impression : 130560

Dépôt légal : janvier 2016
R11452/01